진심이 닿다

진심이 닿다 2

초판 1쇄 찍은 날 | 2018년 7월 31일
초판 2쇄 펴낸 날 | 2019년 1월 21일

지은이 | 예거
펴낸이 | 예경원

편집 | 박수희 · 주승아

펴낸곳 | 예원북스
등록번호 | 제396-2012-000132호
등록일자 | 2012. 7. 25
YRN | 제1-0226호

주소 | 경기도 고양시 일산동구 호수로 646-24 위너스 21-Ⅱ 206A호 (우) 10401
전화 | 031-819-9431 팩스 | 031-817-9432
http://cafe.naver.com/yewonromance
E-mail | yewonbooks@naver.com

ISBN 979-11-89348-74-8 04810
ISBN 979-11-89348-72-4 (세트)

2

예거
장편 소설
Goldline
Romance
Story

진심이 닿다

LINE

❦ CONTENTS ❦

제5장 위기일발 오 비서 · 7

제6장 오매불망 오 비서 · 109

제7장 권토중래 오 스타 · 181

제8장 전세역전 오 스타 · 259

제9장 진심이, 닿다 · 347

에필로그 · 359

외전 1 난공불락 오진심 · 373

외전 2 외조의 왕 권정록 · 395

외전 3 유연천리래상회 · 419

외전 4 청출어람 오진심 · 437

제5장
위기일발 오 비서

"대체 해는 언제 뜨는 거야?"

"여기서 뜨기는 하는 거지?"

"일출 시간이 몇 시라고 했더라?"

새해 일출을 보기 위해 수많은 사람들이 모여 있는 이곳, 강원도 삼척의 장호항.

한국의 나폴리라고도 불리는 장호항에선 아직 찬란한 태양이 솟아나지 않아 푸르스름한 하늘을 주시하고 있는 수많은 사람들로 가득하다. 겨울의 동해 바다는 잔잔한 파도들로 넘실거리고 있었지만, 그와 대조적으로 일출을 기다리는 사람들의 얼굴엔 조급함이 가득하다.

현재 시각 오전 7시 32분.

혹여나 잠시 딴청을 부리는 사이에 붉은 여명이 떠오를까 싶어 투덜거리는 사람들의 틈으로, 머리부터 발끝까지 꽁꽁 가린 여자와 말끔한 정장 위 롱 코트를 입고 있는 한 남자가 보인다.

"으, 추워."

"춥습니까?"

"네?"

"추우면 같이 두르죠."

새해 일출을 보기 위해 서울에서 이곳 삼척까지 새벽부터 달려온 진심과 정록이다.

한창 겨울의 중심이었던지라, 따뜻한 차 안에만 있다가 밖으로 나오니 무의식적으로 엄살이 나와 버렸다. 자연스럽게 나온 말이었기에 본인이 그런 말을 했다는 것조차 눈치채지 못하고 있었다. 그러던 차, 두르고 있던 목도리를 풀며 끝자락을 진심에게 건네는 정록의 말은 그녀의 눈을 동그랗게 만들기 충분했다.

「말일 날 계획이요?」

「예. 일출을…… 보러 갈까 싶은데. 어떻습니까, 오진심 씨?」

업무의 연장선처럼 아무렇지도 않게 꺼냈기에 순간 벙쪄 있었던 그날의 일이 떠올랐다. 오진심의 남자 친구는 무방비한 상태로 있는 그녀의 틈을 힘차게 파고들 때가 있었다.

'어떡하지. 이런 식으로 나오면…… 너무 좋잖아.'

진심은 이미 모자, 마스크, 선글라스, 목도리, 그리고 롱 패딩으로 중무장을 하고 있는 자신에게 그의 목도리를 함께 두르자 제안하는 정록을 멀뚱히 올려다보았다.

"오진심 씨."

"네?"

"같이 두르기 싫습니까?"

아차.

"싫……기는요! 완전 좋죠! 주세요. 제가 직접 두를게요!"

진심은 그의 질문이 떨어지기가 무섭게 좌우로 고개를 휙휙 저으며 소리쳤다. 그러고는 손을 뻗어 그의 목도리 끝자락을 잡고선 제 목에 칭칭 감았다.

'앗.'

그러다 보니 조금 전까진 떨어져 있던 그와의 거리가 가까워졌다. 두근두근 뛰는 심장 소리가 제 것과 섞여 버려 누구의 것인지 혼란스러울 만큼. 마스크를 쓴 것이 천만다행이었다. 그러지 않았다면, 그녀가 실실 웃고 있다는 것을 들켜 버리고 말았을 테니까.

"어?"

정록의 숨결을 바로 곁에서 느끼고 있을 때였다.

"벼, 변호사님. 보셨어요? 봤어요? 보셨죠!"

"네, 봤습니다."

"저거…… 저거 진짜 맞죠?"

"네. 그런 것 같네요."

"우와! 해 떴어요!"

진심은 자신과 어깨를 맞대고 있던 남자에게 외치며 고개를 들어 올렸다. 귓불이 빨갛게 붉어진 채 정면을 응시하고 있던 남자가 픽 웃으며 작게 얼굴을 주억였다. 그러고는 눈을 그녀에게 옮기며 물었다.

"오진심 씨는 일출을 처음 보는 겁니까?"

어머. 사람을 뭘로 보고.

"호호, 아뇨. 그럴 리가요. 화보 촬영 갔을 때 수도 없이 봤죠."

"그럼……?"

'왜 이렇게 흥분을 하느냐고? 그거야 당연하지!'

진심은 의아해하는 정록을 바라보며 속삭였다.

"일하면서 일출을 본 건 수도 없지만, 애인이랑 보는 건 처음이잖아
요!"

그녀의 말을 들은 정록의 검은 눈동자가 흔들렸다. 선글라스를 끼고
있었기에 제 모든 모습을 보여 줄 수는 없겠지만, 진심은 있는 힘껏 미소
지으며 중얼거렸다.

"이런 기분일 줄 몰랐어요. 항상 상상만 해 봤거든요. 남자 친구랑 맞
는 새해라는 거. 그런데 직접 경험하니 좋네요."

"……."

"벼, 변호사님은요?"

"예?"

진심은 정록에게 시선을 꽂은 채 말을 이었다.

"변호사님은 어때요? 혹시 변호사님도……."

'좋아요?' 하고 물으려다가 말끝을 흐렸다.

차마 뒷말을 잇지 못하고 지그시 쳐다보기만 하는 제 시선에 그의 목
젖이 한 번 위로 올라갔다 아래로 내려가는 모습이 보였다.

'긴장했구나.'

자신에게 어떻게 대답해 주어야 할지 고뇌하고, 또 고뇌하는 것이 분
명하다.

진심은 웃음이 터져 나오려는 것을 꾹 참았다.

어쩜 이리 귀여울까.

사소한 질문에도 진지하게 고민하는 그의 모습이 사랑스러워서 입꼬
리가 계속 올라간다. 그런 진심의 마음을 아는지 모르는지 정록은 제게
얼굴을 고정시킨 진심을 위한 답변을 준비하느라 한참 동안 대답하지 않
았다. 그러다 결국 말없이 고개를 끄덕인다.

'이것만으로도 충분해.'

기뻐진 진심은 샐쭉 웃으며 슬그머니 그를 향해 손을 뻗었다.

"……!"

부드럽게 맞닿는 손바닥에서 예열된 온기가 전신으로 퍼져 나갔다. 놀란 정록이 그녀를 내려다보았지만 진심은 그의 손을 놓아주지 않았다. 대신 있는 힘껏 그 손을 잡고선 정면을 응시했다. 타오르는 태양만큼이나 그의 뜨거운 열기가 전해져 와 진심은 미소를 머금었다.

이 시간이 영원했으면.

그리고 앞으로도 계속.

매해, 그와 함께 새해를 맞이하고 싶었다.

'좋아해요, 변호사님.'

정록의 손을 꽉 붙들고 있던 진심은 속으로 중얼거렸다. 그런 제 속내가 마스크 밖으로 흘러나온 건지, 그가 제게서 시선을 돌리지 않는 것이 느껴졌으나 진심은 찬란한 일출을 응시하며 모르는 척했다.

그렇게, 새해가 밝았다. 그것도 무려 20대의 마지막에서 30대로 접어든 새해였다. 만일 몇 달 전이었더라면 이번 새해를 맞으며 '앞자리 숫자가 바뀌었어!' 하고 엉엉 울어 버렸을 테지만…….

'올해는 아니지!'

"아침부터 기분이 좋아 보이네."

헤헤, 웃고 있던 진심의 입꼬리가 한 번 올라간 위치에서 내려올 생각을 않았다. 운전석에 앉아 있던 혁준이 그 모습을 발견했는지 중얼거렸다. 진심은 흠칫 놀라면서도 이내 태연한 미소를 지으며 그에게 대꾸했다.

"새해잖아, 오빠!"

"흐응."

"왜 그래?"

"아니. 올해 서른이라고 새해가 영영 오지 않았으면 할 때는 언제고."

"그, 그땐 그때고. 이왕 맞는 거 기분 좋게 맞아야 올 한 해도 잘 풀리지 않겠어?"

윙크를 하며 말하자 혁준은 피식 실소를 터뜨렸다.

"말은 잘하네. 그나저나 윤서, 너 갈수록 언변이 좋아진다? 로펌에 다니는 보람이 있어."

"정말?"

"그래, 인마. 참. 그나저나 윤서 너, 어제 뭐 했어?"

"……어제?"

"왜. 어제, 1월 1일 아침 말이야. 은영이가 너한테 신년 인사한다고 전화했었는데 안 받았다더라?"

간담이 서늘해진다.

진심은 등줄기를 적시는 오싹한 느낌에 입을 다물었다.

"그, 그랬나?"

"너……."

꼴깍, 침이 목구멍을 타고 넘어갔다. 진심은 마침 멈추어 선 차 안에서 저를 의심스러운 눈으로 바라보고 있는 혁준의 시선을 마주했다. 혁준은 수사를 시작한 탐정처럼 눈을 빛내더니 물음을 던졌다.

"대체 얼마나 늦게까지 잔 거야?"

어?

"인마. 아무리 그래도 아침에는 좀 빨리빨리 일어나. 은영이한테도 조만간 연락 한 번 해 주고. 요즘 바빠서인지 통 전화 안 된다고 섭섭해 하더라. 자기 잊은 거 아니냐며."

"어…… 언니가 그래? 그럼 안 되지. 은영 언니가 나한테 어떤 사람인데! 좋아. 나, 조금 이따가 전화할게!"

"저녁에 해, 저녁에."

주먹까지 불끈 쥐는 진심의 외침에 혁준이 웃으며 그녀를 말렸다. 과장된 연기를 선보이던 진심은 혁준이 다시 운전에 집중하자 안도의 한숨을 흘렸다.

'들킨 건…… 아닌 거지?'

꼼짝없이 들켜 버린 줄 알았다.

12월 31일 카운트다운을 시작으로 1월 1일 오전까지, 자신이 집에 없었다는 사실을.

진심은 제 대답이 마음에 들었던 건지 콧노래를 흥얼거리며 핸들을 잡고 있는 혁준을 흘긋거렸다.

1월 1일.

이전 같았으면 바쁜 스케줄 때문에 정신없이 보냈을 새해를 난생처음 생긴 연인과 함께 보냈다. 그가 연말 계획이 있냐고 물었을 때까지만 하더라도 그리도 오붓한 시간을 보낼 줄은 몰랐다. 머릿속으로 몇 번을 그리고, 또 그려 보아도 마치 한 폭의 그림처럼 잊히지 않는 그와의 일이 웃음을 짓게 만들었다.

"……서. 오윤서!"

"으응?"

그런 진심을 늪에서 건져 낸 것은 혁준의 외침이었다. 저를 타박하는 혁준의 말에 정신을 차린 진심은 어느새 그들이 서초동의 건물 지하 주차장에 도착했다는 것을 알아차렸다. 캄캄한 주변을 둘러보며 '아!' 하고 탄성을 터뜨리자, 혁준이 핀잔을 건넸다.

"무슨 생각을 그렇게 해? 몇 번이나 불렀는지 알아?"

조수석에 앉은 진심에게 쏘아 대는 눈빛이 매서웠다. 진심은 옅게 웃는 것으로 대답을 대신했다.

"맞다."

혁준과 간단히 인사를 나눈 후, 조수석의 문을 내리려 할 때였다. 진심이 서둘러 핸드백을 챙겨 드는 모습을 지켜보던 혁준이 뭔가 생각난 듯 입술을 움직였다. 조수석 문을 반쯤 열던 진심이 고개를 갸웃거리자 혁준은 말했다.

"윤서야. 너 올해는 진짜 중요한 거, 기억하고 있지?"

"뭐가?

"뭐긴 인마. 앞으로 네 달이야."

"……!"

"네 달. 그래, 딱 네 달만 참아. 알았지? 파이팅이다! 힘내라, 우리 오윤서!"

툭툭. 그녀의 어깨를 두드려 가며 혁준이 주먹을 불끈 쥐었다. 힘을 북돋아 주려고 하는 행동이라는 것을 충분히 알고 있음에도, 가슴이 욱신거리는 것은 막을 수가 없다. 진심은 싱긋 웃으며 저를 배웅해 주고 있는 혁준의 차에서 내리면서 양심의 가책을 느꼈다.

'언젠가는 말을 해야 할 텐데.'

처음 해 보는 비밀 연애란, 이래서 쉽지 않다.

"새해 복 많이 받으세요!"

땡. 엘리베이터의 문이 열리자마자 들려온 목소리는 무거웠던 진심의 마음을 한결 덜어 주었다. 진심은 저를 보자마자 새해 인사를 건네는 올웨이즈의 식구들에게 방긋 미소를 지어 주었다.

'변호사님은 아직 출근 전이신가?'

현재 시각 오전 8시 27분. 오늘따라 활기가 넘치는 올웨이즈의 식구들과 간단히 인사를 나눈 진심은 비어 있는 정록의 집무실 쪽을 흘긋거리며 씩 웃었다.

'하긴. 새해 벽두부터 밤새 운전을 하셨으니, 조금 늦으실 만도 하지.'

'병간호를 해 준 보답입니다.' 라는 평계를 대며 자신과 연말을 보내고 또 새해를 맞아 준 정록의 얼굴이 떠올랐다. 딱딱하게 말을 하고 있으면서도, 내심 부끄러웠던 건지 그녀의 눈을 제대로 마주치지 못하는 그는 심장을 떨리게 만들 만큼 사랑스러웠으니까. 진심은 정록의 집무실을 간단하게 청소한 뒤, 그의 화분에 물을 주기 위해 물뿌리개를 들고 화장실로 걸어갔다.

"어?"

"쳇."

성큼성큼 움직이던 진심은 이른 아침에도 불구하고 화장실 앞을 서성이고 있는 낯익은 얼굴을 발견했다. 진심이 가리키기가 무섭게 얼굴을 일그러뜨리는 소년이 보였다. 며칠 전, 정록의 집무실에서 만난 우찬이었다.

진심은 저를 보자마자 뒤로 주춤거리는 우찬에게 다가갔다.

"엄마랑 같이 왔어? 아침부터 어쩐 일이야?"

"······아줌마가 알아서 뭐 하게요."

상냥하게 건넨 말이었지만 되돌아온 답변은 통명스럽다.

'참자. 오진심. 넌 이 꼬맹이보다 한참은 더 성숙한 성인이야.'

맑게 웃던 얼굴을 구겨 버릴 뻔했지만 진심은 참을 인(忍) 자를 가슴에 새겼다.

"참! 내가 말했나? 새해 복 많이 받아!"

"뭐. 아줌마도요. 복이라도 많이 받으셔야죠."

"고, 고맙다."

"그나저나 아줌마."

"어?"

"아줌마, 이제 서른이죠?"

으.

진심은 날카로운 우찬의 질문에 휘청거렸다.

'요 발칙한 꼬맹이가 정말.'

눈을 깜빡이며 저를 올려다보는 우찬의 얼굴에 악의는 없었지만, 얄미운 것은 어쩔 수 없었다. 서른이라는 단어를 유독 강조하는 그를 보며 웃자니 안면이 경직되는 것 같다. 진심은 쯧쯧 혀를 차는 우찬을 내려다보았다.

"서른이면 아줌마 맞네."

"하, 하하."

"우리 원스랑은 비교도 안 돼."

"야! 내가 소싯적엔 원스 애들이랑은 비교도 안 되게 예뻤어!"

"……흐응."

"뭐야, 그 눈빛은? 안 믿는다는 거야? 보여 줘야겠어? 보여 줄까?"

"됐어요. 비교할 가치가 없네요. 이미 지나간 사람이랑 현재 톱을 달리는 사람이랑은 비교해서 뭘 해."

비수를 꽂는 우찬의 일침에 눈물이 찔끔 흘렀다.

'말로는 안 되겠어.'

공격적인 태도를 보이면 그에 상응하는 반응이 나오기 마련이다. 진심은 눈물을 머금고선 우찬에게 물었다.

"우찬아. 접때 그 과자, 맛있었지?"

"……!"

"가져다줄까?"

입을 삐죽이며 툴툴거리던 우찬의 눈동자가 흔들렸다. 진심은 속으로 쾌재를 부르짖었다. 아무리 어른스러운 척해도 애는 애다. 진심은 입꼬리를 씩 올리며 '잠깐만 기다려! 곧 가져올게!' 하고 외쳤다. 하지만 그런 그녀가 몸을 돌리기 직전, 우찬이 팔을 뻗어 그녀의 정장 상의 끝을 잡았다. 탕비실로 향하려던 진심이 멈칫하며 고개를 돌렸다.

"괜찮아요. 배 안 고프니까."

작게 중얼거리는 우찬의 목소리가 들려왔지만 진심의 눈에는 믿을 수 없는 무언가가 들어오고 있었다. 진심은 제 옷깃을 붙들고 있는 우찬의 손목에서 시선을 옮기지 못했다. 우찬은 그녀의 눈동자가 제 손목을 향한다는 것을 뒤늦게 알아차리고선 얼른 손을 뗐다. 서둘러 등 뒤로 제 손을 감추려는 우찬을 진심은 막아섰다.

"심우찬."

"……."

"보여 줘."

순식간에 얼굴을 굳히고, 목소리를 가라앉힌 진심의 음성에 우찬이 눈꺼풀을 떨었다. 조금 전까지만 하더라도 진심과 같은 눈높이에서 당당하게 시비를 걸던 꼬마라고는 보이지 않았다. 진심은 무릎을 굽히고선 우찬의 얼굴과 제 얼굴을 같은 시선에 두었다. 그러고는 호흡을 고른 뒤 입술을 열었다.

"보여 줄 수 있겠니? 네 손목."

❖

"제장."

거의 닫혔던 문이 갑자기 열리길래 불길하다고 생각하기는 했다. 그래서인지 열린 문틈 사이로 보이는 낯짝을 보고 반사적으로 욕설이 튀어나왔다. 정록의 반응에 정면에 서 있던 로펌 '올웨이즈'의 연준규 대표 변호사가 눈썹을 꿈틀거렸다.

"야, 인마! 새해부터 복 받으라는 인사도 아니고 욕설이 뭐냐!"

연 대표는 버럭 소리를 지르면서 정록이 서 있던 엘리베이터 안으로 발을 내디뎠다. 정록은 그의 말을 들은 척 만 척하며 고개를 꾸벅였다. 그러한 정록의 태도가 더욱더 분노를 유발시켰던 건지, 연 대표는 눈을 가늘게 뜨며 투덜거렸다.

"하여간 우리 권 프로는 하늘 같은 대표님을 대체 뭐라고 생각하는 건지. 다음 연봉 협상 때 밀당 좀 심하게 해야겠는데?"

"대표님."

"왜."

"새해 복 많이, 많이 받으십시오."

"뭐?"

"앞으로 하시는 모든 사업 번창하시길 바랍니다."

연봉 협상 이야기가 나오자마자 즉각적으로 새해 인사를 하는 정록을 보며 연 대표가 어이없는 표정을 지었다.

"이건 울며 겨자 먹기보다 더하네."

그러나 이내 풋 웃음을 터뜨리던 연 대표는 고개를 가로저었다. 정록은 연 대표의 시선에도 아랑곳 않고 태연하게 15층과 17층을 눌렀다. 다시 무표정한 상태로 돌아온 정록이 닫힘 버튼을 누르자마자 엘리베이터가 올라간다. 갑자기 시작된 침묵에 적응하지 못하던 연 대표는 정록을 몇 번 흘끔거리더니 중얼거렸다.

"앞으로 네 달이네?"

잊을 만하면.

왠지 그 말이 나올 것 같아서 연 대표를 보자마자 욕설을 흘린 건지도 모르겠다. 정록은 확신했다. 슬쩍 옆으로 눈을 흘기니, 씩 웃으며 그를 올려다보고 있는 연 대표가 보였다. 어쩐지 머리가 지끈거린다.

"힘내. 이젠 정말 얼마 안 남았다고."

툭툭 어깨 위로 손을 얹는 연 대표의 말에 웃을 수도, 그렇다고 얼굴을 찌푸릴 수도 없었다. 정록은 집무실이 위치해 있는 15층에 도착할 때까지 연 대표가 건네는 위로의 말을 듣고 있어야 했다.

'그러고 보니…… 앞으로 4개월 뒤면, 오진심 씨는 법대로 재입학을 하게 되는 건가?'

이제 와 돌이켜 보면, 이 일에 대해 제대로 물어본 적이 없었다. 혼란스러울 만큼 빠르게 그의 인생으로 들어와 버린 여자와 앞으로 4개월 뒤의 일에 대해서도 대화를 나누지 않았다니. 새해를 넘긴 이후로 물밀 듯 들어오는 케이스도 케이스지만, 그녀와 어떻게 데이트를 해야 할지 생각해 내는 데 급급해서 그런 중요한 이야기를 하는 것을 잊고 있었다.

'조만간 대화를 해 봐야겠군.'

자신이 이 업계의 선배이니 만큼, 그녀의 미래에 대해서 진지하게 조언을 해 줄 수 있을 것이다. 정록은 프런트 데스크를 지나 집무실 앞 복도로 발을 뻗었다.

'아직 오지 않은 건가?'

집무실의 복도 쪽에서 보이는 진심의 책상은 어떻게 된 셈인지 텅텅 비어 있었다. 의아함을 느끼며 긴 다리를 쭉쭉 뻗어나가던 그는 자신의 집무실에 들어서자마자 걸음을 멈추었다.

"변호사님!"

제자리가 아닌 정록의 집무실 안 소파에 앉아 있던 여자가 그를 발견하고 인사를 건넸다. 얼떨결에 묵례를 한 정록의 시야로 그녀의 옆자리에 앉아 있는 어두운 얼굴의 아이가 들어왔다.

❖

"권 변."

까딱까딱. 한참 동안 아이의 손목을 살피던 긴 머리의 중년 여성이 정록에게 손짓했다. 진심에게 눈짓을 한 정록은 집무실 밖을 나서는 그녀의 뒤를 따랐다. 정록은 주저하다 입을 열었다.

"그겁니까?"

집무실 문을 닫은 정록이 다짜고짜 말을 꺼내자 중년 여성이 피식 웃음을 흘렸다.

"글쎄. 언제 당했는지도 모르는 손목에 든 멍 가지고는 확신 못 해. 하지만 뭐, 적어도 같은 키를 지닌 또래의 친구가 만든 상흔은 아닌 것 같네."

"그 말인즉."

"그래. 이건 예측일 뿐이지만, 아마도 저보다 훨씬 큰. 그것도 힘이 센 어른이 위에서 세게 눌러서 만든 자국에 가까워."

"……."

"그런데 권 변."

잠시 생각하는 사이, 중년 여성이 정록의 어깨를 툭 쳤다. 그가 반사적으로 얼굴을 들자 그녀가 은밀하게 묻는 게 보였다.

"저 꼬마는 대체 누구야? 그리고 그 옆에 있던 여자는 또 누구고? 엄마는 아닌 것 같던데……. 혹시 권 변 비서야? 요즘 새로운 비서가 들어왔다는 이야기를 들었던 기억이 있어. 그럼 저 여자가 그 여자인 거야? 그런데 이상하게 낯이 익은데……."

"윤 선생님."

"응?"

"바쁘실 텐데 시간을 내주셔서 감사합니다. 그런데 제 기억으로는 곧 약속이 있다고 하셨던 것 같은데……."

"무슨 소리야? 대체 몇 신데…… 어머, 정말 그러네! 더 꾸물거리다가는 완전히 늦겠어. 권 변, 다음에 또 봐!"

정록은 손을 크게 내저으며 복도 쪽으로 달려가는 중년 여성, 채경을 배웅했다. 국립 과학수사 연구소에서 법의학자로 일하고 있는 채경과는 재작년 여름, 그녀의 이혼 문제로 인연을 맺게 되었다. 마침 볼일이 있어 올웨이즈에 방문한 채경에게 조언을 구한 정록은 그녀가 완벽하게 사라지자 몸을 돌렸다.

투명한 유리창 너머로 작은 아이와 앉아 있는 진심의 모습이 보였다. 정록은 짧게 숨을 들이마신 후 그들이 있는 집무실로 다시금 발을 뻗어 나갔다. 진심이 고개를 푹 숙이고 있던 우찬에게 말을 건네고 있었다.

"우찬아. 정말 누가 그랬는지 말해 줄 수 없어?"

"……."

"아무한테도 말 안 할게. 나 비밀 잘 지키거든."

"……."

"누나가 걱정돼서 그래. 누가 그랬는지 살짝 말해 주면, 내가 너를 도와…… 우찬아!"

진심이 뭐라고 하든 말든, 소파에 앉아 꿈쩍 않고 있던 아이가 자리에서 벌떡 일어났다. 정록과 눈이 마주친 우찬은 살짝 입술을 깨물더니 순식간에 집무실을 벗어났다. 정록은 달려 나가는 아이의 뒷모습을 그저 가만히 바라보고 있었다.

그런 그를 향해 성큼성큼 걸어온 진심이 '변호사님!' 하고 인상을 쓰고 있었다. 진심은 그를 올려다보며 입술을 열었다.

"왜……."

"잡지 않았냐고요?"

진심은 제 말을 끊어 버리는 정록을 보고 눈을 동그랗게 떴다. 정록은 냉정한 표정을 지으며 말을 이었다.

"오진심 씨가 무슨 생각을 하는 건지 대충 알겠지만, 이번 일은 우리가 지금 당장 끼어들 수 있는 문제가 아닌 것 같습니다."

"변호사님!"

"아직 사건에 대한 정황도 모르지 않습니까? 섣부른 추측으로 뒤도 재지 않고 나섰다가는 오히려 본질은 건들지도 못할 수가 있습니다."

"하지만!"

"마음이 앞서는 건 알겠습니다만, 지금은 더욱 냉정해져야 할 때입니다. 오진심 씨. 저는 당신이 생각하는 것보다 훨씬 더 많이, 이런 경우를 봐 왔어요. 게다가……."

정록은 목구멍까지 차오른 말을 뱉어 내려다 말았다. 갑자기 말을 끊은 정록이 이상했는지 진심이 미간을 좁혔다. 정록은 목구멍까지 차오른 쓴 물을 삼키고선 다시 입을 열었다.

"똑똑한 녀석이라고는 하나, 아직 아이입니다. 만난 지 얼마 되지 않는 오진심 씨를 믿기보다는 피를 나눴고, 또 매일 얼굴을 맞대는 사람을 의지할 수밖에 없겠죠. 그러니 우리가 본격적으로 나서기 전에, 상황이 어떻게 돌아가고 있는지 파악하는 게 중요합니다. 우리의 생각이 맞는 건지, 아닌지 부터요."

억울한 표정을 짓는 진심에게 쓰게 미소를 흘린 정록은 주위를 두리번거렸다. 마침 책장에 꽂혀 있는 판례집과 법전들이 보였다. 이번 일에 도움이 될 만한 책들을 꺼내어 진심에게 건넨 정록은 얼떨결에 그것을 받아

든 진심에게 말했다.

"지금부터 오진심 씨가 해야 할 일들이 있습니다. 먼저 민법 840조 3호 관련된 사항들, 그리고 아동복지법과 관련된 전반적인 내용을 읽어 보는 겁니다. 그리고……."

❖

파리하게 질려 가는 얼굴에서 무언가가 잘못됐다는 것을 인지했다. 자신이 요구하자마자 짓궂은 미소를 짓던 아이의 눈이 급격하게 떨리는 모습은 누가 봐도 의심스러웠으니까.

긴 옷에 가려져 있다 우연히 드러난 손목의 멍은 누가 보아도 깊어 보였다. 가느다란 손에 붉은 상흔이 남겨진 것이 이상해 말을 건넸더니 확연한 변화를 보이는 아이의 행동은 진심의 가슴을 철렁거리게 만들었다. 아무것도 아니라며, 애써 제 시선을 돌리려 노력하는 아이가 안쓰러웠다.

그 모습에 순간적으로 울컥하는 감정이 치솟았던 것도 사실이다. 그로 인해서인지, 진심은 업무가 시작되었다는 것도 잊어버린 채, 우찬을 데리고 집무실 안으로 들어가 버렸다. 만일 얼마 지나지 않아 정록이 오지 않았다면 벼랑 끝에 서 있는 아이를 더욱 밀어 버렸을지도 모르겠다.

그럼 영영, 도와줄 기회를 놓쳐 버렸을지도.

「마음이 앞서는 건 알겠습니다만, 지금은 더욱 냉정해져야 할 때입니다.」

'어쩌면……'이라는 생각이 들어 분노로 들끓던 그녀에게 일침을 늘어놓은 정록이 아니었더라면, 그의 말대로 섣부른 행동을 해 버렸을 것이다. 그렇게 되었다면 먼 훗날, 곤경에 처한 아이를 도와주지 못한 스스로를 평생 탓하게 되었겠지.

「손목에 그 정도의 멍이 들 정도로 학대를 받았다면 보이지 않는 곳에는 더 심한 상처가 있을 수 있습니다. 보통은…… 말이죠.」

낮게 말하던 정록의 음성이 귀를 울렸다. 그의 말을 가슴에 새기며 주위를 두리번거리던 진심은 숨을 크게 들이마셨다. 그 사건이 일어난 이후 보이지 않던 아이를 이곳저곳에 수소문을 해 본 결과, 오늘에서야 비상계단에 앉아 있다는 이야기를 전해 들었다.

'침착하자, 오진심.'

진심은 15층과 16층에 연결된 비상계단의 문 앞에서 호흡을 고른 뒤 손을 뻗었다.

끼이익.

매우 조심스러운 행동이었기에 문이 열리는 것은 순식간이었다. 천천히 그곳으로 발을 내딛은 진심은 문이 열리자 화들짝 놀라 고개를 든 아이를 발견할 수 있었다. 허공에서 진심의 눈동자와 눈이 마주친 아이가 벌떡 일어나 도망치려고 했지만, 진심의 입술이 열리는 것이 더 빨랐다.

"잠깐만! 나 화내려는 게 아니야! 사과하러 왔어!"

그 말에 도망치려던 아이, 우찬의 움직임이 뚝 멎었다. 그는 위쪽 계단으로 발을 내딛으려다 말고선 진심을 바라보기 위해 슬며시 고개를 돌렸다.

진심은 한 번 더 숨을 고르며 어색하게 웃었다.

「아직 어린아이예요. 무엇이 옳고, 무엇이 그른지 모르는. 그런 아이의 마음을 열게 만들려면 진실되게 다가가는 것이 중요합니다.」

"그땐…… 내가 너무 심했지?"

진심은 말없이 저를 쳐다보고 있는 아이에게 말을 이어 나갔다.

"깜짝 놀라서 그랬어. 쉽게는…… 볼 수 없는 거니까. 혹시나 싶어서. 혹시나 내가 알고 있는 사람이랑 비슷한 경우가 아닌가 싶어서…… 그래서 나도 모르게 그런 행동을 해 버렸나 봐. 누나가 미안해."

「아이의 마음을 움직일 수 있는 공감을 얻어 내야 해요.」

그의 음성이 머리를 가득 채운다. 잊지 않으려 노력하던 진심은 저를 뚫어져라 응시하던 우찬에게 빙긋 웃어 보였다.

"그래, 그래. 아줌마가 미안해."

"풋."

"어? 너 웃었다?"

그녀를 경계하던 우찬이 실소를 터뜨리자 진심은 생긋 미소를 지었다. 우찬은 그에 조금 놀라더니 이내 다시 미간을 좁히며 그녀를 쳐다봤다. 진심은 정록의 이야기를 떠올렸다.

「지금부터 저는 오진심 씨에게 하나의 이야기를 들려 드릴 겁니다. 만약 우찬이를 보게 된다면, 오진심 씨가 이 이야기를 우찬이에게 해 주세요. 아마 지금 상황에서는 제가 건네는 말보다, 오진심 씨가 말을 하는 편이 녀석에게는 더 와닿을지 모르죠.」

하나, 하나 그가 했던 말들을 떠올리던 진심은 계단의 난간을 꼭 잡고 있는 우찬에게 한 걸음 다가가며 말했다.

"내 주변에도 있었거든."

우찬의 눈이 동그래졌다.

"……주변?"

진심은 작게 중얼거리는 우찬에게 끄덕끄덕, 고개를 움직였다.

"응. 용기가 없어서 내내 도망만 치다가, 결국 사랑하는 사람을 잃은 사람 말이야."

「그건 마치…….」

"끝이 보이지 않는 동굴을 한없이 걷고 있는 기분이라고 했어."

「언젠가는 이 지독한 현실에서 벗어날 수 있을 거라 여기며 걷고 또 걸었답니다. 하지만…….」

"그 끝은 쉽게 오지 않았대. 나만 견디면 된다고 생각하며 걷고 또 걸었는데, 정작 다치는 건 나 혼자만이 아니었다고도 했어."

「한없이 이어지는 고통에 점점 지쳐 갔답니다. 그러던 도중에…….」

"먼저 쓰러져 버린 것은 그 고통을 함께 겪던 사람이었대."

가만히 이야기를 듣고 있던 우찬이 눈을 크게 떴다.

진심은 쓴웃음을 흘리며 말을 이었다.

"소년이 뒤늦게 혼자 남겨진 것을 알았을 때는, 이미 모든 것이 늦어 버렸다고 했어."

어떤 식으로 말을 해 주어야 할까. 정록이 제게 해 준 한 소년의 이야기를 떠올리며 고민하고 또 고민했다. 진심은 제 말 한 마디, 한 마디에 반응을 보이는 우찬을 지켜봤다.

이런 식의 상담은 한 번도 해 본 적이 없다. 하지만 시도도 해 보지 않고 포기해 버린다면 아이의 도와 달라는 간절한 외침을 무시하는 것이나 마찬가지였다. 무의식적으로 S.O.S. 신호를 다 보내고 있는 아이를 두고 포기할 순 없었다.

진심은 정록이 했던 말을 되새기며 아이의 눈을 똑바로 응시했다.

"너는, 그렇게 두고 싶지 않아."

어린아이를 상대로 비유적 표현을 사용하는 것은 확실히 무리가 있었지만, 제 말을 듣고 입술을 파르르 떠는 아이의 눈동자를 보자니 더는 멈출 수가 없었다. 진심은 고개를 푹 숙이고 있는 우찬에게 천천히 다가갔다.

"우찬아."

정록의 말대로 진심과 눈앞의 아이는 만난 지 며칠 되지 않는 사이였다. 고작 몇 번밖에 만나지 않았으면서 이렇게 나서는 것은 주제넘은 일인지도 모르지만, 곤경에 처한 아이를 보고 모르는 척하는 것은 더욱 옳지 못한 일이었다. 진심은 저를 부르는 목소리에 얼굴을 드는 아이의 손을 살포시 잡았다. 아이의 맑은 눈동자가 세게 요동쳤다.

「보통 지속적으로 신체적, 정신적 폭행을 당하다 보면 상대적으로 자존감이 낮아지게 된다고 합니다. 스스로에게 문제가 있다고 여기게 될 확률이 높다는 거죠. 그래서 주변에 쉽사리 도움을 청하지 못한다고 해요. 이럴 땐 주변에서 먼저 손을 내미는 것이 중요합니다.」

"누나가…… 아니, 이 아줌마가 도와줄 수 있어."

"······."

"넌 똑똑하니까 아줌마가 무슨 말 하는 건지, 이해할 거야."

우찬은 자신을 직시하며 말하는 진심에게서 시선을 떼지 않았다. 진심은 떨리는 우찬의 속눈썹을 내려다보며 옅은 미소를 그렸다.

"그거 아니? 용기 있는 사람은 때론 자신에게 다가온 도움의 손길을 뿌리치지 않는단다."

용기라는 단어에 우찬이 입을 꾹 다물었다. 진심은 조심스럽게 물음을 던졌다.

"주변에······ 아줌마의, 그리고 네 도움이 필요한 사람이 있지 않니?"

진심의 말에 우찬이 입술을 움직이려 하는 게 보였다. 진심은 간절한 시선으로 그를 바라보았다.

제발 알아주기를.

기도하고 또 기도하며 우찬의 대답을 기다렸다. 심장이 터질 것 같았다.

"나는······."

우찬은 진심의 얼굴과 제 손을 붙들고 있는 그녀의 손을 번갈아 보더니 인상을 썼다.

"꺅!"

심상찮은 느낌에 진심이 움찔하는 사이, 우찬은 그녀의 손을 뿌리치고선 계단을 타고 내려갔다.

쿵쾅쿵쾅.

요란하게 울리는 우찬의 발걸음 소리가 흘러 들어온다. 진심은 얼굴을 푹 떨어뜨리며 한숨을 내쉬었다.

❖

"자요."

스윽, 다가오는 그림자에 진심이 고개를 들었다. 넋을 놓고 있는 사이 제게 김이 모락모락 피어나는 커피 잔을 내밀고 있는 정록이 보였다. 진심은 깜짝 놀라 눈을 휘둥그레 떴다.

"변호사님. 커피 탈 줄도 아세요?"

무의식적으로 꺼낸 말에 정록이 피식 웃음을 흘렸다.

"제가 알고 있기로, 저는 오진심 씨보다 요리에 소질이 있는 걸로 아는데요."

"아!"

"맛이 괜찮을 겁니다. 드세요."

"고, 고마워요."

진심은 얼떨결에 그에게서 머그잔을 건네받고선 배시시 웃었다. 정록은 주변을 둘러보더니 머그잔에 입술을 가져다 대며 커피를 마시는 진심을 내려다보았다.

"변호사……님?"

곧 그의 시선을 포착한 진심은 말없이 저를 쳐다보고 있는 정록을 의아한 눈으로 올려다보았다. 정록은 고개를 갸웃거리는 진심에게 말했다.

"거절당한 걸로 기죽지 마십시오."

"네?"

"쉽게 열릴 리 없는 마음입니다. 상처가 워낙 커서 그러는 거겠죠. 이 시점에서는 우리가 포기하지 않는 게 중요합니다. 몇 번 거절당한다고 체념해 버리는 게, 더 좋지 않습니다."

표정 하나 변하지 않고 흘리는 그의 말이 가슴에 콕콕 박혔다. 진심은 저를 위로하려는 것이 분명한 정록을 가만히 응시했다.

그녀의 손에 들린 머그잔에선 계속해서 김이 피어오르고 있었다.

"오진심 씨?"

정록은 자신이 해야 할 말을 마친 뒤, 진심이 대꾸하기를 기다리고 있었던 모양이었다. 그녀를 바라보던 정록은 나지막한 진심의 중얼거림에 귀를 기울였다. 진심은 내내 묻고 싶었던 말을, 그에게 건넸다.

"그때, 변호사님께서 저한테 해 주신 말이요. 그거…… 누구와 관련된 이야기예요?"

우찬에게 정신이 팔려 있느라 묻는 것을 잊고 있었다. 그날, 정록이 제게 해 주었던 한 상처 받은 소년의 이야기는 한 번도 들어 본 적이 없는 이야기였으니까.

우찬을 설득하는 데만 급급해서 그 이야기를 어디에서 들었는지, 누구의 이야기인지 물을 생각조차 하지 못했다. 하지만 돌이켜 보니, 정록이 해 준 이야기는 우찬을 설득하기 위해 꾸며 낸 이야기가 아닌 듯싶었다.

제 질문에 가라앉기 시작하는 그의 검은 눈을 바라보며 진심은 가슴이 두근거리는 것을 느꼈다.

정록은 무슨 생각을 하는 건지 읽을 수 없는 표정을 지으며 그녀를 내려다보고 있었다.

'설마.'

심장이 철렁거렸다. 급격하게 어두워진 그의 모습을 보자니, 정록의 상처를 건드려 버린 것 같아 조급해졌다.

진심은 갑자기 다운된 분위기에 하하, 어색하게 웃음을 터뜨렸다.

"죄, 죄송해요. 꼭 알아야 하는 건 아니었어요. 그냥 단지 궁금해서 그랬을 뿐이에요! 변호사님. 방금 한 질문은 잊어……."

"괜찮습니다. 딱히 숨길 이야기도 아니니까."

정록의 눈빛이 예사롭지 않아 서둘러 화제를 돌리려던 진심은 쓰게 미소 지으며 말을 꺼내는 정록에게서 눈을 떼지 못했다.

정록은 가슴의 박동이 거세진 진심에게 옅은 웃음을 그렸다.

"제 일은 아니지만 제 주변에서 일어났던 일입니다."

"……네?"

"부모의 학대로 고통을 겪었던 녀석을…… 알고 있거든요."

그가 태연하게 중얼거렸다. 진심은 귀가 먹먹해지는 것을 느꼈다.

'무슨 소리를 듣고 있는 거지, 지금?'

심장이 미친 듯이 뛰었다.

"그때는 어려서 그 녀석이 힘들어했던 이유에 대해 잘 알지 못했습니다. 나만큼이나 속을 잘 드러내려 하지 않으려는 녀석이라, 그토록 고통을 겪는 원인도 몰랐고 제자리를 찾지 못하는 녀석에게 화만 냈습니다. 하지만 이제 와 생각해 보면 당시 더 비뚤어지지 않고 견뎌 준 녀석에 대해 고마움을 느끼고는 합니다."

"아."

"그래서인지…… 어쩌면 우찬이에게 눈길이 가는 건지도 모르겠군요. 당시, 그 녀석에게 신경을 써 주지 못했던 것에 아직 미련이 남은 건지."

흐리게 웃는 정록의 말에 진심은 무의식적으로 입술을 눌렀다. 부드러운 그의 음성이 머리를 뒤덮어 현기증이 일었다.

제게서 눈을 떼고 손에 차고 있는 손목시계를 흘긋거리며 말하던 정록을 보자니, 괜히 속 안에서 무언가가 울컥 차오르는 게 느껴졌다.

"이런. 벌써 퇴근 시간입니다. 오늘은 이상하게 시간이 빨리 흐르……!"

아무렇지도 않게 말을 잇던 정록을 향해 진심이 손을 뻗은 것은 그 즈음이었다.

"오진심 씨?"

정록은 갑자기 그의 허리를 와락 끌어안은 진심의 행동에 미간을 좁혔다. 진심은 입을 꾹 다문 채 정록의 허리를 있는 힘껏 붙들고 있었다. 정록은 부드러운 그녀의 머리카락이 흩날리는 것을 물끄러미 내려다보며 입술을 달싹였다.

"뭐 하는 겁니까, 오진심 씨. 이러다 다른 사람이 보면 어쩌려고."

"가만히 있어요, 변호사님."

명령에 가까운 진심의 말에 정록은 다음 말을 삼켰다. 두근두근 뛰는 심장 소리와 함께 그의 얕은 숨결이 정수리를 어지럽히는 게 느껴진다. 진심은 정록을 끌어안은 팔을 풀지 않으며 중얼거렸다.

"지금 이렇게 하지 않으면 제가 못 견딜 것 같아서 그러는 거니까."

"……."

"고마워요."

"뭐가 말입니까."

무뚝뚝하게 되묻는 정록에게 진심은 답했다.

"무탈하게 잘 자라 줘서."

"나에게는 문제가 없었습니다."

거짓말.

티는 내지 않았지만, 무덤덤하게 뱉어 내는 그 말에서 상처를 느낄 수 있었다.

당시 고통스러워하던 친구를 도와주지 못했던 자책마저 느껴져 속이 쓰려 올 정도다. 태연한 표정을 지으려 애쓰는 그가 안쓰러워 진심은 저도 모르게 이를 악물어야 했다. 왈칵 눈물을 쏟지 않기 위해.

진심은 입꼬리를 올리려 노력하는 정록을 고개 들어 응시하다, 짧게 숨을 흘렸다. 그리고는 그의 허리에 다시 얼굴을 파묻으며 중얼거린다.

"그러고 보니 저, 변호사님에 대해 그리 잘 알지 못하네요. 여자 친구가 된 지 한 달이 넘었는데, 어떻게 그런 기본적인 것도 모르지? 여친 실격이야."

진심은 자책하며 고개를 아래로 떨구었다.

그런 그녀의 행동에 정록이 픽 웃는 소리가 들렸다.

"다 알아낼 거예요."

"무엇을?"

"전부 다. 변호사님이 어릴 때 어떻게 자랐는지, 학창 시절엔 뭘 하고 지냈는지, 대학은 어떻게 보냈는지, 여자 친구는 몇 명을 사귀었고, 가족들은 총 몇 명인지, 어떤 꿈을 꾸고, 어릴 적 이상형은 누구였는지…… 전부!"

반짝반짝 눈을 빛내며 그를 쳐다보는 진심의 시선에 정록의 검은 눈동자가 거세게 요동쳤다.

그는 저를 올려다보고 있는 진심의 머리 위로 손을 뻗었다.

"……!"

진심은 말없이 그녀의 머리카락을 슥슥 문지르는 정록을 지그시 바라봤다. 일렁이는 그녀의 눈을 향해 정록은 속삭였다.

"알려 드리죠. 하나부터 열까지, 다. 오직…… 당신에게만."

"변호……."

똑똑.

퇴근 시간에 가까워지기는 했지만 아직까지는 엄연한 업무 시간.

진심이 정록의 말에 감격하며 소리를 흘리기가 무섭게 노크 소리가 들렸다. 진심은 얼른 그를 밀치며 얼굴을 돌렸다.

"어이, 권 변. 너 서울고법 양 판사 성향 어떤지, 어?"

권정록 변호사의 옆 집무실에서 일하고 있던 최윤혁 변호사가 서류 더미로 보이는 무언가를 잔뜩 든 채 집무실 안으로 들어오다 눈을 휘둥그레 떴다.

"두 사람, 뭐 해?"

❖

"많이 기다렸지?"

호오, 호오.

새빨개진 손에 입김을 불어넣으며 걸어온 여성의 음성에 아이는 고개를 들었다.

"어떻게 왔어? 네가 왔다는 얘기 듣고 깜짝 놀랐어. 학원은? 다녀왔어?"

그녀는 붉어진 아이의 코를 슥 문질러 주며 부드럽게 미소 지었다. 아이는 그런 그녀를 그저 바라볼 뿐이었다.

"너 여기 있다는 거…… 아빠한테는 말씀드렸어?"

아이는 대답 대신 고개를 가로저었다. 그 말에 작게 한숨을 흘린 여성이 말을 이었다.

"앞으로는 아빠한테 꼭 말씀드려. 안 그러면 화내시잖아. 말도 없이 엄마 일하는 데 왔다고."

"……."

"우리 우찬이, 아빠한테 혼 안 나려면 어떻게 해야 하는지 알지?"

여성은 아무 말도 하지 않고 저를 쳐다보고 있는 아이를 부드럽게 타일렀다. 아이는 '으응' 하고 기어들어 가는 목소리로 대답하고선 여성을 향해 손을 뻗었다.

"으."

"엄마?"

"아, 아냐. 괜찮아."

제가 손을 잡자 신음부터 흘리는 여성을 보고 우찬은 얼른 손을 떼려 했다. 그러나 그런 아이의 손을 뿌리치지 않은 여성은 부드러운 미소를 지으며 말했다.

"손에 갑자기 힘이 들어가서 조금 놀랐을 뿐이야."

"……."

"그런데 그건 뭐니?"

여성의 눈이 제 손을 잡고 있는 우찬의 손이 아닌, 다른 손으로 향했다.

「……면, 이걸 사용해.」

우찬은 의아해하는 여성을 올려다보더니 왼손에 있던 것을 서둘러 주머니 속으로 넣으며 고개를 가로저었다.

"아무것도 아니야."

여성은 그런 우찬을 내려다보더니 이내 옅게 웃으며 다시 앞으로 걸어가기 시작했다.

❖

살다 보면 뜻대로 풀리지 않는 날이 있다. 오진심에게 있어선 스물일곱 겨울, '그날'이 유독 그랬다. 지독하게 제멋대로 굴러가 도통 잡을 수가 없는 바퀴처럼 '그날'은 정신을 못 차릴 만큼 빠르게 흘러갔다.

그 일을 겪은 후, 진심은 '그날'과 같은 날이 두 번 다시는 오지 않으면 좋겠다고 빌고 또 빌었다.

'하지만 요즘이…… 딱 그렇단 말이야.'

폭풍전야라는 말이 떠오를 정도로 고요하기 그지없는 일상이 어쩐지 불안하다. 진심은 굳은 얼굴로 창밖을 바라보았다.

"윤서야. 너 요즘 무슨 근심 있어?"

그런 그녀의 걱정을 눈치챈 걸까.

진심은 제게 건네는 것이 분명한 목소리에 눈을 돌렸다. 어느새 서초동의 건물 주차장에 차를 멈춘 혁준이 의아한 얼굴로 그녀를 응시하고 있었다.

하여간 이런 눈치는 빠르다니까. 진심은 쓴웃음을 흘리며 고개를 저었다.

"아니, 없어."

"그런데 얼굴이 왜 그리 어두워? 꼭 세상 모든 짐은 다 짊어진 얼굴로."

'그런가.'

"무슨 일 생기면 혼자 끙끙 앓지 말고 나한테 말해. 알았어?"

"아무 일 없다니까."

"그래도!"

"알았어."

건성으로 대꾸하자 혁준의 얼굴 위로 불만이 쌓인다. 진심은 대충 손을 휘휘 저어 보이고는 조수석의 문을 열었다.

"참, 조만간 대표님한테서 연락 갈 거야."

"대표님이?"

"그럴 일이 있어. 그러니까 일단 마음의 준비 단단히 하고 있어!"

"……."

차에서 내리는 진심을 향해 씩 웃으며 외치는 혁준의 얼굴은 밝기만하다. 그를 따라 미소를 짓고 싶은데 어쩐지 환한 눈웃음을 그릴 수 없었다. 혁준의 말대로 세상의 짐을 다 짊어진 것처럼 무거운 마음이 들었으니까. 진심은 부우웅, 소리를 내며 멀어지는 혁준의 밴이 흔적을 감출 때까지 지켜보았다.

지하 주차장에서 회사로 올라가는 길. 진심은 마침 닫히고 있는 엘리베이터의 열림 버튼을 눌렀다. 그러자 닫히려던 엘리베이터 안에서 낯익은 얼굴이 보였다.

'이런.'

"어머."

상대 역시 저를 발견한 건지 낮은 탄성을 터뜨렸다. 진심은 저를 아래위로 훑으며 싱긋 미소 짓는 오재윤 변호사 집무실의 비서, 혜선에게 꾸벅 묵례했다.

"윤서 씨, 지금 오시나 봐요?"

"네."

"호호, 그렇구나."

스윽, 제 의상을 살피는 듯 피식 실소를 터뜨리는 혜선의 눈길이 느껴졌다. 이상하게 껄끄럽다.

다른 비서들은 그렇다 치더라도, 지금 함께 엘리베이터를 타고 있는 혜선은 유독 제게 날을 세우고 있었다. 저번 크리스마스 때도 그랬고, 정록의 집무실에서도, 그 이후로 저와 부딪칠 때마다 계속.

'내버려 두어야 하는 건가.'

앞에선 웃으며 뒤에서는 칼을 가는 별들의 세계에서 눈칫밥만 나름 10년이다. 그곳에서도 고고하게 제 갈 길을 가며 견뎠던 진심이 혜선의 눈길을 눈치채지 못할 리 없었다. 진심은 생글생글 웃으면서도 언제든 비수를 꽂을 준비를 하고 있는 혜선에 대한 대응을 고민했다.

"오늘은 어떤 남자 차를 타고 왔어요?"

두 여자를 태운 엘리베이터가 5층을 지날 무렵이었다. 진심은 고요한 침묵을 깨는 혜선의 말에 옆으로 시선을 옮겼다. 혜선이 반달처럼 눈을 휘며 진심에게 웃고 있었다.

"예?"

"그냥 궁금해서요. 대답하기 어려우면 하지 않아도 돼요. 저는 말이죠, 왜 그리 남자분들이 윤서 씨에게 잘 보이려 애쓰는지 통 모르겠다니까요. 호호!"

정록의 집무실에 비서들을 대동하고 단체로 찾아왔을 때와 비슷한 표정이었다. 진심은 툭 말은 던져 놓고 나 몰라라 하는 혜선을 빤히 응시했다.

저와 엇비슷한 키.

아니 조금은 작나.

힐을 신고 있어도 자신의 눈높이에는 미치지 않았던 터라 혜선은 진심을 올려다보고 있었다. 생글생글 웃고 있는 혜선을 가만히 내려다보던 진심은 피식, 실소를 터뜨렸다. 그러고는 그녀의 실소에 의아해하는 혜선을 바라보며 짙은 미소를 지었다.

"혜선 씨."

"네?"

"마침 말이 나왔으니 하는 말인데, 혜선 씨에게 줄곧 하고 싶은 이야기가 있었어요."

진심의 말에 혜선이 눈을 가늘게 떴다.

"뭐죠?"

진심은 웃으며 말을 이었다.

"저한테 하나부터 열까지 신경 쓰시면, 피곤할 거예요."

"……네?"

"그러니까. 일일이 제게 신경을 쓰시다가는 열불 터지는 일들이 한두 가지가 아닐 거라는 소리예요."

"……!"

이번에도 당하고 있을 거라 여겼던 걸까.

혜선이 황당한 표정을 지으며 그녀에게서 눈을 떼지 않았다. 진심은 그런 혜선에게 여유롭게 입꼬리를 올린 후, 시상식의 포토라인 앞에서나 보이던 눈웃음을 지어 주었다.

"혜선 씨도 알고 계시다시피, 제가 평범한 사람이 아니었잖아요. 아마 그래서인지도 모르죠. 대한민국 남성분들이 제게 호의를 베풀어 주는 건 말이에요."

"다, 당신!"

"하지만 혜선 씨. 안타깝게도 그분들이 제게 호의를 베푸는 건, 제게 있어선 그리 특별한 일이 아니랍니다. 그저 매일 같이 일어나는 일상 중의 일상이죠. 그건 제가 은퇴를 한 지금도 변함이 없네요. 솔직히, 귀찮을 정도로."

"……!"

"그러니 저를 너무 의식하지 마세요. 웬만한 톱급 연예인들도 저를 의식하다 모두 백기를 들어 올렸거든요. 혜선 씨는 혜선 씨 자리에서, 혜선 씨 나름대로의 일을 잘 해 나가면 돼요. 사회생활이 그런 거 아니겠어요?"

"오, 오윤……!"

"문이 열리네요. 그럼, 먼저 실례할게요. 아침에 정리해야 할 서류가 있어서."

제 말 한 마디, 한 마디에 부르르 떨리는 혜선의 속눈썹이 보인다. 이렇게까지 날카로운 대응을 하지 않으려 했으나 보통 이런 부류들은 제대로 대응하지 않으면, 귀찮을 정도로 물고 늘어지기 일쑤다. 진심은 이를 갈고 있는 그녀에게 말을 마친 뒤 또각또각 앞으로 걸어갔다.

'고작 이런 것 가지고 불안할 리 없는데 말이지.'

프런트 데스크의 직원들이 성큼성큼 움직이는 진심에게 인사를 건넨다. 요 며칠 동안 가슴에 눌러앉아 떠날 줄 모르던 불안감은 혜선과의 일로도 사라지지 않았다. 고작 여자의 질투로 인해 생긴 불안감이 아니었다.

'원인은 따로 있는 게 틀림없어.'

그들에게 화사하게 웃어 주며 권정록 변호사 집무실이 있는 복도 앞에 다다른 진심은 들고 있던 핸드백을 자신의 데스크 위에 올려 둔 뒤 긴 한숨을 내뱉었다.

"웬 한숨입니까?"

아!

"변호사님!"

현재 시각 오전 8시 15분. 아직 정록의 집무실 안으로 들어가질 않았기에 그가 이미 도착해 있을 줄은 예상하지 못했다. 진심은 제 등 뒤에서 들려오는 음성에 깜짝 놀라 그를 쳐다봤다.

정록이 머그잔을 들고 서 있었다.

"언제 오셨어요?"

눈을 동그랗게 뜨며 그를 쳐다보자 정록이 부드러운 목소리를 흘렸다.

"오늘 처리해야 할 일이 많을 것 같아 일찍 나왔습니다. 오진심 씨보다 조금 먼저 왔네요."

"그럼 연락을 주시지……."

"이 시간대쯤 도착할 것 같아 하려다 말았습니다."

진심은 옅게 미소를 그리며 제게 머그잔을 건네는 정록을 멀뚱히 바라봤다.

"변호사님 드시려고 타 온 거 아니에요?"

"전 제가 탄 커피는 그리 맛있게 느껴지지 않아서요."

"네?"

"처음부터 오진심 씨한테 드리려고 했던 거니까, 드세요. 그리고 제 커피는 오진심 씨가 타 주셨으면 좋겠군요."

"……예?"

"이상하게 제가 탄 것보다 오진심 씨가 탄 게 더 맛있어서요."

뜨거운 머그잔을 받아 든 진심의 눈동자가 크게 요동쳤다. 고개를 살짝 숙인 정록이 귓가에 속삭이는 말이 간지럽다. 진심은 입꼬리가 자꾸만 올라가는 것을 느끼며 중얼거렸다.

"갈수록 능숙해지시네요."

"뭐가 말입니까?"

뻔뻔하기까지.

진심은 제 마음을 홀리는 스킬이 날이 갈수록 업그레이드되고 있는 정록을 흘긋거리며 어깨를 으쓱였다. 정록은 알겠다고 대답하는 진심에게 '그럼 부탁합니다'란 말을 남긴 뒤, 집무실로 들어갔다.

진심은 정록에게 미소를 지어 보이고는 들고 있던 머그잔을 조심스럽게 데스크 위로 올려 두었다. 뚜껑으로 잔 위를 덮어 둔 진심은 조금이라도 빨리, 정록에게 자신이 탄 커피를 만들어 주기 위해 탕비실로 발을 옮기려 했다.

그 순간.

"……!"

차릭!

진심은 집무실 복도로 나서기도 전에 퀴퀴한 냄새가 나는 물이 제 얼굴을 뒤덮는 것을 인지했다.

뚝, 뚝.

걸음을 멈춘 진심이 젖어 버린 머리카락에서 흘러내리는 물방울을 바라보는 사이, 누군가가 소리쳤다.

"……책임져!"

아아.

"책임지라고!"

역시.

"당신…… 당신 때문이야! 당신 때문에 모든 게 엉망이 되어 버렸어! 어떻게 할 거야! 이를…… 이를 어떻게 할 거냐고!"

거봐.

어쩐지…… 불안하다 했다.

소란이 일어나는 것은 순식간이었다. 진심은 대체 무슨 일이 일어나고 있는 건지 알아차리지 못했다. 정록을 위해 믹스 커피를 타러 탕비실로 향하려는 도중, 갑자기 제 앞을 가로막는 누군가를 발견했고 얼떨결에 걸음을 멈추기도 전에 냄새 나는 물이 제 몸을 뒤덮었다.

검은 고무줄로 질끈 묶고 있던 그녀의 머리카락 끝에선 줄줄, 더러운 물방울이 흘러내렸다.

이게 어떻게 된 일일까? 라는 생각을 할 때 웬 여자가 소리를 내질렀다.

「책임지란 말이야!」

그 음성은 흐느끼는 것 같기도 했고, 피를 토하는 것 같기도 해서 진심
은 멍하니 눈만 깜빡였다.

겨우 제정신을 차리니 은색 양동이를 든 여자가 쉴 새 없이 눈물을 흘
리며 제게 소리치고 있는 모습이 보였다. 숨이 차올랐다.

「우찬 어머니! 이게 무슨 짓입니까!」

뒤늦게 상황을 파악한 정록이 서둘러 집무실에서 나와 진심의 앞을 가
로막고 소리쳤다. 진심은 그의 방해에 엉엉 울며 털썩 주저앉는 여자를
넋 놓고 응시했다. 심장이 내려앉는 기분은, 그때 처음 느꼈다.

"안 됩니다. 전화 안 받아요."

고개를 내저으며 말하는 최윤혁 변호사의 음성이 진심을 현실로 불러
들였다. 진심은 주위를 둘러보았다. 그러자 심각한 표정을 짓고 있는 사
람들이 시야로 들어왔다.

진심의 주변에 있던 이들은 정록의 동료이자, 로펌 올웨이즈를 이끌고
있는 변호사들이었다. 최 변호사의 말에 작게 욕설을 흘리던 올웨이즈의
연준규 대표 변호사가 다급하게 입을 열었다.

"권 프로, 경찰 쪽에는 연락했어? 너 광수대랑 인연 있잖아!"

"연락했습니다. 서초서에도 연락했고요."

"잘했어. 그런데…… 진짜 어쩌면 좋냐."

후우, 뱉어 내는 한숨 소리가 크게 귀를 울린다. 진심은 차마 얼굴을
들 수가 없었다.

"그 녹음기만…… 그 녹음기만 아니었더라면…… 저 여자가 준, 그 녹

음기만 아니었더라면 이런 일은 없었을 거예요! 이런 일은 없었을 거라고
요!"

17층에 위치한 로펌 올웨이즈의 대표실 안.

전화기 근처에 모여 있는 몇몇 변호사들과는 달리, 다른 비서들에게
둘러싸여 안정을 취하고 있던 여자가 진심을 가리키며 소리쳤다. 그 손가
락질에, 대표실 한가운데 위치한 소파에 앉아 얼굴을 딱딱하게 굳히고 있
던 진심이 몸을 움찔거렸다.

"권 프로. 윤서 씨 좀 잠깐 내보내 봐."

입술을 떨고 있는 진심의 모습을 포착한 연 대표가 정록에게 말을 걸
었다. 정록이 미간을 좁히자, 연 대표가 수군거렸다.

"연희 씨한테 자세한 상황 설명도 들어야 하니까, 일단 잠깐만이라도
둘을 떼어 놓자고."

"……."

"옷이 다 젖은 것 같으니, 대충 옷이라도 갈아입으라고 잠시 내보내는
게 좋겠어. 권 프로가 마음 상하지 않게, 말 잘해."

자신이 앉아 있는 곳과 그리 멀지 않은 곳에서 대화를 나누었기에 무
슨 소리를 하는 건지 똑똑히 귀로 전해 진다. 진심은 한숨을 내쉰 정록이
제게 다가오기 전, 먼저 소파에서 몸을 일으켰다.

"오진……."

"어디 가! 우리 우찬이, 그렇게 만들어 놓고! 어딜 가냐고!"

"연희 씨!"

"우찬 어머니!"

"……."

"당신 때문이야! 당신이 그 녹음기만 주지 않았다면, 우찬이가 그렇게
될 일은 없었어! 알아? 당신이 부추기는 바람에…… 흑흑, 당신 때문이

라고!"

진심은 눈물범벅이 된 얼굴로 제게 소리친 우찬의 어머니, 심연희가 그녀의 젖은 옷을 꽉 움켜쥔 채 소리치는 모습을 지켜보았다.

"진정하세요, 연희 씨! 뭐 해? 빨리 연희 씨 떼어 놓지 않고!"

로펌 올웨이즈에서 청소부로 일하고 있는 연희와 다들 한 번쯤은 마주쳤던 지라, 낯설지 않았던 직원들은 버럭 외치는 연 대표의 명령에 서둘러 연희를 진심에게서 떼어 놓았다.

진심은 엉엉 울며 우찬을 돌려내라고 소리치고 있는 연희를 바라보다 대표실을 벗어났다.

'아…… 정말. 되는 게 하나도 없는 날이네.'

눈앞이 하얗게 물든다.

진심은 현기증이 이는 것을 느끼며 대표실 앞 복도에서 비틀거렸다.

"오진심 씨!"

"그저…… 도와주고 싶었을 뿐이었어요."

제정신이 아닌 진심 대신 혁준에게 전화를 걸었다. 현 상황을 간략하게 읊어 준 뒤, 진심을 데리고 지하 주차장으로 향한 정록은 옆에서 들려오는 나지막한 목소리에 깜짝 놀랐다. 자신의 험담을 들었을 때도 당당하게 맞서던 여자가 뚝뚝, 눈물방울을 흘리고 있는 것이 보였기 때문이다.

심장이 요동쳤다.

"변호사님."

고개를 들어 올린 여자가 그를 응시했다. 복잡한 심경이 담겨 있는 그녀의 눈동자가 크게 일렁였다. 정록은 주르륵 눈물을 흘리면서 입술을 떠는 그녀를 그저 바라볼 수밖에 없었다.

"정말 저 때문인 걸까요? 제가…… 제가 우찬이한테 녹음기를 줘서, 그래서 우찬이가 지금 이렇게 된 걸까요?"

"오진심 씨."

"어쩌면 정말 저 때문인지도 몰라요. 그래서 우찬이가 행방불명이 된 건지도 모르겠어요. 제가 괜히 그 집안일에 끼어들어서…… 아무것도 모르면서, 어쭙잖게 끼어드는 바람에 이런 일이 생긴 거라고……."

"오진심 씨. 내 말……."

"가정폭력에는 증거를 확보하는 게 제일 중요하잖아요. 그래서 건넸어요. 우찬이 보고 용기를 내야 한다고 부추기면서. 우찬 어머니의 말씀이 맞는 건지도 몰라요. 제가 바보였어요. 이제 겨우 열 살밖에 안 된 애한테 제가…… 제가 대체 무슨 짓을."

"오진심!"

불러도 제 부름에 응답하지 않던 그녀가 혼잣말을 이어 가는 것을 내 버려 둘 수가 없었다. 정록이 크게 그녀의 이름을 부르자 넋 놓고 입술을 움직이던 진심이 고개를 들었다. 정록은 손을 뻗어 그녀의 양 어깨를 세 게 부여잡더니 말했다.

"정신 차리십시오. 오진심 씨."

그의 일갈에 흔들리던 진심의 눈동자가 순식간에 고요해졌다. 정록은 그녀가 시선을 돌리지 않도록, 진심에게 눈을 고정시키며 소리를 뱉어 냈다.

"당신이 잘못한 거 아니야."

"……네?"

"잘못한 거, 아니라고."

진심의 미간이 좁아지는 것을 지켜보던 정록은 말을 이었다.

"그래요. 당신 말대로. 우찬 어머니 말씀대로, 당신이 불을 지핀 걸 수도 있어요."

"변……."

"하지만 당신이 아니더라도, 언젠가는 일어날 일이었을 겁니다."

"……!"

"하필 당신이 계기가 되었고, 그래서 일이 발생했던 것뿐. 아버지 쪽의 문제는 곧 터질 화약고나 다름없었습니다. 그러니 너무 자책하지 마십시오. 당신은 그저 외면할 수 없었잖아. 도와주고 싶었을 뿐이잖아. 안 그래?"

타이르듯 말하는 정록을 보며 진심이 입술을 잘근 깨물었다. 하고 싶은 말은 많아 보이는데, 그 말을 전부 쏟아 내기에는 힘들어 보였다. 정록은 미세하게 떨리는 그녀의 손 위로 제 손을 덮었다.

"찾을 수 있습니다."

진심의 떨리는 눈이 그에게 꽂힌다. 정록은 목에 강한 힘을 주었다.

"우찬이. 우리가 힘을 합치면 찾을 수 있을 테니까, 그렇게 무너져 버리지 마십시오."

"……."

"여기서 주저앉는 거 오진심답지 않잖아. 오진심은 포기라는 거 모르는 여자, 아니었나?"

다정하게 말해 줄 수도 있었지만, 벼랑 위의 풀처럼 위태롭게 움직이는 진심을 보자니 냉정하게 말하고 싶어졌다.

정록의 말에 그를 서운한 듯 바라보던 진심은 이내 한숨을 내쉬며 고개를 끄덕였다. 그러고는 굳게 다물고 있던 입술을 달싹였다.

"그래야……겠죠?"

진심이 그의 옷깃을 덥석 잡으며 묻는다.

"그래야겠죠, 변호사님? 저, 괜히 나선 거 아니겠죠? 우찬이도 무사히 찾을 수 있겠죠? 이런 일을 저지른 우찬이 아버지도 처벌할 수 있겠죠? 그렇겠죠? 모두 잘 끝날 수 있겠죠?"

몇 분 전, 우찬의 어머니인 연희가 끼얹은 화장실 물로 인해 머리부터 발끝까지 다 젖어 버린 진심은 아까부터 내내 어깨를 오들오들 떨고 있는 중이다. 그럼에도 불구하고 자신보다 우찬의 일을 더 걱정하고 있는 진심에게 정록은 고개를 끄덕여주었다.

"네. 그러니까 흔들리지……."

"윤서야!"

정록이 그런 진심을 안정시키기 위해 말을 하던 외중 혁준의 차가 도착했다.

"오윤서!"

요란스레 차를 세운 혁준은 얼른 밴에서 내려 두 남녀에게 달려왔다. 쾅 닫히는 문소리가 혁준의 조급함을 알리는 것 같아 정록의 얼굴도 어두워졌다. 혁준을 발견한 진심이 힘없이 비틀거리는 것을 지켜보며 그녀를 부축하던 정록은 진심의 입가에 서리는 어색한 미소를 발견했다. 진심은 혁준에게 말을 건네려 했다.

"아, 오……."

"대체 이게 무슨 소리야?"

"어?"

"납치라니? 그것도 네가 관련이 되어 있을지도 모르는 납치극이라니!"

그러나 진심이 혁준에게 사정을 설명하기도 전에 헉헉 숨을 몰아쉰 혁준은 얼굴을 찌푸렸다. 이윽고 정록은 그녀에게서 자신으로 시선을 옮긴 혁준의 태도에 쓴웃음을 흘렸다.

"오빠. 흥분하지 말고 들어. 내가 설명해 줄게."

정록은 그런 혁준을 말리며 제 앞을 가로막는 진심의 작은 등을 말없이 지켜보았다.

❖

"예. 열 살 정도 된 남자아이입니다. 머리색은 갈색이고, 키는……."

갑자기 걸려 온 전화에 정록이 진지한 표정을 지으며 대답을 하는 것이 보인다.

'큰일 나는 줄 알았네.'

하마터면 혁준 오빠랑 변호사님이랑 부딪칠 뻔했다고.

이를 갈며 정록에게 달려들려던 혁준을 떠올리며 온몸을 부르르 떨던 진심은 혁준과 대화하라는 듯, 엘리베이터와 연결된 곳으로 자리를 피해 주는 정록을 쳐다보며 안도의 한숨을 내쉬었다.

"윽!"

그때였을까.

정록이 멀어지는 것을 확인한 혁준이 돌연 진심의 팔을 덥석 잡고 끌어당겼다. 짧게 신음을 흘린 진심의 눈에 미간을 좁히고 있는 혁준의 모습이 보인다. 이렇게 험악한 표정을 짓는 혁준의 모습은 처음이었기에 진심은 살짝 긴장했다.

"오윤서 너, 대체 뭐 하고 다니는 거야?"

"오, 오빠."

"너 제정신이야? 정말 제정신이냐고!"

혁준은 믿을 수 없다는 표정을 지으며 그녀에게 작게 소리쳤다. 대꾸를 하고 싶었지만 할 수가 없었다. 혁준은 도저히 분이 풀리지 않는지 계속해서 입을 움직였다.

"연기 수행을 위해서 로펌 비서 대행으로 있으라고 했지, 누가 진짜 비서처럼 열심히 일하라고 했어? 무슨 생각을 하는 거야, 대체! 솔직히 말해. 너, 이번 일엔 어떻게 연관된 거야? 뭐? 납치? 납치라니! 정식 비서도 아니고 임시 비서인 네가 아동 납치랑 대체 무슨 상관인데!"

"오빠, 진정해."

"진정? 지금 내가 진정하게 생겼어!"

"……."

"윤서 너, 이번 일 대표님 귀에 들어가면 어떻게 될 것 같아. 그런 건 생각해 봤니?"

가슴이 철렁했다.

진심이 대꾸하지 못하자 더욱 얼굴을 구긴 혁준은 기세를 몰아 말을 이었다.

"아니. 그전에, 이번 일에 대해 언론에서 냄새라도 맡아 봐! 네가 그토록 원하는 화려한 복귀는 물 건너가는 거야. 완벽하게 좋 나는 거라고! 너, 그건 생각해 봤어? 가짜 은퇴가 아니라 진짜 은퇴까지 생각해 봐야 하는 상황이 닥칠지도 모른다고!"

진심은 그저 입술을 꾹 악물었다.

젠장, 하고 짧게 욕설을 흘린 혁준이 머리를 쥐어뜯으며 한탄하기 시작한다.

"정말 왜 이러니……. 대체 이게 무슨 날벼락이냐고."

"……."

"이쯤에서 한 번 묻자. 오윤서, 너. 우리가 한 약속 다 까맣게 잊은 건 아니지?"

"오빠."

"설마 그건 아니길 바란다. 그런 건 아니어야만 해. 제기랄. 윤서 너 왜 이렇게 내 속을 태…… 흠흠. 무슨 일이십니까, 변호사님?"

진심을 정록의 시야에서 보이지 않는 밴 뒤쪽으로 데리고 와, 쉬지 않고 그녀에게 일갈하던 혁준이 돌연 태도를 바꾸자 진심은 멈칫했다. 변화한 혁준의 모습을 의아하게 여기던 그녀는 혁준의 시선이 자신이 아닌 제 어깨 너머를 향하고 있다는 것을 알아차렸다.

슬며시 뒤를 돌아보니 정록이 어느새 전화를 마치고 자신과 혁준에게 다가와 있었다.

'드, 들은 걸까?'

순간 숨이 막혀왔다.

아직 정록에게 자신의 '비밀'을 사실대로 말하지 않았던 터라 더더욱.

진심은 요동치는 심장을 가라앉히며 정록을 응시했다. 다행히도 정록은 날을 세우는 혁준을 의아하게 바라볼 뿐, 더는 의심하지 않는 눈치였다.

정록은 '방해한 겁니까?'라며 혁준에게 말하더니 이내 진심을 쳐다봤다.

"회사에 경찰이 도착했다고 하는군요. 아는 분이 있어 먼저 올라가 봐야 할 것 같습니다."

"아. 그 유 검사님 가족분이시라는?"

"예. 광수대에서 일하고 계시는 분입니다. 제가 연락을 드렸던 터라 가봐야 할 것 같아요. 오진심 씨는……."

저를 염려하는 정록에게 진심은 애써 손을 저어 보였다.

"저 걱정 마세요, 변호사님! 오빠가 가져온 옷으로 갈아입고 회사로 올라갈게요!"

"괜찮겠습니까?"

"네! 당연하죠. 먼저 가세요! 저 정말 괜찮아요!"

"……알겠습니다. 그럼."

진심은 잠시 주저하다 결단을 내린 정록에게 힘차게 고개를 끄덕였다. 그가 서둘러 엘리베이터를 타고 올라가는 뒷모습을 쳐다보던 진심은 혀를 차고 있는 혁준에게 다가갔다. 그러고는 깊게 심호흡을 한 뒤 입술을 움직였다.

"오빠."

못마땅한 표정을 짓던 혁준의 눈이 진심을 향했다. 진심은 흐리게 웃으며 말을 이었다.

"나 말이야. 도저히…… 정말 도저히 무시할 수 없는 일을 목격하게 됐어."

"오윤서."

"내 말 끝까지 들어줘. 이제 시작이니까."

"……."

진심의 말을 듣던 혁준이 다음 말을 꺼내려다 말자, 그녀는 숨을 골랐다. 그러고는 속에 든 말을 뱉어 냈다.

"가정폭력을…… 당하는 아이였어. 그것도 열 살짜리."

"뭐?"

"놀랐지? 그래. 나도 놀랐어. 나, 그런 거 실제로 보는 거 처음이잖아."

"……."

"말로만 들었지, 정말 내 주변에서 일어나고 있을 줄은 상상도 못 했어."

"윤서야."

"오빠. 나, 웬만하면 그냥 참으려고 했거든? 사회적 시선도 있어서 그냥 참아 보려고 했어. 무시하려고도 했고. 그런데 말이야. 그 꼬맹이의 손목에 난 멍을 보는 순간, 아무 생각이 안 나더라."

"……."

"정말 아무 생각이 안 들었어. 아니, 한 가지 생각은 들었다. 이거, 묵과하면 안 되겠다는 생각."

"하아."

"그래서 끼어들게 된 거야."

한숨을 내쉰 혁준은 미소 짓는 진심에게 대답하지 않았다.

진심은 갈등하는 혁준을 올려다보며 말했다.

"도움의 손길을 내밀었던 걸 후회하지 않아. 만약 내가 그걸 보고도 모르는 척했다면 나는 편했을지 모르지. 그런데 오빠. 오빠는 오빠가 케어하는 배우가 불의를 보고도 묵인하는, 그런 사람이 됐으면 좋겠어?"

"너 인마! 그걸 말이라고!"

"혁준 오빠."

진심은 혁준의 손을 덥석 잡았다. 얼굴을 찌푸리던 혁준이 그런 진심의 행동에 주저하는 것이 보였다. 진심은 간절하게 입술을 달싹였다.

"나, 후회하지 않아. 만약 내가 그 상황을 다시 마주하게 되더라도, 그 아이를 구하기 위해…… 구할 수 있는 방법을 찾기 위해 노력하고, 또 노력했을 거야."

"오윤서."

"내가 너무 미숙해서. 마음만 앞서는 바람에 이런 일이 일어나게 되었지만, 그 아이를 찾기 위해 나도 노력할 거야. 그러니까 오빠. 이런 나를 봐서라도 대표님한테는 조금만, 그 아이를 찾을 때까지만이라도…… 비밀로 해 줘. 그래 줄 수 있지? 응?"

"……."

"조 팀장님……. 네?"

진심이 혁준에게 이토록 애절했던 때는, 로펌 비서로 들어가겠다고 말을 했던 그날 이후 처음이었다. 진심은 절절한 표정을 지으며 혁준을 올려다보았다.

"빌어먹을."

그렇게 한참이나 진심의 눈빛을 받고 있던 혁준이 얼굴을 심하게 일그러뜨리더니 낮게 욕설을 흘렸다.

진심이 그의 반응에 움찔거리자 혁준은 숨을 푹 내쉬었다.

"옷이나 갈아입어."

……어?

"꼴이 그게 뭐냐. 대한민국 최고의 여배우가, 물에 젖은 생쥐처럼."

"오……빠?"

"권 변호사 말 듣고 여벌 챙겨 왔으니까 안에서 갈아입어, 인마."

툭 뱉은 말이었지만, 그 말이 무엇을 의미하는지는 충분히 알 수 있었다. 진심은 흐리게 웃으며 그에게 고개를 까딱였다. 혁준은 그녀를 쳐다보지도 않고 손을 저으며 진심이 밴으로 들어가는 것을 지켜보았다.

「우찬이가 대화를 녹음하고 있다는 걸 알아차리고 그이가 우찬이를 데리고 나갔어요. 그 후로 벌써 이틀이나 흘렀는데, 연락이 되지 않아요. 그이도, 우찬이도요! 이러다 잘못되면 어떡하죠? 우리 우찬이, 잘못되면 어떡해요?」

단지 도와주고 싶었을 뿐이었다. 직접 목격하게 된 이상 묵인할 수 없었으니까.

제게서 도망치려는 아이의 손에 마침 가지고 있던 녹음기를 건네준 것은, 혹시나 할 상황에 아이에게 도움이 될까 싶어서였다. 증거가 있다면, 아무래도 더욱 용기 내기 쉬워질 테니.

하지만 그러다 이런 일까지 발생하게 될 줄은 전혀 예상하지 못했다.

우찬의 어머니인 연희의 말대로 그녀에게 잘못이 없다고 보기 힘들다. 결국 사달이 일어나게 만든 것은 진심이 우찬에게 건넨 녹음기 때문일 테니까.

「제가 낳은 아이예요! 우찬인 제 전부라고요! 그러니까 변호사님들! 제발 부탁이에요. 우리 우찬이, 제발 찾아 주세요! 네? 제가 부탁드릴 분들은 여러분들밖에 없어요…….」

매일같이 물에 담갔던 터라, 습진이 생긴 손으로 당황한 변호사들의 슈트 상의를 움켜쥔 연희는 흐느끼며 소리쳤다. 그녀만큼이나 억장이 무너지는 것을 느끼던 진심은 호흡을 골랐다.

"오빠."

밴 안에 있던 수건으로 머리를 탈탈 털고, 혁준이 가져온 여분의 옷으로 머리부터 발끝까지 갈아입은 진심은 초조한 표정을 짓던 혁준에게 다가갔다. 밴 근처에서 쪼그려 앉아 머리를 벅벅 긁고 있던 혁준이 고개를 들었다.

"나 오빠한테 부탁할 게 몇 개 있는데."

의지를 다진 진심의 말에 혁준의 미간이 좁아졌다.

"대표님한테 비밀로 하는 거 말고, 부탁할 게 또 있다고?"

"응. 미안하지만 꼭 해야겠어."

"……."

"오빠!"

"젠장. 알았어, 뭔데?"

으으, 머리를 휘휘 저으며 앓던 혁준이 고개를 끄덕였다. 진심은 그의 귀에 대고 뭔가를 속삭였다. 혁준은 그런 그녀의 말에 눈을 동그랗게 뜨더니 자리에서 일어났다.

"정말 그래도 되겠어?"

"응."

"……알겠어. 그렇게 준비할게."

진심은 제 말에 백기를 들어 올린 혁준을 보고 빙긋 웃었다. 혁준은 평소보다 밝은 미소를 짓지 못하는 진심을 안쓰럽게 응시하더니 운전석으로 걸어갔다. 시동을 걸던 혁준이 드르륵 조수석의 문을 내리며 진심에게 소리쳤다.

"알아보고 바로 전화할 테니, 연락 기다리고 있어."

"응. 부탁해."

"부탁은 내가 하고 싶은 심정이다. 오윤서, 너 이제 더 이상 변호사님들 곤란하게 만들지 말고 그냥 가만히 있어. 나서지 말고 있으라고. 알았어?"

"……응."

진심은 크게 외치는 혁준에게 음울하게 고개를 끄덕인 뒤, 그가 차를 타고 멀어지는 모습을 지켜봤다.

그렇게 한참 서 있던 진심이 몸을 돌려 로펌 올웨이즈로 향하려 할 때였다. 진심은 갑자기 자신을 가로막는 그림자에 멈칫하며 얼굴을 들었다.

'……어?'

눈앞의 상대를 확인한 진심의 눈동자가 큼지막해졌다. 심장이 벌렁거리기 시작했다. 진심을 막은 사람은 씩 웃으며 중얼거렸다.

"어쩐지 낮이 익더라니. 다름이 아니라 오윤서였네."

❖

진심과 혁준에게 말을 한 뒤, 정록은 사람들이 모여 있는 17층으로 올라갔다.

　"권정록!"

　엘리베이터의 문이 열리기 무섭게 그를 발견한 누군가가 제 이름을 부르자 정록의 시선이 정면을 향했다.

　"유 경사님."

　"어머, 얘는. 몇 번을 말해. 옛날처럼 봄이 누나라고 부르라니까. 우리 사이에 섭섭하게 왜 그러냐."

　"바쁘실 텐데 이곳까지 직접 와 주셔서 고맙습니다, 봄이 누나."

　딱딱한 정록을 보고 픽 웃으며 손사래를 치던 여자는 여름의 언니이자, 서울지방경찰청 광역수사대에서 일하고 있는 유봄 경사였다. 정록은 그가 전화를 걸자마자 부리나케 달려와 준 봄에게 감사를 표했다. 봄은 그런 정록에게 빙긋 웃었다.

　"감사는 무슨. 다른 녀석도 아니고 정록이 네 전화잖아. 네가 웬만해서는 도와 달라고 하는 애도 아니고⋯⋯."

　봄은 말없이 미소 짓는 정록을 빤히 바라보더니 결국 속으로 생각하던 말을 꺼냈다.

　"그나저나 대체 어쩌다 이런 사건에 얽히게 된 거야? 정록이 너, 이혼 전문 변호사 아니었어? 갑자기 웬 아동 납치야? 내가 전화받고 얼마나 놀랐는지 알아?"

　정록은 눈을 동그랗게 뜨며 고개를 절레절레 젓는 봄에게 뭐라 답할 수 없었다. 처음부터 말하게 된다면 진심의 일까지 언급해야 할 거다. 어차피 봄에게 알려야 하는 일이긴 하겠지만, 진심이 옷을 갈아입고 오면 정식으로 알릴 생각이었다.

　정록은 쓴웃음을 흘리며 입을 열었다.

"사정이 좀 깁니다. 그런데 아이는……?"

봄은 연준규 대표 변호사와 대화를 나누고 있는 검은 재킷 차림의 남자들을 향해 고갯짓하며 말했다.

"안 그래도 서초서 형사님들이 사건 접수받고 바로 수사 들어가셨어."

"그렇습니까?"

"응. 그런데 원래부터 위태로운 집안이었나 봐?"

심드렁하게 목소리를 흘리는 봄을 보며 정록이 눈을 크게 떴다.

"그게 무슨 소립니까?"

정록이 묻자 봄은 어깨를 으쓱였다.

"아니. 나도 오면서 들었는데 아이를 납치해 갔다는 아버지가 아이의 친부가 아니더라고."

"……네?"

"아아, 몰랐구나. 그럼 조금 더 자세히 얘기해줄 필요성이 있겠네."

봄은 당황한 정록의 얼굴을 마주하며 붉은 입술을 달싹였다.

"그 아버지, 편의상 용의자라 할게. 예의 용의자가 아이 어머니랑 재혼한 지는 3년 정도가 됐대. 그런데 조금 문제가 있는 남자였는지 아이 어머니가 회사에서 벌어오는 돈으로 숙식을 해결했다고 하더라고. 이웃한테 물어보니 남자가 일을 나가는 것 같지 않다고 하더라."

"……!"

"뭐, 도박 때문에 사채를 쓴 적도 있고 그래서 빚도 많아. 게다가 폭행 전과도 있을 만큼 악질이던데."

"폭행…… 전과라니."

"그것도 몰랐구나."

정록은 중얼거리는 봄에게 대답하지 못했다.

정록이 우찬을 알게 된 것은 그녀의 어머니가 올웨이즈에서 일할 무렵부터였지만, 그의 아버지에 대해서는 듣지 못했었다.

「그래서 계속 기다리고 있는데 우찬이 아버지라는 분이 나타나셔서 우찬
일 데리고 가셨어요.」

처음 우찬의 아버지에 대한 언급을 들었던 것은 진심에게서였다. 우찬
과 우찬의 어머니를 알고 지내면서 단 한 번도, 우찬의 아버지를 만난 적
이 없었기에 그땐 그냥 그러려니 여겼었다.
'젠장.'
정록은 의아해하는 봄을 내버려 둔 채 입술을 살짝 짓눌렀다. 봄은 얼
굴을 굳히는 정록이 진정하기를 잠시 기다려 주었다. "아, 거기 있었네!
잠깐 이리 와 봐, 매디!"
그때 대표실의 문을 연 한 남자가 정록과 대화를 나누고 있던 봄을 불
렀다. 매디는 봄의 별명이었다. 정록은 당황한 듯 저를 쳐다보는 봄에게
말했다.
"먼저 들어가세요. 저는 이 전화, 받고 가야 할 것 같아서요."
"그럴래? 그럼 가 있을게! 왜요, 선배! 뭐 알아낸 거 있어요?"
제게 답한 후 손짓한 남자에게 달려가는 봄의 뒷모습을 지켜보던 정록
은, 지이잉 울리고 있는 핸드폰을 꺼내 들었다.
"예. 권정록입니다."
— 변호사님!
전화를 받기 직전, 액정에 뜬 발신인을 확인했던 정록은 핸드폰 너머
에서 들려오는 다급한 음성에 미간을 좁혔다.
"예. 조혁준 씨. 무슨 일이십니까?"
그에게 전화를 걸어 온 상대는 조금 전, 진심과 함께 지하 주차장에서

만났던 진심의 매니저 혁준이었다. 불안한 혁준의 목소리가 약간 신경 쓰여 조심스레 묻자 혁준이 크게 소리쳤다.

— 혹시 지금 윤서랑 함께 계시나요?

"예?"

— 윤서랑 전화가 안 돼서요.

"그게 무슨……."

정록이 봄의 전화를 받고 지하 주차장에서 올라온 지 적잖은 시간이 지났다. 그 사이 봄과 시시콜콜한 대화를 나누고 본격적인 사건에 대한 이야기를 주고받고 있을 때, 혁준에게서 전화가 걸려 왔다. 안 그래도 지금쯤 진심이 옷을 갈아입고 돌아올 시간이라 생각하던 정록은 이해가 되지 않는 말을 쏟아 내고 있는 혁준의 말에 인상을 썼다.

혁준은 그런 정록에게 외쳤다.

— 곧 전화한다 하고 헤어졌는데, 다시 전화를 하니 도통 전화를 안 받아서 말이에요. 윤서, 같이 있는 거 맞죠? 권 변호사님이랑 함께 있는 거죠? 그렇죠?

"……."

— 권 변호사님, 듣고 계세요? 변호사님!

"……어나……."

툭툭. 무언가가 얼굴을 건드리고 있었다. 질끈 눈을 감고 있던 진심은 미간을 꿈틀거렸다.

"……요! ……줌……."

잠결이었음에도 불구하고, 뭔가 기분 나쁜 단어를 들은 것 같다. 진심은 눈꺼풀을 떨었다. 왠지 뺨이 얼얼해지는 것 같기도 했다.

"……제발 좀! 일어나라고요, 아줌마!"

"뭐? 아줌마?"

그 단어에 눈을 번쩍 뜬 것은 순전히 반사적인 행동이었다. 진심은 무의식적으로 말을 뱉었다. 그러자 하아, 하며 안도의 한숨을 내쉬는 소리가 들려왔다. 눈꺼풀을 몇 번 아래위로 깜빡이니 저를 내려다보고 있는 검은 눈의 아이가 보였다.

진심은 벌떡 몸을 일으켰다.

"심우찬!"

놀란 그녀는 상황을 살필 생각도 하지 않고 양팔을 크게 벌려 우찬의 목을 끌어안았다. 아이가 '윽' 하고 신음을 흘리는 게 들려왔지만 아랑곳하지 않았다.

"너 어디 있었어? 우리가 얼마나 찾았는지 알아? 지금 다들 엄청 걱정하고……."

'……어?'

와락 안은 아이를 향해 줄줄 말을 흘리던 진심은 순간적으로 스치는 생각에 다음 단어를 꺼내지 않았다. 그제야 조금 전, 아이가 내쉰 한숨의 의미가 파악됐다. 진심은 슬며시 우찬을 놓아주고선 저를 쳐다보고 있는 우찬을 응시했다. 그러고는 천천히 고개를 옆으로 돌렸다.

"여기…… 어디야?"

심장이 쿵쾅쿵쾅, 거세게 일렁였다. 진심은 입술이 바짝 마르는 것을 느꼈다. 저를 붙잡고 있던 진심의 손에서 힘이 떨어져 나가는 것을 지켜보던 우찬은 말을 잇지 못했다.

"우찬아?"

진심은 잡다한 잡동사니들로 가득 차 있는 주변을 흘긋거리며 우찬을 불렀다. 누런 매트리스 위에 진심과 함께 앉아 있던 우찬은 대답 대신 고개를 아래로 떨구었다. 가슴이 내려앉는다.

"……미안해요."

기어들어 가는 목소리.

혹시나 잘못 들었나 싶어 우찬을 쳐다봤지만 그런 것 같지는 않다. 진심은 다시 한 번 저를 향해 '미안해요' 하고 중얼거리는 우찬의 눈에서 굵은 눈물방울이 뚝뚝, 떨어지는 것을 목격했다.

"나 때문이에요."

아직 초등학생밖에 되지 않은 아이는 차마 진심을 바라보지 못하고 울먹였다.

"나 때문에…… 아줌마가…… 흑."

"우찬아……."

"미안해요. 정말 미안해요, 아줌마. 진작 아줌마 말을 들었어야 했는데……. 아줌마 말 듣고, 내가 엄마를 지켰어야 했는……!"

한 번 시작된 울음바다는 그칠 줄 몰랐다. 아이의 작은 어깨가 들썩이는 것을 지켜보던 진심의 가슴이 욱신거렸다. 후드득 눈물을 아래로 떨구며 말을 잇던 우찬은 저를 세게 끌어안는 진심의 행동에 입을 다물었다.

진심은 그런 우찬의 머리를 부드럽게 쓸며 말했다.

"네 잘못 아니야. 잘못 아니라고."

"……!"

"그러니까 울지 마. 이건 절대로 네 잘못이 아니니까."

'나쁜 건, 전부……!'

얼굴에 생채기가 가득한 아이의 작은 머리를 쓰다듬어 주며 말하고, 또 말하던 진심이 끼이익 열리는 문소리에 고개를 들었다. 미세한 불빛만이 존재하는 방 안과는 달리 환한 빛이 열린 문틈으로 들어왔다.

"이야. 이게 무슨 광경이야? 오윤서 씨가 우리 우찬일 그리 좋아할 줄은 몰랐네."

진심은 그런 문을 꽉 부여잡고 있는 굵은 음성에 어금니를 악물었다. 비릿한 미소를 지으며 저와 우찬을 내려다보고 있는 사람은 진심이 정신을 잃기 전, 마지막으로 보았던 사람이었다.

「오윤서 씨. 따지고 보면 당신 때문에 일이 이렇게까지 커졌으니, 당신이 날 좀 도와줘야겠어.」

분명 주차장에서 당황한 진심을 향해 한 걸음 다가오며 짙은 눈웃음을 그리던 남자의 손에는 무언가가 들려 있었다. 좋지 않은 예감에 그에게서 피하려던 진심은 몸을 돌리려다 재빠르게 행동한 남자에게 붙잡혀 버렸고, 현기증이 이는 것을 느꼈다. 그 이후 다시 눈을 떴을 땐 우찬이 자신을 내려다보고 있었다.

'진정해. 호랑이 굴에 들어가도 정신만 차리면 살잖아.'

진심은 남자를 보고 오들오들 떠는 우찬을 제 뒤로 숨기고는 눈에 힘을 주며 입술을 열었다.

"우찬이 아버님. 지금 뭐 하시는 건가요? 지금 이 상황, 엄연한 범죄라는 거 알고는 계신 건가요?"

한 마디, 한 마디 꺼낼 때마다 숨이 막혔다. 문틈에 비스듬히 서서는 저를 내려다보는 남자의 시선에 소름이 돋아날 것 같았다. 하지만 그럼에도 불구하고 진심은 멈추지 않았다.

차갑게 시선을 빛내며 그를 향해 속에 든 말을 전부 쏟아 냈다.

"대한민국 형법 276조 1항에 의하면 '사람을 체포 또는 감금한 자는 5년 이하의 징역 또는 700만 원 이하의 벌금에 처한다'고 명시되어 있어요! 게다가 2항에는 '자기 또는 배우자의 직계존속에 대하여 제1항의 죄를 범할 때에는 10년 이하의 징역 또는 1천 500만 원의 벌금에 처한다' 고도 명시되어 있죠. 지금 당신이 얼마나 큰 죄를 짓고 있는지 알고 있냐고요!"

심심할 때마다 들여다보던 민법전을 구하던 날, 형법전도 함께 얻었다. 거실에 앉아 TV 뉴스를 보며, 형사 사건에 대한 소식이 나오면 형법전을 뒤적거리곤 했었는데. 당시의 일이 도움이 된 걸까?

현 상황과 관련된 법조문들이 진심의 머리를 둥둥 떠다녔다. 진심은 꽤나 놀란 표정을 짓고 있는 우찬의 아버지에게 말을 이었다.

"지금이라도 우릴 풀어주고 잘못을 뉘우치면 제가 잘 말……."

"하하하하! 어이, 오윤서 씨. 당신 지금 뭔가 착각하고 있는 거 아닌가?"

진지한 목소리를 내던 진심이 눈을 동그랗게 떴다.

"착각?"

우찬의 아버지는 그런 진심과 우찬을 향해 성큼성큼 다가왔다.

"윽!"

진심은 손을 뻗어 제 턱 끝을 부여잡는 그의 행동에 얼굴을 일그러뜨렸다. 남자의 뱀 같은 눈이 검게 일렁이더니 당황한 진심의 얼굴을 훑었다.

"생각보다 순진하네. 신문에서는 그렇게 불여우라더니."

"다, 당신!"

"아니면 멍청한 건가."

진심은 픽 웃으며 제 턱을 부여잡던 손을 내리는 그의 행동에 힘없이 바닥으로 고개를 숙여야 했다. 입술을 파르르 떨던 진심이 다시 얼굴을 올리자 남자는 잠시 굽혔던 무릎을 다시 폈다. 그러고는.

"아악!"

"우찬아!"

그가 일말의 망설임도 없이 발을 들어 올려 우찬의 배를 걷어차자, 아이가 힘없이 뒤로 고꾸라졌다. 깜짝 놀란 진심이 나동그라진 우찬을 감싸며 남자를 노려보자 그가 빙긋 입꼬리를 올렸다.

"이 녀석은 미끼였다고, 오윤서 씨."

'……뭐?'

진심은 그가 무슨 소리를 하는 건지 알아듣지 못했다. 그러자 소름 끼칠 정도로 무서운 눈빛을 보내던 남자가 굳어 버린 그녀의 귀에 대고 속삭였다.

"처음부터 당신을 노린 일이었다고 말하는 거야."

❖

망했다.

망해도, 아주 망했어.

'혁준 오빠가 가만히 있으라고 했었는데……. 지금쯤 이 일을 모르는 사람이 없을 수도 있겠네.'

진심은 땅이 꺼져라 한숨을 내쉬려다 말았다.

"형님. 저 못 믿으십니까? 정말 오윤서라니까요!"

문밖에서 들려오는 목소리에 한숨조차 쉴 수가 없었기 때문이다. 가슴이 철렁거렸다.

"예. 그 오윤서요. 진짜 그 오윤서 맞습니다! 참나. 그렇게 못 믿겠으면 사진이라도 찍어 보내 드릴까요? 하하, 그럼요! 여기로 오십시오! 제가 실물로 보여 드리겠습니다!"

마치 자신을 물건 취급 하듯 말하는 그로 인해 심장이 갈기갈기 찢기는 느낌이었다. 연예계에서 자신의 연예인을 작품이나 방송 프로그램에 꽂아 주기 위해 대표들과 감독들 사이에서 흔히들 일어나는 일이긴 했지만, 이런 상황에서 저런 취급을 당할 줄은 몰랐다.

진심은 이를 악물었다.

「왠지 낯익다고 생각하긴 했는데, 오윤서를 만날 줄이야. 예상하지 못했던 수확이었어. 당신은 나한테 큰돈을 안겨 줄 존재라고.」

씩 웃으며 속삭이던 남자의 말에 팔 위로 소름이 오소소 돋아났다. 끙끙거리는 아이의 신음 소리가 아니었더라면 그대로 굳어 버렸을지도. 진심은 굵은 손가락으로 제 뺨을 쓸어내리는 남자의 손을 내리쳤다.

쓰러진 우찬의 안위를 살피던 사이 쾅 닫히는 소리가 났다. 그대로 빛이 사라지자 진심은 다시 우찬과 어둠 속에 갇혀 버리고 말았다.

"으으……."

"우찬아. 많이 아파? 아까 맞은 데가 아픈 거지, 그렇지?"

진심은 배를 잡고 신음을 흘리는 우찬에게 말했다.

"아뇨. 괜……찮아요."

그러자 스윽 얼굴을 들어 올린 우찬이 나이답지 않게 쓰게 웃으며 고개를 내저었다. 그 모습에 더욱 마음이 쓰려 왔다. 제게 반말로 대꾸하던 녀석이었건만 기가 잔뜩 죽어 존댓말을 하고 있는 것을 보니 더 속이 아파 왔다.

툭.

진심의 커다란 눈에서 눈물방울이 떨어졌다. 미약한 빛만이 존재하는 공간 속에서 그녀를 쳐다보고 있던 우찬이 제 손등으로 떨어진 뜨거운 물방울에 눈을 동그랗게 떴다.

진심은 최대한 티를 내지 않으려 했지만 한 번 터진 눈물샘은 쉽게 그치지 않았다.

"아줌마, 울어요?"

아이가 물었다. 조금 전과는 반대 상황이 되어 버렸다. 진심은 대꾸하지 못했다. 그의 질문에 답하지 못한 진심에게 우찬은 미소 지었다.

"울지 마요. 볼 때마다 쌩쌩한 아줌마답지 않게."

"얌마. 쌩쌩은 무슨. 그리고 몇 번을 말해. 나 아줌마 아니라니까? 누나라고, 누나."

"예. 누나."

나약한 모습을 들키지 않기 위해 일부러 화를 냈더니 우찬이 얼굴을 주억이며 대답했다. 진심은 확실히 저보단 안정을 되찾은 우찬의 모습에 정신을 차렸다.

'그래, 자책하지 말자. 일단 여기서 빠져나가는 것부터 생각하는 거야.'

우찬을 위로해 주려다 오히려 제가 위로를 받아 버렸다. 그 남자의 말에 의하면 우찬이 근래 들어 학대를 심하게 당한 것은, 전부 제 탓이나 다름없었는데 말이다.

자신을 납치하기 위해서 우찬을 이용했던 그를 용납하지 못했지만, 그 계기가 되었던 자신 역시 용서하지 못했던 진심은 숨을 가다듬었다. 크게 심호흡을 한 진심이 다시 우찬을 쳐다보자 아이의 눈빛 역시 달라졌다. 진심은 주먹을 세게 움켜쥐고선 의지를 다진 뒤 우찬에게 말했다.

"좋아, 심우찬. 우리 그럼 일단 상황을 정리해 보자."

우찬이 말없이 저를 응시하자 진심은 문 쪽을 흘긋거리며 입술을 달싹였다.

"네가 한 말대로라면 저 남자, 그러니까 정재식은 네 친아버지가 아니다, 이거지?"

혹시나 문밖의 그가 자신들의 대화를 들을까 싶어 낮은 목소리로 속삭이자 우찬이 고개를 끄덕였다. 진심은 미간을 좁혔다.

"나랑 마주친 그날 이후로 너를 때리는 횟수가 늘어났고, 너희 어머니도…… 그랬고."

"네."

머릿속에 무언가 떠올랐는지, 아이의 얼굴이 어두워졌다. 진심은 흐려지는 우찬을 보고서도 말했다.

"너는 그 상황을 나한테 알리려고 내가 준 녹음기로 녹음을 하다 들켜선 여기에 왔어. 그게 이틀 전의 일이다?"

"네. 아줌…… 누나의 말이 전부 맞아요."

그토록 부정하던 대답을 듣기는 했는데 기분이 좋지는 않다. 진심은 떨리는 우찬의 눈을 직시하며 말했다.

"너, 이곳 나가게 되면 다른 사람 앞에서…… 특히, 우리 변호사님 앞에서 전부 다 말해 줘야 해. 너를 위해서도, 그리고 네 어머니를 위해서도 용기를 내야 해. 알았어?"

우찬은 사뭇 진지하게 얼굴을 위아래로 흔들었다. 안도한 진심은 풀죽은 아이의 머리 위로 손을 뻗고 헝클어뜨렸다.

"누나."

"왜."

"우리…… 여기 나갈 수 있어요?"

현재 진심과 우찬이 있는 곳은 아마도 산속이나 혹은 시골로 예상되는 곳에 위치한 외딴 집. 하지만 진심은 산속의 오두막에 더 가능성을 두고 있었다. 굳게 닫힌 창문 밖에서 사람 소리나 차 소리 하나 들려오지 않는 것으로 보아선 틀림없다.

진심이 정재식과 지하 주차장에서 마주친 이후, 길어 봤자 서너 시간 정도가 흘렀다. 그렇다면 이곳의 위치는 서울에서 그만큼, 혹은 그보다 적게 걸리는 곳으로 반경은 줄어든다.

'그게 어디 한둘이냐고.'

서울에서 서너 시간 이내로 갈 수 있는 곳은 무수히 많다. 다른 사람들에게 구조요청을 하기 위해 소리를 지르고 싶어도, 허튼 짓을 했다간 우찬을 가만두지 않겠다고 협박을 했던 터라 섣불리 움직일 수도 없었다. 그러한 상황에서 묻는 우찬에게 진심은 확신을 가지고 말하지 못했다.

대답을 주저하는 진심을 보고 우찬은 고개를 아래로 떨구었다. 진심은 좌절하는 아이의 모습을 보고 싶지 않아 서둘러 말했다.

"쉽지는 않을 거야. 이곳이 어딘지도 모르고, 또 정재식의 전화통화로 봤을 때 조력자가 달려올 수 있으니까."

"그럼 어떡해요? 우리 이대로……."

"쉿! 그런 말, 함부로 하는 거 아니야. 그리고 내 말 아직 다 안 끝났어."

진심은 불안해하는 아이를 달래기 위해 일부러 씩씩한 표정을 지었다. 진심을 쳐다보던 아이가 귀를 기울이겠다는 듯 입을 닫았다.

'하여간 똑똑한 아이라니까.'

"실은 내게 생각이 하나 있긴 해."

작게 말하는 진심의 속삭임에 우찬이 눈을 휘둥그레 떴다. 진심은 크게 심호흡을 한 뒤, 아이와 눈을 마주쳤다.

"하지만 그러기 위해서는 네 도움이 필요해."

"내…… 도움?"

진심은 씩 웃었다.

"심우찬. 너, 나랑 연기 한 번만 해 볼래?"

짝. 손과 뺨이 만나 발생한 마찰음 소리가 서초동 로펌 올웨이즈의 대표실 안을 크게 울렸다. 정신없이 움직이던 모두가 갑자기 벌어진 상황에 행동을 멈추었다. 비너스 엔터테인먼트를 이끌고 있던 연준석 대표가 누군가의 뺨을 내리친 소리였다.

정록은 연준석 대표에게 뺨을 맞은 사람이 혁준이라는 사실을 알아차렸다.

"야, 이 미친 새끼야! 너 진짜 제정신이야? 제정신이냐고! 내가 그러니까 오진심이 잘 관리하라고 했잖아!"

경찰부터 변호사, 연예인 매니저 등등. 한 자리에 쉽게 모이기 힘든 직업들을 가진 사람들이 각자 맡은 임무에 충실하던 올웨이즈의 대표실 안에 돌연 쌍욕이 난무하기 시작했다.

웅성거리던 이들이 입을 다물자 소리를 지르는 사람은 오직 비너스 엔터테인먼트의 연준석 대표뿐이었다. 사람들은 서로의 눈치를 살피며 연 대표가 마음을 가라앉히길 기다렸지만 쉽지 않아 보였다.

준석은 차마 제게 답하지 못하고 있는 혁준의 멱살을 움켜쥐며 다시한 번 혁준의 따귀를 때리려 했다.

"어이, 어이! 준석아. 그만해, 인마! 지금 이게 다 조 팀장 때문은 아니잖아."

"닥쳐!"

"……!"

"이번 일엔 형 책임도 커!"

준석의 화살은 자신을 말리는 사촌 형에게로 돌아갔다. 준석의 사촌 형이자 로펌 올웨이즈의 대표 변호사인 준규였다. 준석은 매서운 눈을 빛내며 그에게 침을 튀겼다.

"대충 비서 노릇만 할 수 있도록 하는 척만 시켜 달랬잖아! 그런데 이게 뭐야? 비서 노릇은커녕, 말도 안 되는 범죄에 얽히기나 하고! 로펌이라는 곳이 이런 곳이었어? 이건 형이 말했던 거랑 달라도 너무 다르잖아!"

"주, 준석아."

"이러다 오진심한테 진짜 무슨 일이라도 생기면 어떡할 건데? 형이 다 책임질 거야? 어?"

올웨이즈의 연준규 대표 변호사는 버럭 소리를 지르는 준석의 외침에 아무 말도 하지 못했다.

"큰일 났다, 정말⋯⋯."

진심에 대한 걱정으로 인해, 쉽게 이성을 찾지 못하고 언성만 높이고 있는 준석을 쳐다보던 봄이 나지막하게 중얼거렸다. 정록은 굳은 얼굴로 준석을 어떻게 해서든 안정시키려 노력하는 준규와 혁준을 바라보고 있었다.

봄은 그런 정록의 서늘한 얼굴을 흘끔 바라보며 말을 이었다.

"이거 사건이 갈수록 커질 수도 있겠어. 오윤서 씨까지 납치될 줄이야."

한숨 섞인 봄의 발언에 정록의 눈동자가 더욱 가라앉았다. 봄은 이젠 아예 정록을 쳐다보았다.

"일단은 밖에 새어 나가지 않게 막고는 있지만 언론이 아는 건 시간문제일지도 모르겠어."

"그게 무슨 소리십니까."

겨우겨우 냉정을 유지한 정록이 봄을 바라보며 묻자 봄이 난감한 얼굴로 말을 이었다.

"아, 아니. 아까 강원이, 그러니까 서초서 형사한테 듣기로는 웬 기자한테 뭔가 제보가 들어왔나 봐. 연예인이, 정확히는 전직 연예인이 납치되었을지도 모른다는 말을 들었다고. 확인차 전화했다고."

"그래서 뭐라고 했답니까!"

이성의 끈이 툭 끊어져 버린 정록의 외침에 준석 쪽으로 향했던 사람들의 시선이 그와 봄에게 꽂혔다. 봄은 갑자기 쏠리는 눈길에 당황하면서도 정록에게 답하기 위해 입을 열어야 했다.

"대충 무마…… 했다고 들었어. 아직까지 용의자한테 무슨 요구를 들은 것도 아니고. 소재조차 파악하지 못하고 있으니까. 혹시나 할 상황을 대비해서……!"

날카로운 정록의 시선에 주절주절, 말을 하던 봄은 고개를 옆으로 돌리다 어느새 그들의 눈앞까지 다가온 남자를 발견했다. 조금 전까지만 하더라도 그들과 떨어져 있던 준석이었다.

성큼성큼 정록과 봄에게 다가온 준석의 눈동자가 워낙 매서워서 봄은 움찔했다. 하지만 그녀와는 달리, 정록은 무슨 생각을 하는 건지 읽을 수 없는 얼굴을 하고 저를 노려보고 있는 준석과 눈을 마주하고 있었다.

"권 변은 여기 왜 있는 거야?"

봄은 준석이 그 말을 정록에게 한 것이 아니라는 것을 인지했다.

"아, 저기, 대표님. 그건 제가 말씀……."

"죄송합니다만, 형사님은 가만히 계셔 주시겠습니까."

서늘한 눈으로 저를 노려보던 준석이 차갑게 말을 끊어 버리자 봄은 움찔거렸다. 준석은 여전히 말을 하지 않고 있던 정록에게 실소를 흘렸다.

"조 팀장만큼이나 잘못이 있는 사람이라서인가, 아니면 단순히 오진심의 상사라서인가?"

"준석아! 그만……."

"권 변. 내가 하고 싶은 말이 참 많은데, 당신이랑 얽히고 우리 오진심이 아주 이상해진 거 알기는 합니까?"

정록은 저를 죽일 듯 노려보는 준석에게 대꾸하지 않고 있었다. 준석은 준규의 저지에도 아랑곳 않고 말을 이어 나갔다.

"미안하지만, 권 변. 아무래도 퍼져 나가면 안 되는 일이라, 지금 이곳에 있는 사람들은 사건 관계자들이나 혹은 제일 가까운 측근들만 있어 주면 좋겠거든요. 그러니까 관계없는 사람들은 나가 주었으면 합니다."

"……."

"사건에 대한 소식은 알려 줄 테니까, 그만 다른 변호사들처럼 내려가서 업무를 보는 게 어떻습니까?"

"……."

"권 변이 여기 있어 봤자, 도움이 되는 것도 아닐 테고 말이지. 계속 여기서 당신 얼굴 보고 있으면 조 팀장한테 한 것처럼, 아니 그 이상으로 당신한테 주먹이 날아갈 것 같거든."

"인마! 그게 무슨 소리야! 권 프로한테 할 말이 있고, 하지 않을 말이 있어!"

협박 아닌 협박을 하는 준석의 말을 듣고 준규가 소리쳤다. 준석은 그의 말을 한 귀로 듣고 다른 한 귀로 흘리며 정록에게서 눈을 떼지 않고 있었다.

"죄송합니다만, 대표님."

그렇게 준규의 따가운 시선을 받아 내던 정록의 입이 열렸다. 그가 부른 대표라는 단어가 혹 저를 가리키나 싶어 준규가 정록을 쳐다보았지만 정록의 시선은 준석에게 꽂혀 있었다.

정록은 말을 이었다.

"제가 관계가 없지는 않은 것 같아서, 반드시 여기 있어야겠습니다. 부탁드립니다."

"이보세요, 권정록 변호사."

"이 말은 변호사로서 한 말이 아닙니다."

그의 말에 귀를 기울이던 사람들이 고개를 갸웃거렸다. 정록은 오로지 준석에게 눈을 내리꽂으며 말했다.

"오진심 씨의 남자 친구로서 부탁드리는 겁니다."

쿵쾅쿵쾅.

가까스로 심호흡을 했음에도 불구하고 다시금 심장이 벌렁거린다. 몇 번이고 마음의 안정을 찾기 위해 노력했지만, 숨이 가빠 오는 것은 적잖이 긴장했기 때문이겠지.

"누나."

진심은 목이 마르는 제 심정을 알아차렸는지, 조심스럽게 제 옷깃을 잡아당기는 아이의 손길을 느꼈다. 그를 바라보기 위해 고개를 숙인 진심의 눈에 뭔가 단단히 마음을 먹은 아이가 보였다.

후우, 한 번 더 호흡을 고르며 진심은 그에게 말했다.

"어때. 할 수 있겠어?"

"……네. 그런데 누나는……."

우찬이 결연한 표정을 지으며 대답했다. 흐리게 웃으며 행동을 개시하려던 진심은 이어지는 우찬의 말에 눈을 가늘게 뜨며 손을 들어 올렸다.

"윽."

일말의 망설임도 없이 우찬의 머리 위로 콩, 꿀밤을 얹은 진심이 픽 웃었다.

"너 인마, 날 대체 뭐로 보는 거야? 나 오윤서야. 아무리 그래도 대한민국 대표 여배우란 말이야. 이 정도 연기는 아무것도 아니라는 거지."

"……"

"누나 믿어. 내가 반드시 여기서 나가게 해 줄게. 어때. 믿을 수 있지?"

물론 가짜 잠정은퇴를 하는 바람에 '전' 대한민국 대표 여배우가 되긴 했지만, 굳이 정정할 필요성은 없어 보인다. 진심은 제 말에 고개를 끄덕이는 우찬을 보고 빙긋 웃어 보였다.

"내가 소리 지르면, 시작하는 거야."

우찬은 대답하지 않고 눈을 깜빡였다.

'좋아, 할 수 있어.'

이제부터 막이 오를 오진심, 심우찬 주연의 연극에 정재식이 말려들기만 한다면 이곳을 탈출하는 것은 어려운 일이 아니었다. 아직까지 정재식의 조력자들이 모두 모이지 않은 이상, 2:1의 승부.

힘은 달릴지 몰라도, 수적으로 유리한 것은 진심 쪽이었다. 진심은 크게 숨을 들이마신 뒤, 힘껏 뱉어 내며 입을 열었다.

"꺄아아악!"

제 생애 그토록 커다란 소리를 내질렀던 적이 있었나 싶을 정도로 커다란 비명이었다. 퀴퀴한 냄새가 나는 방의 문이 벌컥 열린 것은 필연적이었다.

"뭐야! 무슨 일이야!"

진심은 문이 열리는 순간을 놓치지 않고 밖을 살폈다.

'아직은 오지 않았어!'

정재식 외의 다른 존재들이 함께 들어오지 않았고, 또 바깥에서 차나 발걸음 소리 역시 들려오지 않았던 것으로 보아 제 짐작이 맞을 것이다. 진심은 헐떡거리며 방으로 들어온 정재식을 발견하고선 매트리스 위에 누워 있는 아이를 가리켰다.

우찬은 어느새 몸을 웅크리며 헉헉 가쁜 숨을 내쉬고 있었다. 진심의 눈에서 눈물이 후드득, 떨어졌다.

"당신이 무슨 짓을 했는지 알아!"

"뭐?"

"어린아이의 배를 그렇게 심하게 걷어차면 어떡해! 당신 때문에 아까부터 우찬이가 저러고 있다고! 애가 죽으면 정말 어떡할 거야? 당신, 이건 단순 납치보다 더 무서운 죄가 될 거라는 거 정말 몰라?"

정재식은 진심이 말을 할 때마다, 더욱 힘겹게 숨을 내쉬는 우찬과 진심의 닭똥보다 굵은 눈물에 적잖이 당황한 것 같았다.

'말려든 건가?'

아니.

아직은 확신할 수 없다.

진심은 지금 이 상황이 꽤나 의심스러운 듯 우찬을 건드리려 하는 정재식을 향해 소리쳤다.

"대체 나를 여기에 가둬 두고 앞으로 뭘 어쩌려는 건지 모르겠지만, 좋아."

"……."

"전부 당신 뜻대로 할 거니까 일단 우찬이부터 옮기라고! 이런 축축하고 한기 드는 곳 말고, 제대로 된 침대에라도 옮기란 말이야!"

"오윤서. 너 수작……."

"당신, 아무리 그래도 우찬이 아버지 아냐?"

끙끙거리는 우찬과 진심을 번갈아 보며 여전히 수상쩍어하는 정재식에게 진심은 거침없이 다가섰다. 정재식은 갑자기 코앞으로 다가온 진심을 보며 뒤로 주춤거렸다.

진심은 그런 정재식에게 눈을 돌리지 않고 말했다.

"친자식이 아니라고 해도 당신이랑 몇 년을 같이 산 아들이야. 당신 때문에 아이가 죽는 걸 보고 싶지는 않을 거 아니야!"

"……."

"어차피 목표는 나였다며. 내가 여기에 있으면 당신 목적은 이뤄지는 거잖아!"

크게 외친 진심의 말이 끝나기 무섭게, 매트리스 쪽에서 우찬이 거칠게 숨을 토해 내는 소리가 들렸다. 심장은 계속해서 정상 박동보다 빠르게 뛰었고, 목이 마르는 것 같은 갈증이 느껴졌다. 그러나 진심은 눈앞의 남자에게서 시선을 떼지 않았다.

'넘어와.'

간절해진다.

그래서인지 진심은 카메라 앞에 섰을 때보다 더 애절한 표정을 지으며, 쓰러진 우찬을 흘긋거리는 것을 잊지 않았다.

'넘어오라고!'

이렇게 열심히 연기를 했던 적이 있었나 싶을 정도였다.

숨이 막힌다.

호흡이 가빠지고 혈관의 피가 빠르게 흐르는 것 같았다. 입 밖으로 내쉬는 숨이 제 것인지, 아니면 상대의 것인지 구분하기 어려울 정도로 혼란스러워졌다.

'연기라는 것이 이런 것이구나.'

한 번 몰입하기 시작하면 주위가 보이지 않을 만큼, 오직 눈앞의 상대에게 모든 것이 집중되고 간절해져 입안이 바짝 말라 간다. 아이러니하게도 가장 급박하고 위급한 순간, 연기의 참맛을 알게 되었다는 사실이 우습게 느껴진다.

'제발 넘어오란 말이야!'

진심은 세상 그 누구보다 우찬을 걱정하는 모습으로 정재식을 바라보고 있었다. 우찬에게 오지랖을 떨어 그의 집안일에 참견했던 자신의 일을 눈앞의 남자는 절대 모르지 않을 터.

진심은 이를 세게 악물었다가 눈물을 떨구며 정재식의 옷깃을 붙잡고선 흐느꼈다.

"잠깐이라도…… 저 아이 좀, 제대로 된 곳에 눕혀 달라고…….”

주르륵, 무릎을 굽히며 진심이 주저앉자 정재식이 '젠장' 하고 짧게 욕설을 내뱉었다. 그는 이 상황이 몹시 마음에 들지 않는 모양이었다.

갈등하던 정재식은 어깨를 들썩이며 엉엉 울고 있는 진심을 못마땅하게 내려다보았다. 그러다 칫, 하는 잇소리를 흘리고선 거칠게 숨을 내쉬는 우찬을 안아 들었다.

진심은 순식간에 우찬을 들고선 방을 벗어나는 정재식을 멍한 눈동자로 응시했다.

두근두근.

굳게 닫히는 문에 시선을 떼지 않은 채 진심은 한동안 아무 말도 하지 않고 있었다.

"윽!"

잠시 고요를 찾았던 방 안이 다시 소란스러워진 것은 그로부터 5분 정도가 흐른 뒤였다. 진심은 우당탕거리며 문이 열리는 것을 지켜봤다. 그녀의 시야로 가쁘게 숨을 내쉰 우찬이 두툼한 이불을 들고 있는 것이 보였다.

정재식이 그런 우찬을 진심 쪽으로 밀며 놀란 진심에게 으르렁거렸다.

"생각해 보니, 어차피 데리고 있어 봤자 아무 짝에도 쓸모없는 녀석인데 내가 굳이 돌봐 줄 이유는 없잖아?"

"……다, 당신!"

"로펌 비서로 일하고 있다더니 언변은 늘었나 보군. 하마터면 속아 넘어갈 뻔했지 뭐야."

"……."

"그렇게 아이를 위한다면, 오윤서 당신이 애를 보살펴 주고 있든가. 뭐, 그래 봤자 오래 보살펴 주지는 못하겠지만."

피식 비웃음을 흘리던 정재식이 입술을 파르르 떨며 저를 올려다보던 진심에게 손을 휘휘 저으며 문을 닫았다. 쾅 소리와 함께 다시 열릴 생각을 않는 문을 쳐다보던 진심은 이불 하나를 들고 앞으로 고꾸라진 우찬에게 다가갔다.

"괜찮아?"

정재식에게 밀쳐지기는 했으나 다행히 이불 위로 넘어졌던 우찬이 슬며시 고개를 들었다. 아이가 흐리게 웃으며 얼굴을 주억이자 진심은 안도했다.

"그……건? 가져…… 왔어?"

현재까지의 패턴은 대충 예상했던 것이었다. 정재식을 잘 알지는 못하지만 적어도 우찬에게 들었던 그의 성격상, 진심이 주장한다 할지라도 우찬을 생각해 줄 리 없었다.

성격이 진중한 것 같아 보이지도 않았기에, 금세 그녀의 말을 들어줄 것처럼 굴다가 마음을 바꿀 거라 생각했다. 그것이 5분도 채 되지 않았다는 사실이 씁쓸하기 그지없지만, 그 정도면 충분했을지도 모르겠다.

진심은 우찬이 정재식에게 안길 당시, 그의 뒷주머니로 향하던 우찬의 손을 기억하며 우찬의 대답을 기다렸다.

"……!"

그런 그녀의 마음에 화답이라도 하듯, 우찬은 품속에서 무언가를 꺼내 들었다. 진심은 그것이 정재식의 뒷주머니에 들어가 있던 핸드폰이라는 것을 알아차리고선 환한 미소를 지었다.

"심우찬!"

함박웃음을 그리며 우찬을 부른 진심은 배시시 웃는 우찬의 머리 위로 손을 뻗어 그의 머리카락을 헝클어뜨렸다. 문이 닫힌 것을 확인한 우찬이 큰 소리를 내지 못하고 말없이 미소를 흘렸다.

"너 인마, 진짜 짱이야!"

환하게 웃으며 우찬에게 속삭인 진심은 그에게서 핸드폰을 건네받고선 후우, 숨을 골랐다. 혹시나 벨 소리가 울릴 것을 대비하여 얼른 진동으로 전환시킨 진심은 떨리는 손길로 액정을 터치했다.

'제발 받아야 할 텐데…….'

"권 변. 내가 무슨 소리를 들은 겁니까?"

모두가 침묵하고 있었기에 어느 누구도 입을 열지 않았다. 가장 먼저 정신을 차려 말을 한 사람은 바로 비너스 엔터테인먼트의 대표, 연준석이었다. 준석은 인상을 쓰며 눈앞의 남자를 바라봤다.

제 귀를 의심하게 만든 남자의 발언은 쉽게는 믿어지지 않는 말이었다. 준석은 흔들리는 동공을 정면의 정록에게 고정시켰다. 정록은 담담하게 준석의 시선을 받아 내며 입을 열었다.

"못 들으신 겁니까? 이곳에 남겠다고 했습니다. 다른 소식이 들어올 때까지."

"이봐요, 권 변."

"단순한 오진심 씨의 직장 상사라서가 아니라, 오진심 씨의 남자 친구로서 사건이 해결될 때까지 있어야겠……."

"권 변."

정록은 제 말을 끊은 준석의 말을 기다리다 슈트 주머니 속에서 갑자기 울려 대는 핸드폰의 진동을 느꼈다. 만약 보통 때의 권정록이었다면 이런 상황에 그런 진동은 무시했을지도 모르겠다. 하지만 지금의 그는 보기와는 다르게 몹시 흥분해 있는 상태였고, 또 예민했다.

외줄 위를 걷는 것만큼이나 위태로운 와중, 누군가 그를 건드린다면 폭발하는 것은 불 보듯 뻔했다. 사귄 지 얼마 되지 않은 자신의 여자 친구가 무려 전과까지 있는 남자에게 납치가 된 상황. 점점 인내의 한계를 느끼고 있던 정록의 시선이 핸드폰 위로 꽂힌 것은 그가 평정을 잃기 직전이었기 때문이다.

"당신, 지금 뭐 하자는 거야?"

그러나 정록의 그러한 사정 따위는 알 리 없는 준석은 그들의 대화에 귀를 기울이고 있던 사람들을 흘긋거리며 그에게 다가와 낮게 으르렁거렸다. 저를 죽일 듯 노려보며 '이 상황에 농담이 나와?'라는 표정을 짓고 있던 준석을 정록은 말없이 내려다보았다.

'……'

그리고 다시 슬쩍 눈을 옮긴 정록의 시야에 익숙하지 않은 전화번호가 찍힌 핸드폰이 보였다. 정록은 미간을 좁혔다.

"당장 여기서 나가. 그리고 방금 한 말은, 이곳에 있고 싶어서 한 말이라고 해명해."

준석이 위압적으로 말했다. 하지만 정록은 그런 그의 말에도 꿈쩍 않고 그저 지이잉, 지이잉 울려 대는 핸드폰을 바라보고만 있었다.

"권정록 변호사. 내 말 듣고 있나?"

"여보세요?"

정록은 결국 망설임을 마치고 통화 버튼을 눌렀다. 이런 상황에서 전화를 받은 정록을 황당하다는 듯 바라보던 준석이 결국 분노를 터뜨렸다.

"권 변! 대체 뭐 하는 겁니까! 내 말이 말 같지 않……."

"유 경사님!"

이를 갈며 소리치던 준석에게 돌연 검지를 들어 올려 입술 위로 가져다 댄 정록이 온 힘을 다해 소리쳤다. 수사와 전혀 도움이 되지 않는 실랑이에 한 걸음 물러나 상황을 지켜보던 봄이 정록의 외침에 눈을 동그랗게 떴다.

정록은 그런 봄을 바라보며 말했다.

"지금……."

"응?"

"지금 저한테 걸려 온 전화, 어디서 걸려 왔는지 추적 좀 해 주십시오!"

"……뭐?"

"당장이요!"

꾹꾹, 고작 터치패드를 두드릴 뿐이었지만 손가락이 바들바들 떨렸다. 어찌나 긴장했는지 통화 연결음이 들리는 동안 심장이 터지는 줄 알았다.

만약 그녀를 불안한 눈으로 지켜보던 우찬이 손을 꼬옥 붙들어 주지 않았다면, 진심 역시 다음 행동을 이어 가기 힘들었을 거다.

왜 받지 않는 걸까.

'받아 줘요, 변호사님……!'

한참 동안 울리는 통화 연결음이 오늘따라 야속했다.

— 여보세요?

조급한 마음으로 '어서'를 외쳐 대고 있던 진심은 조심스레 들려오는 정록의 목소리에 하마터면 크게 소리 지를 뻔했다.

"벼, 변호사님! 저예요, 오진심! 저라고요!"

그렇게도 듣고 싶던 정록의 음성을 듣자니 눈물이 찔끔 흘러나올 뻔했다. 진심의 작은 외침에 긴장하던 우찬의 얼굴 역시 밝아졌다.

진심은 제 전화에 깜짝 놀랐는지 소리를 내지 않는 정록에게 지금까지의 일을 간략히 설명했다. 침착하고 싶었지만 목소리가 떨리는 것을 막지는 못했다.

어떻게 자신이 이곳에 오게 됐는지, 그녀와는 달리 정신을 잃지 않았던 우찬이 기억하고 있던 이곳의 주변 환경 등등. 아마도 자신들을 찾고 있을 이들이 수사를 하기 쉽도록 단서를 대략적으로 알려 준 뒤, 진심은 울음이 흘러나오려는 것을 꾹 참고선 말했다.

"길게…… 길게는 통화 못 해요, 변호사님. 언제 들킬지 몰라서. 그러니까……."

— 진심 씨. 걱정 말아요. 내가 반드시 찾으러 갈 테니까. 그러니 정신 바짝 차리고 있어요. 알았죠?

"네? 아…… 네!"

처음이었다.

항상 그녀에게 성을 붙이던 정록이 성을 떼고 이름만을 불렀다. 왠지 간절하게 느껴지기도 하는 그 목소리에 가슴이 두근거렸다. 위급한 상황에서 들려온 음성이었기에 진심은 잠시 멍한 표정을 지었다. 그러다 곧, 제정신을 찾아 고개를 도리도리 흔들었다.

'맞아, 오진심. 변호사님 말씀대로 정신 차려야 해!'

기적적으로 그와 연락이 닿았으니 이제 남은 것은 그들이 이곳의 정확한 위치를 찾아 구하러 오는 것을 기다리면 된다. 진심은 무어라 말하고 있는 정록의 음성을 듣기 위해 핸드폰을 바짝 귀에 가져다 댔다.

그때 제 옷자락을 잡아당기며 우찬이 불안한 목소리를 뱉어냈다.

"누, 누나……."

"잠깐만, 우찬아. 아직 변호사님이 말씀하시는 중이라."

— 왜 그러십니까, 오진심 씨?

진심은 핸드폰 너머에서 들려오는 정록에게 아무것도 아니라고 말하려 했다.

"누나! 누…… 아줌마!"

'애가 왜 이리 크게 얘기하는 거야!'

진심은 쉿, 조용히 하라는 듯 검지를 입술에 가져다 대며 우찬에게 말하려다 행동을 멈추었다.

툭.

'진심 씨? 왜 그래요?' 하고 묻는 정록의 목소리가 핸드폰 너머에서 들려왔다.

진심은 눈꺼풀을 파르르 떨며 시선을 어딘가로 꽂고 있었다.

"제장."

정재식이 혀를 쯧, 차며 진심과 그녀의 발 근처에 떨어진 핸드폰을 번갈아 쳐다보고 있었다. 진심이 우찬을 제 뒤로 숨기고선 뒤로 물러나자 정재식은 얼굴을 험악하게 일그러뜨리며 허리를 숙였다.

"대체 어디 갔나 했더니…… 쓸데없는 짓을 하고 있었군."

그는 바닥에 떨어진 핸드폰을 주어 들었다.

— 오진심 씨! 오진…….

핸드폰 너머에서 들려오던 정록의 목소리가 뚝 끊어졌다. 진심은 파리하게 질린 얼굴로 배터리와 핸드폰을 분리하고 있는 정재식을 쳐다봤다. 정재식이 두려움에 떨고 있는 여자와 아이를 향해 손을 들어 올렸다.

"오냐오냐해 줬더니, 아주 기어오르려 하고 있어! 특히 너…… 오윤서!"

"악!"

"악은 무슨! 얼굴이 상품이라 대접해 줬더니, 주제도 모르고! 다시는 이런 짓 못 벌이게 단단히 교육시켜 줘야겠군!"

"아흑, 끄아악!"

진심의 배를 무자비하게 걷어찼던 정재식에 의해 그녀는 힘없이 뒤로 나뒹굴었다. 그 모습을 지켜보던 우찬이 정재식을 막으려 애썼지만 정재식은 우악스러운 힘으로 우찬을 밀쳐 버리고선 한동안 진심을 내리밟았다.

얼굴을 제외한 곳곳을 세차게 가격당한 탓에 숨이 막혔다.

"상품만 아니었더라면 이걸 콱, 그냥!"

이를 갈며 외치던 그가 상스러운 욕설을 흘리며 방을 벗어날 때까지 구타는 지속됐다. 그리고 얼마나 지났을까. 다시 캄캄한 어둠 속에 갇혀 버린 진심이 가쁘게 숨을 헐떡이고, 우찬이 그런 진심의 곁에서 의식을 잃지 말라며 그녀의 손을 꼭 붙잡아 주고 있을 무렵, 굳게 닫혀 있던 방문이 열렸다.

정재식은 어디서 구해 온 밧줄로 진심과 우찬의 손목을 각각 묶더니 스산한 눈빛을 빛내며 말했다.

"일어나. 장소를 옮길 거다."

진심은 움직이기도 힘겨워 숨만 헐떡일 수밖에 없었다.

"하아, 하아."

눈앞이 어지럽다. 욱신거리는 복부의 통증이 갈수록 심해지고 있었다.

금방이라도 의식을 잃을 것처럼, 현기증이 일었다.

진심은 비틀거리면서도 앞에서 저를 당기는 밧줄에 의해 억지로 걸음을 움직이고 있었다. 그럴 때마다 그녀의 버팀목이 되어 주는 것은 다름 아닌 우찬이였다.

우찬은 온몸을 바들바들 떨며, 하얗게 질린 입술의 진심을 올려다보고 있었다.

"누나……."

'아, 그렇지.'

"괜찮아요? 누나, 괜찮은 거예요?"

반쯤 뜨고 있던 눈이 다시 감기려는 순간, 저를 부르는 우찬의 말에 진심은 고개를 아래로 내렸다. 그렁그렁 눈물이 맺혀 금방이라도 후드득 떨어질 것 같은 우찬의 눈동자가 시야로 들어왔다.

'이 아이가 있었지.'

진심은 흐려지려는 의식의 끈을 놓지 않게 만드는 우찬에게 말없이 끄덕여 주었다.

"미안해요. 정말…… 흑흑, 정말 미안해요, 누나……."

이젠 '아줌마' 보다 '누나' 라고 부르는 것이 익숙한 건지, 아니면 그냥 정말 미안해서인지 흐느끼는 우찬의 말에 진심은 흐리게 웃었다. 괜찮아, 하고 그의 머리를 쓰다듬어 주며 말을 해 주고 싶은데 목소리가 나오지 않는다.

진심은 대신 눈꼬리를 살짝 휘어 주었다.

"이것들이 진짜! 빨리 빨리 안 오고 뭐 해! 내가 꾸물거리지 말랬지!"

그들이 서로를 다독여 주고 있는 사이, 먼저 앞서 나가던 정재식이 획 뒤를 돌아보며 줄을 잡아당겼다. 정재식이 잡고 있던 줄에 손을 묶여 있던 진심과 우찬이 그 강력한 힘에 휘청거렸다.

진심과 우찬은 한 번 서로를 흘긋거리다 고개를 숙이며 다시 걸음을 옮겼다.

터벅터벅, 현재 그들이 발을 내딛고 있는 곳은 외딴 산길. 진심의 짐작대로 정재식이 우찬과 자신을 숨겨 두었던 곳은 산 깊은 곳의 오두막이 틀림없다.

진심이 누군가와 전화를 했다는 것을 알아차린 정재식이 그들을 다른 곳으로 데려가기 위해 산길을 내려가고 있었으니까.

'침착해.'

진심은 자신과 우찬을 끌어당기는 정재식을 노려보다, 뭔가를 결심했다. 그러고는 어두운 얼굴로 발을 내딛던 우찬에게 고개를 돌렸다.

"우찬아."

나지막한 목소리였지만 진심의 행동 하나하나에 귀를 기울이던 우찬이 고개를 들어 그녀를 쳐다봤다. 진심은 앞서 걸어가며 주위를 두리번거리고 있는 정재식을 예의주시하며 말했다.

"아마도 지금쯤 경찰들이 우리 위치를 파악했을 거야. 네 아빠가 하는 행동으로 보아선 이 길의 끝에 왠지 자동차가 있을 것 같고. 아마도 그 차를 통해 나와 너를 다른 곳으로 옮기려 하겠지."

"누……나?"

"일이 이렇게까지 된 이상, 기회는 단 한 번뿐이야. 내가 네 아빠의 주의를 끌면, 뒤도 돌아보지 말고 도망쳐. 알았지?"

"……네?"

우찬이 무슨 소리를 하냐는 표정을 지었다. 진심은 멈추지 않았다.

"도망치는 거야. 절대로 뒤는 돌아보지 말고. 누나가 어떻게 되든 신경 쓰지 말고 앞만 보고 달려. 그러면 틀림없이, 도와줄 사람을 만날 수 있을 거야."

"무, 무슨……."

"심우찬!"

"……!"

"누나 말 들어. 네 어머니를 생각하라고. 네가 돌아오기만을 간절하게 기다리고 있는 네 어머니 말이야."

"……."

눈에 힘을 주며 말하자 우찬이 입을 꾹 다물었다. 진심은 옅게 웃어 주며 고개를 끄덕였다.

"그렇게 하기다?"

아이는 말하지 않는다. 진심은 그 침묵이 곧 대답이라는 것을 눈치챘다. 어쩐지 한숨이 새어 나올 것 같았지만, 꾹 참아야 했다. 만약 자신이 아쉬워하는 티를 냈다면, 아직 어리지만 그래도 어른스러운 구석이 있던 아이가 틀림없이 대답하기를 망설였을 거다.

진심은 미간을 좁히고 있는 우찬에게 말했다.

"누나는 걱정하지 말고. 어차피 네 아빠의 목적은 너보단……."

'나인 것, 같으니까.'

저로 인해 고생을 하게 된 우찬에게 미안해졌다.

진심은 쓰게 미소를 그리며 말을 흐렸다.

"빨리 움직이라니까!"

두 사람이 그런 대화를 나누는 것을 듣지 못한 정재식은 이젠 그들에게 다가올 태세로 소리쳤다.

그에 우찬은 한참을 주저하다 얼굴을 주억였다. 진심은 왠지 모르게 마음이 안도되는 것을 느꼈다.

'이렇게…… 끝인 건가.'

앞으로 무슨 일이 일어날지 모르겠다. 이 내리막길의 끝에서 진심이 주의를 끌 동안 우찬이 도망치게 된다면, 아까보다 더 심한 일을 당할 수도 있겠지. 그렇다면 화가 난 남자가 무슨 짓을 저지를지 솔직히 상상이 가지 않는다.

한동안 수사물 드라마에 빠진 적이 있었다.

이런 납치 사건의 결말은 언제나 최악으로 이어지기 마련이었기에, 최악의 상황을 생각할 수밖에 없어진다. 진심은 입이 바짝 마르는 것을 느꼈다.

'이럴 줄 알았으면 조금 더 멋진 멘트를 건네는 건데…….'

지난 인생에 대한 숱한 후회가 머리를 스쳤다. 그중에서도 가장 후회되는 것이 있다면 그와, 권정록 변호사와 마지막으로 나누었던 대화였다.

하필 최후의 말이, '언제 들킬지 몰라서'라니.

후일 그의 기억 속에 트라우마로 남을지도 모르는 말이었다. 괜히 미안해져 진심은 어금니를 세게 악물었다.

'아니야! 혹시 변호사님이 나를 구하러 와 줄 수도 있잖아! 그래. 틀림없이 날 구하러 와 주실 거야! 와 주실…….'

투둑.

결국 참고 있던 울음이 터져 버렸다. 진심은 후드득 눈물을 떨어뜨리며 입술을 꽉 깨물었다.

앞서 나가는 정재식이나, 그녀의 곁에서 한숨만 푹푹 내쉬고 있던 우찬이나, 둘 중 그 누구도 진심의 울음을 눈치채지 못했다. 진심은 어떻게 해서든 눈물을 그치게 만들려 노력했다.

동화 속 왕자님도 아니고, 정록이 그 짧은 시간 동안 이곳에 올 리 없다. 일부러 통화 시간을 늘려 가면서 그들이 자신과 우찬이 있던 곳의 위치를 알아차릴 수 있게 하려 했지만, 그들의 답을 듣기도 전에 전화가 끊어져 버렸다.

아니, 정확히 말해서는 정재식에 의해 핸드폰을 빼앗겨 더 이상의 통화를 지속하지 못했다.

모든 것이 불확실한 상황.

진심은 어느새 내리막길의 끝에 다다랐다는 것을 깨달으며 눈을 질끈 감았다 떴다.

'전부 다 말할 걸 그랬어.'

저를 부르던 정록의 간절한 목소리가 메아리처럼 머리를 울렸다. 그토록 저를 간절하게 부르던 정록에게 계속해서 숨겼던 것이 신경 쓰였다.

제가 없을 때, 정록이 그녀가 로펌에 들어온 다른 이유가 있었다는 것을 알게 된다면…….

'적어도 해명할 수 있는 기회는 있었으면 하는데.'

진심은 어떤 반응을 보일지 모르는 정록을 떠올리며 쓴웃음을 삼켰다. 전화를 연결해서 탈출을 시도했던 것은 수포로 돌아갔다. 이제 그들에게, 아니 진심에게 남은 기회라고는 단 한 번.

우찬이라도 정재식의 손에서 도망갈 수 있는 기회를 주는 것뿐.

"망할! 대체 왜 이렇게 안……!"

내리막길의 마지막을 가리고 있는 풀숲을 신경질적으로 거두어 내던 정재식이 환한 빛에 고개를 들다 행동을 멈추었다.

'지금이야!'

그와 두세 발자국 뒤에 떨어져 있던 진심은 얼른 우찬을 내려다보았다.

"우찬아!"

크게 외친 진심이 놀란 우찬의 두 눈을 발견하자마자 멈춰 버린 정재식의 등을 향해 돌진했다.

"으아아아!"

그와 동시에 우찬 역시 진심과 살짝 틀어진 방향으로 달려갔다. 깜짝 놀란 정재식이 뒤를 돌아보기도 전에 진심은 정재식을 향해 몸을 날렸다.

"크악!"

정재식은 제 위로 달려드는 진심을 견디지 못하고 앞으로 고꾸라졌다. 우찬은 중심을 잡느라 손에 쥐고 있던 줄을 놓아 버린 정재식의 손에서 벗어나 달리고, 또 달렸다.

진심은 비명을 지르는 정재식의 등 위에서 하아, 하아 숨을 뱉어 냈다.

'빨리, 제발 빨리 도망가!'

정재식이 갑작스러운 상황에 정신을 못 차리는 사이, 진심은 어떻게 해서든 그를 움직이지 못하게 하기 위해 노력했다. 온몸이 욱신거렸지만 있는 힘껏 정재식을 짓누르고 또 눌렀다.

'어?'

진심이 무언가 이상하다는 것을 깨달은 것은 헉헉거리던 정재식이 '젠장!' 하고 소리치며 더 이상 바동거리지 않는다는 점 때문이었다. 진심은 후다닥 뛰어가던 아이의 발걸음 소리 역시 들려오지 않음을 인지하고선, 정재식의 어깨를 깨물던 얼굴을 슬며시 들어올렸다.

"……!"

그리고 그런 진심의 시야로, 파란색과 붉은색 빛을 현란하게 뿜어내고 있는 차들이 보이기 시작했다.

"작가님! 헉헉. 작가님!"

곧 복귀를 앞둔 대한민국 인기 드라마 작가, 이세진.

한창 작업에 열중하고 있던 그녀는 쾅, 문을 열고 들어온 낯익은 얼굴의 외침에 고개를 들었다.

"정수호?"

그녀의 시야로 들어온 사람은 세진의 보조 작가로 일하고 있는 수호였다. 이 녀석은 또 왜 이리 호들갑일까. 안 그래도 작업 도중 잘 풀리던 한 장면이 막혀, 몇 시간 째 노트북 앞에 앉아 끙끙거리고 있던 세진은 미간을 좁혔다.

그녀는 헐떡이고 있는 수호를 못마땅한 눈으로 응시했다.

"인마, 정수호. 왜 그래? 무슨 일이라도 났냐?"

심드렁한 세진의 대꾸에 답답하다는 듯, 인상을 쓰던 수호는 말보다 행동으로 보여 주기로 결심한 듯했다.

"이것 좀 보세요!"

"뭘? 나 바빠. 빨리 안 나……."

"바쁘셔도 꼭 보셔야 하는 거예요! 어서요!"

평소 그녀에게 이리 강압적으로 외치지 않았던 수호의 음성에 세진은 당황했다. 휘휘, 손을 저으며 그를 쫓아내려던 그녀는 못 이기는 척 시선을 아래로 내렸다. 수호의 손에 들린 태블릿 PC로 눈을 옮긴 세진의 눈동자가 큼지막해졌다.

그녀는 저도 모르게 자리에서 벌떡 일어났다.

"이게 무슨 소리야! 오윤서가 납치 미수 사건에 얽혔다고?"

무표정한 얼굴로 태블릿 PC를 내려다보던 세진은 버럭 소리쳤다. 그러자 기겁하는 세진을 향해 수호가 설명을 덧붙여 주었다.

"다행히 지금은 무사히 구출돼 병원에서 안정을 취하고 있대요. 그렇지만 이번 일로 인해 오윤서가 검색어 1위부터 10위까지 전부 차지하고 난리도 아니라고요. 오윤서가 로펌에 들어가서 일하고 있다는 것까지 밝혀졌다니까요?"

"……뭐?"

그건 또 무슨 소리야?

세진의 눈이 휘둥그레졌다. 수호는 다급하게 말을 이었다.

"제가 혹시나 해서 비너스 엔터에 연락해 봤는데, 그쪽도 지금 정신이 없다고 하더라고요. 이러다 오윤서가 우리 차기작 여주인공이라는 거, 밝혀지는 거 아닐까요?"

"……."

"작가님!"

불안함이 가득한 눈빛을 보내며 수호가 세진을 불렀다. 세진은 그런 수호의 말과 손에 들린 태블릿 PC를 번갈아 쳐다보더니 관자놀이를 문질렀다.

"작가님?"

"끙."

"왜 그러시는……."

"수호야."

"네!"

"지금 비너스랑 전화 연결돼?"

"예?"

수호는 뜬금없는 세진의 물음에 얼굴을 갸웃거렸다. 세진은 후우 한숨을 내쉬었다. 그리고는 푸른색이 감도는 옅은 갈색 눈동자를 그에게 고정시키며 말했다.

"이렇게 된 이상, 시기를 조금 당겨야겠어."

「진심 씨. 눈 떠 봐요.」

톡톡, 얼굴을 두드리는 누군가의 목소리를 잘 알고 있었다. 눈을 뜨지 않아도 그가 어떤 사람인지 짐작 가능했다. 진심은 으윽, 신음을 흘리며 스르륵 눈꺼풀을 들어 올렸다.

「변호사……님?」
「깨어났군요! 깨어났어!」

그녀의 귀를 부드럽게 울리는 목소리. 바로, 정록의 목소리였다. 진심이 흐릿해진 시야를 바로 잡자 정록이 환하게 웃으며 그녀를 끌어안았다.
아.
낮은 탄성을 터뜨린 진심이 코끝에서 느껴지는 정록의 체향에 입을 다물었다.

「당신 때문에 얼마나 놀랐는지 몰라요. 하마터면…… 당신을 잃는 줄 알았단 말입니다.」

있는 힘껏, 저를 안은 정록이 중얼거렸다. 가슴 깊게 파고드는 그의 목소리에 심장이 쿵쾅거렸다. 허공을 배회하던 팔을 슬며시 아래로 내려 진심은 그의 등을 감쌌다.
정록은 그런 진심을 한참 동안 안고 있었다.

「다친 곳은 없어요? 어디, 아픈 곳은요? 그 자식이 무슨 해코지라도 한 거 아닙니까? 어디 봐요!」
「벼, 변호사님…….」

「그 자식이 당신을 조금이라도 건드렸다면, 가만두지 않을 겁니다. 절대로 가만두지 않을…….」

「하고 싶은 말이 있어요!」

「예?」

정록이 버럭 외치는 진심을 의아하게 바라보았다. 진심은 그런 그를 빤히 바라보고 있다 후우, 후우 심호흡을 했다.

'좋아, 할 수 있어.'

몇 번이고 호흡을 가다듬던 그녀는 그를 직시했다.

「진작 말했어야 했던 일이에요. 너무 늦은 감이 있지만…… 어쩔 수 없었다는 거, 이해해 주길 바라요.」

「진심 씨?」

「저, 변호사님께 숨긴 것이 있어요.」

「……!」

「미안해요. 계속 말하려고 했었는데, 쉽지 않았어요. 하지만 이런 일을 겪고 보니 당신한테 말하지 않을 수가 없었어요. 아니, 실은 그 전부터 변호사님한테 계속 말하고 싶었어요. 변호사님. 사실 제가 『올웨이즈』에 들어온 건…….」

막 다음 말을 꺼내려는 순간이었다. 진심은 갑자기 번쩍 올라가는 눈꺼풀로 인해 몸을 떨었다.

분명 1초 전까지만 하더라도 정록이 눈앞에 있었건만, 어찌 된 셈인지 지금은 하얀 천장이 그녀를 반기고 있었다. 진심은 이해할 수 없는 상황에 미간을 꿈틀거렸다.

'이게 대체……'

아무래도 그녀는 어딘가에 누워 있는 것 같았다. 등 뒤가 따뜻하고, 폭신한 것으로 보아선 침대가 틀림없다. 진심은 머리를 빠르게 굴려 보았다. 짐작 가는 것이 한두 가지가 아니었기에 진심은 몸을 일으키려 했다.

"으윽!"

하지만 허리에 힘을 주는 것이 쉽지는 않았다. 진심은 무의식적으로 신음을 터뜨리고 말았다.

"무리하지 말아요. 많이…… 다쳤으니까."

전신에 힘이 들어가지 않는 것은 전부, 정재식의 구타 때문이 아닐까, 라는 생각을 하고 있을 때였다. 진심은 시야 밖에서 들려오는 음성에 얼른 고개를 돌렸다.

윽, 신음을 흘리면서도 소리의 근원지를 찾아 나서던 진심의 눈에 그토록 그리던 남자의 얼굴이 들어왔다.

진심의 얼굴이 눈에 띄게 환해졌다.

"벼, 변호사님, 앗!"

그가 바로 곁에 앉아 있다는 것을 어째서 눈치채지 못했을까. 진심은 정록과 눈이 마주쳐 환하게 미소 짓는 자신을 향해, 흐리게 웃는 그에게서 시선을 떼지 않았다.

정록은 입꼬리를 올리는 것이 버거운지, 미간을 찌푸리고 있는 진심에게 말했다.

"말했잖아요. 무리……!"

그가 기다란 손가락을 뻗어 흐트러진 진심의 앞머리를 쓸어 넘기려 했다. 그러나 순간적으로 무지막지한 발길질이 생각난 진심은 몸을 움찔거렸다.

"미안합니다."

그녀의 이마에 손을 대려던 정록의 행동이 멈췄다. 닿아야 할 온기가 닿지 않자 의아해하던 진심은 이윽고 들려오는 정록의 음성에 눈을 동그랗게 떴다.

미안해?

'뭐가?'

고개를 번쩍 들려고 했지만 목 근처가 욱신거려 제대로 얼굴을 들 수가 없다. 그럼에도 불구하고 진심은 그를 쳐다봤다. 왠지 정록의 목소리가 신경 쓰였으니까.

'아.'

굳어 있는 그의 얼굴이 가슴을 아프게 만든다. 무의식적으로 긴장하고 있는 자신에게 손을 대도 되는 건지 걱정하고 있는 건지도.

진심은 후우 크게 숨을 들이마신 후 심호흡을 했다. 그러고는 말했다.

"괜찮아요."

"오진심 씨."

"변호사님은 괜찮아."

"……!"

"나, 만져 줘요."

머뭇거리는 그의 손길은 허공을 휘젓는다. 배시시 웃으며 그의 행동을 기다리고 있음에도 정록은 쉽사리 움직이지 않았다. 에이, 어쩔 수 없지. 진심은 씩 미소를 흘리더니 갈 곳을 잃은 그의 손목을 덥석 잡았다.

"오진……."

"흡."

"……!"

"흑. 흐윽, 흐엉!"

그의 손바닥을 제 얼굴에 대자 쿵쿵 뛰던 가슴이 차분하게 가라앉는다. 차갑고도 서늘한 그 손길은 불안한 마음을 안정시켰다. 울컥 감정이 치솟아 진심은 울음을 내뱉고 말았다.

'오진심, 너 진짜 왜 이러니…….'

주르륵 뺨을 타고 흘러내리는 눈물은 순전히 반사적이었다. 당황한 진심도 어찌할 도리가 없는. 하지만 정록의 검은 눈동자를 보니 그간의 일들이 생각나 서러움이 복받쳤다. 안심했다고 할까. 그래서인지 계속해서 줄줄 쏟아지는 눈물을 막지 못했다.

"……."

정록은 큰 소리로 엉엉 울다가 문득 자신과 눈이 마주치자 얼른 울음을 그치려 애쓰는 진심을 향해 흐리게 웃었다.

그는 입술까지 꽉 깨물며 울음을 참으려 노력하는 진심의 눈가를 손가락으로 훑었다. 스윽. 그의 기다란 손끝에 이슬처럼 맺힌 눈물방울이 아래로 후드득 떨어진다.

"얼마나…… 걱정했는지 압니까?"

딱딱하고도 고요한 음성. 하지만 진심의 귀에는 다정하다 못해 상냥하다.

고작 그 말로도 정록이 얼마나 자신을 염려했는지 충분히 짐작 가능했다. 진심은 뿌옇게 흐려진 눈을 정록에게 고정시켰다.

계속해서 아래로 떨어지는 그녀의 눈물을 손가락으로 쓸어 주던 정록이 빙긋 미소 지으며 물었다.

"무서웠습니까?"

"흑, 끅, 네."

무서웠다. 대한민국 사람들 중에서 납치를 경험하는 이들은 많지 않을 테니까. 그래서 아주, 정말 너무 무서웠지만 그래도…….

'당신을 만나야 했으니까!'

그래. 진심은 그 일념 하나로 버텼다. 그곳을 벗어나 정록을, 이 남자를 만나야 한다는 일념 하나로.

그래서 용기를 냈고, 결국 이렇게 그와 만났다.

"버텨 줘서 고맙습니다."

뭐?

진심은 그의 작은 속삭임에 놀란 눈으로 정록을 응시했다. 정록은 명한 표정을 지으며 자신을 쳐다보는 진심에게 미소 지었다.

"꿋꿋하게 버텨 줘서. 그 상황에서도 침착하게 행동해 줘서, 정말 고맙습니다."

그리고 그 말을 들은 진심은 그만 으허어엉, 하고 겨우 멎어가던 눈물 샘을 다시 한 번 폭발시키고 말았다.

"오진심 씨."

"흑, 끅."

"오진심 씨."

"흐으. 으으."

"오진심 씨. 대체 언제까지 그러고 있을 겁니까."

손에 든 휴지로 코를 팽 풀던 진심이 피식 웃는 정록의 음성에 고개를 홱 들었다. 금세 퉁퉁 부은 눈을 크게 뜨려 애써 봤지만 생각보다 쉽지만은 않다. 끅끅거리며 울음을 멈추기 위해 애쓰는 그녀를 향해 정록이 부드럽게 말했다.

"그렇게 계속 울다간 눈이 부을 겁니다."

"……."

"그것도 아주 퉁퉁이요."

하지만 잘 멈추지 않는다고요.

긴장이 모두 풀려서일까. 그의 얼굴만 보면 그때 느꼈던 두려움이나,

다시 느끼게 된 안도감이 차올랐다. 울컥하며 눈물을 흘리고 있는 까닭은 정록의 앞이라는 사실 때문이다.

'그래, 진정하자. 진정해야 해, 오진심.'

자신에 의해 푹 젖어 버린 그의 셔츠가 눈에 들어오자 진심은 숨을 고르기 위해 애쓰고 또 애썼다. 그렇게 자신을 그저 기다려 주는 정록과 마음을 진정시키기 위해 노력하던 진심은 겨우 눈물을 그칠 수 있었다.

"후우."

"……."

"좋아요. 이제 됐어요! 저 이제 완전 멀쩡해요!"

크게 심호흡을 한 진심은 벌겋게 물든 눈가를 반으로 접으며 외쳤다. 정록이 그런 그녀를 가만히 쳐다보다 툭 말을 던졌다.

"알고 보니 오진심 씨는 순 울보였군요."

"네?"

진심이 생긋 웃는 그를 빤히 바라보다 화르륵 얼굴을 붉혔다.

"우, 울보 아니에요! 그, 그냥."

"그냥?"

"변호사님 보니까…… 너무 기뻐서. 기, 기뻐서 우는 거라고요!"

"아."

진심을 주시하던 정록이 황당하다는 표정을 지었다. 뻔뻔한 말을 내뱉은 뒤에도 그것을 주워 담을 생각을 않던 진심은 자신을 쳐다보는 그를 힐끔거렸다.

말없이 그녀를 응시하고 있던 정록이 침대 옆 의자에 붙여 둔 엉덩이를 떼자 진심의 눈동자도 그를 향했다.

'어디 가는……!'

그리고 그녀가 막을 틈도 없이 정록이 침대 위로 올라오자 진심은 몸을 움찔거렸다.

"벼, 변⋯⋯."

"가만히 있어요."

누워 있던 그녀에게 긴 팔을 뻗고선 와락 안아 품으로 끌어당긴 남자의 심장 소리가 조금씩 들려온다.

쿵쾅쿵쾅.

평소 그의 품에 안겼을 때보다 훨씬 더 빠르게, 정록의 가슴이 뛰는 것이 느껴졌다. 저를 생각하는 그의 마음을 알 수 있어 진심은 한동안 아무 말도 하지 않았다. 입꼬리가 멋대로 씰룩거렸다.

'얼마나 걱정했을까.'

미세하게 떨리는 그의 손길에 겨우 멈추었던 눈물이 다시 차오를 것 같다. 진심은 '참아야지.'를 끊임없이 되뇌다 문득 든 의문에 입을 열었다.

"그런데 변호사님."

"미안하지만 안 놓아줄 겁니다."

"네? 아, 아뇨. 그게 아니라⋯⋯."

저를 부르는 진심의 음성에 냉정하게 말하던 정록이 스윽 고개를 내려 그녀와 두 눈을 마주했다. 진심은 미동 없는 그의 검은 눈을 올려다보며 물었다.

"대체 저, 어떻게 여기 있는 거예요?"

슬며시 얼굴을 들어 묻자 정록의 검은 눈이 흔들린다.

"예?"

그의 품에 안겨 살짝 미간까지 좁히던 진심은 고개를 갸웃거렸다.

"이상하게 아무 기억이 없어요. 제가 왜 여기 있는 거죠? 어떻게 병원에 온 거지? 아! 맞아. 분명히 경찰차들을 본 것 같기는 해요. 그랬었⋯⋯ 헉! 우, 우찬이!"

"……."

"우찬이요? 변호사님! 우찬이! 우찬이는 무사, 윽!"

정록을 만나 안심하게 된 이후 완벽하게 망각하고 있었다.

진심은 창백하게 질린 얼굴로 침대에서 벌떡 일어나다 신음을 흘렸다. 퍼렇게 멍이 든 복부가 다시금 쓰려 온다. 아파. 진심이 인상을 쓰며 복부를 문지르자 쓰게 숨을 흘리던 정록이 그녀를 부축했다.

"고맙……."

"무사합니다."

진심을 부축하며 덩달아 침대에서 일어난 정록은 그녀에게 말했다.

"정……말요?"

"네. 정말."

"아…… 아아."

잠깐 놀란 표정을 짓던 진심의 상기된 얼굴이 금세 침착함을 되찾는다. 그녀는 울먹이듯 웃으며 중얼거렸다.

"다행……이에요."

너무 다행이야.

정록은 말없이 입술을 깨무는 진심을 내려다보며 말을 이었다.

"우찬이도 무사하고, 우찬이 아버지, 그러니까 정재식도 붙잡았습니다."

정재식!

"변호사님! 그럼 제가 본 그게, 정말 경찰차였어요?"

눈을 동그랗게 뜨며 묻는 진심에게 정록은 고개를 끄덕여 주었다.

「오윤서 씨. 보기보다 엄청 날쌔신데요? 멋진 어택이었습니다!」

정재식의 위에서 헉헉 숨을 내쉬던 진심에게 손을 내밀던 사람은 아무래도 경찰이었던 모양이다. 그의 손을 덥석 잡고 어색하게 웃기 무섭게 눈앞이 어지러워지는 것을 느꼈던 터라 더는 대화를 나눌 수 없었지만.

진심은 그제야 모든 것에 마음을 놓을 수 있었다.

'이제야 조금 안심이……'

헉!

"맞다, 혁준 오빠!"

"이제야 내 생각이 나냐?"

정록과 대화를 나누는 데 집중하느라 깜빡 잊고 있던 존재가 있었다. 진심은 문을 열고 들어오는 혁준을 발견하고선 두 눈을 휘둥그레 떴다.

"오, 오빠? 언제부터 거기에……."

"언제부터 거기에? 계속 있었다면 큰일이라도 났을 얼굴이다, 너?"

순식간에 진심의 침대 쪽으로 다가온 혁준이 무시무시한 시선으로 진심을 흘겨봤다. 정록이 그 모습을 보고 뒤로 살짝 물러나자, 진심의 코앞까지 다가온 혁준은 콧김까지 씩씩 내뿜으며 소리쳤다.

"오윤서, 이 자식아! 내가 너 때문에 정말 심장이 남아나지 않겠어! 인마, 왜 그렇게 사람을 걱정시키고 그래! 너 그 자식한테 반항하다 맞았다면서? 그러다 더 큰 일이라도 생기면 어쩔 뻔했어? 어?"

"하하, 오, 오빠."

"젠장. 그 빌어먹을 자식, 그냥 내버려 두면 안 됐는데! 죽여 버릴 걸 그랬어! 너한테 때릴 곳이 어디 있다고!"

"오빠……."

"얼마나……."

……!

"내가 얼마나…… 걱정했는지…… 흑."

진심은 그의 뺨을 타고 흘러내리는 눈물방울에 더 이상 말을 잇지 못했다. 정재식에게 구타당한 곳들이 쓰려 온다.

"오빠."

그녀는 어느새 제 침대 옆에서 고개를 파묻고 울고 있는 혁준의 머리를 향해 손을 뻗었다. 그리고 조심스레 그 머리를 쓸며 부드럽게 웃었다.

"괜찮아."

"멍청아! 괜찮긴 뭐가 괜찮아. 흐흑. 뭐가 괜찮, 흡……."

"무사히 왔잖아. 나, 괜찮다고."

"안 괜찮다니까! 의사가 윤서 너……."

"조혁준 씨. 오진심 씨는 안정이 필요하다고 하지 않았습니까?"

소리치려던 혁준의 말을 끊어 버린 정록이 냉정한 음성을 흘렸다. 혁준은 그런 정록을 올려다보더니 멈칫했다. 진심은 허공에서 뭔가 눈빛을 주고받고 있는 두 남자를 바라봤다.

혁준은 이내 손등으로 눈 밑을 슥 닦더니 말했다.

"이 얘긴 나중에 하도록 하자."

그는 호흡을 가다듬으며 입술을 움직였다. 그 후, 마침 걸려 온 전화를 받겠다며 혁준이 병실을 빠져나갔다. 진심은 달칵 닫히는 문을 흘긋거리다 정록을 쳐다보며 배시시 웃었다.

"우리 매니저, 시스콤 엄청나죠?"

정록은 대꾸하지 않았다. 그저 옅게 웃는 진심을 바라보기만 할 뿐.

두근두근.

진심은 그 뜨거운 시선을 받아 내다 돌연 얼굴을 붉혔다. 그러고 보니 지금 제 차림이 평소의 정장 차림도 아니고, 꾸밀 때 입던 옷도 아닌 환자복 차림이라는 것을 뒤늦게 깨달았기 때문이다.

홱 고개를 아래로 내려 몸을 확인해 보니, 환자복 안에는 속옷조차 입지 않고 있었다. 입술이 바짝 말랐다.

"벼, 변호사님! 얼른 눈 돌려요!"

"예?"

"어서요! 빨리요!"

"무슨 일 있습니까?"

'당연히 있지!'

진심은 이불을 목 끝까지 끌어올리며 얼굴을 파묻었다.

"이런 모습 보이기 싫단 말이에요!"

의문을 표하던 정록은 이어지는 진심의 외침에 풋 웃음을 터뜨렸다.

"왜 웃어요?"

"아니. 그냥 오진심 씨가 웃…… 귀여워서요."

'방금 웃기다고 말하려고 그랬지? 그랬지?'

정록은 뚱한 얼굴로 '화장도 지워진 거 아니야?' 하고 중얼대고 있는 진심에게 다가왔다.

"오진심 씨."

"저리 안 가요? 빨리 저리……."

"오진심 씨는 뭘 해도 예쁩니다."

"……네?"

'잘못 들었나?'

진심은 귀를 의심했다. 그런 진심에게 정록은 부드럽게 미소 지었다.

"내 눈에 비친 당신의 모든 행동들은 전부 예쁘기 그지없으니까, 내 앞에서 일부러 예쁘게 보이려고 하지 않아도 돼요."

"……."

"그저 무사히 내 곁에 있어 주기만 하면 됩니다. 그래요. 그거면 돼요."

달콤한 말에 심장이 터질 듯 부풀어 올랐다. 진심은 꾹꾹 눌러 두었던 눈물샘이 반응하려는 것을 느꼈다.

"참! 변호사님. 저 말이에요. 사실 하고 싶은 말이……."

그러고는 정록을 향해 자신이 받은 감동을 전달하기 위해 양팔을 벌렸다.

"오윤서!"

그때 누군가 진심의 말을 가로막으며 병실의 문이 활짝 열렸다. 혁준이 깜짝 놀란 표정을 지으며 병실 안으로 다시 들어왔다. 온 힘을 다해 정록을 안으려던 진심은 혹시나 혁준이 저와 정록을 의심할까 싶어 허공으로 팔을 휘저었다.

"오, 오빠! 이, 이건……."

"설명할 필요 없어."

"어?"

"이거부터 봐."

진심은 단호하게 제 변명을 듣기를 거부한 혁준이 뭔가를 내밀자 의아한 표정을 지었다. 혁준의 손에 들린 것은 그의 핸드폰이었다.

"뭐야. 대체 뭘 보라는 거야?"

기사?

혁준의 핸드폰 액정에는 포털 사이트의 뉴스들이 배치되어 있었다. 연예계에서 사용하는 자신의 예명이 예의 뉴스들에 언급된 까닭은 이번 일이 세상에 밝혀졌기 때문이겠지, 라 생각하던 진심의 눈이 큼지막해졌다.

"벼, 변호……."

빨간 글씨로 굵게 표시된 뉴스를 발견한 진심은 반사적으로 정록을 쳐다봤다. 그녀와 함께 시선을 아래로 내리고 있던 정록의 눈이 차갑게 가라앉아 있었다.

제6장
오매불망 오 비서

❀

《다음 소식입니다. 작년 봄, 돌연 은퇴를 선언했던 여배우 오윤서 씨가 아동 납치 사건에 휩싸여 화제를 몰고 있습니다.》

얼핏 들으면 오해를 할 만한 방송 멘트. 하지만 이어지는 말은 그 오해를 단번에 날려 준다.

《대한민국 최고의 여배우라고 불리던 오윤서 씨는 연예계 은퇴 이후 서초동 한 로펌의 비서로 취직해 생활하고 있었는데요, 그곳에서 문제의 사건에 휘말렸습니다.

오 씨가 이번 일에 얽히게 된 것은 납치된 아동인 S군과 오 씨의 친분 때문이었다고 합니다. S군의 계부이자 이번 사건의 피의자인 J씨가 오 씨와 S군이 남다른 친분이 있는 것을 알고, 오 씨를 유인하기 위해 S군을 이용했다는 것이 경찰 쪽 조사로 밝혀졌습니다.

오 씨를 납치할 목적으로 자신의 아들인 S군을 납치했던 피의자 J씨를 서울 서초 경찰서는 아동 학대 및 납치 혐의로 긴급 체포하고 구속 영장을 신청할 예정입니다. 이에 오 씨의 소속사인 비너스 엔터테인먼트의 대표 연준석 씨는…….》

이른 아침부터 대한민국이 시끄럽다. 아니 비단 이른 아침뿐만이 아니다. 벌써 일주일 째. 정록의 기억으로는 일주일째 이 일이 지속되고 있었다.

이유인즉 간단하다. 전직이라 할지라도, 유명 여배우가 형사사건에 휘말린 것은 드문 현상이기 때문이다. 어떻게 알고 찾아왔는지 진심의 병원 앞에 진을 치고 깔려 있는 기자들은 한두 명이 아니었다.

로펌 올웨이즈의 식구들도 진심의 안부를 묻기 위해 그녀가 입원해 있던 병원을 찾았지만 병실에 들어가 보지도 못하고 되돌아와야 했다. 정록은 시끄러울 정도로 크게 울리는 TV를 무심하게 흘긋거리다 리모컨으로 전원을 껐다.

삐빅 소리를 내며 TV 화면이 컬러에서 흑백으로 바뀌었다. 그는 어두운 얼굴로 TV를 바라보고 있다, 이내 요란하게 소리를 내고 있는 집 전화를 집어 들었다.

"네, 권정……."

— 권정록! 너 어떻게 된 거야? 통화하기가 왜 이렇게 힘들어? 핸드폰은 왜 이리 먹통인데? 내가 얼마나 답답했는지 알아?

"……유여름."

제 이름을 다 말하기도 전에, 질문이 쏟아졌다. 정록은 다짜고짜 자신의 말부터 쏟아 내고 있는 발신인이 그의 오래된 친구, 여름이라는 것을 깨달았다. 어쩐지 쓴웃음이 흘러나오려는 것을 꾹 참고선 정록은 무뚝뚝하게 물었다.

"무슨 일이야."

— 너 지금 그걸 말이라고 해? 무슨 일? 무슨 이일? 나야말로 내가 홍콩 출장 갔다 온 사이에 대체 무슨 일이 있었던 거야? 어젯밤 귀국하자마자 그 얘기 듣고 얼마나 놀랐는지 알아?

"중요한 일 아니면 나중에 전화하자. 나 곧 출근해야 해."

정록은 후우, 한숨을 내쉬며 들고 있던 수화기를 내려놓으려 했다. 그에 '잠까안!' 하고 여름이 있는 힘껏 소리쳤다. 정록은 귀찮다는 기색이 가득한 얼굴로 수화기를 귀에 다시 가져다 댔다.

— 알았어. 서론은 이 정도로 하고, 본론부터 꺼내면 되잖아. 내가 지금 너희 집으로 갈 테니까 꼼짝 말고 거기 있어.

"유 검. 너 아까 뭐 들은 거야? 나 지금 출근……."

— 출근이라니! 윤서 씨 병원에 가야 하는 거 아니야? 참. 그러고 보니 뭔가 이상한 기사가 있던데. 윤서 씨, 연예계 복귀한다는 기사 말이야! 너 그거 봤어?

이팔청춘도 아니고, 고작 연예인에 대한 기사 하나하나에 소리를 지르는 모습이란. 흥, 코웃음이라도 쳐 주고 싶었지만 그보다 가슴이 욱신거린다. 정록은 서늘한 표정을 지으며 가만히 서 있었다.

「어…… 벼, 변호사님! 이건…… 이건 사실…… 제가 설명할게요! 설명…… 서, 설명을…….」

파리해진 얼굴로 겨우 꺼낸 문장을 끝까지 완성시키지 못하던 여자의 얼굴이 눈앞을 스쳤다. 제 앞에서 어쩔 줄 몰라 하던 얼굴과 기사 속의 미소 짓는 얼굴이 매치가 되지 않아 왠지 헛웃음이 흘러나왔다. 그 후, 정록은 이윽고 들이닥친 그녀의 소속사 식구들에 의해 거의 쫓겨나듯 병실을 나서야만 했다.

「기사, 보셨습니까?」

비너스 엔터테인먼트의 연준석 대표가 잠깐 만나자며 그의 집무실을 찾아왔던 것은 바로 어제였다.

갑자기 혼자 일하게 된 정록이 눈코 뜰 새 없이 바쁜 하루하루를 보내고 있을 때, 약속도 없이 대뜸 찾아와선 꺼낸 말에 정록은 어이가 없어졌다. 연 대표는 황당해하는 정록에게 말했다.

「권 변도, 그리 기분 나빠하지 말고 재미있는 경험 정도로 생각해 주시면 감사하겠습니다. 그렇지 않습니까? 세상에 어떤 변호사가 대한민국 최고 여배우를 비서로 둘 수 있겠습니까? 그리고 두 사람의 일, 말입니다. 그건…….」

— 권정록! 너 듣고 있어? 야, 인마!

귀청이 떨어질 만큼 커다란 소리가 귓속을 울렸다.

전화 도중 며칠 전의 일을 떠올려 보던 정록이 정신을 차렸다.

"미안. 나 정말 출근 준비해야 해. 나중에 다시 통화하자."

— 뭐? 정…….

정록은 아까부터 계속 질문만 던지고 있는 여름에게 간단히 답한 후 수화기를 내려놓았다. 또다시 전화가 걸려 올까 싶어 말없이 전화기를 응시하던 정록은 전화선을 뽑아 버린 후 몸을 돌렸다.

머리가 지끈거렸다.

"핸드폰마저 빼앗는 게 어디 있어요! 요즘이 신석기시대도 아니고! 연락이 안 되면 걱정하잖아요! 우리 오해는 풀고 다시 시작하자고요. 네? 꼬인 매듭은 풀어야지, 안 그래요?"

바락바락 소리를 질러 대는 뒷좌석의 앙칼진 목소리가 차의 내부로 퍼져 나갔다. 그러나 모두가 그런 반응에 익숙해지기라도 했다는 듯, 아무런 대꾸를 해 주지 않는다. 운전을 하고 있던 혁준은 물론이거니와 조수석의 연 대표도 마찬가지.

진심은 속이 터질 것만 같았다.

'대체 이게 뭐냐고!'

날벼락도 이런 날벼락이 있을까?

정신없이 지나간 지난 일주일은 진심의 손을 벗어나도 한참을 벗어났다. 정재식에 의해 납치를 당했고, 기적적으로 탈출을 했던 것은 아무렇지 않게 느껴질 정도다.

정록에게 자신의 이야기를 전부 털어놓기도 전에 그에게 모든 것을 들켜 버리고 말았고, 해명을 하려는 순간 그가 병실에서 나가 버렸다. 그 후 그에게 해명이라도 하려고 핸드폰을 찾았지만, 혁준에게서 돌아온 답변은 한동안 그녀의 핸드폰은 자신이 맡아 두겠다는 말뿐이었다.

'뭐가 어떻게 돌아가는 거야!'

정재식에게 몸을 던진 이후, 모든 것이 꼬여 버렸다.

대한민국 연예계에 관심을 가지고 있던 국민이라면 진심이 로펌 올웨이즈의 권정록 변호사의 비서로 일했던 것을 이제 모르는 이들이 없을 정도였고, 그렇게 비서 수행을 한 것이 복귀작을 대비하기 위한 트레이닝이었다고 받아들였다.

그간 끊이질 않던 발연기 논란에서 벗어나기 위해 직접 비서직에 도전하여 복귀하려고 했던 오윤서.

그 과정에서 아동 학대를 막고, 아이를 구출해 내기까지 한 오윤서의 선행에 대한민국 국민들은 박수를 보냈지만, 정작 주인공인 오윤서의 얼굴은 그리 밝지만은 않다.

'미치겠네, 정말······.'

심장이 답답해 터져 버리겠다. 아무리 소리쳐도 제 말은 씨알도 안 먹히는 듯하다.

진심은 묵묵히 운전에 집중하고 있는 혁준의 뒤통수와 창밖을 바라보고 있는 연 대표의 뒤통수를 노려보다 고개를 아래로 떨구었다.

'오해하진 않겠지?'

아니. 틀림없이 오해했을 거다. 자신이 그의 입장이었더라도 마찬가지였을 테니까.

믿었던 여자 친구가 알고 보니 처음부터 모든 것을 속였다는 걸 알게 된다면, 얼마나 끔찍할까.

'배신감에······ 치를 떨지도.'

그에게 도와 달라고 말할 때, 그때부터 진실했어야 했다. 그랬다면 이렇게 그와 연락이 닿지 않는다고 안절부절못할 리도 없었겠지. 어떻게 해서든 변명을 하려고 입술을 달싹이던 저를, 싸늘한 두 눈으로 응시하던 정록의 검은 눈동자가 눈앞을 아른거려 가슴이 벌렁거렸다.

진심은 흐려지려는 시야를 바로 잡기 위해 입술을 꾹 짓눌러야 했다. 한참 동안 달려와 도착한 곳은 경기도 인근의 한 카페식 레스토랑.

"내려."

주차장에 차를 세운 혁준을 흘긋거리던 연 대표가 뒷좌석에 앉아 있던 진심에게 말했다. 진심은 입을 삐죽거리며 팔짱을 꼈다.

"핸드폰 돌려주기 전까진 안 내려요."

"말하지 않았어? 오진심이 네 핸드폰, 해지했다고."

"대표님!"

"너, 우리랑 약속을 어겨도 너무 많이 어겼어. 고작 핸드폰 빼앗은 건, 아주 많이 봐준 거야. 일 다시 시작하면 돌려줄게. 조금만 기다려."

"웃기네. 내가 미성년자도 아니고 그깟 핸드폰, 없어지면 다시 만들러 가면 되거든요! 그러니까 무슨 큰 선심이라도 쓰듯 말하지 마요!"

버럭 외치는 진심을 바라보며 긴 한숨을 내쉬던 연 대표가 말했다.

"권 변 때문이야?"

씩씩거리던 진심의 몸이 움찔거렸다. 연 대표는 냉랭하게 눈을 빛내며 물었다.

"너 지금 이러는 거, 권정록 변호사 때문이냐고."

"그게 이거랑 무슨 상관……."

"네 남자 친구라던 권 변호사랑 연락이 안 되어서 답답하냔 말이야."

진심의 눈이 동그래졌다. 소리치려던 말은 입안으로 삼켜졌다. 연 대표는 당황한 진심을 가만히 바라보다 말했다.

"어차피 네가 연락해도 전화 안 받을 거야, 권 변은."

"어, 언제부터……."

지난 일주일 중 6일을 내내 병실에서 보내다, 오늘 퇴원했다. 퇴원하자마자 집으로 가는 줄 알았더니 집이 아닌 다른 곳으로 향하길래, 연 대표와 혁준에게 버럭 소리를 내질렀다.

6일 동안 정록에게 전화도 못 하게 해서 안 그래도 미쳐 버릴 것 같았는데, 목적지도 알려 주지 않아 진정을 할 수도 없었다. 그러던 와중 들려온 연 대표의 말은 그녀를 충격에 휩싸이게 만들었다.

진심은 눈만 깜빡이며 연 대표를 응시했다. 그와 사귀고 있다는 것을 말한 적이 없었는데.

'어떻게…… 알게 된 거지?'

입술이 파르르 떨려 진정할 수가 없다. 손가락이 부들부들 진동했다. 진심은 순간적으로 혁준을 쳐다보았지만 혁준은 그녀의 시선을 외면했다. 눈앞이 아찔해졌다.

'도와주지 않는 거야? 아니, 그 전에 혁준 오빠도 알고 있는 건가?'

수많은 생각들이 머리를 잠식했다.

"오진심이. 지금 네가 선택할 수 있는 건 두 가지야."

도통 안정을 찾지 못하던 진심은 노기를 꾹 누르는 연 대표의 목소리에 혼돈의 늪에서 빠져나왔다. 연 대표는 지독하게 차갑고 냉정한 얼굴로 진심을 바라보고 있었다.

그의 입술이 아래위로 달싹이는 모습이 그녀의 시야로 들어왔다.

"이제라도 정신 차려서 내 말 듣고 이 차문을 열고 나가서 너 기다리고 있는 이세진 작가랑 만나든가……."

"……!"

"아니면 차문 열고 나가서 서울 가는 아무 차나 얻어 탄 후, 네가 그렇게도 연락하고 싶어 했던 권정록 변호사한테 뒤도 돌아보지 않고 달려가든가."

쿵쾅쿵쾅.

가슴이 마구 뛴다. 진심은 친절한 대표님이 아닌 어떤 상황에서도 태연을 유지하는 사업가의 모습으로 돌아온 비너스 엔터테인먼트의 연준석 대표를 바라보았다.

연 대표는 떨리는 진심의 눈을 향해 말했다.

"선택은 전적으로 오진심이, 네 몫이야."

❖

세진은 따뜻한 김이 모락모락 피어나는 커피 잔을 내려다보고 있었다.

'조금 늦네.'

오전부터 이곳까지 오게 된 이유는 은밀하게 누군가를 만나기 위해서였던지라, 그녀는 계속해서 손목에 찬 시계를 살피고 있었다.

"비너스 쪽 사람들이 이렇게 시간 약속을 안 지키는 사람들이었어요?"

그런 세진의 마음을 알아차렸는지 옆에 앉아 있던 그녀의 보조 작가, 수호가 입술을 삐죽였다. 세진은 호로록, 커피를 들이켰다.

"조금 더 기다려 보자. 안 그래도 거긴 정신없을 거 아니야. 안 온다고 한 것도 아니고."

"아아, 하긴. 진짜 난리긴 하겠네요. 은퇴한 줄 알았던 오윤서가 로펌에서 일하고 있는 걸 대한민국 전체가 알아버렸으니……. 어휴, 오윤서 씨도 참. 이번 일은 비밀리에 해 달라고 그렇게 말했건만, 결국 터뜨려 버렸네요. 혹시 일부러 그런 거 아닐까요? 드라마 캐스팅 전에 화제 일으키려고?"

"글쎄. 윤서 씨 성격상 그건 아닌 것 같은데. 설마 그렇게 하려고 납치까지 됐겠어?"

"또 모르죠! 그 납치도 전부 연극일지!"

콧방귀를 뀌는 수호에게 세진은 흐리게 웃었다. 아무래도 이 녀석의 불신이 심한 까닭은 자신의 영향이 아닌가 싶기도 하다.

고개를 절레절레 흔들며 다시 머그잔을 집어 들던 세진은 딸랑 소리와 함께 카페의 문이 열리는 것을 인지했다.

'……어?

무의식적으로 자신이 기다리고 있는 존재들인지 확인하기 위해 고개를 든 세진은 반갑게 손을 흔들려다 말았다. 뭔가 이상한 점을 발견했기 때문이다. 반쯤 올라갔던 손을 슬며시 아래로 내린 세진을 향해 어색한 웃음을 흘리던 남자가 다가왔다.

"많이 늦었지요? 오래 기다리신 거 아닙니까, 이 작가님?"

"……."

하하 크게 미소 짓는 사람은 세진이 알고 있기로 비너스 엔터테인먼트의 대표, 연준석이었다. 연 대표가 뒷머리를 슥슥 긁으며 말하고 있음에도 불구하고 세진의 시선은 그에게 꽂히지 않았다. 그녀는 연 대표의 뒤를 이어 들어올 사람을 기다리고 있었는데, 한 번 닫힌 카페의 문은 다시 열리지 않았다.

"작가님?"

"오윤서 씨는요?"

세진은 답답한 것을 참지 못하는 성격이었다. 단도직입적으로 물음을 던진 세진의 말에 연 대표의 얼굴이 딱딱하게 굳어 갔다. 그 순간 뭔가 잘못되고 있음을 감지했다. 세진은 차분함을 유지하려 애쓰고는 다시 물었다.

"윤서 씨랑 함께 오시기로 한 거 아니었어요? 어째서 대표님만 오신 거죠?"

"……."

"연 대표님?"

"일단 앉아서 얘기하시죠."

세진은 쓴웃음을 흘린 연 대표를 바라보며 미간을 좁혔다. 연 대표는 망설이다 결국 엉덩이를 붙이는 세진을 바라보며 후우 한숨을 내쉬었다.

"……!"

무심코 복도에서 집무실 쪽으로 몸을 돌리던 정록의 발걸음이 뚝 멈추었다. 집무실 앞의 작은 책상을 누군가 정리하고 있었기 때문이다. 심장이 크게 들썩여 숨을 들이마시던 정록은 긴장하며 그 누군가를 향해 다가가려 했다.

두근두근, 입안이 말라 갔다. 가슴이 거세게 뛰어 손을 드는 것이 쉽지 않았다. 한참 동안 망설이던 정록은 결국 책상 위 서류를 정리하고 있는 여자의 어깨에 손을 얹었다.

"응?"

아.

쿵쾅쿵쾅 요동치던 마음이 순식간에 안정을 되찾았다. 차가운 물을 뿌린 듯 냉한 기운이 그를 덮쳤다. 정록은 제 손길에 어리둥절해하며 뒤를 돌아보는 여자가, 자신이 생각했던 사람이 아니라는 것을 알고 얼른 손을 떼어 냈다.

"권 변호사님? 왜 그러세요?"

오재윤 변호사의 비서 혜선이 정록을 어리둥절한 표정으로 바라보고 있었다. 정록은 의아해하는 그녀에게 아무것도 아니라는 듯 고개를 저었다.

"여기서 뭐 하는 겁니까, 혜선 씨?"

"저요? 뭐 하긴요. 보시는 대로요. 바람처럼 왔다 바람처럼 사라진 권 변호사님의 비서님을 대신해서 책상 정리를 하고 있습니다."

가시가 돋쳐 있는 혜선의 말에 정록은 뭐라 대답할 수 없었다. 혜선은 말없이 저를 쳐다보는 정록에게 투덜거렸다.

"제가 왜 이런 뒤치다꺼리를 해야 하는 건지……. 어휴. 우리 오 변호사님한테 일이 없다고 저한테 이런 일을 맡기신 대표님, 정말 너무하신 거 아닌가요?"

정록은 말하지 않았다. 혜선은 계속해서 말을 이었다.

"민폐도 이런 민폐가 아닐 수 없네요. 그렇게 회사를 들쑤시고도, 이젠 업무 방해까지 하다니. 대표님은 어쩌다 그런 여자를 다른 분도 아니고 권 변호사님 비서 대행으로 둔 건지 모르겠어요."

"……."

"변호사님도 피해가 이만저만이 아니시죠?"

"……남은 건 제가 치울 테니, 혜선 씨는 볼일 보세요."

그를 자극하려고 결심했던 건지, 아니면 그냥 하는 말인지 모르겠지만 정록의 심기를 건드린 것은 사실이다.

정록은 툴툴거리는 혜선에게 냉랭하게 말한 뒤, 그녀에게서 시선을 돌렸다. 잠시 놀란 표정을 짓던 혜선은 칫, 하고 잇소리를 내고는 복도로 걸어갔다. 정록은 혜선이 나간 후 잠깐 동안 가만히 책상 앞에 서 있었다. 그러다 누군가의 흔적이 잔뜩 느껴지는 책상으로 다가갔다.

"……."

책상 위에는 손안에 들어올 정도로 작게 만들어 놓은 미니 법전집은 물론이거니와, 그간 업무를 보면서 차곡차곡 쌓아 두었던 서류들, 기본적인 법 용어 모음집들, 그리고 그 외에 비서와 관련된 여러 책들이 빽빽하게 꽂혀 있었다.

정록의 두 눈은 그의 업무를 보다 수월하게 하기 위해 모아 둔 서류들을 훑어보다, 서류 맨 꼭대기에 놓아 둔 주황색 노트를 발견했다.

주황색 노트는 정록이 오래전, 그녀에게 주었던 갈색 노트와 비슷한 구조로 이루어져 있었다.

본격 내용이 시작되기 전의 속지에는 진심의 글씨로 문구가 적혀 있었다. 피식 실소가 흘러나오려는 것을 꾹 참던 정록은 들고 있던 노트를 아래로 내려놓았다. 그러고는 복도에서 저를 빤히 바라보고 있던 남자에게 말했다.

"언제 왔어?"

정록의 옆 집무실을 사용하던 최윤혁 변호사가 날카로운 그의 질문에 흐리게 웃었다.

"네가 혜선 씨를 쫓아낼 때부터."

"……무슨 일이야."

"윤서 씨, 연락 안 왔어?"

정록이 있는 곳으로 걸어오며 묻는 윤혁에게 정록은 서늘한 시선을 쏘아 댔다.

"말해 줘야 하나?"

"어? 아아, 아니. 그건…… 아니지만."

"곧 업무 시작 시간이야."

현재 시간은 오전 8시 28분. 정록은 당황하는 윤혁에게 말을 한 뒤, 몸을 돌려 집무실 안으로 들어갔다. 그는 입고 있던 코트를 옷걸이에 걸어 두고 집무실 책상 앞 의자에 앉아 오늘의 일과를 시작하려 했다.

"인마. 아무리 그래도 이건 아니지."

여느 때와 다름없이, 평소대로 업무를 보려 했던 정록을 방해한 사람은 집무실 문을 벌컥 열고 들어온 윤혁이었다. 펜을 꺼내 들던 정록이 미간을 좁히며 그를 쳐다봤다.

"최 변."

"이상하잖아! 두 달이 넘도록 함께 일하던 사람이 갑자기 사라졌는데! 너, 정말 아무렇지도 않아?"

"……."

"그 사건 이후로 모든 게 이상해져 버렸다고. 젠장!"

윤혁은 아예 정록의 집무실 안 소파에 털썩 앉아 소리쳤다. 정록은 냉랭하게 말했다.

"오히려 지금 이 상황이 정상인 거지. 그러니 이상하지 않아."

"뭐?"

"최 변, 너는 할 일이 없을지 몰라도 나는 일이 많아. 방해가 되니 그쯤하고 나가 줘."

정록은 더 이상 그와 대화도 나누기 싫다는 표정을 지으며 말했다. 그말을 듣고 있던 최윤혁 변호사는 자리에서 벌떡 일어나더니 정록에게로 성큼성큼 걸어왔다. 정록은 어두운 그림자가 제 위를 뒤덮는 것을 확인하고선 인상을 썼다.

'귀찮군, 정말.'

아침부터 일던 두통이 다시금 쿡쿡, 그의 머리를 쑤셨다.

"지금 이 상황에서 가장 이상한 게 누군지 알아? 너야, 인마! 다른 사람도 아니고, 네 비서가 없어진 거라고! 저번 주까지 짜증날 정도로 너랑 붙어 다니던 그 비서가!"

"최 변."

"이해할 수가 없어! 그 사건 일어나던 날, 너 윤서 씨 소속사 대표라는 사람한테 너랑 윤서 씨랑 사귀는 사이라고 하지 않았어?"

얼굴을 굳히던 정록의 입가에 경련이 일었다. 정록은 윤혁을 쳐다보기 위해 눈을 치켜떴다. 윤혁은 개의치 않는 듯 말을 이어 나갔다.

"그런 네가 지금 제일 이상하다고! 너, 지난 일주일 동안 윤서 씨랑 연락해 봤어? 윤서 씨가 회사 그만두는 게 정말 그 드라마 촬영 때문인 거야? 너는 윤서 씨랑 연락되지? 그렇지? 아니, 이렇게 작별 인사도 없이 가는 게 너무 이상해서 그래!"

대답할 틈도 주지 않고 쏘아붙이는 윤혁을 정록은 담담하게 응시했다.

그러다 스윽, 책상 위의 탁상시계를 응시했다. 어느새 시간은 오전 8시 32분을 가리키고 있었다. 업무 시작을 2분이나 넘겨 버렸다.

"권 변!"

"소리치지 마. 귀 울리니까."

정록은 버럭 외치는 윤혁에게 차갑게 일갈한 뒤 그를 바라보며 말했다.

"그때 그 남자에게 그렇게 말한 건, 나를 쫓아내려 하기 때문이었어. 사귄다고? 누가 누구랑. 내가 오진…… 오윤서랑? 말도 안 되는 일이지."

가슴이 따끔거렸지만 정록은 멈추지 않았다.

"그리고 원래부터 이쪽 사람이 아니었어. 제 딴엔 열심히 노력하는 것 같았지만, 무리가 있었지. 그 여자는 이쪽보다는 그쪽이 더 어울리니, 잘 됐네. 어차피 도움도 안 되는 비서였으니 차라리 진작 사라지는 편이 나아."

"뭐? 너 지금……."

"결정적인 건 말이지, 최윤혁 변호사. 지금이 벌써 8시 33분이라는 거야."

"……!"

"이제 그만 네 집무실로 돌아가 일을 시작하는 게 어떨까? 다음 연봉 협상이 곧 다가오는 걸로 아는데, 네가 이리 업무 시간도 안 지키고 다른 변호사를 방해한다는 것을 대표님이 알게 되신다면…… 네게 불리할까,

유리할까?"

윤혁은 싸늘한 표정을 지으며 저를 올려다보는 정록에게 '이 매정한 자식!' 하고 소리친 뒤, 집무실의 문을 쾅 닫고 사라졌다.

'……'

정록은 시끄럽던 윤혁이 사라지고 순식간에 고요를 찾은 집무실을 둘러보았다. 입술을 잠시 짓누르며 인상을 쓰던 그는 이내 끓어오르던 화를 가라앉혔다. 정록은 한 번 더 숨을 고른 뒤 책상 위의 달력을 응시했다.

[유 봄 경사님께 연락하기]

달력에 붙어 있는 형광색 포스트잇에는 위와 같은 글귀가 적혀 있었다. 정록은 습관적으로 책상 위에 올려 두었던 핸드폰을 꺼내 들었다. 봄의 전화번호를 찾기 위해 연락처를 뒤적이기보다, 최근 통화 기록을 찾으려하던 정록의 눈이 큼지막해졌다.

'……빌어먹을.'

금방 찾을 수 있을 거라 여겼던 봄의 연락처는 도통 보이지 않고, 오히려 '오진심'이라는 세 글자가 질릴 정도로 빽빽이 나열되어 있었다. 심장이 쿵쿵, 미약하게 뛰어오르려는 것을 가까스로 억누른 정록은 결국 연락처에서 봄의 전화번호를 찾기로 마음을 바꿨다.

— 어, 정록아!

몇 번의 통화 연결음 끝에 봄의 낭랑한 목소리가 들려왔다. 정록은 그녀에게 말하기 위해 입을 열었다.

"유 경사님. 사건이 어떻게 진행되고 있는지 알고 싶어 연락드렸습니다."

— 얘는 참. 경사라 부르지 말고 누나라고 부르라고 몇 번을 말해? 후

후. 정재식 사건 말하는 거지? 안 그래도 너한테 연락하려 했었는데. 내가 듣기로는 아마 오늘 중으로…….

"잠깐."

— 응?

"죄송하지만, 제가 조금 이따 다시 연락드리겠습니다."

— 뭐? 아, 바쁜 일이라도 있니?

정록은 대답하지 못했다.

그의 시선은 집무실 문을 열고 들어온 한 여자에게 꽂혀 있었다.

'정록아?' 하고 봄이 한 번 더 물어 왔지만 정록은 '죄송합니다.' 라고 대답하며 핸드폰을 내려놓았다.

두근.

가슴이 눈치 없이 움직였다. 최대한 태연함을 유지하려 했지만 살짝 떨리는 손끝의 진동은 막지 못했다.

정록은 '저, 저기……' 하고 우물쭈물 거리고 있는 긴 머리카락의 여자를 바라보았다. 그러고는 굳게 닫혀 있던 입술을 움직였다.

"앉으시죠, 오진심 씨."

「너, 후회 안 할 거야?」

이세진 작가가 아닌 정록을 선택하겠다고 외친 진심을 향해 연 대표가 물었을 때는, 자신이 있었다.

후회 따위 하지 않을 자신.

그랬기에 뒤도 돌아보지 않고 차에서 내려 택시를 탔다. 서초동으로 향하는 내내 들뜨는 것을 느꼈다. 얼른 그의 얼굴을 보고 싶다.

병원에 입원했던 첫날 이후 한 번도 보지 못해 더욱 그리웠으니까. 그동안 전화를 하지 못한 것은, 이유가 있었다며 설명할 생각이었다. 그리고 왜 그런 기사가 난 건지도 전부.

아마 쉽게 믿어 주지는 않겠지만 설득할 자신은 있었다. 그렇게 진심은 의지를 다잡으며 서초동에 도착했다.

'어?'

뭔가 이상하다는 것을 깨달은 것은 로펌 올웨이즈가 있는 15층에 발을 내딛은 시점이었다.

헉헉, 숨을 몰아쉬며 택시에서 내렸을 때까지만 하더라도 저를 향해 날카로운 눈빛이 쏠릴 것이라고는 생각해 본 적이 없었다.

스르륵 엘리베이터 문이 열리고, 그간 환한 미소를 지으며 인사했던 프런트 데스크의 직원들에게 얼굴을 꾸벅이려 했건만, 그들은 난처하다는 표정을 짓고 있었다. 의아해하며 정록의 집무실로 성큼성큼 걸음을 옮겼던 진심은 복도에서 저를 발견하고 소스라치게 놀라는 다른 비서들 역시 발견할 수 있었다.

'왜 저렇게 놀라지?'

그들이 자신을 보고 기겁하기는 했지만, 아마 저번 사건 이후 처음으로 올웨이즈에 왔던 터라 그랬던 거라 생각했다. 진심은 어느새 도착한 정록의 집무실 앞에서 잠시 숨을 골랐다. 그러고는 있는 힘껏 문을 열어 고개를 빼꼼 내밀었다.

"……!"

전화를 하고 있었던 모양인지, 정록이 자신을 발견하고선 눈을 크게 뜨는 것이 보였다. 진심은 헤헤, 웃으며 그에게 인사했다. 제게 꽂혀 있던 정록의 시선은 쉽게 다른 곳으로 옮겨 가지 않았다. 진심은 후우, 호흡을 골랐다.

'괜찮아, 오진심.'

정록의 차디찬 눈빛이 신경 쓰였지만 큰일은 아니라고 여겼다. 곧 전화를 끊은 그가 우물쭈물거리는 제게 앉으라는 지시를 하자, 진심은 헤벌쭉 웃으며 정록이 가리키는 소파로 털썩 엉덩이를 붙였다.

"이야, 진짜 일주일 전이랑 비교해도 변화가 없네요! 그대로예요, 정말!"

왠지 살얼음판 위를 걷는 기분이었던지라, 진심은 아무 말이나 꺼냈다. 정록은 진심의 행동을 지켜보면서도 입을 굳게 다물고 있었다.

그 모습이 왠지 무섭게 느껴져 진심은 더욱 오버했다.

"어머? 변호사님. 꽃병 바꾸셨어요?"

"……."

"어? 티슈도 다른 상품이네? 어, 이 과자는 제가 싫어하던 과자였는데…… 어떻게 여기에 있지?"

"……."

"방석도 뭔가 변화가 있는 것 같은데, 혹시 새로……."

서늘한 그의 표정이 못내 마음에 걸려 진심은 시야에 들어오는 물건 족족 가리키며 말했다.

그런 그녀를 주시하던 정록이 결국 입을 열었다.

"용건이 뭐죠?"

"……네?"

'오랜만이군요' 라든가, '몸은 좀 어때요?' 등의 멘트가 흘러나오길 기다리던 진심의 눈이 동그래졌다.

"중요한 용건이 아니라면 빨리 끝내고 나가 줬으면 하는데."

"……!"

"오진심 씨도 제가 그리 여유 넘치는 사람이 아니라는 것 정도는 잘 알고 있지 않습니까?"

심장이 철렁거렸다.

진심은 제게 되묻는 그에게 '그, 그건 그렇죠' 하고 수긍해 버리고 말았다. 어쩐지 눈물이 왈칵 쏟아질 것 같았지만 꾹 참았다.

'단단히 화가 났어……'

물론 최악의 경우, 이런 상황이 닥칠 것이라고 생각하기는 했다. 진심은 얼굴 가득 그리던 미소를 순식간에 거두며 한숨을 내쉬었다. 정록이 귀찮다는 표정을 지으며 일어나려는 것이 보였다.

"잠깐만요, 변호사님!"

진심은 그런 그를 향해 소리쳤다.

"아직 할 말이 남았습니까?"

가슴을 쑤시는 정록의 말이 귀에 웽웽 맴돌았다. 진심은 흐리게 웃었다.

"화나셨나 보네요."

"대체 오진심 씨가 무슨 소리를 하는 건지 모르겠군요."

쌀쌀맞은 그의 말에 진심은 고개를 푹 숙였다.

"알아요, 제가 잘못한 거."

"……."

"우찬이 일도 그렇고, 제 일도 그렇고. 전부 제가 잘못했어요. 그러니 그런 표정 안 지으시면 안 돼요? 저, 너무 무서워요."

정록은 그런 그녀를 그저 바라보고만 있었다. 기어들어 가는 목소리로 말을 해도 정록이 눈 한 번 깜짝 않자 진심은 슬며시 얼굴을 들어올렸다.

아직까지 화가 나 있는 그의 표정이 가슴을 콕콕 찔러 왔지만 진심은 멈추지 않았다.

"뉴스…… 기억하시죠?"

"오진심 씨가 컴백을 하기로 했다던 그 뉴스 말입니까?"

'기억하네.'

진심은 날이 선 그의 대답에 옅은 미소를 지었다. 그러고는 말했다.

"그 기사의 내용이 전적으로 틀린 건 아니지만…… 그렇다고 전부 사실인 건 아니에요!"

"……."

"어, 그러니까…… 맞아요. 제가 비서 트레이닝을 하려고 이곳에 잠시 입사하게 된 건 틀림없는 사실이지만, 곧 변호사님께 말씀드리려 했다고요! 끝까지 속일 생각은 전혀 없었어요!"

"……."

"그, 그리고…… 제가 출연하기로 했다던 그 드라마는, 어디까지나 얘기만 오가던 거라 확정된 것은 아니에요! 그러니 제가 마음만 먹으면 이곳에 있는 것도 선택할 수……."

"오진심 씨. 왜 제가 화났을 거라 생각합니까?"

진심은 해명하던 제 말을 끊어 버리는 정록의 말에 눈을 깜빡였다. 그녀는 픽 웃는 그를 쳐다보며 오히려 고개를 갸웃거렸다.

"화나신 거…… 아니에요?"

정록의 검은 눈동자는 그녀의 조심스러운 되물음에 작게 일렁였다. 그 파문이 뇌리에 각인되듯 새겨져 진심은 입을 열지 못했다. 정록은 길게 숨을 내쉬며 어깨를 으쓱였다.

"글쎄요. 굳이 따지자면 화가 난 것은 아닙니다."

"어? 그, 그럼 숨긴 걸 용서……."

"실망을 했다고 보는 표현이 더 어울리겠군요."

밝아지려던 진심의 얼굴이 졸지에 어두워졌다. 진심은 '아' 하고 낮은 탄성만 터뜨리며 그를 바라보았다. 정록은 냉랭한 시선으로 그녀에게 말했다.

"적어도 도와 달라고 말하던 순간은, 진실된 줄 알았습니다."

가라앉은 눈동자는 미동이 없다. 숨이 막혀 와 진심은 아무 말도 할 수가 없었다. 정록은 그런 그녀는 아랑곳 않고 말을 이었다.

"그래서 마음에 들지는 않았지만 당신을 돕고 싶다고 생각했습니다. 비서 일을 도전이라 생각하며, 이 일에 흥미를 갖고 싶다는 여자를 외면할 수는 없었으니까."

"변호사님. 전……."

"오진심 씨가 어떻게 생각하는 건지 모르겠지만, 전 개인적으로 사람과 사람 사이에는 신뢰라는 것이 중요하다고 생각합니다."

"……!"

"우리 두 사람의 만남이 처음에는 악연으로 시작했다 하더라도, 외면하지 않기로 한 이상 최선을 다해 당신을 돕자고 생각했었습니다. 그래서 제가 할 수 있는 선에서 당신을 도왔고, 당신 역시 항상 제 기대 이상으로 부응해 줬지요. 그 모습이 좋아 보였고, 예쁘다고 여겼습니다."

두근두근, 호흡이 가빠졌다.

바짝 마르는 입술을 축일 시간도 없었다. 어떻게 해서든 그의 말을 끊고 해명을 해야 하는데, 그럴 틈이 보이지 않았다.

차갑고 냉랭한 시선.

그의 검은 눈동자에 비친 제 얼굴은 겁에 잔뜩 질려 있었다. 마치 잘못을 저지르고 걸린 아이처럼.

정록은 저를 응시하고 있는 진심에게 멈추지 않고 말을 이어 나갔다.

"하지만 이젠 모든 것이 의심스럽습니다. 당신이 했던 말들, 행동들, 표정까지."

"아······."

"당신은 시작부터 날 속였는데, 그런 당신이 그간 했던 행동 하나하나가 모두 거짓이 아니라고 어떻게 장담하죠?"

"벼, 변······."

"며칠 전 오진심 씨가 일하시는 소속사에서 연락이 왔습니다. 오진심 씨는 곧 드라마 촬영에 들어갈 거라고. 그래서 '비서 대행 업무'는 이제 끝이 났다고."

"······네?"

"축하드립니다, 오진심 씨. 저를 속여 가면서까지 그리 원하던 연예계로 다시 복귀하실 수 있겠군요."

"벼, 변호사님."

정록은 창백하게 질려 있는 진심에게 빙긋 웃었다.

"개인적 바람이 있다면 이곳에서 더 이상 오진심 씨를 보지 않았으면 한다는 겁니다. 그러니 오진심 씨."

서늘한 그의 눈동자는 진심을 아래위로 훑었다. 당황한 진심이 뭐라 변명하려고 하던 차에, 그가 다시 말을 내뱉었다.

"당신을 해고합니다."

······뭐?

"이 이후로 이곳뿐 아니라 그 어디에서든, 당신을 개인적으로 만나는 일은 없었으면 좋겠군요. 다시 한 번, 목적을 이루신 것을 축하드립니다."

자신을 바라보는 시선이 그 어느 때보다 무심하게 느껴졌다. 진심은 할 말을 마친 그의 얼굴을 그저 멀뚱히 직시할 수밖에 없었다. 그의 말 한 마디, 한 마디가 비수처럼 꽂혔다. 어찌나 가차 없는지 심장이 바스러질 지경이다.

파르르 떨리는 입술의 진동을 그가 모르게 하기 위해 세게 짓눌렀다. 그로 인해 얇은 입술의 표면이 살짝 찢어져 핏물이 입안으로 스며들었지만, 진심은 다음 행동을 잇지 못했다.

'어떡하지……'

언젠가는 이런 날이 올 거라고 생각하긴 했었다. 그랬기에 그가 알기 전에, 제가 먼저 직접 얘기해야 한다고 여겼었다. 하지만 자신이 잠든 사이 일이 속수무책으로 진행됐다. 일 분에도 수십, 많으면 수백 개씩 올라오는 인터넷 기사들을 하나하나 살필 수는 없었다.

모두 제 탓이었다.

미리 말하지 못했으니까.

혁준에게서 경고를 받았다 할지라도, 연 대표에게서 경고를 받았다 할지라도 그에게 말을 했어야 했다. 그간 기회는 수도 없이 많았다.

자신이 어떻게 이곳, 올웨이즈에 오게 되었는지 그에게 말할 수 있는 기회.

세어 보자면 열 손가락을 넘길 만큼 많은 기회들이 있었다. 하지만 결국 말하지 못했다.

그것은 틀림없는 진심의 잘못이었다.

「전 개인적으로 사람과 사람 사이에는 신뢰라는 것이 중요하다고 생각합니다.」

정록의 말은 틀리지 않았다. 저 역시 인간관계에 있어 신뢰는 필수적이라 여기는 사람이었으니까.

연 대표와 혁준을 신뢰하기에 제 모든 일정과 미래를 비너스 엔터테인먼트에 맡겼고, 정록을 신뢰하기에 그와 함께 일을 해 왔다. 그런 자신이 먼저 그의 신뢰를 뿌리친 것이다. 진심은 쓰게 웃었다.

"아무래도…… 제가 잘못 찾아온 것 같아요."

진심은 슬며시 자리에서 일어났다. 그의 시린 시선을 마주할 용기가 나지 않았기에 진심은 차마 정록의 눈을 바라보지도 못했다.

그녀는 저를 쳐다보고 있을 그의 방향으로 꾸벅, 인사를 한 뒤 다시 입을 열었다.

"변명이라도 하고 싶지만…… 변호사님 말씀이 틀린 것이 없어, 제대로 된 변명도 하지 못하겠네요. 맞아요. 처음부터 제가 당신을 속였어요."

"……."

"이미 한 번 우리 사이의 신뢰에 금이 가 버린 이상…… 변호사님이 다시 저를 받아들이실 순 없겠죠. 이해해요. 이해……해요."

후드득, 눈물을 떨구지 않으려 했지만 이번엔 불가항력이었다. 이를 악물어 봤자 소용이 없다. 진심의 뺨을 타고 뜨거운 물줄기가 흘러내렸다.

"오진심 씨."

정록은 최대한 울음을 참기 위해 작게 흐느끼고 있는 진심의 이름을 불렀다. 진심은 손을 들어 올려 괜찮다는 듯 팔을 흔들었다. 그녀는 싱긋 웃으며 손등으로 눈가를 닦은 뒤 정록을 겨우겨우 쳐다봤다.

"집무실에 도착하면, 하고 싶은 말이 정말 너무너무 많았는데…… 하하, 그중 가장 하기 싫었던 말을 꺼내게 되네요."

"……."

진심은 억지 미소를 지으며 입술을 달싹였다.

"그동안 정말 감사했습니다."

허리를 굽히며 말했다. 그 모습을 지켜보던 정록의 눈꺼풀이 파르르 떨렸지만, 진심은 그것을 눈치채지 못했다.

"변호사님 덕분에 많은 걸 배우고 가요. 정말…… 많은 것들을……."

진심은 어금니를 악물었다. 이대로 있다간 먼지가 되어 사라져 버릴 것 같다.

차마 그를 쳐다보지 못하고 중얼거리던 진심은 한 번 더 인사를 한 뒤, 몸을 돌렸다.

"어? 윤서 씨! 어디…… 윤서 씨?"

오늘 정록과 약속이 있었던 모양인지, 집무실 안으로 들어오던 서울지검의 유여름 검사가 반가워하며 말을 걸어 왔다. 그러나 진심은 그런 그녀에게 살짝 목례한 후 빠르게 발을 내디뎠다.

성큼성큼 움직이던 발걸음은 점차적으로 빨라져, 어느새 두두두 뛰기 시작했다.

"너 대체 무슨 짓을 한 거야?"

불쑥 찾아온 여름이 데스크 위로 턱, 손을 얹으며 으르렁거렸다. 조금 전의 일로 정신이 사나워진 정록은 짜증이 가득한 표정을 지으며 여름을 노려봤다.

"가라. 시답잖은 걸로 실랑이 벌이고 싶지 않으니까."

그는 휘휘 손을 내저으며 여름을 집무실 밖으로 쫓아내려 했다.

'이 녀석은 할 일도 없나. 왜 굳이 이곳까지 와서 시비를 거는 건지.'

정록이 다시 책상 앞에 앉기 전에 여름은 한 번 더 데스크를 쾅 내리찧었다. 정록이 무슨 짓이냐는 표정을 짓자 이번엔 이를 갈며 말한다.

"시답잖은 거? 방금 내 눈으로 직접 여자가 우는 걸 봤는데, 시답잖은 거?"

"유여름. 너 진짜 그런 한심한 얘기하러 여기까지 온 거야? 언제부터 서울지검이 그렇게 한가한 곳이었지?"

"야!"

"유여름. 네가 뭔가 착각하는 게 있는데, 여긴 내 사무실이다. 네가 네 직장을 중요하게 여기듯 나도 내 직장을 중요하게 여겨. 그런 곳에서 이런 쓸데없는 이야기로 시간 낭비하게 하지 마라. 변호사는 시간이 금인 거 알지? 방금 전처럼 쓸데없는 말 할 거면, 수임료 계산한다."

"……!"

"여기까지 찾아온 용건이 뭐야?"

차갑고 냉정한 정록의 반응에 여름의 입이 쩍 벌어졌다. 정록은 자꾸만 얼굴 위로 피어오르려는 짜증을 가라앉히기 위해 노력하고 또 노력했다. 그러며 여름의 답변을 기다렸다.

여름은 요동치는 눈으로 그를 한동안 째려보더니 이내 흥, 콧방귀를 뀌며 몸을 돌렸다.

"됐어, 인마! 너랑 말 안 해!"

"……뭐?"

"쪼잔한 자식. 너도 강가 놈이랑 다를 게 없어!"

정록은 버럭 소리를 지르고선 집무실을 나가 버리는 여름의 뒷모습을 어이없이 응시했다. 그러다 지이잉, 울려 대고 있는 핸드폰을 집어 들었다. 고개를 숙이니 '조혁준'이라 적혀 있는 글자가 보였다.

'빌어먹을.'

하나를 해결하면 다른 하나가 말썽을 부린다. 정록은 머리가 지끈거리는 것을 느끼며 통화 버튼을 눌렀다.

"네, 조혁준 씨."

❖

「개인적 바람이 있다면 이곳에서 더 이상 오진심 씨를 보지 않았으면 한다는 겁니다. 그러니 오진심 씨, 당신을 해고합니다.」

찬바람이 쌩쌩 부는 그 말이 도무지 머리를 떠나지 않는다. 정처 없이 서초동 법조타운을 떠도는 내내 계속해서. 어찌나 차가웠는지 입안이 얼 정도다. 머리에서 지워 내고 싶은데, 그것 역시 쉽지 않았다.

'각오…… 했었잖아.'

만약 타인을 통해 제 일을 알게 된다면 정록이 어떠한 반응을 보일지 눈에 선했다. 그랬기에 점점 그와 가까워지면 질수록 불안감이 쌓여 갔다. 진작 말했어야 하는데, 라는 후회는 이미 늦어 버렸다. 루비콘 강을 건너도 한참을 건너 버린 것이다.

기력이 다 빠진다.

모든 것을 포기하고 이곳까지 달려왔기에 더더욱.

「이 이후로 이곳뿐 아니라 그 어디에서든, 당신을 개인적으로 만나는 일은 없었으면 좋겠군요.」

눈 한 번 깜짝 않고 말하던 그는 냉정했다. 지독할 정도로 평온해 보여 속이 쓰렸다.

'이별이라는 것이 이렇게 쉬운 일이었나?'

누군가와 제대로 사귀어 본 적은 이번이 처음이었기에 이별 역시 생소하기만 하다. 그와 이런 식으로 이별할 것이라고는 단 한 번도 생각해 보지 않아서, 아니 이별할 것이라고는 생각해 본 적이 없었기에 진심은 현실을 받아들일 수가 없었다.

'하지만…… 먼저 좋아한 건 나인걸.'

일적으로도, 그리고 사적으로도 이별을 고하는 정록의 말을 두말 않고 받아들인 것은 상대적으로 그와 자신의 마음 크기가 달랐기 때문이다. 이제 와 되짚어 보면 사내 연애는 싫다는 그에게 끈질기게 매달려 구애한 것은 바로 자신이었다.

권정록과 오진심의 관계에 있어 상대적으로 약해질 수밖에 없는 사람은, 자신이라는 소리.

그런 그가 제게 실망하여 헤어지자는 말을 했으니 그녀는 받아들일 수밖에 없다. 어차피 제가 졸라 시작한 일이었으니까.

'아프다.'

콕콕.

심장 한편이 쓰렸다. 한 번 시작된 통증이 도통 가라앉지를 않는다. 그때문인지, 뿌연 눈물이 눈앞을 흐리게 만들었다. 휘이잉, 바람이 불어 빨간 뺨을 강타했다. 진심은 후들후들 떨며 앞으로 걷고, 또 걸었다.

"오윤서 씨!"

진심을 부르는 외침은 빠앙, 귀를 울리는 클랙슨 소리와 함께 들려왔다. 넋을 놓고 거리를 걷고 있던 진심이 슬며시 고개를 돌리자 검정색 차의 창문이 드르륵 내려갔다. 진심은 제게 타라고 손짓하고 있는 사람이 서울지검의 유여름 검사라는 것을 알아차렸다.

"아……."

"타요!"

정록의 사람. 그의 친구. 자주 집무실에 들렀던 그녀였기에 안면이 있었다. 한때 잠시 질투한 적도 있었으니, 더욱 모를 리 없다.

진심이 밝게 웃으며 제게 손짓하는 여름의 모습에 어쩔 줄 몰라 하자 여름이 더욱 크게 그녀에게 손짓했다. 진심은 망설였다. 여름은 한 번 더 소리쳤다.

"얼른요. 이러다가 나 주차딱지 뗄 수도 있다고요! 검사가 주차딱지 떼게 만들 생각이에요?"

협박에 가까운 말에 멀뚱한 표정을 짓고 있던 진심의 입에서 피식 웃음이 흘러나왔다. 여름은 씩 웃더니 그런 그녀를 태우기 위해 조수석으로 손을 뻗었다.

달칵, 문이 열렸고 진심은 얼른 타라고 손짓하고 있는 여름을 쳐다보다 한숨을 내쉬었다. 마침 수중에 있던 돈을 탈탈 털어 택시를 타고 정록을 만나러 왔었다. 이럴 줄 알았다면 혁준에게 지갑이라도 받아 올 걸, 하고 후회하던 와중 여름이 동승을 제안하자 진심은 잠시 고민했다.

'어차피 핸드폰도, 돈도 없으니⋯⋯.'

잠깐의 고뇌 끝에 고개를 끄덕인 진심이 문을 열고 차에 타자 여름이 씩 웃었다.

"안전벨트는 꼭 매고요!"

진심은 출발 직전 제게 말하는 여름에게 옅은 미소를 그렸다.

"집으로 갈 건 아니죠?"

"네?"

"하긴. 윤서 씨네 집 앞에 기자들이 진 치고 있다면서요? 그럼 집으로는 무리일 테고⋯⋯."

"⋯⋯."

"모습 보니까 대충 상황 파악은 되는데⋯⋯. 적절한 장소에 가기 전에 잠깐 우리 회사에 들렀다 가도 될까요? 아, 걱정 말아요! 윤서 씨는 차 안에서 기다리고 있음 되니까. 저 금방 다녀올게요. 한 4분?"

달칵, 진심의 몸을 가로지르는 안전벨트가 채워지자 여름이 물었다. 그녀의 맑은 눈동자를 직시하며 한동안 말을 잇지 않던 진심은 슬며시 고개를 까딱였다.

"좋아요."

미소 짓던 여름이 진심의 대답이 만족스러웠는지 액셀러레이터를 길게 밟았다. 진심은 그런 그녀가 올웨이즈와 얼마 떨어지지 않은 중앙지검 쪽으로 향한다는 것을 인지했다.

"웰컴! 어서 들어와요!"

끼이익, 대문을 열어 현관으로 들어서자 방 안의 모습이 한눈에 들어왔다. 원룸 형식의 오피스텔이었지만 없는 것은 없었다. 재미있는 점은 깔끔하게 정리된 정록의 집과는 달리, 여름의 집은 아마도 서울지검에서 가져왔을 여러 서류들로 발 디딜 틈이 없었다는 것이다.

"하하, 미안, 미안! 제가 요즘 통 정신이 없어서 그걸 미처 치울 생각을 못 했네요. 안 넘어지게 조심하면서 들어와요!"

"아…… 네."

진심이 어떻게 움직일까 고심하던 차, 현관에 우뚝 서 있는 자신에게 상냥한 미소를 짓는 여름을 발견했다.

살짝 고개를 주억인 그녀는 여름의 말대로 주의를 가하며 방 안으로 들어왔다.

"일단 이것부터 마셔요."

"예?"

"윤서 씨 코트도 안 입고 왔잖아요. 춥지 않았어요?"

거실 겸 침실로 사용하는 커다란 방 안의 테이블로 그녀를 안내한 여름은 잠시 기다리라는 말을 한 뒤, 곧 따뜻한 레몬차를 타서 진심에게 건넸다. 얼떨결에 그것을 받아 든 진심이 찻잔의 뜨거운 온기를 전신으로 퍼뜨리는 사이, 여름이 반대편에 자리를 잡았다. 진심은 눈을 빛내며 묻는 여름에게 그저 쓴웃음을 흘릴 수밖에 없었다.

호로록. 따뜻한 차가 목구멍을 타고 넘어갔다. 그제야 딱딱하게 경직되어 있던 몸이 스르르 풀리는 기분인지라 쿵쾅거리던 마음이 안정을 찾았다.

그때 여름이 제 눈치를 보더니 중얼거렸다.

"뉴스, 봤어요."

진심은 흠칫 놀라 그녀를 쳐다봤다.

"아! 탓하려는 건 아니에요! 그냥, 뉴스 봤다고 한 말이었어요. 얼마나 놀랐는지 모르죠? 어제 출장 갔다 오자마자 TV를 틀었는데, 윤서 씨 얘기가 나와서……. 아니 그런데, 어떻게 그 상황에서 범인에게 달려들 생각을 다 했어요? 이제 보니 윤서 씨, 엄청 못 말리네!"

기분을 띄워 주려 그러는 건가.

진심은 과장된 몸짓과 행동으로 외치는 여름의 얘기에 입꼬리를 꿈틀거렸다. 여름은 환하게 웃지 못하는 진심에게 안타까운 표정을 지어 보이더니 이내 말했다.

"저, 아까는……."

"죄송하지만 유 검사님."

"네?"

"전화 한 통만…… 할 수 있을까요?"

"전화요? 아, 네! 그럼요! 잠깐만요! 핸드폰이 어디 있지? 어머, 내가 쥐고 있었네. 하하하."

진심은 어색하게 웃으며 손에 들고 있던 핸드폰을 건네는 여름에게 꾸벅 목례했다. 그러고는 오래전, 기억해 두었던 전화번호를 꾹꾹 누르기 시작했다. 그 후, 통화 버튼을 누르자 통화 연결음이 들려왔다.

'여보세요?' 하고 의심 가득한 목소리를 내는 핸드폰 너머의 상대에게 진심은 말했다.

"안녕하세요, 이 작가님. 오윤섭니다."

— 윤서 씨?

"네. 오늘 미팅이었는데 나가지 못해 죄송해요. 그런데 대표님이랑 혹시……."

— 아! 만났어요. 아직 완쾌를 안 했다죠?

뭐?

— 어때요. 지금은 좀 괜찮나요? 아무래도 제가 너무 무리해서 윤서 씨 보고 만나자 그런 건 아닌가 싶네요.

무의식적으로 안도해 버렸다.

'아직 완벽하게 끈을 놓은 건 아니구나.'

진심은 저를 죽일 듯 노려보던 연 대표를 떠올렸다.

"아니에요. 사실 사정이 조금 있었어요. 그래서 작가님도 뵙지 못한 거고. 아마 이틀 정도면 해결될 것 같아요. 그러니까 이틀 뒤, 오늘 그 장소에서 뵙는 건 어떨까요?"

— 이틀 뒤요? 하지만 연 대표님은 아마 일주일은 넘게 걸릴 거라고…….

"대표님께는 제가 따로 말씀드릴게요. 걱정 마세요."

— ……무리하는 거, 아니죠?

진심은 염려를 담은 세진의 말에 낮게 웃었다. 괜찮다고 말을 하며 통화를 끊은 진심은 저를 빤히 바라보고 있던 여자의 시선을 마주했다.

여름이었다.

"감사히 잘 썼습니다, 유 검사님."

"아…… 네."

얼떨결에 진심에게서 핸드폰을 받아 든 여름이 예의 핸드폰을 주머니 속에 아무렇게나 집어넣는 것을 지켜보았다.

"저기 윤서 씨."

부랴부랴 핸드폰 넣기를 마친 여름이 아마 본격적인 이야기를 하려고 마음먹었는지, 그녀를 불렀다. 진심은 각오했다는 표정을 지으며 여름을 응시했다.

"아까는……."

"저, 헤어졌어요."

"예?"

하지만 이번에도 선수를 친 것은 진심이었다. 여름이 아직 진심의 말을 이해하지 못했는지, 눈을 동그랗게 떴다.

진심은 환하게 웃으며 말했다.

"권 변호사님이랑 저, 헤어졌다고요."

서초구에 위치한 서울중앙지방 검찰청 마약수사과에서 일하는 열혈검사, 유여름은 꼴깍 침을 삼켰다. 그녀의 시선 끝이 향하는 곳은 자신의 오피스텔 창가에 서 있는 긴 생머리의 여자.

부러울 정도로 찰랑거리는 머릿결을 자랑하는 바로 그 여자는 현재 대한민국 연예계에서 가장 핫한 여자였다.

'이게 대체…… 무슨 일이람.'

등 뒤로 땀이 줄줄 흘러내렸다. 몇 분 사이, 푹 식어 버린 커피가 코로 들어가는지 아니면 입으로 들어가는지 모를 정도다. 매니저도 대동 않고 도보를 터벅터벅 걷고 있는 여자의 모습이 왠지 모르게 애처로워 아는 척을 한 것이 실수였을까.

이렇게 곤란한 상황에 처할 줄 알았더라면 알면서도 모르는 척할 걸 그랬다, 라는 생각이 잠시 머리를 스쳤지만 이내 여름은 휘휘 고개를 저었다.

'그래도 모른 척할 수는 없지.'

다른 사람도 아니고 오랜 친구의 여자 친구가 아닌가. 아, 이제 전 여자 친구가 되어 버렸나.

「저, 헤어졌어요.」

보는 이가 당황스러울 정도로 환한 미소를 지으며 말했던 터라, 즉각적으로 대답하지 못했다. 사람을 당혹시키는 데 소질이 있는 건지, 말을 잇고도 생글생글 웃는 여자를 향해 여름은 어쩐지 미소를 지어 보일 수 없었다.

실연을 당했다고 말하는 여자는 브라운관에서 보았을 때처럼 눈부시게 빛났다. 그러나 왠지 모르게 저를 바라보는 눈빛이 슬픔을 가득 담고 있는 것 같아 여름은 저도 모르게 소리칠 수밖에 없었다.

「여, 여기서 잠깐만 기다리세요!」

다행히 출장 직후 곧바로 연차를 썼던 상황이라 다시 서울지검으로 돌아가지 않아도 되었다. 그랬기에 저 불안해 보이는 여자를 홀로 집에 내

버려 두고 갈 필요는 없었지만, 그녀와 단둘이 있기에는 지금 이 상황이 난처하기만 하다.

'내가 미쳤지.'

여름은 속으로 혀를 끌끌 차며 중얼거렸다. 그러고는 들고 있던 차가운 소주병 하나를 내려다보더니 이내 입술을 꽉 악물었다.

'좋아.'

여름은 일단 이 우중충한 분위기를 없애 버리기 위해, 아까부터 푹푹 한숨만 내쉬고 있던 여자를 향해 다가갔다.

"많이 기다렸죠?"

여름은 크게 심호흡을 한 뒤 생긋 웃으며 창밖을 바라보고 있던 여자, 오윤서의 어깨를 톡톡 두드렸다. 그러자 슬로우모션처럼 느리게 뒤를 돌아보는 오윤서의 모습이 보였다.

여름이 헉, 숨을 들이마신 까닭은 대한민국에서 가장 도도한 여자 배우 중 한 명이라는 오윤서의 하얀 뺨에서 주르륵 흘러내리는 눈물 때문이었다.

'권정로옥!'

여름은 아마도 이 눈물의 원인일 거라 생각되는 남자를 떠올리며 주먹을 불끈 쥐었다.

"아…… 죄송해요. 놀라게 만들려던 아니었어요."

"예? 아아, 괜찮아요! 하하. 그, 그럴 수도 있죠."

움찔하는 여름의 모습을 발견한 그녀가 얼른 손등으로 눈가를 닦자 여름은 손을 내저었다. 흐린 미소를 짓던 오윤서의 시선이 여름의 오른쪽 손으로 향했다.

뒤늦게 소주병을 발견한 것이다. 여름은 하하, 어색하게 웃으며 소주병을 들어 올렸다.

"윤서 씨, 술 잘해요?"

"술……이요?"

난감한 얼굴을 보아하니 아무래도 그리 잘하지는 않는 모양이다. 여름은 미묘한 표정을 짓는 오윤서에게 식탁 쪽으로 오라는 손짓을 하고선 말을 이어 나갔다.

"실연했을 땐, 이게 최고거든요. 한 번에 잊게 만들지는 못하지만 그래도 마시는 순간만큼은 생각을 안 할 수도 있으니까!"

"아."

"어때요? 한 잔 마셔 볼래요?"

별처럼 빛나는 검은 눈동자가 제 손에 들린 소주병으로 향했다. 그 뜨거운 시선에 괜히 얼굴이 화끈거렸지만, 여름은 상대의 대답을 기다렸다. 주저하던 오윤서가 말없이 고개를 끄덕끄덕 주억이자 여름은 환하게 웃었다.

"자, 이리 와요! 저 이래 봬도 실연에 일가견 있는 사람이거든요! 아마 윤서 씨한테 좋은 술상대가 되어 줄 수 있을 거예요!"

"실연에…… 일가견이요?"

"그런 게 있어요. 같이 마셔 주면 차차 말씀드릴게요. 아, 그렇지. 안주! 안주도 준비해 와야지! 마른 오징어가 어디 있었던 것 같은데."

오윤서를 식탁 앞에 앉힌 여름이 주위를 두리번거렸다.

우울한 표정을 짓고 있던 오윤서가 그제야 풋, 작게 웃음을 터뜨리는 소리가 들려왔다. 여름도 그 소리를 들었지만 일부러 고개를 돌리지는 않았다.

대신 여전히 마른 오징어를 찾는 척 냉장고를 뒤적이며, 해가 진 지금도 여전히 불빛을 뿜어내고 있는 법조타운 쪽을 흘긋거렸다.

'권정록. 너 오늘 일, 나한테 무지 감사해야 할 거다.'

은밀한 계략을 세운 여름의 입꼬리가 스윽 올라갔다.

「변호사님! 변호사님!」

"네, 오진……!"

어디선가 들려온 목소리에 정록의 입술이 반사적으로 열렸다. 무심코 뱉어 내려던 이름이 무엇을 의미하는지 알아차린 정록은 굳은 얼굴로 행동을 멈추었다. 마침 집무실 내 테이블을 정리하고 있던 최윤혁 변호사의 비서, 은지가 저를 빤히 바라보고 있는 것이 보였다.

"권 변호사님?"

"……아무것도 아닙니다. 그게 마지막입니까?"

정록이 냉랭한 시선으로 테이블 위를 훑자 은지가 얼떨결에 고개를 끄덕였다. 정록은 가만히 그 모습을 응시하더니 말했다.

"그럼 그것만 끝내고 더 이상 제겐 오지 않으셔도 됩니다. 자잘한 것들은 제가 정리하겠습니다."

"네? 하지만."

"괜찮습니다. 그리고 내일부터는…… 며칠간 연차를 쓸 예정입니다."

"예?"

은지의 눈이 동그래졌지만 정록은 제 말을 이어 갔다.

"그동안 대표님께 새로운 비서를 뽑아 달라고 말씀드릴 예정이니, 은지 씨는 제 일을 도와주지 않으셔도 됩니다."

"벼, 변호사님?"

"죄송합니다만 은지 씨. 볼일이 끝났으면 나가 주시겠습니까? 이 일만 마무리하고 퇴근하고 싶어서요."

당황하는 은지를 향해 아무렇지도 않은 표정으로 말한 정록은 우물쭈물하며 집무실을 나서는 그녀의 뒷모습을 주시하다 등을 돌렸다.

뱅그르르, 앉아 있던 의자가 뒤로 돌아갔다. 그의 검은 눈동자에 어느새 어둑해진 창밖의 풍경이 들어왔다. 높은 빌딩에서 내려다보는 서초동의 저녁은 검은 하늘과는 달리 빛이 가득하다.

정록은 빛과 어둠으로 대조되는 하늘과 땅을 번갈아 응시하다 입술을 잘근 깨물었다.

'못났군.'

서른여섯 생애 중, 가장 못난 짓을 오늘 저지르고야 말았다.

후드득 떨어지는 그 눈물을 마주한 순간, 제가 무슨 짓을 저질렀는지 자각할 수 있었다.

「개인적 바람이 있다면 이곳에서 더 이상 오진심 씨를 보지 않았으면 한다는 겁니다.」

그의 인생 모토는 '후회할 만한 짓은 하지 말자' 였다. 후회는 언제나 약간의 미련을 가지게 만든다는 저 나름의 이유도 있었다. 그래서 지금껏 후회할 만한 행동들은 하지 않았다.

만약 조금이라도 후회할 것 같은 길로 들어서려 할 때면, 뒤도 돌아보지 않고 그 길을 벗어났다. 그런 그를 보며 주변에서 매정하다고 말하며 혀를 찰 때도 있었지만 개의치 않고 제 주관을 버리지 않고 살아왔다.

그렇게 서른 해 넘게 지내 온 그가, 오늘, 그토록 꺼려하고 또 피해 왔던 일을 기어코 해 버리고 말았다.

「그동안 정말 감사했습니다.」

어떻게 해서든 울지 않기 위해 이를 악물며 말하던 여자는 결국 그 다음 이어지던 말도 다 하지 못한 채 제게서 멀어졌다.

그녀를 잡아야 한다는 충동이 일기는 했지만 그보다 더 컸던 자존심이 그것을 허락하지 않았다.

'빌어먹을……'

정록은 오늘 하루 내내 머릿속에서 떠나지 않는 그녀의 모습에 고개를 아래로 떨구었다.

「오윤서, 정말 해고했어? 권 프로, 너 제정신이야? 미쳤어? 해고라니! 곧 스스로 그만둘 판인데, 해고? 인마, 적어도 촬영 시작 전까지는 붙잡아 뒀어야지! 그래야 우리도 어필이 될 텐데. 어휴!」

일에 집중할 수 없었다. 아니, 집중하는 것이 이상했다. 고민 끝에 그는 대표실을 찾아 내일부터 며칠 동안 휴가를 가지겠다는 말을 꺼냈다. 뒤늦게 진심과의 일을 접한 그의 상사이자, 로펌 올웨이즈의 대표 변호사인 연준규가 믿을 수 없다는 표정을 지으며 소리쳤다.

정록은 외치는 그의 말을 한 귀로 듣고 다른 한 귀로 흘리며, 대표실을 나섰었다.

'엉망진창이군.'

후련해져야 할 마음은 어찌 된 셈인지 무거워지기만 한다. 후회 따윈 없을 것이라 생각했던 말은, 진한 후회를 남기고 말았다. 몇 번이고 핸드폰을 들었다 놓기를 반복했다.

상처 받은 얼굴로 힘없이 고개를 떨구던 여자의 모습이 눈앞에 아른거린다.

똑똑, 노크 소리가 들린 것은 그 시점이었다. 정록은 긴 상념에서 벗어나 의자를 옆으로 돌렸다. 집무실 문 쪽을 응시하던 정록의 눈에 낯익은 얼굴이 보였다.

정록은 쓴웃음을 흘리며 자리에서 일어났다.

"여기까지 어쩐 일이십니까, 조혁준 씨? 이미 전화로 모두 말씀드린 것으로 아는데."

어두운 표정을 짓고 있는 사람은 오진심의 매니저이자 그와도 안면이 있는 조혁준 팀장이었다. 정록은 한숨 섞인 서늘한 목소리로 그에게 말했다. 그러자 멈칫하던 혁준이 집무실 안으로 걸어 들어왔다.

"정말…… 그 후로도 윤서와 연락이 되지 않는 겁니까?"

혁준은 오전에 사라졌다던 진심을 여전히 찾지 못한 듯했다. 정록은 의심스러운 눈으로 저를 응시하고 있는 혁준에게 입술을 달싹여 주었다.

"제가 이렇게 행동하길 원하던 건 그쪽이었던 것 같은데. 이제 와 제게 그녀의 행방을 찾는 게 조금 우습군요."

"변호사님."

"앞서 말씀드렸듯, 오전에 잠시 오진심 씨가 이곳에 들른 것은 사실입니다. 하지만 그 후로 그녀를 본 적은 없습니다. 볼 예정도, 볼 마음도…… 없고요."

"……."

"그러니 더 이상 볼일이 없다면 나가 주셨으면 합니다. 더는 그쪽의 세계와 어울리고 싶지 않습니다. ……뭡니까?"

냉랭한 정록의 대답을 가만히 듣고 있던 혁준이 품에서 무언가를 꺼내 들었다. 차갑게 일갈하던 정록은 제 앞으로 다가와 하얀 봉투를 내미는 혁준을 짜증스러운 듯 응시했다.

혁준은 그런 정록을 말없이 내려다보더니 대답했다.

"윤서, 사직셨습니다."

쿵. 심장이 바닥을 찧는다. 정록은 말을 잇지 못했다. 혁준은 주변을 둘러보며 입술을 움직였다.

"돌이켜 보면 촬영장을 다니는 것보다, 여기 있는 것을 더 좋아했던 것 같습니다. 법전을 들고 제게 이 조문을 아냐고 물었던 윤서 모습이 떠오르네요. 즐거워 보였는데……."

"……."

"변호사님께 비밀로 하라고 했던 건, 윤서가 아니라 저희 쪽이었습니다. 윤서는 줄곧 말하고 싶어 했어요. 당신한테 뭔가를 숨기는 게 마음에 걸린다고. 하지만 우리가 말렸습니다. 워낙 비밀리에 진행되던 프로젝트라, 아무리 입이 무거운 당신이라도…… 믿을 수 없다고 생각했으니까요."

정록을 흘긋거리던 혁준은 멈추지 않았다. 정록은 미간을 찌푸렸다.

"연예계란 그런 곳 아니겠습니까. 한 번 비밀이 새어 나가면 끝입니다. 이번엔 다른 것도 아닌 복귀와 이미지 회복이 달려 있는 일인지라, 특히 간절했습니다. 해서 부탁했습니다. 무슨 일이 있어도 비밀로 하라고……."

"조혁준 씨. 지금 그 말을 하는 이유가 뭡니까?"

혁준은 제 말을 끊어 버린 정록을 주시했다.

"글쎄요. 이건 그냥 제 생각일 뿐입니다만…… 아마도 권 변호사님이 윤서, 아니 진심이에 대해 오해를 하고 계시다면 그건 진심이의 본심 때문은 아닐 거라는 변명을, 진심이 대신 하고 싶었던 건지도 모르겠네요."

정록은 눈을 크게 뜨며 혁준을 응시했다. 혁준은 낮게 웃으며 중얼거렸다.

"변호사님께서 만약 진심일 만난다면 이 말을 전해 주십시오. 다들 기다리고 있다고. 어떤 결단을 내리든 모두 널 응원할 거라는 말도 덧붙여 주시고요."

"조혁준 씨."

"그리고…… 네가 누굴 만나든, 누굴 좋아하든, 누굴 기다리든 모른 척 해 주겠다는 말도 덧붙여서요."

혁준은 정록을 직시했다.

"부탁드립니다."

푹 고개를 숙이는 그 남자를 향해 아무런 말도 할 수가 없었다. 이미 오전에 있었던 통화에서 그녀와 헤어졌다는 말을 해 버린 상태였지만, 비너스 엔터테인먼트의 조혁준 팀장은 굳이 제게 그 말을 남긴 채 유유히 사라졌다.

'젠장.'

마음이 무겁다. 천근을 얹어 놓은 것처럼 무거워 발을 앞으로 내딛을 수 없을 정도다. 정록은 입술을 파르르 떨었다.

'어째서!'

왜, 제게 그런 말을 전한 걸까. 그렇다고 달라질 리 없는데. 이미 자신은 그녀를 해고해 버린 상황이고, 이별까지 고했다. 그녀의 성격상 다시 제게 연락을 해 오지 않을 텐데, 어째서 혁준은 제게 그런 말을 건넨 걸까.

툭, 집무실 불을 끄고 밖으로 나가는 발걸음이 잘 떼어지지 않는다. 내일부터 이틀간 강제로 휴가를 얻어 냈지만, 어쩐지 그 휴가 내내 누군가가 머릿속에 아른거려 잊히지 않을 것 같다.

정록은 굳은 얼굴로 복도로 향했다.

'실수……한 걸까.'

몇 번이고, 생각했다. 헉헉 숨을 몰아쉬며 달려온 그녀를 향해 차갑고 서늘한 말을 한 것을. 후회라는 감정이 밀물처럼 밀려왔던 것을 떠올리면, 확실히 실수인 것 같기는 하다.

두근두근.

심장 한편이 바늘로 찌르듯 아프다. 무표정하게 말하기는 했지만, 어쩔 줄 모르는 그녀의 얼굴을 마주하는 순간 느꼈던 그 고통이 아직까지도 지속되고 있었다.

이게 무슨 감정인지 모르겠다.

이미 그녀에게 화를 내 버린 건 자신이고, 냉정하게 말했던 것도 자신이다. 더 이상 그녀를 믿지 못하겠다고 했던 것도 자신이고, 다시는 그녀를 보지 않겠다고 한 것도 자신인데……. 어째서, 이 가슴은 그녀에게 빙의한 것처럼 아파 오는 거지?

'괜찮아질 거다.'

그래. 틀림없이 괜찮아질 거다. 그렇게 마음을 준 사람이 아니었기에 회복도 빠를 거다. 따지고 보면 사귀게 된 것도 다 그녀의 엄청난 추진력 때문이었지 않은가.

그녀의 기세에 백기를 들어 올려 만나게 되었으니, 헤어진 후 감정의 상처 역시 금방 아물겠지. 무엇보다도 자신을 속였던 여자가 아니었나. 그런 여자가 제 인생에서 사라진다면, 오히려 더 편해지겠지.

요 근래 그녀로 인해 겪지 않아도 될 사고를 너무 많이 겪게 되었다. 이제 사고뭉치인 그 여자가 완벽하게 없어진 이상, 단조롭지만 평온했던 그의 일상은 다시 여느 때와 다름없이 잔잔하게 흘러갈 것이다.

그래. 이것은 권정록, 자신이 원해 왔던 그의 일상이었다.

「아마도 권 변호사님이 윤서, 아니 진심이에 대해 오해를 하고 계시다면 그건 진심이의 본심 때문은 아닐 거라는 변명을, 진심이 대신 하고 싶었던 건지도 모르겠네요.」

쾅. 정록은 복도 벽을 세게 내리쳤다.

'윽.'

어찌나 강하게 쳤는지, 주먹을 쥐고 있던 손이 얼얼하다. 하지만 그 아픔보다도 훨씬 강한 아픔이 가슴 쪽에서 느껴진다. 웽웽 울리는 혁준의 마지막 멘트 역시, 그의 머릿속에 가득 차 있다.

정록은 이를 악물었다.

'망할!'

그 당시엔 눈치채지 못했다. 아마도 너무 분노한 나머지, 미처 몰랐던 건지도 모르겠다. 정록은 입술을 잘근잘근 짓누르며 고개를 아래로 떨구었다.

'내가 무슨 짓을……'

눈앞이 캄캄해졌다.

자신이 무슨 짓을 한 건지, 일을 벌이고 난 후 수많은 시간이 흐르고 나서야 자각할 수 있었기 때문이다.

"권 변. 괜찮아?"

지나가던 동료 변호사들이 현기증이 일어 벽을 짚는 정록을 의아하게 여기며 말을 걸었다. 그런 그들의 음성에 말없이 고개를 끄덕인 그는 이내 다시 다리에 힘을 주었다. 엘리베이터 쪽으로 나아가는 그의 가슴이 두근두근 거세게 요동쳤다.

"들었어? 오윤서, 그만뒀다며?"

오후 6시를 넘긴 시간.

퇴근을 하기 위해 속속들이 엘리베이터 쪽으로 모여들던 몇몇 비서들이 정록의 시야에 포착됐다. 몸의 반응이 어떻든 간에, 아무렇지도 않게 그들에게 걸어가려던 정록은 익숙한 이름에 걸음을 멈추었다.

정록을 불안한 눈으로 응시하던 변호사들의 발걸음 역시 덩달아 멈추었다.

"아아, 들었어요. 오늘 사직서 냈다면서요?"

"권 변호사님이 참 난감하시겠어. 들어올 때도 막무가내더니, 나갈 때도 막무가내네. 앞으로 일은 어떡한대? 오윤서가 벌여 놓은 일이 한두 가지가 아니지 않아?"

"그러게 말이에요. 여긴 쑥대밭으로 만들어 버리고. 듣자하니 연예계 복귀 다시 한다면서요?"

"맞아! 이세진 작가 신작 드라마라며? 법정물이랬던가?"

"잠깐. 그럼 우리 이용한 거 아니에요?"

"우리보다는 권 변호사님이 이용당한 거겠지. 안 그래?"

수다스러운 비서들 중 가장 앞장서서 진심에 대한 험담을 늘어놓고 있는 이는, 오재윤 변호사의 비서 혜선이었다. 서늘하게 가라앉는 정록의 눈빛을 알아차린 오 변호사가 '시, 신경 쓰지 마' 하고 그의 어깨를 툭툭 두드렸지만 정록의 날카로워진 시선은 평소대로 돌아오지 않았다.

"권 변!"

정록은 큭큭 웃으며 진심에 대해 이야기를 나누고 있는 비서들을 향해 걸어갔다. 깜짝 놀란 변호사들 중 한 명이 그를 부르기 위해 작게 외쳤지만, 그는 멈추지 않았다.

"정말 대단한 것 같아. 어떻게 생긴 것처럼 놀까? 나름 진심인 줄 알았는데 말이지. 자기 이익을 위해서 천하의 권정록 변호사까지 홀리고는 홀연히 사라지다니. 하긴. 그래서 오랫동안 그 더럽다는 연예계에 머물렀던 게 아닐까?"

이 자리에 없는 진심을 어떻게든 깎아내리려고 안달이 난 건지, 쉬지 않고 진심에 대해 말을 늘어놓던 혜선은 제 뒤로 다가온 정록을 발견하지 못하고 입술을 달싹였다.

"응? 다들 왜 그런 표정이야? 뭔데 그…… 헉!"

뒤늦게 정록을 발견한 비서들이 경악한 얼굴로 혜선에게 눈치를 줘도 말을 끊지 않던 혜선은 슬며시 뒤를 돌아보다 화들짝 놀랐다.

"궈, 권 변호사님…… 하하."

정록의 차가운 눈동자와 마주친 혜선이 머쓱한 미소를 흘리며 그를 향해 인사했다. 정록은 10층을 향하고 있는 엘리베이터 전광판을 한 번 올려다본 다음 내림 버튼을 눌렀다.

혜선은 그들에게 다가온 정록이 아무 말도 하지 않고 버튼만 누르자 순간 눈을 번뜩였다. 그러고는 심상찮은 분위기에 물러나는 비서들에게 눈짓하더니 정록을 올려다보았다.

"저기요, 권 변호사님."

11층을 지나치는 엘리베이터를 주시하던 정록의 서늘한 눈동자가 생긋 웃는 혜선에게 꽂혔다. 혜선은 10년 묵은 체증이 씻겨 내려간 듯한, 후련한 표정으로 정록에게 말을 건넸다.

"오늘 오윤서 씨가 사표 냈다던데. 사실인가요?"

"언니!"

"혜선 씨!"

직설적인 혜선의 질문에 주변에 있던 몇몇 비서들이 그녀를 불렀다. 혜선은 눈 한 번 깜빡 않고 그들에게 오히려 되물었다.

"아니. 다들 궁금하면서 왜 그래. 물을 건 물어야지."

짧게 일갈한 혜선은 대답 않고 있는 정록을 다시 쳐다봤다.

"온종일 양 비서가 오윤서 씨 일을 대신했다고 하더라고요. 그리고 아까 오윤서 씨가 변호사님을 찾아오기까지 했다고 해서요."

"……."

"정말…… 그만둔 건가요? 오윤서 씨?"

기대하는 눈빛이다. 어째서 그녀가 이토록 진심을 미워하는 건지 모르겠지만, 정록은 굳이 거짓말을 해야 할 필요성을 못 느꼈다.

그는 제 대답을 기다리고 있는 그녀를 향해 입술을 달싹였다.

"네. 그만뒀습니다. 제가 그만두라고 말했고요."

"어머! 변호사님이 해고하신 거네요, 그럼?"

정록은 대꾸하지 못했다. 그런 그를 올려다보던 혜선이 픽 웃음을 흘렸다.

"하긴. 비서 일에 대해 아무것도 모르는 오윤서 씨가, 두 달 넘게 버틴 게 의외였던 거죠. 그나저나 드라마 캐스팅 때문에 우리 회사에서 일했다는 그 기사, 그럼 그게……."

"예. 그래서, 사과하려고 합니다."

신이 나 말하던 혜선이 입을 다물었다. 무슨 소리를 하냐는 표정이었다. 정록은 마침 도착한 엘리베이터에 유유히 발을 내딛으며 중얼거렸다.

"아무래도 그런 유능한 비서를 잃는 건, 제 실수인 것 같아서 말입니다. 지금 그녀에게 가서 다시 회사로 돌아와 달라고 사과할 생각입니다."

"……네?"

정록은 눈을 동그랗게 뜨는 혜선의 눈을 피하지 않았다. 그의 흔들림 없는 눈빛은 평소보다 훨씬 더, 진지해 보였다.

정록은 서초동을 나서자마자 곧장 진심의 집 쪽으로 차를 몰았다. 핸드폰이고, 집 전화고 내내 통화를 시도해 봤지만 전화를 받지 않는 것은 마찬가지였다.

오늘을 넘긴다면 영영 그녀를 보지 못할 수도 있을 것 같아, 왠지 더 조급해졌다. 평소보다 급하게 운전을 해서인지 몇 번이고 급브레이크를 밟았다. 그렇게 겨우겨우 진심의 집 근처에 도착한 정록은 그녀의 집이 있는 라인 근처에 주차를 하려다 멈칫했다.

다른 주민에게 방해가 될 정도로 가득 들어차 있는 기자들의 모습이 보였다. 불 꺼진 진심의 집 쪽으로 셔터를 눌러 대는 그들의 모습은 사냥감을 노리는 하이에나와도 같아 보여 심장이 철렁거렸다.

이 상황에서 그들을 뚫고 진심의 집으로 들어가기에는 무리가 있어 보였다. 안 그래도 진심을 찾기에 혈안이 되어 있는 굶주린 기자들에게 먹잇감을 던져 주는 것과 다를 바 없기에, 더더욱.

정록은 한숨을 푹 내쉬며 핸들을 돌려야만 했다.

'대체 어디 있는 건지……'

전화를 걸어도 받지 않고, 집으로 찾아와도 만날 수가 없다. 혁준이 직접 자신의 집무실로 찾아온 걸로 보아선, 혁준에게도 말을 하지 않고 어디론가 향한 것 같은데 그곳이 어디일지 짐작조차 가지 않아 초조하기만 하다.

정록은 입이 마르는 것을 느꼈다.

이럴 줄 알았다면 그렇게 보내지 않을 걸 그랬다. 그렇게 매정하게 말하지 않을 걸 그랬다. 후회하게 될 거면서, 그렇게 냉랭하게 대하지 않을 걸 그랬다.

그렇게…….

'만나야 해.'

빨리.

얼른!

무슨 일이 있어도 오늘이 다 가기 전에 그녀를 만나야 했다. 그는 오전에 있었던 그 모든 일들에 대해 그녀에게 사과해야 했다. 그리고 영영 그녀를 잃을 수 있음을 자각한 바로 그 순간, 깨달은 제 마음을 전달해야 했다.

그녀가 갈 수 있는 곳은 샅샅이 뒤져 그녀를 찾아내야 했다. 이 모든 것이 자신의 경솔한 행동으로 빚어진 일들이라, 조금이라도 빨리 되돌려야 했다.

진심이 갈 만한 곳.

자신과 함께 갔던 모든 곳을 갈 생각으로 액셀러레이터를 길게 밟던 정록은 차 안에서 요란하게 울리는 벨 소리를 들었다. 블루투스로 연결을 해 놓은 상태였던지라, 버튼 하나를 꾹 누른 정록은 한숨 섞인 목소리로 입술을 달싹였다.

"미안. 나 지금……."

— 아, 안 돼! 끊지 마!

여름의 다급한 목소리가 차 안의 스피커에서 흘러나왔다. 정록은 다급한 그의 마음과는 달리, 빨간 불에 걸려 멈춰 섰다. 낮게 욕설을 흘린 그의 귓가로 여름의 음성이 이어졌다.

— 권정록. 너 지금 어디야? 안 바쁘면…….

"유 검, 미안한데…… 내가 지금 너무 바빠. 너랑 전화할 시간 없어. 다음에 다시 통화하자."

— 어? 안 된다니까! 끊지 마! 끊음 안 돼! 내, 내가 실수를 하나 했어!

"뭐?"

정록은 인상을 썼다.

"무슨 소리야?"

— 이, 이걸 어떻게 설명해야 할지 모르겠는데…… 하아.

"유여름."

— 그, 그래. 일단 너 우리 집에 와 줄 수 있어? 정말 급한 거야! 진짜 너무 급해서 그래!

숨을 헐떡이는 여름의 목소리가 어쩐지 심상찮다. 보통 때 같으면 그녀의 반응에 뒤도 돌아보지 않고 여름의 집으로 달려갔을 정록이였지만, 현재의 그에게는 여름의 일보다 더 급히 해결해야 할 일이 있었다.

정록은 길게 한숨을 내쉬며 말했다. 다행히 길고 긴 신호가 끝이 나 초록불로 바뀌었다.

"정말 미안하다, 여름아. 내가 지금은 진짜 중요한 일이 있어. 반드시 찾아야 할 사람이……."

— 뭐? 뭐라는지 안 들려! 조금만 크게…… 악! 안 돼요!

"유여름?"

— 껀쩡로옥! 껀쩡로오옥!

"……!"

정록은 귀를 의심했다. 한 번도 아니고 두 번씩이나, 혀 꼬인 발음으로 그를 불러 대는 이 목소리의 주인공을, 그는 알고 있었다.

얼마나 놀랐는지 하마터면 무심코 브레이크를 밟을 뻔했다. 다시 한 번 '껀쩡로옥!'을 반복하는 스피커를 향해 정록의 닫혀 있던 입술이 열렸다.

"오진……심 씨?"

❖

"어디야?"

벌컥 문을 열자마자 안을 비집고 들어가는 정록을 보고 여름이 화들짝 놀랐다. 정록은 '잠깐!' 하고 외친 뒤, 양팔을 벌려 제 앞을 가로막는 여름을 서늘하게 내려다보았다.

"안 비켜?"

"너, 화낼 거야?"

음산한 정록의 목소리에 눈을 가늘게 뜬 여름이 물었다. 정록은 무슨 헛소리를 하냐는 얼굴로 여름을 내려다보았다.

"비켜, 유여름."

"화 안 낸다고 말하면 비켜 줄게."

"야."

"십 초 센다. 십, 구, 팔……."

정록은 현관을 가로막고선 돌연 카운팅을 시작하는 여름을 황당하게 응시했다. 그러다 곧 '화 안 내'라고 대답한 뒤 여름에게 나오라는 듯 손짓했다. 여름이 우물쭈물거리며 옆으로 비키기를 꺼리자 정록은 대신 손을 뻗어 그녀를 옆으로 밀쳤다.

"정말 화 안 내기다? 너 약속했어! 정말이다?"

정록은 성큼성큼 앞으로 걸어가는 제 뒤를 졸래졸래 쫓는 여름의 말을 들은 척 만 척하며, 움직였다. 발을 내딛는 곳곳에 업무와 관련된 서류가 쌓여 있는 여름의 오피스텔 안으로 정록이 아무렇지 않게 들어올 수 있었던 까닭은, 그녀의 오피스텔에 방문한 경험이 있었다는 것이 첫 번째 이유이기도 했지만…….

"……!"

정록은 의자에 앉아 식탁 위에 얼굴을 파묻고 있는 익숙한 뒤통수를 발견하고선 뒤를 돌아보았다. 정록의 차가운 눈빛을 마주한 여름이 움찔하며 딴청을 부리는 게 보였다. 정록은 미간을 좁혔다.

"언제부터 이러고 있었어?"

"어? 그, 글쎄. 그러니까……."

"……."

"하, 한 다, 다섯…… 어, 아, 아닌가? 네, 네 시쯤부턴가? 흠흠. 세, 세 시……?"

"유여름."

"아, 몰라! 몇 잔 안 마셨다고. 술을 못할 줄은 몰랐단 말이야!"

정록의 냉랭한 시선에 어쩔 줄 몰라 하던 여름이 돌연 입을 쭉 내밀며 소리쳤다.

'내 딴엔 호의를 베푼 거였다고!' 라며 말을 덧붙이는 그녀를 보고 눈썹을 꿈틀거리던 정록은 얼굴을 파묻고 있던 여자를 가만히 바라보았다.

「이 이후로 이곳뿐 아니라 그 어디에서든, 당신을 개인적으로 만나는 일은 없었으면 좋겠군요.」

불과 몇 시간 전, 그녀를 향해 차디찬 말을 던졌던 것은 틀림없는 자신이었다. 그녀의 머리맡 주변에 보란 듯이 놓여 있는 소주병을 보자니 가슴이 아려 와 미칠 지경이다.

정록은 후우, 한숨을 내쉬며 미약하게 어깨를 들썩이고 있는 여자를 향해 다가섰다.

"오진심 씨."

다시는 부를 일이 없다고 생각했던 그 이름을 하루도 지나지 않아 입 밖으로 꺼내고 말았다. 이쯤 되면 제 의지가 꽤 나약하다는 생각을 해 볼 만도 하지만, 상대가 오진심이었기에 정록은 더 이상 주저하지 않기로 했다.

그는 제 부름에 뒤척이고 있는 진심을 향해 더욱 가까이 다가갔다.

"오진심 씨. 오진심 씨!"

"누과아, 나룰, 불러썽!"

진심은 그의 부름에 번쩍 고개를 들어 올렸다. 정록은 제 눈에 비친 긴 머리카락의 여자가 혀를 꼬고 있는 모습을 멍하니 응시했다.

그러다 두 남녀를 지켜보고 있던 여름에게로 눈길을 주자, 여름이 헛기침을 해 대며 모르는 척 딴청을 부렸다. 정록은 테이블 위에 놓여 있던 소주 두 병을 응시하더니 인상을 쓰며 저를 노려보는 진심에게 말했다.

"대체…… 얼마나 마신 겁니까? 술도 잘 할 줄 모르면서."

"……."

"이건 압수하겠……."

"아, 앙대요, 아조씨!"

'……뭐?'

혀가 잔뜩 꼬이기는 했지만, 진심의 입술 사이로 흘러나온 그 단어는 분명히 '아저씨' 라는 말이다. 물론 자신이 아저씨라는 말을 들어도 될 나이이기는 하나, 그녀에게서 그 말을 들으니 어쩐지 기분이 묘하다.

정록은 뚜껑을 열지 않은 소주병으로 팔을 뻗으려다 제 팔을 덥석 잡고선 고개를 절레절레 흔드는 여자를 내려다보았다.

반짝반짝 빛을 내뿜고 있는 여자의 검은 눈동자에 심장이 벌렁거렸다.

"아조씨이……. 그거, 가죠가지 마요옹……. 그거, 내 칭구예용! 칭구!"

"오진심 씨."

"쪼오기. 유 곰사니미 그래썽! 요고 마시면, 다 잊게 해 준다고! 껀쩡로옥 그 잉간! 잊게 해 준다고!"

획. 정록은 헤헤, 웃으며 외치는 진심의 말에 얼른 고개를 돌렸다. 저와 눈이 마주치자 헉, 숨을 들이켜더니 여름이 외쳤다.

"수,╱숙취해소제라도 사 가지고 올게!"

그러고는 그가 뭐라 말을 잇기도 전에, 쏜살같이 집을 나서 버렸다. 정록은 인상을 쓰며 그녀의 뒷모습을 바라보다 다시 진심을 응시했다.

"오진심 씨. 술은 이제 그만 마십시다."

"머엉? 왜!"

왜긴 왜야.

"당신 충분히 많이 마셨어. 더 마시면, 내일 머리 엄청 아플 거야."

정록은 부드럽게 그녀를 타이르며 남아 있던 술병으로 다시 손을 움직였다.

"앙대!"

하지만 그런 정록보다 조금 더 빨리, 진심이 남은 정록의 팔도 낚아챘다. 정록의 두 팔은 모두 그녀에게 잡혀 버렸다.

"앙······대요. 아조씨······."

"오진심 씨."

"곰사님 말이, 맞는걸······. 요고 마시니까······ 생가기, 앙 나요."

그녀의 맑은 두 눈에 그렁그렁 눈물이 맺혔다. 순식간에 차오른 그녀의 눈물을 보고 정록이 움찔하는 사이, 붉은 입술이 움직였다.

"생가기······ 앙······ 나. 아니, 완죠니 앙 나는 건 아닌데······. 흑. 앙 나는 건 아니지만······ 흐흑. 실은······ 너무 나요. 아조씨······ 아조씨는, 왜 그러케 달마써요?"

정록은 후드득, 그녀의 커다란 눈에서 방울방울 흘러내리는 눈물을 발견하고선 입을 다물었다. 유리 보석처럼 뚝뚝, 떨어지는 물방울이 숨을 막히게 만들었다.

그가 그 모습에 가슴이 아파 할 말을 잃고 있는 사이, 진심이 정록의 양 팔을 잡고 있던 손에 힘을 풀고선 제 손을 천천히 그의 뺨 쪽으로 들어 올렸다. 정록은 왼쪽 뺨에 닿는 따뜻한 온기에 무릎을 꿇고 그녀를 바라봤다.

"달마썽…… 아조씨……. 껀쩡로옥…… 그 나아쁜 짜시익이랑!"

제 이름을 되뇌며 구슬프게 엉엉 울어 댈 것이라 생각했던 진심이 돌연 이를 갈자, 정록은 눈을 크게 떴다. 진심은 놀라는 정록의 멱살을 움켜쥐더니 그를 제 쪽으로 끌어당겼다.

"맨날, 싱경질만 부리고! 부드러운 마른, 안 해 주고! 내 마른, 드러주지도 안코! 나아쁜 껀쩡로옥!"

"……."

"나도, 나도 말하려 해따고! 나도 숨기고 싶지 안아딴 마리야!"

"……."

"흑, 흐윽……. 변명이라도…… 하게, 해 주지……. 그게 머냐고……. 이뻐리 어떠케…… 그리 쉬워……."

툭. 툭. 그의 뺨을 손바닥으로 건드리며 울먹이는 진심의 말이 심장을 파고들었다. 정록은 제 어깨 위로 손을 내린 뒤 결국 아래로 고개를 떨구는 진심을 그저 말없이 지켜봤다. 진심의 작은 어깨가 샘솟는 감정의 소용돌이 때문에 위아래로 올라갔다 내려가는 모습이 보였다.

정록은 후우, 길게 숨을 뱉어 낸 뒤 여전히 얼굴을 들지 못하는 진심을 불렀다.

"오진심. 고개 들어."

갑자기 들려온 명령에 진심이 인상을 쓰며 고개를 들어 올렸다.

"아조씨가 몬데, 나한테 명령해!"

정록은 소리치는 진심은 아랑곳 않고 흐릿한 그녀의 검은 눈동자를 응시하며 말했다.

"미안해요."

진심의 검은 눈동자가 급격하게 흔들렸다. 정록은 반응하는 눈에서 시선을 떼지 않으며 말을 이어 나갔다.

"미안해요, 오진심 씨."

"아……조 씨?"

"내가 잘못했어요."

"……!"

"그래. 경솔했어. 아무리 화가 나더라도 당신의 변론 정도는 들었어야 했지. 하지만 당신이 날 속였다는 것에만 집중해서, 왜 날 속여야 했는지에 대해서는 생각해 보지 않았어. 당신도 내게 잘못한 것이 있었지만, 그때의 나도, 당신에게 잘못했던 거…… 인정해. 내 잘못이야."

진심은 도통 이해하지 못한다는 얼굴이다.

그렇겠지. 술에 취한 여자에게 이제 와 사과를 늘어놓는 자신도 어지간히 용기가 없긴 하다. 아마도 제정신을 차린다면 다시 말해야 할지도 모른다. 그런 의미에서 시뮬레이션 정도로 생각하면 될까.

정록은 쿵쿵 뛰는 심장의 박동을 느끼며 입술을 움직였다.

"당신이 없어도 될 거라고 생각했어. 나를 속인 여자 따위, 내 인생에서 사라져도 아무렇지 않을 거라고 그때는 확신했으니까. 하지만…… 당신이 나간 지 10분이 흐르고, 20분이 흐르고, 1시간이 흐르고, 4시간이 지나고, 퇴근 시간을 넘기니까, 알겠더라."

"……"

"적어도 지금은, 당신이 없으면 안 될 것 같다는 거."

진심의 검은 눈동자가 크게 일렁였다. 정록은 부드러운 미소를 지으며 그녀의 두 손을 부여잡았다. 뜨거운 온기가 손바닥 끝을 타고 전신으로 퍼져 나갔다. 정록은 말했다.

"남자가 한 번 말했던 걸 다시 주워 담는 것만큼이나 쩨쩨한 건 없지만…… 당신을 다시 찾기 위해서 오늘만큼은 쩨쩨해져야겠어."

"……"

"다시는 만날 일 없었으면 한다는 그 말, 없었던 걸로 하면 안 될까?"

자신의 간절한 말을 들으며 미간에 내 천(川) 자를 세기는 그녀의 모습에 정록은 쓴웃음을 흘렸다.

'내가 정말 뭘 하고 있는 건지.'

스스로 의문이 든다.

그는 아무것도 아니라며 중얼거린 뒤, 굽히고 있던 무릎을 다시 폈다. 여름이 숙취해소제를 사러 간 사이, 진심을 눕힐 만한 곳을 찾기 위해서다. 그리고 아마도 그의 연락을 기다리고 있을 혁준에게도 전화를 해 주어야 할 테지.

"일어납시다, 오진심 씨."

정록은 그녀를 향해 손을 뻗었다. 하지만 저를 빤히 쳐다보고 있는 진심은 도무지 움직일 생각을 않는다.

술병도 치워 버렸겠다, 더 이상 마실 것도 없건만 어찌 된 셈인지 움직이지 않는 진심을 정록은 걱정스레 내려다보았다.

"오진심 씨."

"……어요."

그런 그의 귓가에 나지막하게 중얼거리는 진심의 음성이 들려왔다. 정록은 말을 이으려다 말고 진심의 목소리에 귀를 기울였다.

"아조씨처럼…… 벼노사님도…… 그러케 말해 주길, 바라써요……."

가슴이 왈칵, 요동쳤다. 정록은 울먹이는 진심의 말에 어금니를 악물었다.

'빌어먹을.'

진심이 퉁퉁 부은 입술을 움직였다.

"꾸미…… 아니어쓰면 조케써……."

잔뜩 꼬인 혀로 중얼거리는 여자는 눈앞에 서 있는 사람이 현실의 권

정록이라는 것을 아직 눈치채지 못한 듯했다. 그럴 만도 하다. 실연의 힘을 이겨내자며, 여름이 술을 먹여 댔을 게 분명하니.

정록은 자리에 없는 여름 탓을 하며 다시 무릎을 굽혔다. 진심과 눈높이를 같게 하기 위해서다.

"벼노사님도…… 아조씨처럼…… 칭저라면 조을 텐데……."

나름 친절했다 생각했는데, 그녀에게는 턱없이 부족했나 보다. 정록은 쓴웃음을 흘리며 그녀의 동요하는 검은 눈을 바라보았다. 진심은 힘없이 중얼거렸다.

"하지만…… 다시 볼 쑨 업게찌……. 나한테…… 화가 마니 나써요, 벼노사님은……."

나지막하게 말하는 그녀의 입술 사이에선 진한 알코올 냄새가 났다. 정록은 '보고 시퍼, 벼노사님……'을 중얼대는 진심을 향해 손을 뻗었다.

"응?"

갑자기 제 뒤통수를 손으로 감싸는 정록의 손길에 진심이 눈을 동그랗게 뜨는 게 보였다. 정록은 놀라는 그녀의 행동에도 멈추지 않고 자신의 얼굴을 그녀의 얼굴 가까이로 가져다 댔다.

"……!"

보드라운 입술이, 그의 뜨거운 입술과 조우했다. 살짝 벌어진 틈 사이로 거침없이 나아가는 정록의 행동에 눈을 깜빡이고 있던 진심이 돌처럼 굳어 버렸다.

'이상한 맛.'

그를 마주하고 나서부터 줄줄 흘러내리고 있는 진심의 눈물 때문인지, 아니면 그녀의 입안에 가득했던 소주의 짙은 알코올 냄새 때문인지. 진심과 닿은 입술에선 경험해 보지 못한 맛이 느껴졌다.

"아."

눈을 뜬 채 자신의 행동을 지켜보고만 있던 진심이 서서히 벗어나는 그를 어리둥절한 눈으로 바라보자 정록이 입술을 달싹였다.

"오진심 씨."

딱히 경쟁을 하려는 건 아니지만 이 말은 꼭 해야겠다.

어쩌면 너무 늦은 감이 있다고 생각되지만, 그래도.

"당신을, 사랑하고 있어."

"으으윽."

말라 버린 입술 사이로 얕은 신음이 흘러나왔다. 눈두덩 근처가 퉁퉁 부어 있었던 터라, 눈꺼풀을 올리기가 힘들다.

진심은 인상을 쓰며 겨우겨우 눈을 떴다.

'……어?'

흐릿했던 눈앞이 천천히 밝아졌다. 시야로 들어온 낯선 광경에 진심의 눈썹이 꿈틀거렸다. 한 번도 본 적 없는 천장이 보였다.

'여기가 어디야?'

어디선가 불어오는 종이 냄새가 코끝을 간질였다. 진심은 눈을 몇 번 깜빡여 보았다. 그러나 자신이 알고 있는 곳들 중 어디에도 저런 색과 무늬의 천장은 없었다.

진심은 꽤 높아 보이는 천장을 멍하니 올려다보다 결국 몸을 일으키기로 했다.

"하아."

그렇게 서서히 몸을 일으키던 진심의 잇새로 짧은 숨이 터져 나왔다. 진심은 자신이 조금 전까지 누워 있던 곳이 커다란 침대 위였다는 것을 깨달았다.

주위를 둘러보자 놀랍게도 거실과 부엌이 연결되어 있는 하나의 공간이 들어왔다. 여기가…….

「어서 들어와요!」

기억을 더듬어 보려 했지만, 머리가 지끈거리기만 할 뿐 또렷하게 생각나지는 않는다. 미간을 좁히려던 진심은 갑자기 떠오른 명랑한 목소리에 아, 탄성을 흘렸다.

'그랬……었지.'

이제야 기억이 난다. 정록에게 달려갔던 이후, 차갑게 냉대를 당했고, 터덜터덜 걸어가던 자신을 정록의 오랜 친구인 유여름 검사가 발견했다.

차를 태워 주겠다는 그녀의 제안에 염치없이 올라탔고, 그녀의 집까지 가게 되었으며, 그러다 함께.

「마셔요! 마셔! 그깟 놈, 잊어버려요! 내가 그놈보다 훨씬 좋은 남자 소개시켜 줄게요!」

「유 곰사니임! 그깟 노미라니! 우리 껀쩡로옥 뾰노사니믄 그깟 놈 아니거든여! 뾰노사니미 얼마나 머찐 부닝데요!」

순식간에 눈앞을 스쳐 지나가는 파노라마.

기억을 다 잃었다면 뻔뻔해질 수 있었을 것을, 채 필름이 끊어지지 않은 장면이 선명하게 떠오른다.

"나…… 완전 정신 나갔었네?"

창백하게 질린 얼굴로 여름과 대작을 했던 어제의 일을 상기하던 진심이 입술 사이로 나지막하게 중얼거리는 순간이었다.

"알긴 아는 겁니까?"

"으악!"

진심은 자신이 앉아 있던 침대와 얼마 떨어지지 않은 곳에서 들려오는 귀에 익은 음성에 버럭 소리 지르며 고개를 홱 돌렸다.

철렁, 심장이 내려앉은 것은 눈을 동그랗게 뜨고 있는 자신에게 시선을 두고 있는 남자와 눈이 마주쳤기 때문이다. 진심은 손등으로 눈을 비볐다.

이, 이거 혹시…….

"꿈 아닙니다."

너무 그리운 나머지 환영을 보나 싶어 몇 번이고 눈을 의심했다. 그러나 그런 그녀의 귓가로 남자가 들으라는 듯 말을 던지자 심장이 벌렁거리기 시작한다.

"어, 어떻게…….."

'변호사님이 여기 있는 거야?'

어찌나 놀랐는지, 차마 다음 말을 이을 수도 없다. 진심은 입술을 파르르 떨며 그에게서 눈을 떼지 않았다.

식탁 쪽의 의자에 앉아 진심이 있는 침대 쪽으로 시선을 두고 있던 남자, 정록은 홀린 듯 그를 응시하는 진심에게 다가오기 위해 몸을 일으켰다. 진심은 혹 그가 연기처럼 사라질까 싶어 정록의 움직임을 좇고, 또 좇았다.

틀림없이 제게로 다가올 것이라 여겼던 정록은 진심이 앉아 있던 침대를 지나쳐 창가에 섰다. 그가 기다란 손가락으로 암막 커튼을 촤르륵 걷자, 다음 날이 밝았음을 알리는 햇빛이 쏟아졌다.

정록은 낮게 신음을 흘리며 손으로 눈을 가리는 진심을 보기 위해 몸을 돌렸다.

"머리는 좀 어떻습니까?"

"예? 아, 아……파요."

"그럴 거라 생각했습니다. 당연히 아프죠. 그렇게 술을 많이 마셨는데."

"……."

"마셔요."

진심은 제게 무언가를 슥 내미는 정록을 멍하니 응시했다.

"이상한 거 아닙니다. 숙취해소제예요."

갈색 병을 물끄러미 내려다보는 진심에게 정록이 픽 웃으며 중얼거렸다. 대답 대신 그것을 받아 들던 진심의 곁에 털썩 앉던 정록은 말을 이어나갔다.

"참. 유 검, 아니 여름이가 오진심 씨한테 꼭 전해 달라더군요. 어제 같이 마셔서 너무 재미있었다고 말이죠. 그리고 너무 달렸으니, 이게 꼭 필요할 거라고."

"아……."

"하지만 오진심 씨. 다음부터는 여름이랑 대작 같은 건 절대 하지 마십시오. 그 녀석, 엄청난 주당입니다. 당신이 이길 수 없는 승부예요."

타박하듯 말을 하고 있지만, 말투에는 애정이 묻어나 있다. 진심은 그런 정록의 말을 머리에 새기기 위해 노력하고 또 노력하다 다시 정록을 쳐다봤다. 그러자 그가 빙긋 웃으며 물었다.

"왜요. 아직도 꿈같습니까?"

두근두근.

가슴이 박동했다. 진심은 웃고 있는 정록과 손에 쥔 숙취해소제를 번갈아 쳐다보더니 조심스레 고개를 가로저었다. 손안에 갈색 병을 쥔 느낌은 현실이다. 이해가 가지 않는 건…….

'변호사님이 대체 어떻게 여기 있는 거지?'

뭐가 뭔지 하나도 모르겠다.

틀림없이 올웨이즈를 떠나며 정록과의 모든 관계도 끊어져 버렸는데. 물론 우연히 여름의 집에 오게 되면서 마지막 인연의 끈은 놓지 않았지만, 그래도 그와 다시 만날 수 있을 거라고는 상상하지 못했다.

진심은 머리를 굴리려 애썼다.

"윽!"

진심의 이마에 정록이 딱밤을 선사한 것은 그 시점이었다. 갑자기 얼얼해진 이마의 통증에 진심은 화들짝 놀라 손을 들어 올리며 이마를 슥슥 문질렀다.

정록은 무슨 짓이냐는 표정을 짓고 있는 진심에게 말했다.

"방금 건 오진심 씨가 여태까지 절 속였던 것에 대한 벌입니다."

"……네?"

"다른 건 몰라도, 제가 계산 하나는 철저한 편이라서요."

뜬금없는 정록의 말에 진심의 눈이 큼지막해졌다. 정록은 현 상황을 이해하지 못하는 진심에게 조금 더 가까이 다가왔다.

"그리고 이건……."

'이건?'

의아해하던 진심은 제게 팔을 뻗는 정록의 손가락이 부드럽게 제 옆얼굴을 감싸는 것을 막지 못했다. 정록은 그녀가 반응하지 못하는 사이 얼굴을 들이밀고선, 진심의 입술 위로 제 입술을 덮었다.

'어? 어어?'

진심은 입술 위를 훑고 지나가는 정록의 입술이 떨어져 나가자 찌릿한 전율이 이는 것을 느꼈다.

깜빡깜빡.

무슨 일이 일어난 건지 몰라 눈만 감았다 뜨기를 반복했다. 그러던 진심에게 정록은 소리를 뱉어 냈다.

"비록 지난 몇 달 동안, 오진심 씨가 저를 완벽하게 속였음에도 불구하고…… 그 행동마저 용서할 정도로 제가 오진심 씨를 얼마나 사랑하고 있는지 보여 주는 행동입니다."

"예?"

"오진심 씨. 어제의 일을…… 사과하고 싶습니다."

'뭔가…… 뭔가 너무 충격적인 이야기를 들은 것 같은데.'

두근두근.

심장이 거세게 뛰었다. 진심은 '사과'를 언급하는 정록의 말을 한 귀로 듣고, 다른 한 귀로 흘리며 정록이 한 말을 곱씹고 있었다.

'방금 그 말, 내 착각 아니지?'

착각이라기엔 너무도 또렷하게 들렸다. 착각이라기엔 부정하고 싶지 않은 말이었다.

착각이라기엔…… 그 말이, 착각이라기엔……!

"제가 어제 오진심 씨한테 했던 못된 말들. 그 말들을 가능하다면 주워 담고……."

"자, 잠깐만요! 변호사님! 잠깐만! 잠깐, 스토옵!"

진심은 굳은 얼굴로 말을 이어 가고 있는 정록을 향해 두 손을 들어 올렸다. 돌연 저를 밀치고선 숨을 몰아쉬는 진심의 모습을 정록은 가만히 응시했다.

쿵쾅쿵쾅, 작게 뛰던 심장은 이제 터질 듯 부풀어 올랐다. 진심은 입술이 바짝 말라 가는 것을 느끼며 그를 쳐다봤다.

'모두…… 모두 현실이야!'

방금 전, 정록이 제게 자연스럽게 입을 맞춘 것은 분명한 현실이다. 꿈이 아니었다. 그의 입술이 닿아 짜릿했던 감정이 아직 남아 있으니까. 그러나 그 후 한 그의 말이 진심의 사고회로를 정지시켜 버렸다.

놀라울 정도로 빨리 지나가 버린 말이었기에 귀를 기울여 듣고 있지 않았다면 놓칠 가능성이 있었다. 다행히 진심은 그가 한 말 하나하나에 주목하고 있었으므로 그 말을 똑똑히 기억한다.

"오진심 씨?"

정록은 제 말을 끊고선 후우, 후우 숨을 고르고 이는 진심을 불렀다. 가슴의 박동은 둘째 치고서라도 일단은 확인이 필요했다.

진심은 망설이지 않고 정록의 어깨 위로 손을 얹었다. 그러고는 손아귀에 힘을 주며 그의 어깨를 꽈악 부여잡았다. 그러자 정록이 진심의 행동에 검은 눈을 고정시켰다.

"변호사님."

"네. 듣고 있습니다."

떨리는 목소리가 그녀의 입술 사이로 흘러나와 정록의 귀에 닿았다. 정록이 고개를 살짝 주억이자 눈을 빛내던 진심은 크게 숨을 들이켰다. 앙다물고 있던 그녀의 입술이 열렸다.

"변호사님이 왜 제 앞에 계시는 건지는 일단 차치하고, 한 가지만 물어볼게요."

"그러십시오."

그가 피식 웃으며 담담하게 고개를 끄덕이자 진심은 눈에 힘까지 주며 말했다.

"조금 전에, 저한테 뭐라고 하셨어요?"

"뭘 말입니까?"

무엇을 묻는 건지 알고 있으면서 모르는 척. 정록의 입꼬리가 올라갔다. 진심은 입을 살짝 내밀다 이내 다시 눈을 빛내며 말했다.

"제가 변호사님한테 거짓말을 한 것도 용서할 정도로 저를 어떻게 한다고 말씀하셨잖아요!"

분명히 들었다. 너무 똑똑히 들어서 뇌리에 각인되어 버릴 정도로. 진심이 버럭 외치자 정록이 '뭐라고 그랬더라?' 하고 어깨를 으쓱였다. 진심은 억울하다는 표정을 지으며 '변호사님!' 하고 소리쳤다.

정록은 알겠다는 듯 작게 웃더니 붉은 입술을 달싹였다.

"사랑한다고 했던 말이요?"

"헉!"

진짜로 말할 줄은 예상하지 못했던 그 단어에 진심의 귀가 멍멍해졌다. 심장이 얼마나 빠르게 뛰는지 숨이 막힐 지경이었다. 진심은 뜨거운 열기가 솟구치는 것을 느꼈다. 얼굴이 화끈거렸다.

정록은 차마 말을 잇지 못하는 진심에게 미소를 짓고 있었다. 평소에는 그렇게 무뚝뚝했던 사람이 너무도 상냥한 표정으로 그녀를 바라보고 있었다. 틀림없이 지금 일어나고 있는 일이 현실임을 알고 있음에도 꿈을 꾸는 것만 같았다.

정록은 씁쓸한 목소리로 중얼거렸다.

"오진심 씨가 나간 후의 몇 시간은 제 인생에서 가장 긴 시간이었습니다."

'……어?'

"고작 몇 시간뿐이었지만, 제 인생에서 오진심 씨가 사라진다고 생각하니…… 눈앞이 캄캄해졌거든요."

그의 잔잔한 음성이 바람을 타고 진심의 귓등에 내려앉았다. 진심은 떨리는 시선으로 그를 응시했다. 정록은 그녀에게 눈을 고정시켰다.

"더 이상 당신을 보지 않을 것에 대해 후회하지 않을 자신이 있었는데,

놀랍게도 당신이 사라지자마자 깨달아 버렸습니다. 제가, 이번 일을 두고 두고 후회할 거라는 것을."

"벼, 변호사님……."

"그러니 더 이상 후회할 일은 하고 싶지 않습니다. 당신이 없으면 몇 시간도 견디지 못하는 걸 알았으니까. 고작 그 말을 꺼내는 게 뭐가 어렵다고."

'뭐?'

"제가 생각했던 것보다, 저는 당신을 더 많이 생각하는 것 같습니다. 그 마음이 커져서 이 말을 하게 되는 것 같네요."

"무슨……."

"사랑합니다, 오진심 씨."

"……!"

진심은 미소 짓는 정록을 바라봤다. 그가 무슨 말을 한 건지 제대로 알고 있나, 하는 생각이 들었다. 정록은 넋을 놓고 저를 쳐다보는 진심의 시선에 아랑곳 않았다.

"사랑해요."

한 글자씩, 또박또박.

그는 그녀의 귓가에 각인이라도 새기듯 말했다. 진심의 가슴은 그가 뱉는 글자 하나하나에 반응했다. 정록은 정신을 차리지 못하는 진심에게 말하고, 또 말했다.

"사랑합니다. 당신을…… 정말 많이 사랑하고 있습니다. 원한다면 질릴 때까지 들려 드리겠습니다."

"아……."

"사랑해, 오진심. 듣고 있습니까?"

"……."

"이봐요, 오진심 씨. 당신을 사랑한다니까? 사랑⋯⋯."

"으악!"

'사랑해'라고 말하는 정록의 말을 얼빠진 얼굴로 듣고 있던 진심이 버럭 소리치며 귀를 막았다.

"오진심 씨?"

정록이 푹 고개를 숙이며 제 시선을 피하는 진심을 부르자 귓불이 붉어진 진심이 손으로 귀를 가린 채 중얼거렸다.

"그, 그만해요!"

정록은 고개를 갸웃거렸다.

"왜요?"

진심은 슬그머니 고개를 들어 올리며 정록을 쳐다봤다. 의문에 휩싸인 그에게 답변하기 위해서였다.

왜긴!

"너, 너무 좋으니까⋯⋯ 그, 그만하라고요!"

"예?"

정록이 여전히 이해되지 않는다는 표정을 지었다. 진심은 얼굴이 화르륵 붉어지는 것을 느끼며 입을 열었다.

"그 말!"

당신이 꺼낸 사랑한다는 그 말.

그 말이 나는,

"너무 좋으니까! 그러니 그만하라고요! 자꾸 들으면 아깝단 말이에요!"

닳을까 봐 아까워서 어쩔 줄을 모르겠다고!

그렁그렁 눈가에 눈물방울을 단 진심이 환한 미소를 지으며 외쳤다.

제7장
권토중래 오 스타

❀

"예. 아…… 예. 그렇습니까?"

핸드폰을 붙든 채 고개를 끄덕이는 혁준의 얼굴을 누군가가 지켜보고 있었다. 그 정체인즉 비너스 엔터테인먼트의 대표, 연준석이였다. 무엇이 그리 마음에 들지 않는지, 준석은 아까부터 연신 인상을 써 가며 핸드폰 너머의 사람과 대화를 나누고 있는 혁준을 못마땅하게 응시하는 중이었다.

"알겠습니다. 네. 그렇게 알고 있겠습니다. 예. 들어가십시오."

한참 동안 통화를 하던 혁준이 드디어 전화를 끊을 기미를 보이자 준석의 엉덩이가 들썩였다. 준석은 귀에서 핸드폰을 내려놓고선 후우, 한숨을 내쉬는 혁준을 향해 벌떡 일어나 달려갔다.

"뭐래? 뭐래!"

쿵쿵, 이 정도로 가슴이 뛰는 것은 실로 오랜만이다. 준석은 간이 콩알처럼 쪼그라드는 것을 느끼며 혁준의 입술이 움직이길 기다렸다. 조급해하는 준석을 물끄러미 응시하던 혁준은 쓴웃음과 함께 살짝 고개를 끄덕였다.

"권 변호사랑 있답니다."

"젠장!"

얼마나 긴장했던 걸까.

혁준의 대답을 듣자마자 다리에 힘이 풀렸다. 준석은 비틀거리며 소파 근처에 주저앉았다. 혁준은 길게 숨을 고르고 있는 준석을 가만히 내려다보다 물음을 던졌다.

"대표님."

"왜."

"어떻게 하실 겁니까?"

뜬금없는 혁준의 질문에 준석의 눈이 동그래졌다.

뭘 어떻게 해?

그가 무슨 소리를 하냐는 표정을 지으며 고개를 들자 혁준은 사뭇 진지한 얼굴로 말을 이었다.

"윤서, 권 변호사랑 못 만나게 하실 겁니까?"

준석은 돌려 말하지 않는 혁준을 노려보았다. 보통 때라면 그 눈빛에 흔들렸을 혁준이지만 오늘의 그는 담담하게 준석의 눈빛을 받아들이고 있었다.

혁준은 '너 이 자식……' 하고 이를 갈고 있는 준석에게 말했다.

"그거 아십니까, 대표님."

"또 뭐가."

"윤서도 벌써 서른입니다."

혁준의 말에 준석의 눈이 동그래졌다. 혁준은 한숨을 머금은 채 붉은 입술을 달싹였다.

"대표님도 아시다시피 윤서, 아무것도 모르는 열일곱에 데뷔해서 지금까지 일만 하고 지냈습니다. 연애? 당연히 한 번도 못 해 봤겠죠. 그런 윤서가 처음으로 사귀게 된 사람입니다. 권정록 변호사는."

"이봐, 조 팀장. 너 지금 무슨 말을 하고 싶은 거야?"

인상을 쓰는 준석의 눈을 피하지 않고 혁준은 말했다.

"게다가 윤서 성격상, 걔는 아무나 못 만납니다. 어디 우리 윤서가 보통 여자입니까? 그리고 어디 윤서 주변에 있는 남자들이 또 보통 남자들인가요?"

"인마. 너 지금 나 디스하는 거냐? 내가 오진심이 연애 한 번 못하게 막았다고, 나 디스하는 거지? 그런 거지?"

제 발 저린 준석이 얼굴을 일그러뜨리자 혁준은 중얼거렸다.

"대표님 한 분만 막았습니까. 저도 뭐…… 윤서 곁에 남자가 얼씬거리는 걸 용납 못하고 모두 쫓아 버렸으니, 아예 잘못이 없다고 하긴 어렵겠네요."

"아니, 오진심이 모태솔로인 게 왜 나랑 네 탓인데! 너 진짜 너무 비약하는 거 아니냐!"

혁준은 씩씩거리며 소리치더니, 이내 쳇 입술을 삐죽이는 준석의 다음 말이 이어지기를 기다렸다.

"망할……."

으아악, 머리를 벅벅 긁으며 얼굴을 아래로 떨구던 준석은 결국 잇새로 신음을 흘렸다. 혁준은 준석이 슬며시 고개를 들더니 저를 바라보는 것을 지켜봤다.

준석은 여전히 불만이 가득한 눈으로 말했다.

"……돼서, 그러지."

바닥을 기어들어 가는 목소리. 한동안 입을 열지 않던 준석이 나지막

한 음성을 뱉어 내는 것을 혁준은 똑똑히 들을 수 있었다. 준석은 입술을 삐죽였다.

"걱정돼서."

"……."

"오진심 그 녀석, 남자를 제대로 알아야 말이지. 누굴 좋다고 한 것도 이번이 처음인데, 권 변호사가 나쁜 놈이어 봐라. 그럼 얼마나 상처 받겠 냐! 진심이가 상처 받으면 또 누가 치료를 해 주고!"

겉으로는 씩씩한 척하지만 속은 한없이 여리기만 한 오진심이다.

준석은 진심을 가장 가까이서 지켜봐 온 사람 중 한 명이었기에 감히 확언할 수 있다.

물론 최악의 결말로 끝나지 않았으면 하지만, 행여나 그러한 일이 일 어난다면 진심이 상처 받는 것은 불 보듯 뻔하다. 준석은 그것을 허락하 지 못하겠다.

"대표님."

준석이 그런 고민을 하고 있을 때, 혁준이 그를 불렀다.

"왜!"

준석이 신경질적으로 혁준을 노려보자 혁준이 싱긋 웃으며 말했다.

"대표님이 몇 달간 지켜봐 온 권정록 변호사가, 우리 윤서한테 못 할 짓 할 남자입니까?"

"뭐?"

"아니잖습니까."

"으."

마음 같아서는 혁준의 말을 부정하고 싶은데 그에 상응할 만한 근거가 생각나지 않는다. 준석이 망설이는 사이 혁준이 날카롭게 되물었다.

"그리고 그런 권 변호사를 우리에게 추천해 준 사람이 대표님이 가장 존경한다는 사촌 형인 연 변호사님 아니십니까?"

준석은 여전히 대답하지 못했다. 입만 뻐끔거리기를 반복하고 있는 준석에게 혁준은 중얼거렸다.

"저는 권정록 변호사님을 믿습니다. 그 남자라면 우리 윤서, 믿고 맡길 수 있어요. 그러니까……."

확신에 찬 음성.

'대체 얼마나 봤다고.'

오진심, 아니 오윤서가 로펌『올웨이즈』로 들어가 임시 비서로 위장 취업을 한 것은 고작 몇 달의 일이다. 그런데도 불구하고 고작 몇 달 만에 권정록이라는 남자에 대해 저리 확신을 가지다니.

'마음에 안 들어.'

준석은 괜히 부글부글 속이 끓는 것을 느끼며 혁준의 음성을 뚝 끊었다.

"누가 뭐래?"

"예?"

퉁명스레 외치는 준석을 향해 혁준이 눈을 휘둥그레 떴다. 솔직한 심정으로는 욕설을 퍼붓고 싶은데 생각과는 다른 말이 입 밖으로 흘러나왔다.

"그래서 조 팀장 너 보고 당장 오진심이 데려오라고도 하지 않는 거잖아!"

"아."

혁준은 놀라는 제 시선을 마주하지 않고 고개를 홱 돌리며 투덜대는 준석을 보고 잠시 멍한 표정을 지었다. 그러다 이내 피식 실소를 흘리며 고개를 젓는다. 젠장. 혁준의 웃음소리를 모르는 척하던 준석은 혼잣말을 이어 갔다.

"빌어먹을……. 배우고 매니저고, 웬 변호사한테 꽂혀서는 대표 말이라고는 하나도 안 듣고!"

"하하."

"하하? 하하는 무슨! 몰라! 니들 마음대로 해! 그냥 니들 마음대로 하라고!"

벌떡 일어나 쾅, 문을 닫고 나가는 준석의 모습을 보던 혁준은 고개를 절레절레 저었다. 애지중지해 왔던 딸을 빼앗긴 아버지의 전형적인 모습이었다.

"후우."

핸드폰을 아래로 내린 정록의 입술 사이로 긴 숨이 흘러나왔다. 왠지 모르게 머리가 지끈거렸다. 혁준과 전화를 하기는 했지만 누가 그 이야기를 귀 기울여 듣고 있는지 뻔히 알고 있는 상황이었던지라, 더더욱.

정록은 스윽 눈을 돌렸다. 아니나 다를까, 눈을 반짝반짝 빛내며 저를 쳐다보고 있는 여자가 보였다. 그와 눈이 마주치자 배시시 웃던 여자는 앙증맞기 그지없는 붉은 입술을 달싹였다.

"오빠가 뭐래요? 뭐래요? 뭐라고 해요?"

그가 완벽하게 그녀에게로 몸을 돌릴 사이도 없이, 여자는 물음을 던졌다. 어찌나 빨리 묻는지, 정신이 없을 지경이다. 호기심이 가득한 얼굴을 들이밀며 제 대답만 기다리는 진심을 보자니 어쩐지 헛웃음이 흘러나왔다.

정록은 말없이 진심을 쳐다보았다.

"변호사님!"

진심은 입을 굳게 다물고 있는 정록이 답답했는지, 예쁜 얼굴을 일그러뜨렸다. 그녀의 고운 미간에 대문 하나가 새겨지는 것을 가만히 들여다보던 정록은 긴 손가락을 뻗어 그녀의 미간 사이를 꾹 눌렀다.

'흑!' 하고 낮은 탄성을 터뜨리던 진심이 놀란 듯 그를 쳐다보자 정록은 입술을 달싹였다.

"오진심 씨."

"네!"

그의 입술 사이로 무슨 말이 흘러나올지 잔뜩 기대하는 눈빛. 정록은 진지하기 그지없는 표정을 지으며 말했다.

"내일 미팅엔, 꼭 참석하랍니다."

"……네?"

"이번에도 빠지면 절대로 가만 안 두겠다고 하더군요, 조혁준 씨가."

"어? 그것…… 뿐이에요?"

왠지 아쉬워하는 듯한 그녀의 눈빛에 정록은 아무 말도 하지 않았다.

「우리 윤서…… 앞으로도 잘 부탁드립니다, 권 변호사님. 변호사님이 그럴 리 없겠지만, 이렇게 우리한테서 윤서 데려가셨는데 윤서를 울리신다면…… 가만 안 둘 겁니다.」

별처럼 빛나는 진심의 까만 눈을 들여다보고 있자니 은근한 협박이 담겨 있긴 하지만, 애정이 묻어나는 혁준의 말이 떠오른다.

'인정 받은 건가?'

진심에게 있어, 혁준이나 연 대표는 단순한 연예인과 매니지먼트 관계 이상임을 잘 알고 있다. 그녀의 일을 그 누구보다 걱정했기에 저를 못마땅하게 여긴 것도.

정록은 전화를 끊기 전, 소곤거렸던 혁준의 음성을 되짚어 보다 그만 웃어버렸다. 진심이 홀로 웃음을 터뜨리는 정록을 보며 눈을 동그랗게 뜨는 것이 보인다. 정록은 어리둥절해하는 그녀에게 입을 열었다.

"오늘 이후로 오진심 씨를 울린다면, 가만 안 두겠다는 말도 하더군요."

"어머!"

"어쩐지 기뻐하는 얼굴이군요."

정록이 실실 웃는 그녀를 보고 눈을 가늘게 뜨며 물었다. 그러자 진심이 하얀 이를 드러내더니 정록의 허리를 쿡쿡 찌르며 눈웃음을 지었다.

"에이, 참. 변호사님도. 제가 왜 그러는지 아시면서."

음흉하다는 표현이 더 어울리는 그녀의 얼굴에 정록은 어이없다는 듯 고개를 가로저었다.

"어, 저기⋯⋯."

그때였다.

"분위기 좋은 상태에서 매우 미안한데⋯⋯ 나, 아직 여기 있거든?"

서로를 바라보며 눈빛을 교환하던 두 사람은 저 멀리 식탁 쪽에서 들려오는 목소리에, 동시에 고개를 돌렸다. 그런 그들의 시야로 식탁 위에 팔을 올려 둔 채 손으로 턱받침을 하고 있는 또 다른 여자의 모습이 들어왔다. 여름이었다.

"흠흠."

싱글벙글 웃는 여름이 구경꾼처럼 그들을 지켜보고 있자, 정록은 어색한 헛기침을 흘렸다.

"유 검사님, 아직 계셨어요?"

하지만 그와는 달리 진심은 오히려 뻔뻔스럽게 여름을 바라보며 말을 건넸다. 깜짝 놀란 정록과는 달리 여름은 큭큭거리며 중얼거렸다.

"역시 윤서 씨, 제 스타일이라니까요?"

"저도 검사님이 마음에 들어요."

"그럼 우리 오늘도 밤새도록 놀까요? 나 금방 일 갔다가 돌아올 테니까, 여기서 쉬고 있어도 돼요!"

"어머! 그거 괜찮은 생…… 변호사님?"

여름의 말에 힘차게 고개를 주억이던 진심은 어느새 손을 뻗고 있는 정록의 손길에 뒤를 돌아보았다. 진심을 비롯한 여름의 어리둥절한 눈동자까지 정록을 향했다.

정록은 진심이 아닌 여름을 쳐다보며 말했다.

"네 집은 안 돼."

"뭐?"

여름이 뜬금없는 그의 말에 미간을 좁혔다. 정록의 단호한 말은 이어졌다.

"오진심 씨한테 뭘 먹일지 몰라서. 내가 안심이 안 돼."

"야! 날 대체 어떻게 보는 거야!"

"풋."

버럭 소리치는 여름과 두 사람을 주시하며 웃음을 터뜨리는 진심의 시선에도 정록은 흔들리지 않았다. 그는 '갑시다, 오진심 씨' 하며, 입을 쭉 내밀고 있는 여름에게 손을 몇 번 휘저어 준 뒤 그녀의 집을 나섰다.

"변호사님."

"네."

"그런데 우리…… 어디 가는 거예요?"

여름의 오피스텔 주차장에 차를 세워 두고 올라온 지 꽤 많은 시간이 흘렀다. 술에 잔뜩 취한 진심이 깨어나기를 기다리고, 또 그녀를 데리고 밖으로 나오기까지의 모든 시간.

그녀의 두 눈을 바라보며 진심이 깨어나면 하려던 말을 꺼내기까지 몇 번을 연습했는지 모른다. 여름이 모처럼 긴장하고 있는 자신을 놀려 댔지만, 애써 무시하며 계속.

결과적으로 성공적인 고백이었고, 그녀가 함박웃음을 지으며 그를 와락 끌어안는 순간 가슴이 안도하는 것을 느낄 수 있었다. 오늘까지 휴가인 것이 천만다행이라 생각하며 액셀러레이터를 누르려던 정록은 조수석의 벨트를 채워 주다 그녀에게 시선을 고정시켰다.

"글쎄요. 어디로 가면 좋을까요?"

정록은 천천히 그녀에게서 물러나며 중얼거렸다. 고민하는 그를 따라 진심 역시 심각하게 머리를 굴리기 시작했다.

"오진심 씨네 집은……."

"어휴, 절대로 안 돼요!"

"그렇겠죠?"

"네. 특종 잡아내려고 안달 난 기자들이 한둘이 아니라고요. 변호사님 차 타고 제가 떡하니 내리면……."

몸을 부르르 떠는 진심을 보자니 그녀의 집으로 향해서는 안 될 것 같다.

정록은 고심하기 시작했다.

그럼 어쩌지. 그렇다고 타인의 시선을 받을 수 있는 공공장소에 그녀를 데리고 갈 수도 없는 노릇이고, 호텔은 당연히 안 된다. 올웨이즈로 향했다가는 휴가가 의미가 없으니.

"변호사님."

한참 생각하고 있던 정록의 귀로 그를 부르는 진심의 음성이 들려왔다. 스윽 눈을 돌리니, 진심이 씩 웃으며 정록에게 미묘한 눈빛을 보내고 있었다. 정록은 그녀의 말을 기다렸다.

진심은 후우 숨을 크게 들이마신 뒤 말했다.

"오늘 휴가라고 하셨죠?"

"예. 오늘까지 얻었습니다."

"그럼 말이에요…… 변호사님 집에 가면 안 돼요?"

"네?"

정록은 제 귀를 의심했다. 무슨 소리를 들었나 싶었다. 놀라 눈을 몇 번 깜빡이는 그를 향해 진심은 볼을 붉혔다. 고개를 푹 숙이는 그녀의 입술 사이로 수줍음을 가득 담은 음성이 나지막하게 울려 퍼졌다.

"저, 오늘 밤엔…… 변호사님이랑 함께 있고 싶은데."

"……!"

"안 될까요?"

❖

"헉!"

"어머!"

철컥 문이 열리자마자 뒤를 돌아보던 정록과 그를 따라 집 안으로 들어가려던 진심의 눈이 마주쳤다. 하마터면 그의 품에 쏙 안길 뻔해서인지 심장이 마구 쿵쾅거렸다.

"조심…… 하십시오."

"네? 네……."

일전에 와 본 적이 있었던 정록의 집이었지만, 마치 처음 방문하는 것처럼 가슴이 들썩였다.

진심은 후끈한 열기가 몸을 감싸는 것을 느꼈다.

어?

"변호사님."

"……"

"변호사님!"

"예?"

"안 들어가세요?"

"아, 들어가야죠. 들어갑니다."

진심은 현관에 우두커니 서서는 더 이상 앞으로 나아가지 않는 정록에게 물었다. 정록이 깜짝 놀라 그녀를 내려다보더니 황급히 집 안으로 들어갔다.

진심은 평소의 냉철한 그와는 달리 정록이 몹시 동요하고 있음을 인지했다.

'나만 긴장한 게 아닌가 보네.'

당황한 그를 보자니 괜히 입꼬리가 씩 올라갔다.

'내가 너무 노골적이었나?'

허둥지둥 집 안으로 자신을 들이고선 '청소를 하지 않아 집이 매우 더럽습니다'라고 말을 덧붙이는 정록의 모습은 확실히 그녀가 알고 있는 평소 모습과는 달랐다. 분명 깨끗이 정리되어 있는 집이었지만, 저와 거리를 두기 위해 일부러 일거리를 만드는 느낌이랄까.

진심은 자신을 거실의 소파 앉혀 놓고선 잠시 멀어져 있는 정록을 바라보며 속으로 생각했다.

두근두근. 두근두근.

하지만 평상시와 다른 것은 그녀 또한 마찬가지였다.

'대범해. 아주 대범했다고, 오진심!'

진심은 그를 향해 속에 든 말을 거리낌 없이 했던 자신을 떠올리며 호흡을 골랐다.

「저희 집……이요?」

한참 동안 입을 굳게 다물고 있던 정록이 긴 침묵 끝에 흘리던 목소리가 떨리던 것을 잊을 수 없었다. 정록은 '예' 하고 대답하는 진심을 혼란스러운 눈으로 내려다보았다.
진심은 숨을 크게 들이마신 뒤, 그를 쳐다보기 위해 고개를 들었다.

「네! 변호사님 집이요! 아무래도 저희 집이나 다른 곳보다는 변호사님 집이…… 안전할 것 같은데.」
「…….」
「아! 물론 곤란하시다면, 제가 다른 방법을…….」
「알겠습니다.」
「네?」
「저희 집으로 가죠.」

정록의 성격상, 자신이 곤란하다면 아무리 연인인 자신에게라도 솔직하게 곤란하다고 말했을 것이다. 그러나 그는 그렇게 말하지 않았고, 지금 이렇게 저와 함께 그의 집에 들어와 있다.
쿵쾅쿵쾅.
'진정해. 진정하라고, 심장아.'
진심은 후우, 후우 한 번 더 숨을 내뱉다 들이마셨다. 그리고는 멀어졌던 정록이 다시 돌아오기를 기다리며 다소곳이 소파에 앉아 있었다.
"오진심 씨."
정록이 돌아온 것은 몇 초의 시간이 흐른 뒤였다. 진심은 손님용 침실로 들어갔던 정록이 두 손 가득 들고 온 서류들을 거실의 복도에 내려놓는 것을 지켜보았다.

그는 잠시 굳은 얼굴로 행동을 마친 후 그녀에게 걸어왔다.

"어느 방의 침대를 사용하시겠습니까?"

"네?"

진심은 심각하기 그지없는 표정으로 묻는 정록을 빤히 응시했다. 정록은 진지하게 말을 이어 나갔다.

"솔직히 고백하자면 손님방보단 제 방의 침대가 훨씬 더 폭신합니다. 그러니 오진심 씨가 원하신다면 제 방을 사용하셔도……."

"잠깐!"

"예?"

"잠깐만요, 변호사님!"

손을 들어 올려 그의 말을 저지한 진심에게 정록이 의아한 표정을 지어 보였다. 진심은 미간을 좁히며 물었다.

"지금 변호사님 말씀은, 각자 다른 방에서 잠을 자자고 하시는 거죠?"

"잘못됐습니까?"

한참은 잘못됐지!

의아해하는 정록을 올려다보던 진심이 입을 쭉 내밀며 대답을 거부했다. 그녀의 행동을 이해하지 못하던 정록은 더 말을 잇지 않고선 뭔가를 생각했다.

"아……."

곰곰이 사고회로를 움직이던 정록의 잇새로 낮은 탄성이 터져 나왔다. 그가 유독 긴장한 이유가 그것 때문인 줄 알았는데 단순히 집 안으로 자신을 들였기에 그랬던 거였나, 하고 생각하던 진심이 투덜거렸다.

"그럼 저만 그렇게 생각한 거였어요?"

"그게……."

"전 변호사님이 동의하시길래, 당연히 오케이하신 줄 알았는데. 뭐야. 나 완전 밝히는 여자 되어 버렸잖아요."

"오, 오진심 씨."

"후우. 그럼 변호사님은 아무것도 모르고 저를 이 집으로 들이신 거였네요. 긴장한 것도 그냥 자기 집에 애인을 들여서 그랬던 거였고."

"……!"

"그렇다면…… 어쩔 수 없죠. 기대를 하지 않은 건 아니지만 아직 변호사님이 마음의 준비가 덜 된 듯하니, 이미 된 제가 기다려 드리는 수밖에."

"……."

"어느 방의 침대가 폭신하다고 하셨죠? 변호사님 방이라셨나? 그럼 흔쾌히 제가 그 방을 사용…… 앗!"

과장된 표정과 몸짓으로 정록에게 말하던 진심이 그의 침실 쪽으로 몸을 돌렸다. 그녀가 막 한 걸음, 앞으로 나아가려 할 때, 진심은 갑자기 몸이 공중으로 붕 뜨는 것을 느꼈다.

두근두근.

제 것인지, 아니면 타인의 것인지 근원지를 알 수 없는 심장 소리가 귀를 가득 울렸다. 진심은 어느새 얼굴 위에서 느껴지는 뜨거운 숨결에 눈꺼풀을 슬며시 들어 올렸다.

정록의 검은 눈동자가 자신을 내려다보고 있었다. 두 손으로 저를 번쩍 안아 든 정록의 붉은 입술이 보인다. 진심은 입꼬리가 자꾸 찢어지려는 것을 꾹 참으며 그를 올려다봤다.

"오진심 씨."

정록의 가라앉은 눈동자에 비친 제 모습이 그 어느 때보다 빛난다. 진심은 그 모습에 취한 듯 멍하니 고개를 끄덕였다. 정록의 다음 말이 들려왔다.

"후회하지 않겠습니까?"

후회?

그럴 일은 절대로 없다. 저를 향해 사랑한다 말했던 그의 말이 아직도 선명하게 머리를 맴돈다. 어찌나 기뻤는지, 눈물이 주르륵 흘러내릴 정도로 행복했다.

정록의 사랑을 받을 수 있다는 것이 꿈처럼 느껴져 깨고 싶지 않을 정도다. 그를 더욱 가까이서 느끼고 싶다. 단순히 입을 맞추고, 키스를 하고, 포옹을 하는 것을 뛰어넘어 정록과 하나가 되고 싶다.

이미 오래전부터, 그렇게 생각했고 또 원해 왔다. 언제 말을 꺼내는지 타이밍만 재고 있었을 뿐이다. 그런 상황에서 후회?

"후회할 거였다면, 이곳에 오자고도 하지 않았을 거예요."

그의 품에 쏙 안긴 채 팔을 뻗어 정록의 목을 감싸던 진심이 마음에서 우러난 말을 꺼내자 정록의 숨이 거칠어졌다. 정록은 확신에 찬 진심의 눈을 내려다보더니 몸을 살짝 비틀며 침실 쪽으로 발을 뻗었다.

"각오, 단단히 하세요."

"왜요?"

의문 섞인 눈으로 저를 바라보는 진심에게 정록은 입술을 달싹였다.

"오늘 밤은 재우지 않을 거니까요."

나지막하게 중얼거리던 정록의 음성에 힘이 실렸다. 진심은 쿡쿡 웃으며 그의 품을 파고들었다.

두근두근.

가슴이 요동친다.

"여기예요, 윤서 씨!"

손을 마구 흔드는 몸짓에서 반가움이 느껴졌다. 종업원의 안내를 받아 움직이던 진심이 빙긋 웃으며 고개를 까딱이자 상대 역시 환한 미소를 짓는다.

몸을 움직이는 것이 약간 불편하긴 했지만, 최대한 태연하게 앞으로 걸어 나간 진심은 오늘의 약속 상대인 여자에게 인사했다.

"오랜만에 뵈어요, 이 작가님."

이세진.

진심이 로펌 올웨이즈에서 일하게 된 결정적 원인인 여자. 대한민국 최고의 인기 드라마 작가이자, 흥행보증수표. 그리고 진심을 새롭게 태어나게 해 줄 구원투수.

진심은 하얀 이를 드러내며 손을 좌우로 흔드는 세진에게 맑은 눈웃음을 그려 보였다.

"그땐 대체 어떻게 된 거였어요? 혹시 저랑 일 안 하겠다고 하는 줄 알고 얼마나 걱정했는지 알아요?"

"하하, 죄송해요. 당시엔 도저히 갈 수 없던 개인적 사정이 있어서……. 그래도 기다려 주셔서 감사해요. 저 정말 끝인 줄 알았어요."

"어머, 윤서 씨도 참. 이번 대본은 처음부터 윤서 씨를 염두에 두고 작업한 글인걸요! 이제 와 솔직히 고백하자면, 저 작업할 때 다른 배우는 생각도 안 했어요. 그래서 제가 오히려 걱정했다니까요? 전 윤서 씨가 아님 안 되거든요. 이번 관계에서 약자는 저예요, 저."

진심은 몸을 파르르 떨며 천만다행이라 중얼거리는 세진에게 말없는 미소를 지었다. 마침 종업원이 들어와 향긋한 향이 나는 커피를 가져왔고, 진심은 선글라스를 낀 채 고맙다는 듯 고개를 끄덕였다. 실내에서도 선글라스와 목도리를 두르고 있는 진심이 누구인지 알아차린 종업원이 웃음으로 화답하며 나서자 흠흠, 이세진 작가가 화제를 돌리는 기침을 했다.

"윤서 씨."

진심은 저를 부르는 세진을 직시했다.

"제가 오늘 윤서 씨를 뵙자고 한 건, 여러 가지 이유가 있어서예요."

"무엇이든 말씀하세요."

이곳으로 오기 전, 이미 혁준과 만나 몇 가지 이야기를 들었던 진심은 각오했다는 듯 얼굴을 아래위로 주억였다. 진심이 결의에 찬 표정을 지어 보이자 빙긋 미소를 그리던 세진은 굳게 다물고 있던 입술을 달싹였다.

"일단 제가 윤서 씨에게 가장 먼저 묻고 싶은 건……."

꿀꺽, 침이 목구멍을 타고 아래로 넘어간다. 진심이 떨리는 눈으로 그녀를 바라보는 사이, 세진은 말했다.

"각오, 하고 계신가요?"

세진은 멈칫하는 진심에게 속에 든 다음 말을 꺼냈다.

"윤서 씨가 학생 때 데뷔해서 워낙 탄탄대로를 걸었다는 거, 알고 있어요. 물론 몇 년 전엔 불미스러운 일이 있기는 했었지만 사실이 아니었다는 것도요. 하지만 여전히 대중들에겐 그 인식이 남아 있고, 그걸 바꾸는 것은 쉽지 않을 거예요. 얼마 전 윤서 씨가 겪었던 일로 윤서 씨를 응원하는 사람들이 많이 생기긴 했지만, 이때가 기회다 싶어 다시 컴백한다며 비아냥거릴 사람도 없지는 않을 겁니다. 그래서 저는 이 상황을 돌파할 수 있는 방법은 오직 하나뿐이라고 생각해요."

진심은 세진의 입술 사이로 무슨 말이 흘러나올지 예상했다.

"연기."

"……."

"대중들은 달라진 스타의 모습에 열광하죠. 전 윤서 씨도 그런 기회를 만들 수 있을 거라 확신해요."

진심은 대답하지 않았다. 세진의 말은 이어졌다.

"만약 윤서 씨가 그간의 트레이닝에 성실했다면 틀림없이 이번 드라마에서 달라진 모습을 보여 줄 수 있을 거예요. 전 분명 그렇게 생각하거든요. 윤서 씨의 연기가 부족하다고 평가받는 건, 당신이 정말 연기를 못해서가 아니라 경험이 부족해서였다고. 그러니 실제 로펌에서 비서 일을 하고, 또 그들이 어떤 식으로 일하는지 배웠던 윤서 씨는 틀림없이 제 드라마를 이끄는 데 가장 큰 공신이 될 거예요. 그건 제가 장담해요."

"……."

"어때요, 윤서 씨. 처음 시작은 쉽지 않겠지만, 연예계로 다시 복귀할 각오가 되어 있나요? 그러니까. 윤서 씨가 다시 당신의 날개를 펴서 찬란하게 날 준비가 되어 있는지 묻고 있는 거예요."

씩 웃는 세진의 눈동자가 맑게 일렁였다.

'드디어……!'

드디어, 이 순간이 찾아왔다.

가슴이 벅차오른다.

진심은 파르르 떨리는 입술을 꽉 악물며 지난날을 떠올려 보았다. 짧은 시간 동안 수많은 일들이 눈앞을 스쳐 지나간다.

이세진 작가에게서 이 말을 듣기 위해, 얼마나 많은 시간을 기다렸던가. 그 생각을 하자니 왠지 가슴이 울컥해졌다. 진심은 하아, 길게 숨을 뱉으며 호흡을 골랐다.

"작가님."

적잖은 시간 동안 말을 잇지 않던 진심은 잠시 아래로 내린 눈을 천천히 위로 올리며 세진에게 시선을 고정시켰다. 세진이 기대를 담은 눈으로 저를 바라보고 있었다.

두근두근.

가슴이 뛰어 참을 수 없었지만 진심은 속에 든 말을 끄집어내기로 했다.

"네."

"저, 준비됐어요."

한 자, 한 자.

반짝이는 눈을 그녀에게 고정시키며, 진심을 다해.

"복귀할 각오, 모두 마쳤어요."

꽉 움켜쥔 손에 힘이 들어간다.

진심은 마음을 담아 말했다.

"정말 열심히 준비했고 또 누구보다 최선을 다할 각오, 되어 있어요. 그러니까 저한테 맡겨 주세요."

두고 봐.

달라진 오진심.

아니, 완벽한 연기를 선보일 오윤서를 대중들에게 보여 줄 테니!

"얼굴이 아주 폈네, 폈어."

정록은 뒤편에서 들려오는 목소리에 고개를 돌렸다. 엘리베이터를 기다리고 있는 자신을, 팔짱을 낀 채 노려보고 있는 연준규 대표 변호사가 보였다. 정록은 제 옆으로 다가와서는 연 대표를 가만히 바라봤다.

"뭐 인마. 난 투정도 못 부리냐?"

"……."

"제길. 누군 며칠 동안 기자들한테 밤잠도 못 잘 정도로 시달리고 있는데, 자기 혼자 휴식 갖고. 그래. 좀 쉬니까 좋냐? 좋아?"

다짜고짜 대표실로 찾아가 '이틀간 쉬겠습니다'란 말만 남긴 채 돌아섰던 제 모습을 잊지 않은 것이 분명하다. 정록은 투덜거리며 마침 열린 엘리베이터 안으로 걸음을 옮기는 연 대표를 따라 들어갔다.

픽 웃는 정록을 보고 연 대표가 인상을 썼다.

"너 인마, 진짜 오윤서 해고한 거냐? 그런 거야?"

각각 15층과 17층 버튼을 누른 후 엘리베이터가 올라가기를 기다리는 상황. 둘만 있던 엘리베이터 안에서 궁금증을 참지 못한 연 대표가 홱 고개를 돌리더니 정록에게 물었다.

정록의 검은 눈이 연 대표를 향했다.

"예."

"이 자식이 진짜!"

"하지만 그 말을 사과하고, 돌아오라고도 했습니다."

"……뭐? 사과? 네가?"

엘리베이터는 막 5층에서 멈춰 섰다.

드르륵 문이 열리는 것을 확인한 정록이 지나가듯 말을 던지자, 연 대표의 눈이 동그래졌다.

정록이 웬만해선 사과를 하지 않는 사람이라는 걸 알고 있었기에, 연 대표의 구겨진 얼굴이 금세 환해졌다. 그녀가 돌아올 것을 확신하는 것처럼.

두근두근 뛰는 연 대표의 심장 소리가 정록의 귀에까지 들렸다. 어쩐지 웃음이 흘러나왔다.

"오윤서가 뭐래!"

"궁금하십니까?"

"당연히 궁금하지! 돌아오겠대? 그러겠대?"

"……."

"권 프로!"

"못 오겠답니다."

고개를 가로젓는 정록의 대답에 연 대표가 눈에 띄게 실망했다. 그는 아무래도 약간의 희망을 가졌던 모양이었다. 정록은 그런 연 대표를 내려 다보며 말을 이었다.

"곧 복귀를 할 것 같다더군요."

"아…… 뭐, 하긴. 그렇겠지……. 요즘 한창 난리인 그 드라마 어쩌고 에 들어갈 생각인 거로군. 흠. 그 세계로 돌아가기로 결심한 건가, 그럼?"

"아마도 그런 것 같았습니다."

"……."

"대표님?"

"아쉽네. 처음엔 사고뭉치였지만, 갈수록 쓸 만한 인재였는데……."

긁적긁적, 연 대표가 쓴웃음을 흘리며 뒷머리를 벅벅 긁었다.

"그러게 말입니다."

정록 역시 그의 말에 부정 않고 나지막하게 중얼거렸다. 연 대표는 15 층에서 멈춰 선 엘리베이터를 발견하고선 정록의 등을 세게 후려쳤다. 엘리베이터 밖으로 나가던 정록이 갑작스러운 스매싱에 뒤를 돌아보며 인상을 쓰자 연 대표는 외쳤다.

"그건 그거고, 이건 이거야! 이틀 쉬었으니 앞으로 일 제대로 해, 권 프로. 네 멋대로 휴가 통보하고 사라지는 건 이제 더 안 봐준다?"

흥, 콧방귀를 뀌는 연 대표의 눈이 무시무시했다. 정록은 흐리게 웃었다.

"참. 그리고 오윤서 건으로 처음 너랑 약속했던 건, 조만간 지켜 줄 테니 짐 정리하고 있어. 그렇게 외쳤던 비서도 곧 구해 줄 테니 기다리고. 그럼!"

제 말만 끝낸 채 연 대표는 닫힘 버튼을 눌렀다. 정록은 17층을 향해 엘리베이터가 올라갈 때까지 잠시 서 있었다.

'……'

집무실로 향하는 동안 뜨거운 시선이 느껴졌다. 특히나 며칠 전 정록에게 일격을 당했던 비서들이 그의 행동 하나하나를 주시하고 있는 것이 보인다.

정록은 태연한 얼굴로 집무실 앞 복도 쪽으로 들어섰다. 이젠 물품 하나 없는 집무실 앞의 책상 위가 허전하다. 그러나 그녀에게 나가라고 했던 그날보다는 마음이 가볍다.

슬슬 연락 올 때가 됐는데.

그녀의 빈자리를 지나쳐 집무실 안으로 들어온 정록이 막 브리프케이스를 책상 위로 올려 둘 때였다.

"……!"

정록은 지이잉, 울리는 핸드폰 진동을 느끼고선 통화 버튼을 눌렀다. 그가 '네' 라는 말을 하기도 전, '변호사님!' 하고 정록에게 소리치는 여자의 낭랑한 음성이 귀를 울렸다.

정록의 입꼬리가 스르륵 올라갔다.

양반은 못 되는군.

그녀를 약속 장소에 데려다준 후 곧바로 올웨이즈에 직행했던 터라, 그녀가 무슨 일로 그곳에 갔는지 알고 있었다. 정록은 미소를 머금은 채 물었다.

"어떻게 됐습니까?"

― 어떻게 됐을 것 같아요? 맞혀 보세요!

"글쎄요. 목소리 톤이 올라간 걸로 보아선⋯⋯."

― 보아선?

"하기로 했습니까?"

한 번 더 묻는 정록의 질문에 답변 대신 쿡쿡 웃는 소리가 들려왔다. 정록은 들떠 있는 그녀를 따라 웃어 버렸다. 신이 난 진심은 소리쳤다.

― 네! 저, 곧 촬영 들어갈 것 같아요! 복귀, 할 수 있을 것 같아요! 전부 변호사님 덕분이에요! 사랑해요, 변호사님!

쿵!

― 무슨 소리예요?

"⋯⋯."

― 변호사님?

"아무것도⋯⋯ 아닙니다."

엉덩이가 얼얼해지는 것을 애써 참으며 정록은 중얼거렸다. 하마터면 들고 있던 핸드폰을 떨어뜨릴 뻔했다. 정록은 깜짝 놀라 주저앉았던 몸을 일으키며 한숨을 내쉬었다.

그렇게 순식간에 다리의 힘이 풀려 버리다니. 자신이 하는 건 그리 어렵지 않은데, 상대에게서 듣는 그 말에는 적응이 쉽게 되지 않는다. 정록은 어젯밤 침대에서도, 오늘 아침 그녀의 배웅 길에서도, 그리고 조금 전에도 들었던 진심의 말에 심장이 콩닥콩닥거리는 것을 느꼈다.

후끈한 열기가 몸을 휘감았다.

― 참! 그런데 변호사님. 저, 한 가지 묻고 싶은 게 있어요.

"뭡니까?"

― 변호사님. 롱디 커플도⋯⋯ 괜찮으세요?

"롱디?"

─ 장거리 연애요!

"아."

설명을 덧붙이는 진심의 말을 들은 정록의 얼굴이 어두워졌다. 진심의 말이 이어졌다.

─ 오늘 이 작가님한테 들었는데, 초반부엔 아마 미국 로케가 있을 예정이래요. 여주인공이 미국에서 대학을 나온 설정이고, 남주인공이랑 그곳에서 부딪칠 거래요. 뭐, 자세한 건 조만간 대본을 봐야 알겠지만 두 달 정도는 미국 촬영을 하고 돌아올 거라서…….

"그렇습니까?"

─ 그, 그래서 걱정되는 게…… 벼, 변호사님은 혹시…….

"미국이랑 시차가 열세 시간이었나요, 아님 열네 시간이었나요?"

─ 네?

"낮과 밤이 바뀌게 되겠군요. 하지만 전 밤잠이 그리 많지는 않으니, 괜찮겠어요."

─ ……!

"문제없으니 걱정 마십시오, 오진심 씨."

언제나 힘찬 그녀의 목소리에 왠지 힘이 없다 생각했는데, 이런 이유였나. 정록은 픽 웃으며 대수롭지 않게 대꾸했다. 그러자 잠시 말이 없던 진심이 약간의 시간이 흐른 뒤, 호호 웃음을 터뜨렸다. 그러다 호흡을 고른 그녀가 중얼거렸다.

─ 롱디 커플은 싫다고 차이면 어쩔까, 엄청 고민했어요!

"그럴 거라면 애초에 만나지도 않았을 겁니다."

─ 하긴. 변호사님 성격상, 그랬겠죠?

키득거리던 그녀의 음성에 활기가 띠는 것이 보기 좋다. 진심의 환한 얼굴이 보고 싶어졌다. 가슴이 조금 간질거리는 것 같기도 하다.

"몇 시쯤 마칠 예정입니까?"

결국 참지 못한 정록은 말했다.

— 음. 글쎄요. 오늘은 혁준 오빠랑 대표님 만나야 할 것 같아요. 두 사람한테 빚이 좀 많아서 설교 좀 듣는다고 시간도 걸릴 것 같고……. 다 끝나면 늦어도 일곱 시나 여덟 시쯤 아닐까요? 왜 그러세요?

정록은 손목에 찬 시계를 흘긋거렸다. 현재 시각, 열한 시. 늦은 출근을 했던지라, 벌써 점심과 가까워졌다. 그럼에도 불구하고 그녀와 다시 만나려면 아직 여덟 시간 정도가 더 남았다.

'얼른 보고 싶은데.'

고민하던 정록은 다문 입술을 달싹였다.

"그럼 그쯤에 데리러 가겠습니다."

— 어? 정말요?

"예. 조혁준 씨랑, 연준석 대표님께 드릴 말씀도 몇 가지 있고……."

— 좋아요! 그럼 두 사람한테 변호사님이 나중에 오신다고 말씀드릴게요!

"그렇게 하세요."

슬슬 통화를 끊고 업무에 집중할 시간이다. 집무실 밖에서 누군가와 전화 통화를 하고 있는 자신을 흥미로운 시선으로 주시하고 있는 몇몇 변호사들과 비서들이 보였다.

그들을 한 번 흘긋거린 정록은 뒤를 돌아선 채 진심에게 끊자고 말했다.

— 잠깐만요!

종료 버튼을 누르려던 정록의 행동이 멈추었다. 진심의 다급한 외침 때문이었다. 정록이 왜 그러냐는 듯 기다리고 있자, 호흡을 길게 내쉬던 진심이 결의에 찬 음성을 뱉어 냈다.

— 저 오늘도…… 변호사님 집에서 자도 되죠?

"……예?"

정록은 순간적으로 숨을 크게 들이켰다. 당황한 정록의 귀로 진심의
목소리가 이어졌다.

— 곧 있으면 미국으로 떠나 두 달은 못 보는데, 그 사이 변호사님이 제
거라는 도장을 마구마구 찍어놓으려고요!

"……!"

— 너무 잘난 사람이라서, 제가 떠나 있을 사이 다른 사람이 채어 갈까
봐 걱정이 돼요. 그 사이 변호사님이 딴말 못 하게 제 거라고 확실히 해
둬야지, 아님 안심이 안 될 것 같다고요.

"하, 하하."

— 어? 뭐죠, 그 웃음은? 설마 제 도장이 마음에 안 든다는 건가요?

"네?"

— 뭐야. 정말인가 보네?

"아. 그게 아니라……."

— 흥. 됐어요! 칫. 저도 변호사님 못지않게 잘난 사람이거든요? 변호
사님이 이렇게 나오면, 미국 가서 엄청 잘난 외국 모델이랑 확 사고
를……!

"오진심 씨."

— 왜요!

퉁명스러운 목소리가 핸드폰 너머로 들려왔다.

정록은 진심의 그 말이 저를 자극하기 위해 한 말이라는 걸 뻔히 알고
있음에도 불구하고, 속이 부글부글 끓는 것을 인지하며 말했다.

"떠날 때까지, 잠은 글렀다 생각하십시오."

똑똑.

문 두드리는 소리에 짙은 어둠이 깔린 서울의 밤을 내려다보던 남자가 몸을 돌렸다. 들어오라는 말을 하지 않았음에도 불구하고 문을 열고 들어온 남자의 비서가 저를 빤히 주시하는 남자의 앞에 멈춰 섰다.

손에 들고 있던 무언가를 스윽 내미는 비서에게 그것을 건네받은 남자의 눈동자가 일렁였다. 비서는 말했다.

"내일 발행될 조간신문입니다."

가만히 헤드라인을 주시하는 남자를 향해 비서는 설명했다. 남자는 잠시 고개를 끄덕인 후 손을 휘휘 저었다. 달칵. 다시 문이 닫히고, 고요가 깔리기 시작한 남자의 방.

그는 정치나 사회 문제가 아님에도 불구하고 조간신문 1면을 장식한 한 여자 연예인의 얼굴을 말없이 응시했다. 요 몇 주 동안 그녀의 일로 대한민국이 시끄러운 것을 그 역시 모르지 않았다.

연예계 은퇴까지 선언하며 나갔던 여배우가 과연 컴백을 할 것인가 말 것인가는 연예계뿐 아니라 대한민국 전체의 관심사였다. 그리고 그 결과가 지금 그의 손에 들려 있었다.

그는 검은 눈으로 1면의 가장 큰 면을 할애한 배우의 헤드라인을 읽어 내려갔다.

《여신의 귀환, 드디어 이루어지다? 오윤서, 공식 입장 발표!》

기사의 내용은 그녀의 소속사에서 배부한 공식 입장문이 주를 이루었다. 그는 마지막 글자까지 놓치지 않고 모두 읽은 뒤 신문을 내려놓았다.

“오윤서라.”

피식 웃는 그의 눈에 이채가 서렸다.

“정말…… 뭐라 말씀드려야 할지 모르겠어요. 그렇게 폐를 끼쳤는데, 또…….”

긴 한숨을 내쉬던 여자가 차마 고개를 들지 못한 채 중얼거렸다. 차분해진 눈으로 그녀를 내려다보던 정록은 고개를 가로저었다.

“그렇게 생각하지 마십시오. 연희 씨도 우리 올웨이즈의 일원이지 않습니까. 가족의 일은 발 벗고 도와줘야 한다고 대표님께서 신신당부를 하셨습니다. 물론, 대표님의 말씀이 없었더라도 도와 드렸을 테지만 말이죠.”

“권 변호사님…….”

많이 지쳐 보이는 여자가 시선을 들어 정록을 응시했다. 우찬의 어머니이자 올웨이즈의 식구이기도 한 연희를 정록은 한동안 지켜보았다. 그러다 마음에 품고 있던 말을 꺼내기 위해 입술을 달싹였다.

“다만, 한 가지 기억해야 할 게 있습니다.”

말을 이어 나가던 정록의 눈빛이 부드러움에서 냉정함으로 변하자 연희의 눈이 동그래졌다. 각오 됐다는 듯, 한 번 얼굴을 주억이는 그녀를 향해 정록은 말을 이었다.

“절대로 흔들려선 안 됩니다.”

그에게 신경을 집중하던 연희의 눈동자가 급격하게 흔들렸다. 정록은 쓴웃음을 흘리며 다음 말을 이었다.

“정재식 씨가 향후 연희 씨에게 무슨 말을 하든, 어떤 호소를 하든 이혼을 하겠다는 지금 이 마음이 변해선 안 됩니다. 우찬이를 위해서라도, 아니…… 연희 씨, 본인 스스로를 위해서라도 말이죠."

"……."

"지금 연희 씨가 가지려는 용기는 쉽게는 다가오지 않을 겁니다. 가정폭력에 시달리던 많은 사람들이 이 용기를 유지하지 못하고, 원래의 가정으로 돌아가곤 했죠. 그리고 또 다른 가정폭력을 낳았습니다. 저는 연희 씨가 다시 불행에 빠지는 걸 볼 수 없을 것 같네요. 그러니 부탁드립니다. 앞으로는 당신 스스로를 위해 사세요."

무엇이든, 마음먹기까지가 힘들다.

그러나 한 번 마음을 먹게 되면, 어떤 일도 할 수 있게 되는 게 바로 사람이다. 진심 어린 정록의 말에 힘차게 고개를 끄덕이는 연희를 보자니 앞으로 그녀의 앞날이 불안하지만은 않다.

정록은 연신 고맙다며 제게 인사를 하는 연희를 보고 흐린 미소를 지었다. 광수대의 유봄 경사에게서 전해 들은 정재식 사건의 현 상황에 대해 읊어 주며 연희의 의지를 다잡게 하고 있던 도중이었다.

정록은 한참 동안 제 이야기를 듣던 연희가 돌연 주위를 두리번거리는 것을 목격했다.

"그런데……."

의아함이 가득한 표정으로 집무실 밖을 말없이 응시하던 연희는 결국 그에게 물음을 던졌다.

"오윤서 씨는 정말 그만두신 건가요?"

아.

무슨 말을 하려기에, 저리 고심하나 싶었던 정록은 연희의 말에 웃음을 터뜨리려다 말았다. 그는 자꾸만 입꼬리가 올라가려는 것을 겨우 참고선 태연한 척 물었다.

"오 비…… 오윤서 씨한테 전하고 싶은 말이라도 있습니까?"

"네? 아, 아뇨. 그런 건 아니지만……."

"괜찮습니다. 제가 대신 전해 드릴 테니 말씀하세요."

연희가 우물쭈물 말을 얼버무리려 하자 정록은 빙긋 미소를 그렸다. 정록의 웃음에 순간 눈을 동그랗게 뜨던 연희는 멋쩍은 듯 옆얼굴을 긁적이더니 나지막한 목소리로 중얼거렸다.

"사과를…… 하고 싶어서."

"사과요?"

"그때, 제가 오윤서 씨한테 너무 막 굴었던 것 같아서요."

아.

"그분의 잘못이 아닌데…… 하아. 당시엔 제가 너무 정신이 없었어요. 나중에 사과하려고 찾아뵈려니 갑자기 기사가 뜨고, 그만두셨다는 이야기만 들었거든요. 게다가 그뿐 아니라……."

그뿐 아니라?

"변호사 수임 비용도 오윤서 씨께서 내주셨고, 저와 우찬이가 새집으로 이사 갈 수 있도록 지원해 준 분도 오윤서 씨라는 사실을…… 얼마 전에 알게 됐어요."

"예?"

정록 역시 알지 못했던 사실이었기에 그는 흠칫 놀랐다.

'오진심 씨가 언제 그런 짓을 한 거지?'

한숨만 푹푹 내쉬며 말을 잇는 연희를 보고 꿀 먹은 벙어리가 되었다.

정록은 조금 충격받은 표정을 지으며 서 있었다. 연희는 멈추지 않았다.

"역시 권 변호사님도 그건 모르고 계셨나 보네요."

"……."

"후우. 제가 한 일도 있는데, 이렇게 물심양면으로 저흴 도와주시는 걸 보고 너무 죄송스러워서 말이죠. 실은 이 모든 지원도 전부 비밀리에 도와주신 것 같았는데, 제가 은인을 알고 싶어 사정하고 또 사정해서 알아낸 거였어요. 겨우 매니저님을 뵐 수 있어 대화를 나눴는데, 사건이 일어날 당시 오윤서 씨께서 직접 자신에게 부탁한 일이라며 살짝 말씀해 주시더라고요. 우찬이와 행복하게 지내라는 말까지 함께."

"……."

"그래서 우찬이를 통해서라도 한 번 찾아뵙고 보답할 방법이라도 어떻게든 찾고 싶었는데……. 우찬이 말로는 요즘 핸드폰 연결이 안 된다고 하더라고요. 곧 연예계 복귀를 앞두고 계신다는 이야기를 듣긴 했지만 혹, 회사에는 한 번 들르시지 않을까 싶어 찾아왔는데……."

말끝을 흐리며 집무실 앞의 빈 책상 쪽을 흘긋거리는 연희가 무슨 말을 하고 싶은 건지 대충 예상이 갔다.

정록은 어쩔 줄 몰라 하는 연희에게 말하기 위해 닫혀 있던 윗입술을 뗐다.

"오진…… 오윤서 씨가 뭔가 보답을 바라고 연희 씨를 도와준 건 아닐 겁니다."

"아."

"그리고 연락이 안 되는 건, 방금 연희 씨께서 말씀하신 대로 복귀를 앞두고 있어서이기도 하고요. 요즘엔 저 역시 연락이 잘 되지 않거든요."

"벼, 변호사님도요?"

"그렇게 됐습니다."

사건 당시, 진심과의 관계를 고백한 정록이 한 말을 기억한 연희가 놀란 표정을 지었다. 정록은 싱긋 웃었다.

당황한 연희가 말을 잇지 못하는 사이, 정록은 손목에 찬 시계를 흘긋거렸다.

현재 시각 오후 네 시.

"그쪽은 한창 새벽이겠군요."

"네?"

"아마 한국과 그쪽의 시차가 달라서 연락을 주고받기 더 어려울 겁니다. 하지만 윤서 씨랑 연락이 닿으면 연희 씨가 한 번 뵙고 싶어 한다고 전해 드리겠습니다. 그러니 너무 마음 쓰지 마십시오."

"……."

"연희 씨?"

진심을 대신하여 연희가 서운하지 않게 변명하던 정록은 저를 뚫어져라 응시하는 연희의 시선에 고개를 갸웃거렸다.

연희는 잠시 주저하다 붉은 입술을 움직였다.

"지금 오윤서 씨는 어디 계시는데요?"

얼마 전, 뉴욕에서 시카고로 촬영지를 옮겼다는 이야기를 들었다. 시차가 한 시간이 더 늘어나긴 했지만, 그렇다고 해서 하루 일과의 마지막인 진심과의 대화를 소홀히 할 수는 없었다.

그래서인지 내일 아침 출근을 해야 함에도 불구하고 정록은 새벽 두 시가 되어 가는 시각에도 깨어 있었다. 아니나 다를까, 지이잉 핸드폰이 울리더니 SNS 메시지가 도착했다.

[변호사님, 자요?]

이모티콘을 사용하며 제 대답을 기다리는 진심의 목소리가 어디선가 들려오는 것 같았다. 정록은 픽 웃으며 키패드를 두드렸다. 그런 제 모습이 사랑에 빠진 소년과 별반 다를 게 없었다.

[벌써 자는 거예요?]

그가 '아뇨'라는 문장을 채 끝내기도 전에 한 번 더, 진심이 말을 걸어왔다. 떨어진 지 한 달밖에, 아니 한 달이나 되어서 그런지 진심이 보내온 글자 하나하나를 음미해 버렸다.

그러다 보니 답장이 늦어졌고, 정록의 대답을 기다리던 진심이 참을성 없이 한 번 더 메시지를 보내온 것이다.

'급하기도 하지.'

원래 쓰고 있던 문자를 지우려던 정록은 그 대신, 바로 통화 버튼을 눌렀다.

— 헉! 벼, 변호사님! 안 주무셨어요?

메시지 답변 대신, 돌연 전화를 걸어 버린 정록의 행동에 놀란 진심의 목소리가 귓가로 흘러 들어온다. 가슴이 간질간질해서 눈웃음을 그리던 정록은 째깍째깍 움직이는 시계를 바라보며 말했다.

"예. 잘 지내고 있습니까?"

— 아, 네! 그, 그럼요! 그런데 톡으로 답하셔도 되는데…….

"답답해서요. 차라리 그냥 목소리를 듣는 편이 나을 것 같다는 생각이 들었습니다. 왜요. 오진심 씨는 제 목소리를 듣는 것보다 메시지를 주고받는 게 더 좋습니까?"

— 그럴 리가요! 당연히 변호사님 목소리 듣는 게 훨씬 좋죠! 완전 좋죠!

바다 건너편에 있지만, 어쩐지 코앞에 있는 것처럼 진심의 음성이 쩌렁쩌렁하게 울렸다. 미소를 짓던 정록은 거실의 소파에서 일어나 침실 쪽으로 걸음을 옮겼다.

"오늘은 뭘 했습니까? 아니, 뭘 할 예정입니까?"

그쪽은 해가 중천에 위치한 오전이라는 것을 잠시 망각했던 정록이 질문을 정정하자 진심이 꺄르르 웃음을 터뜨렸다. 웃던 그녀가 오늘 있을 일정을 읊어 주자 곰곰이 되뇌며 정록은 눈을 내리감았다.

예전엔 미처 몰랐는데, 요즘 들어 새삼 느끼는 것이 있었다. 진심의 맑은 목소리가 그의 귀에 살포시 내려앉을 만큼 듣기 좋다는 사실. 그녀의 음성을 들으며 침대 헤드에 기대어 있으면 저도 모르게 스르르 잠이 오는 것을 몇 번이고 경험했었다.

진심은 단순히 '그건 변호사님이 피곤하셔서잖아요!' 라고 외쳤지만, 정록은 그것과 이건 다르다고 생각하곤 했다. 그래서인지 오늘도, 그녀의 목소리를 들으며 조금 졸아 버렸다.

— 참! 그러고 보니 저 여기서 변호사님 아는 분 만났어요!

"저를 아는 사람이요?"

머리를 한 번 꾸벅이던 정록은 정신을 깨우는 진심의 외침에 눈을 크게 떴다. 진심은 '네!' 하고 힘껏 소리치더니 말을 이어 나갔다.

— 변호사님이 예전에 그러셨잖아요! 대학 시절 방학 때, 아시는 분의 시카고 로펌에서 잠시 인턴으로 일했던 적이 있다고. 그때 같이 인턴으로 일했다던 분이 변호사님을 아신다고 하시더라고요!

그런 사람이 있었나.

갑작스러운 진심의 말에 정록의 미간이 좁아졌다. 진심은 계속해서 설명했다.

— 기억 못 하시나? 그분은 변호사님 아주 제대로 기억하시던데. 모르시겠어요? 라이드 씨라고…….

"윽."

— 변호사님?

"오진심 씨."

— 네?

"그 자식이랑, 절대로 1분 이상 이야기하지 마십시오."

— 예? 그게 무슨…….

"약속해 주세요. 절대…….

— 어? 어어? 어어!

……응?

— 헬로! 오랜만이야, 미스터 공! 나야, 나! 라이드! 헨리 라이드!

진지한 표정으로 진심에게 당부하던 정록의 얼굴이 처참하게 일그러졌다.

정록은 유창한 영국식 영어를 사용하는 굵은 음성에 입술을 잘근 깨물었다.

그의 연인이 전화기를 빼앗긴 상대를 향해 '기브 잇 투 미!' 라 외쳐 대고 있는 것이 들려왔다.

정록은 한숨을 푹 내쉬며 말했다.

『미스터 공이 아니라, 권. 몇 번을 말해야 알아들어, 라이드.』

— 하하, 편하게 부르라니까, 미스터 공!

이 자식이 진짜.

— 네가 미스 오와 알고 지내는 줄 몰랐어. 얼마 전에 미스 오랑 밤새도록 대화하다 네 얘기가 나와서 얼마나 놀랐는지 알아?

밤새도록?

— 아, 변호사님!

— 미스 오! 나 지금 얘기 중인데!

— 잠깐만요, 미스터 라이드. 변호사님한테 설명 좀 하고요.

"……."

— 혹시나 해서 덧붙이는데, 미스터 라이드가 말씀하신 '밤새도록 대

화' 는 순전히 업무적인 일이었어요! 혁준 오빠도 같이 있었다고요!

절대로 오해하지 말라며, 신신당부하는 진심의 말에 정록은 헛웃음을 삼켰다.

'알겠습니다' 라는 대답을 하자마자, 진심의 탄성 소리가 들리더니 걸걸한 남자의 음성이 다시금 들려왔다.

정록의 눈썹이 꿈틀거렸다.

— 고마운 줄 알아, 미스터 공! 미스 오 촬영 도우미로 잠시 왔다가, 너랑 미스 오랑 아주 절친한 사이라고 해서 내가 조금 더 신경 쓸 예정이니까!

"뭐?"

— 하하! 아 참. 나 촬영 끝나면, 미스 오에게 대시도 해 볼 생각인데. 괜찮지? 알 유 오케이?

— 예? 그게 무슨…… 미스터 라이드!

— 어? 우리 부른다. 미스터 공! 촬영 시작되려나 봐. 그럼, 다음에 또 보자고!

— 어어? 잠깐만요! 핸드폰은 돌려…….

떠들썩했던 주변에 고요가 내려앉는 것은 순식간이다. 정록은 진심의 외침과 동시에 뚝 끊어진 핸드폰을 멍하니 내려다보았다.

'방금 무슨 일이 일어난 거지?'

인상을 쓰며 핸드폰을 쥐고 있던 그는 다시금 통화 버튼을 눌렀다.

"……"

하지만 아무리 전화를 걸어 보아도, 진심의 목소리는 들려오지 않는다.

「죄송해요, 변호사님. 촬영이 한 번 시작되면 핸드폰이고 뭐고, 뭐든 압수예요. 이번 감독님이 좀 엄격하시거든요. 감독님도 저도 복귀에 사활을 걸어서 말이죠. 호호호.」

'⋯⋯제길.'

정록은 입술을 잘근 짓눌렀다. 혈관의 피가 멋대로 들끓고 있었다.

헨리 라이드.

한때 정록이 시카고의 로펌에서 인턴으로 일하던 시점, 함께 일했던 동료이자 엄청난⋯⋯.

'난봉꾼.'

화려한 얼굴과 언변으로 수많은 여자들을 울리고 웃겼던 바로 그 남자가 진심의 옆에서 생글생글 미소를 짓는 모습이 눈앞에 선했다. 물론 그녀가 그에게 흔들릴 것 같진 않지만, 신경이 쓰이는 건 어쩔 수 없는 일이다.

조심스레 다가오던 잠이 저 멀리 달아났다. 정록은 동이 틀 때까지 진심에게 전화를 걸었지만, 결국 그녀의 목소리를 듣지 못했다.

"⋯⋯!"

캄캄했던 하늘이 밝아지고, 슬슬 모두가 깨어날 시점. 졸린 눈으로 진심의 전화를 기다리고 있던 정록은 곁에 두었던 핸드폰이 미친 듯이 움직이자 얼른 손을 뻗었다.

"아깐 대체 뭐였습니까? 제가 얼마나⋯⋯."

— 아까? 다른 전화를 기다리고 있었니?

당연히 진심일 것이라 생각하고 전화를 받았던 정록의 심장이 쿵 떨어졌다. 정록은 핸드폰 너머로 들려오는 음성이 그녀의 것과 많이 다르다는 것을 인지했다.

쿵쾅거리던 정록의 심장이 차분히 내려앉았다. 정록은 후우, 숨을 고른 후 말했다.

"어쩐 일이십니까, 어머니."

❖

"좋아."

상대의 눈을 회피하지 않고, 정면으로 바라보며. 자신만만하게, 그리고 힘찬 목소리로.

진심은 저를 주시하고 있는 상대를 향해 떨림 없는 시선을 보냈다.

"네 제안, 받아들여 줄게. 과연 얼마나 엉망진창인 회사인지는 모르겠지만…… 앞으론 걱정 안 해도 될 거야. 내가, 이 민지원이 있는 이상 최준성 네가 있는 로펌은 대한민국 최고의 로펌으로 거듭날 수 있을 테니!"

그녀가 뱉어 내는 대사 하나하나에 집중을 하고 있던 사람들의 눈동자가 일렁였다. 과거엔 이 같은 대사도 제대로 소화하지 못해 뭇 사람들의 고개를 절레절레 젓게 만들었던 배우가 아니었던가.

지나가던 구경꾼들도 의아한 표정을 지으며 그들을 주시할 만큼 시선을 확 끌고 있음에도, 그녀는 흔들리지 않았다. 씨익 올라가는 입꼬리는 진심이, 아니 배우 오윤서가 얼마나 스스로에 대한 연기에 확신을 가지고 있는지 보여 주는 단적인 예였다.

'은퇴했던 동안 대체 뭘 했던 거야?'

짧다면 짧다고 할 수 있는 일 년하고도 몇 개월. 그 사이 그렇게 못하던 연기 실력이 이 정도로 좋아지다니. 의문을 자아내는 일이다.

그녀의 연기를 지켜보던 사람들은 놀라울 정도로 달라져 반짝반짝 빛나기까지 하는 스타에게서 시선을 떼지 못했다.

한편, 마지막 대사를 마친 뒤 오케이 사인만 기다리던 진심은 입가 근처에 경련이 이는 것을 느꼈다.

'언제까지 이러고 있어야 하는 거야?'

슬슬 감독님의 외침이 들려올 때가 됐는데. 예전 같았더라면 이 침묵을 견디지 못하고 홱 고개를 돌려 카메라와 감독이 있는 곳을 응시했을 그녀였지만, 지금은 달랐다.

진심은 쿵쾅거리는 심장 소리를 들으면서도 아무렇지 않은 척 표정을 유지했다. 그리고…….

"컷!"

그토록 기다리고, 또 기다리던 외침이 들려왔다. 진심은 기다렸다는 듯 후우 한숨을 내쉬었다.

짝짝짝, 곳곳에서 박수가 터져 나왔다.

"윤서 씨! 이번 장면, 완전 잘 빠졌어요! 진짜 대박이야!"

수줍게 웃는 진심을 보며 누군가 소리쳤다. 그녀가 주연을 맡은 법정 드라마의 총연출자, 홍광호 PD였다.

그는 빙긋 미소 짓는 진심에게 손짓하며 외쳤다.

"참. 모니터링 해 봐야지? 어서 이리 와요!"

몇 년 전까지만 하더라도 S방송국의 PD였던 홍광호 PD는 진심이 한창 스캔들에 휩싸일 당시 개국한 케이블 방송인 N방송사의 드라마국으로 직장을 옮겼다. 현재는 명실공히 N방송사 드라마국을 대표하는 스타 PD다.

과거 이세진 작가와의 협업으로 수많은 화제를 몰았던 홍 PD가 진심의 드라마의 메가폰을 잡게 된 것이다. 특히나 올 하반기쯤으로 편성 논의를 하고 있는 진심의 복귀 드라마 〈리갈 마인드〉는 케이블 방송사임에도 불구하고 시청자들에게 '믿고 보는 명품 방송국'이라는 칭호를 얻은 N방송국의 회심작이었다.

때문에 두 달이라는 긴 시간을 들여 미국에서 로케이션 촬영까지 하게 된 것이고.

"어때요? 괜찮지? 마음에 들지?"

진심은 제게 눈을 크게 뜨며 묻는 홍 PD의 말에 가만히 모니터를 들여다보더니 픽 웃음을 흘렸다.

"나쁘진 않네요."

"어어? 뭐야, 그 미지근한 반응은? 이런 연기 정도는 이젠 수월하다 이건가?"

"호호, 당연하죠."

진심은 어깨를 으쓱였다.

"감독님. 출국 전에 제가 말씀드리지 않았어요? 저, 예전의 오윤서가 아니에요. 발연기라는 그 별명, 완전히 버릴 각오하고 시작하는 거라고요. 그러니 이 정도 연기는 기본이죠!"

콧대를 높이 세우며 눈꺼풀을 아래위로 내렸다 올리는 진심의 모습에 주변의 스태프들이 큭큭거렸다. 홍광호 PD는 그런 진심의 자신만만함이 마음에 들었는지 연신 고개를 끄덕였다.

미국 일리노이주에 위치한 시카고.

이곳에서 지난 2개월간의 여정을 마무리하는 마지막 촬영을 성공적으로 끝낸 진심은 촬영 도구들을 치우고 있는 스태프들을 바라보고 있었다.

『미스 오. 곧 돌아간다며?』

혁준이 귀국 이후의 일정을 홍 PD에게서 전달받는 모습이 지켜보고 있을 때였다. 그녀는 제 앞을 스윽, 가로막더니 나타난 황금빛 머리카락의 남자를 빤히 올려다보았다.

오른손을 살랑살랑 흔들며 저를 향해 미소를 지어 주는 초록 눈동자의 남자가 시야로 들어왔다. 진심은 그가 내미는 빨간 장미 꽃다발을 얼떨결에 받아 들고선 싱긋 웃었다.

『여긴 어떻게 알고 오셨어요? 한창 바쁘실 텐데.』

향기가 좋네.

진심은 그에게서 건네받은 장미꽃 향기를 맡으며 말했다.

『하하. 미스터 조한테 들었어. 제자의 마지막 촬영은 놓치지 않고 봐야지. 한국어라 무슨 말인지는 하나도 이해할 수 없었지만, 다들 박수를 친 걸 보니 잘 끝냈나 보네. 그치?』

『네!』

『축하해. 그건 그런 의미에서 건네는 선물이고.』

『호호, 고마워요, 미스터 라이드.』

진심은 윙크를 하며 그에게 감사의 인사를 건넸다. 별거 아니라는 듯 여유롭게 손사래를 치는 남자는 미소를 잃지 않고 진심을 응시했다.

황금빛 머리카락의 미남, 헨리 라이드는 30대 중반인 젊은 나이에도 불구하고 시카고에 위치한 유명 로펌인 〈PISHER & HENRY〉의 파트너였다. 게다가 이번 미국 로케이션 동안 드라마 〈리갈 마인드〉의 법률 자문으로 활약하며 촬영 팀에게 적잖은 도움을 주었던 협력자이기도 했다.

다른 주연들보다 미국 촬영분이 많아 그의 자문을 받곤 했던 진심은 지난 두 달 동안 그와 적잖이 친해졌다. 헨리가 무려 정록과도 인연이 있다는 이야기를 듣고 세상이 좁다는 걸 얼마나 깊이 느꼈는지.

'보면 볼수록 참 괜찮은 사람이란 말이지. 변호사님과는 달리 상냥하기도 하고. 하지만…….'

진심은 생글생글 웃는 헨리를 직시했다. 그러다 저도 모르게 툭 말을 꺼냈다.

"역시…… 우리 변호사님이 최고야."

『뭐라고 했어, 미스 오?』

헉.

진심은 자신이 무심코 속에 든 말을 쏟아 낸 것을 깨닫고선 어색하게 손을 저었다.

『아뇨! 아무것도 아니에요!』

서둘러 해명하는 진심을 가늘게 뜬 눈으로 응시하던 헨리는 이내 의심을 거두어들였다. 그는 분주하게 움직이는 스태프들을 바라보고 있더니 제 손목에 찬 시계를 내려다봤다.

『미스 오.』

『네?』

『시간 괜찮으면, 한잔하러 갈래?』

진심은 눈을 동그랗게 떴다. 헨리는 놀라는 그녀에게 얼른 말을 덧붙였다.

『하하, 물론! 미스 오의 동료들도 함께 말이야.』

진심이 짧게 탄성을 터뜨렸다. 헨리는 사람들을 흘긋거리며 중얼거렸다.

『한국 드라마라 내가 제대로 볼 수 없다는 것이 아쉽지만, 촬영을 도와주는 동안 무척 재미있었거든. 그런 의미에서 모두의 성공적인 촬영을 축하해 주고 싶어서. 뭐, 그 후에…….』

헨리는 성큼, 한 발자국 진심에게 걸어왔다.

진심은 눈 깜짝할 사이에 가까워진 헨리를 응시했다.

헨리의 유려한 미소가 짙어졌다.

『미스 오가 나와 조금 시간을 보내고 싶다면, 기꺼이…….』

"헤이, 헤이! 스톱! 스토옵!"

묘한 시선을 보내며 붉은 입술을 달싹이던 헨리가 돌연 진심과 자신 사이로 끼어들며 팔을 흔드는 웬 남자를 발견하고선, 뒤로 물러났다.

"오빠?"

진심은 훠이, 훠이 손까지 휘휘 저으며 헨리를 쫓아내려 하는 혁준을 의아하게 바라보았다. 혁준은 어이없이 저를 내려다보는 헨리를 한참 동안 쳐다보더니 이내 몸을 돌려 진심에게 다가와 속삭였다.

"뭐 하는 거야, 오윤서! 이 버터 자식은 또 왜 이렇게 철썩 붙어 있어? 너 임자 있는 몸이라는 거 잊은 건 아니지?"

"뭐?"

진심은 맹렬하게 저를 쏘아붙이는 혁준을 황당하게 쳐다봤다. 혁준은 인상을 쓰고 '한국말 말고 영어로!'를 외쳐 대는 헨리에게 콧방귀를 뀌며 중얼거렸다.

"망할 버터 자식. 처음 만났을 때도 마음에 안 들었어. 오늘 촬영도 오지 말라고 그렇게 말했는데, 어떻게 알았는지 여기까지 찾아오다니…….대표님 부탁만 아니었으면 이 자식이랑 만날 일도 없었을 텐데."

분명 혁준에게서 오늘 촬영지에 대한 이야기를 들었다고 했던 헨리의 말과는 대조적인 말이었다. 진심은 어색하게 웃음을 흘렸다.

그런 진심의 웃음소리를 들은 혁준이 눈을 치켜떴다.

"너."

"어?"

"다른 남자한테 함부로 눈길 주지 마. 그러다 권 변호사님이 아시면 얼마나 섭섭하겠어! 어휴, 우리 불쌍한 권 변호사님. 오매불망하며 너만 기다리고 계실 텐데…… 여친이 한눈을 제대로 팔고 있네. 하아. 돌아가면 나라도 잘해 드려야지."

지금 이 인간이 무슨 소리를!

"오빠. 대체 한눈은 누가 팔았다고 그래! 나는 우리 변호사님밖에 없거든! 처음부터 끝까지 변호사님뿐이었어!"

진심을 담아 소리치자, 혁준이 움찔거렸다.

'그, 그래?' 하고 되묻는 혁준에게 진심은 씩씩거리며 말했다.

"안 그래도 변호사님 보고 싶은 마음을 촬영 때문에 꾹꾹 눌러 담고 있었는데, 오빠까지 나 열 받게 할래?"

"어? 아, 아니, 그게……."

"오늘 촬영 마무리하고 내일부터 변호사님 볼 수 있을 테니, 이쯤에서 그치는 걸 다행인 줄 알아. 흥!"

진심은 당황하는 혁준에게서 몸을 돌렸다. 그런 진심을 보며 혁준이 '윤서야, 화났어?' 하고 묻는다. 그리고 헨리는 두 남녀의 대화를 곰곰이 귀 기울여 듣고 있다가 '영어로 대화하면 안 돼?' 라고 말을 건넸다.

'아아.'

진심은 그런 두 남자의 질문 세례를 받고 있다 한숨을 푹 내쉬었다.

'보고 싶다, 우리 변호사님……'

한국으로 돌아가면, 곧장 변호사님한테 달려갈 거야!

진심은 주먹을 불끈 쥐었다.

「미스 오…… 내가 조만간 꼭 한국에 들릴 테니, 나 잊지 말고 그때까지 건강해야 해! 그리고 미스터 공한테도 안부 전해 주고!」

괜찮다고 했음에도 불구하고 굳이 배웅을 해 주겠다는 헨리 라이드의 배웅을 받으며, 인천으로 향하는 비행기는 시카고 오헤어 국제공항을 떠났다. 정확히 13시간 15분 만에 대한민국 땅을 밟은 진심은 입국 심사를 거친 후, 스태프들과 간단히 인사를 나눈 뒤 곧바로 서울로 달려왔다.

"다른 사람들한테 안 들키게 조심해. 우리 귀국했다는 거 모르는 사람도 많으니까."

저 역시 많이 피곤할 텐데도 불구하고 진심을 서초동의 법조타운까지 데려다준 혁준은 경고하고 또 경고했다.

진심은 깔깔 웃으며 '걱정 마'라고 대꾸해 주었다.

"안 들킬 자신 있다니까?"

얼굴의 반을 가리는 까만 야구 모자를 꾹 눌러쓴 진심은 마스크를 끼며 V 자를 그렸다. 혁준은 얼른 가라고 손짓하는 진심을 꽤 오랫동안 들여다보더니 고개를 절레절레 저으며 핸들을 돌렸다.

"잘 가, 오빠!"

멀어지는 혁준의 차에 손을 흔들던 진심은 후우, 숨을 골랐다. 그녀는 제 시야에서 혁준의 차가 완벽하게 사라진 것을 목격하고선 씩 웃었다.

'무지 놀라겠지?'

두근두근.

심장이 물 만난 물고기처럼 팔딱거린다. 조금 있으면 만나게 될 사랑하는 남자와의 재회에.

진심은 히히, 웃으며 로펌 올웨이즈가 있는 건물을 향해 힘차게 걸어갔다.

'일하고 계시려나?'

한국에 도착하자마자 정록을 만나러 가는 건 순전히 서프라이즈다.

똑똑, 집무실의 문을 두드릴 자신을 놀란 눈으로 바라볼 그의 모습을 떠올려 보자니 이상하게 가슴이 뛰었다. 물론 지난 로케 촬영 동안 그와 자주 영상통화를 하며 얼굴을 보곤 했다.

그러나 실물을 보는 건 두 달 만인지라 심장의 뜀박질이 멈추지 않는다. 진심은 더욱 깊게 모자를 눌러쓴 채, 앞으로 또각또각 걸어갔다.

'어?'

그런 진심이 올웨이즈의 건물 로비로 막 들어서려 하던 순간이었다. 진심은 제 맞은편에서 걸어오고 있는 여자 무리들을 발견하고선 저절로 멈춰 섰다. 본능적인 반응이었다.

진심은 그들이 한때 그녀와 함께 일했던 올웨이즈의 비서들이라는 것을 금방 알아보았다. 사이가 그리 좋은 편은 아니었지만, 그래도 모른 척할 수는 없었기에 진심은 손을 들어 올리려 했다.

"안녕……."

"정말 그래서 조퇴하신 거야?"

……응?

"그렇다니까."

"의외네요."

"그러게 말이야. 다른 분도 아니고, 권 변호사님이 개인사 때문에 조퇴를 하시다니."

인사를 하려던 진심의 음성이 목구멍 안으로 다시 쏙 들어갔다. 다른 이도 아닌 정록과 관련된 이야기에 행동이 멈춰졌다.

그녀들은 로비 한가운데에 서 있던 진심을 한 번 흘긋거렸다. 중간에 있던 혜선과 눈이 마주친 것 같았지만, 모자와 마스크를 쓰고 있던 상태였는지라 알아볼 리 없다고 생각했다.

아무래도 상대 역시 마찬가지인 듯싶었다. 비서 무리들은 진심을 아무렇지 않게 스치며 중얼거렸다.

"은지 씨. 권 변호사님 개인사 말이야. 뭐랬지?"

앞장서서 걷고 있던 혜선의 질문에 뒤따라오던 은지가 대답했다.

"음, 그게 말이죠."

진심은 뜸을 들이는 은지가 자신을 지나가며 흘리는 말을 똑똑히 들을 수 있었다.

"선이에요, 선. 그러니까 맞선이요."

「대체 언제 손주를 보게 해 줄 거니? 기다리다 지친다, 정말!」

바쁜 정록임을 알기에 비교적 연락을 삼가던 어머니의 전화를 받는 순간 불길한 예감이 스쳤다. 아니나 다를까, 홀로 있는 그를 가만히 내버려 둘 수 없다며 멋대로 맞선 자리를 잡아 오신 거였다.

처음에는 완곡하게, 두 번째는 강경하게 거절의 의사를 전하기는 했다.

그러나 하나밖에 없는 아들을 장가보내겠다는 어머니, 나 여사의 의지는 거셌다.

"엄마랑 아빠처럼 딱 네 살 차이야. 네 살 차이! 너, 남녀 간 네 살 차이면 궁합도 안 보는 거 알지? 후후. 정록아. 잘해. 알았지? 잘해!"

지인의 중요한 이혼 상담을 핑계 대며 정록을 불러낸 나 여사는 주먹을 불끈 쥐며 외쳤다. 아무리 가족 관계라도 철저해야 한다며 수임 계약서 등을 들고 약속 장소에 도착했던 정록은 황당한 표정을 지으며 그녀를 응시해야 했다.

맞선이라니.

'말도 안 되는군.'

이럴 줄 알았다면 나 여사에게 솔직히 고백할 걸 그랬다. 자신에겐 현재 진지하게 만나는 사람이 있다고. 그러나 불현듯 떠오른 목소리에 정록은 그 마음을 접어 버렸다.

「권 변호사님. 이렇게 된 거, 탁 까놓고 말씀드리겠습니다. 연애? 그래요. 마음대로 하십시오. 제가 뭐, 진심이 그 자식을 말릴 수 있는 것도 아니고, 제가 좋다는데 어쩌겠습니까. 대신! 제가 두 사람 사이를 인정해 주는 보답으로 딱 하나만 약조해 주십시오.」

「약조요?」

「네. 우리 오진심이 드라마 방영되기 전까지만, 두 사람 관계에 대해 비밀 유지 부탁드립니다.」

「……..」

「쓸데없는 스캔들로 화제를 끌고 싶진 않습니다. 이번 복귀에서 주가 되어야 할 건 오진심의 연기지, 사생활이 아니니까요. 설마 이것도 어렵다고 하진…… 않으시겠죠?」

진심이 미국 로케이션을 떠난 동안 비너스 엔터테인먼트의 연준석 대표가 찾아온 적이 있었다. 올웨이즈의 연준규 대표 변호사와 동석한 자리에서, 제게 건네던 그의 말이 떠올라 정록은 어쩔 수 없이 고개를 끄덕여야 했다.

그제야 안도했다는 듯 한숨을 내쉬던 연준석 대표도 꽤나 시달린 눈치였다. 정록은 그런 그에게 대놓고 진심과 사귀겠다는 말을 할 수 없었다.

'제길.'

그 덕분에 본의 아니게 이미 만나는 사람이 있음에도 불구하고, 결혼을 전제로 하는 맞선 자리에 나오게 된 상황.

이렇게 되어 버린 이상, 가장 좋은 방법은 최대한 상대의 마음이 상하지 않게 거절하는 거다. 정록은 자신을 안쪽으로 안내하는 종업원을 따라 움직이며 호흡을 가다듬었다.

"즐거운 시간 보내십시오."

검은 옷을 입은 종업원이 멈춰 선 곳은 웬 여자가 앉아 있던 창가 쪽 테이블이었다. 인사를 하고 사라지는 종업원에게 고개를 까딱여 주던 정록은 저를 향하는 것이 분명한 시선을 마주했다.

직업 특성상, 수많은 사람들을 만났던 터라 눈앞의 사람이 대충 어떤 사람인지 직감할 수 있었다. 정록은 만만해 보이지 않는 여자를 내려다보며 입술을 달싹였다.

"안가을 선생님?"

"권정록 변호사님?"

짧은 단발이 잘 어울리는 여자가 픽 웃으며 자리에서 일어나더니 그에게 손을 내밀었다. 스스럼없는 악수 신청에 정록이 주춤하자 여자가 빈손을 흔들며 중얼거렸다.

"잡아 주지 않으실 건가요? 무안해지려 하는데."

정록은 미소를 잃지 않는 그녀를 빤히 바라보더니 팔을 뻗었다.

"반갑습니다."

"저도요. 앉으시죠."

"……."

씩 웃던 단발머리 여자를 쳐다보던 정록은 그녀가 가리킨 의자에 착석했다. 정록이 자리에 앉는 모습을 검은 눈으로 가만히 지켜보던 여자는 눈앞의 머그잔으로 손을 뻗었다.

꿀꺽, 한 모금 물 마시기를 끝낸 여자는 눈을 빛내며 입술을 달싹였다.

"서론으로 길게 시간 끄는 걸 좋아하지 않아요. 그러니 거두절미하고 바로 본론으로 들어가도록 하죠."

본론?

정록은 미간을 좁혔다. 그는 숨을 고르고 있는 여자, 안가을을 직시했다. 안가을은 굳어진 얼굴을 펴지 않은 채 말을 이었다.

"제가 일하고 있는 곳에서 사람이 한 명 죽었습니다."

"……네?"

대뜸 꺼낸 여자의 말이 예상과는 너무 달라 정록은 순간 당황해 버렸다. 그런 그의 모습이 의외라는 듯 오히려 인상을 쓰던 안가을이 날카로운 음성을 흘렸다.

"아시잖아요? 제가 병원에서 일하는 거. 사람이 죽는 건 이곳에선 흔히 일어나는 일이라 그리 놀라실 필요는 없어요."

대수롭지 않게 손을 저어 버리는 그녀의 행동에 정록은 말을 잇지 못했다. 후우 짧게 숨을 고른 안가을이 다음 말을 꺼냈다.

"문제가 되는 건, 환자가 어떻게 죽게 됐느냐와 그에 따른 책임을 누가 질 것이냐는 건데, 몹시 곤란하게도 저와 함께 일하고 있는 동료 의사가 유가족들에게 고소를 당했습니다."

"잠깐. 잠깐만 기다리십시오."

급히 안가을의 말을 끊어 버린 정록은 왜 그러냐는 듯 얼굴을 구기는 그녀를 보며 쓴웃음을 삼켰다.

'이 여자도 마찬가지군.'

그녀가 꺼낸 말로 짐작해 보건대, 그녀 역시 저와 피차 다를 바 없는 상황임이 틀림없어 보인다. 정록은 당사자들을 완벽하게 속여 넘긴 부모들을 떠올리며 쓴웃음을 흘렸다.

"왜 웃으시는 거죠?"

꽤 진지했던 제 이야기를 끊어 버린 정록을 이해하지 못하겠다는 눈으로 응시하던 안가을이 신경질적으로 물었다. 정록은 잠시 머쓱한 표정을 짓다 말했다.

"안 선생님은 제가 무슨 변호사라고 알고 계시는 겁니까?"

"무슨 소리예요?"

안가을은 불쾌하다는 듯 눈썹을 꿈틀거렸다. 정록은 대답 대신 가만히 그녀의 답변을 기다렸다. 잠시 주춤하던 그녀가 뭔가 이상하다는 것을 직감하며 입술을 열었다.

"의료전문 변호사…… 아니세요?"

역시나.

"전 이혼전문 변호삽니다."

"네?!"

"안 선생님께 이 자리를 주선해 주신 분이 누구십니까?"

추궁하는 정록은 변호사답게 날카로웠다. 묘해진 분위기에 주춤하던 그녀가 대꾸했다.

"저, 저희 숙모님이요. 제 주변 이야기를 듣고…… 권 변호사님이 이쪽 업계에서 유명하다는 이야기를 하셨어요."

"숙모님께 속으신 것 같습니다."

"……!"

"저는 의료 쪽이랑은 거리가 멉니다."

빙긋 웃던 정록은 명함 케이스 안에서 제 명함을 하나 꺼내 들며 그녀에게 내밀었다.

"대신 가정 법률 쪽에는 일가견이 있는 로펌 올웨이즈에서 일하고 있습니다. 아직 결혼도 하지 않으신 것 같지만, 언제든 이혼하실 때 저를 찾아 주시면 열과 성을 다해 변론해 드리겠습니다."

싱긋 웃으며 하는 정록의 말에 안가을의 눈꺼풀이 파르르 떨렸다.

'대체 무슨 이야기를 하길래 저렇게 화기애애한 거야!'

진심은 눈에서 레이저를 쏘아 댈 기세로 입술을 삐죽였다. 심장이 쾅쾅, 멋대로 뛰었다. 윗니로 아랫입술을 세게 짓누르던 그녀는 이를 갈았다. 손에 들고 있던 컵을 입 근처로 가져다 대며 벌컥벌컥 마시기까지 했다. 그래도 미친 듯이 뛰던 가슴은 진정될 기미가 보이지 않는다.

결국 머리 뚜껑을 열어 버린 진심은 속으로 외쳤다.

'나쁜 변호사님! 진짜 나쁜, 권 변호사님!'

어떤 이야기를 주고받고 있는 건지. 정면으로 보이는 단발의 여자와 아까부터 계속 대화를 나누고 있는 정록의 말끔한 뒤통수가 시야로 들어왔다. 그의 단정한 머리카락을 모조리 잡아 뽑고 싶은 적은, 이번이 처음이었다.

진심은 우드득, 우드득 이를 갈며 네 테이블 정도 떨어진 정록의 테이블을 훔쳐보고 있었다. 로비를 벗어나려던 은지의 팔을 덥석 잡고선, 그가 어디로 향했는지 묻고 물어 도착한 서초동 근처의 카페.

그곳에서 '어떻게 저 망할 것들을 떼어 놓을까?' 라든가 '나 없는 사이에 어떻게 바람을 필 수가 있어!', '기다리겠다면서, 어떻게 저래!' 등등의 말은 차마 하지 못하고 속으로 삼키고만 있을 때였다.

"저…… 손님."

진심은 모락모락 김이 피어나는 머그잔을 제게 건네는 종업원을 발견하고는 고맙다고 대답하려 했다.

"혹시 저 손님들과 아시는 사이십니까?"

"예? 왜, 왜요? 티, 티 나요?"

정확히 정록이 앉은 테이블을 가리키려는 종업원의 손을 덥석 잡은 진심은 고개를 휘휘 저었다.

"저기요. 제발 모르는 척해 주시면 안 돼요?"

"네?"

"부탁이에요. 저 이제 얌전히 있을게요. 그러니까 제발 저 사람들한테 제가 여기 있다고 말하지 마세요. 예?"

모자에 마스크를 낀 상태였기에 전체적인 얼굴은 드러나지 않았지만, 초롱초롱 빛나는 눈동자는 종업원의 눈동자에 정확히 꽂혔다. 대한민국 최고의 여신이라 불리던 여자의 눈빛은 가공할 만했다. 진심의 눈빛 공격에 움찔거리던 남자 종업원이 하, 하하 웃으며 얼떨결에 고개를 끄덕이는 게 보였다.

진심은 안도하며 그의 손을 붙들고 있던 손을 놓았다.

"아, 예. 뭐. 그런데 제가 말씀드리려 했던 건 그게 아닙니다."

"아니라뇨?"

"실은 저기 저 신사분께서 손님과 합석을 원하셔서요."

"신사요?"

진심은 종업원의 말에 슬그머니 고개를 돌렸다. 종업원의 손가락 끝이 향한 곳엔 그레이 정장 차림의 노년 남성이 진심과 눈이 마주치자 모자를 벗으며 인사를 했다.

진심은 인상을 쓰며 종업원을 노려봤다.

"이봐요! 여기가 나이트도 아니고. 이 신성한 카페에서 지금 그쪽이 저랑 저 할아버지를 부킹이라도 시켜 주려는 거예요?"

"네? 무, 무슨 소리십니까!"

그럼 왜 저 할아버지랑 내가 합석을 해야 하는데!

진심이 의심스러운 눈으로 종업원을 바라보았지만, 그는 억울하다며 손사래를 쳤다.

"그게 아니라 저 손님의 손주 되시는 분이 손님께서 훔쳐보고 계시는 테이블 쪽에 계신다고 합니다."

"……아?"

"하지만 저 손님의 자리에선 그 테이블이 잘 보이지 않는다는군요. 지금 저 테이블에서 맞선이 진행되고 있는 건 알고 계시죠?"

그거야 뭐.

"저는 저 할아버지 손님께서 간곡히 부탁하시길래, 어쩔 수 없이 말을 전하는 것뿐입니다. 손님께서 합석을 불쾌히 여기신다면 거절하셔도 됩니다."

"……."

"손님?"

진심은 고민했다.

'손주가 있다고?'

손주란, 본디 손자와 손녀를 일컫는 말.

그럼 저 할아버지가 정록의 빌어먹을 맞선 상대의 할아버지일 수도 있다는 소리다.

진심의 눈이 가늘어졌다.

"좋아요. 받아들인다고 전해 주세요."

곰곰이 생각하던 진심이 고개를 주억이자 종업원의 눈이 동그래졌다. 진심은 흥, 콧방귀를 뀌며 탄성을 터뜨리던 그가 곧 사라지는 모습을 지켜보았다.

"내 제안을 받아들여 줘서 고마워, 아가씨."

노년의 신사는 힘찬 발걸음으로 진심의 테이블까지 다가와 인사를 건넸다. 진심은 머리는 희끗하지만 건강해 보이는 신사에게 심드렁한 표정으로 고개를 까딱여 주었다.

"네."

"한 가지 궁금한 점이 있는데 말이야."

앞에 앉으라는 진심의 말이 나오지 않았음에도, 그녀의 맞은편에 털썩 자리 잡은 노신사는 대뜸 물었다.

"말씀하세요."

"아까부터 아가씨는 우리 손주가 있는 테이블을 관찰하고 있던데……
우리 손주랑, 아는 사인가?"

이 할아버지, 바로 직구를 날리시네.

진심은 완곡한 표현 따위는 사용하지 않는 노신사에게 대꾸했다.

"아뇨. 할아버지의 손주분과는 일면식도 없어요."

"아…… 그, 그래?"

"네. 하지만 그 상대와는 잘 아는 사이죠."

"……상대?"

"네! 저기 저 남자 말이에요. 애인이 오랜만에 귀국했는데, 환호는 못
해 줄망정 선이나 보고 있는, 저 배은망덕한 남자요!"

진심이 얼굴을 구기며 외친 뒤, 마스크를 내려 뜨거운 커피를 벌컥벌
컥 들이켰다.

"컥컥!"

갑자기 들어온 커피로 인해 식도가 격한 반응을 보였다. 진심이 깜짝
놀라 얼른 머그컵에서 입을 떼자, 지켜보던 신사가 픽 웃으며 물이 든 컵
을 건넸다.

얼굴이 붉어지는 것을 느끼며 그에게서 물을 받아 든 진심은 입술을
삐죽였다.

"그럼 아가씨가 우리 권 변호사의 여자 친구야?"

'우리 권 변호사?'

아직 결혼도 하지 않았고, 이제 겨우 선을 본 사이임에도 불구하고 벌
써부터 제 애인을 '우리 권 변호사'라 지칭하는 노신사를 노려보았다.

"네. 제가 바로, 여자 친구예요!"

진심은 있는 힘껏 소리쳤다. 그러자 노신사가 짙은 미소를 짓더니 진심을 빤히 들여다보았다.

"여자 친구라. 우리 권 변호사한테 여자 친구가 있을 줄은 몰랐네. 그것도 아가씨 같은 예쁜 애인이…… 음?"

진심은 뜻 모를 미소와 함께 말을 건네던 노신사에 의해 정록 일행을 감시하는 것을 방해받고 있었다. 괜히 합석을 받아들였나, 하고 생각하고 있을 때쯤 진심은 모자만 눌러쓴 자신을 마주 보던 노신사의 미간이 좁아지는 것을 발견했다.

"왜 그러세요?"

"아가씨…… 낯이 익네."

"네?"

"낯이 익어. 어디서 많이 봤는데. 어디서…… 봤더라?"

노신사의 중얼거림에 심장이 덜컹거렸다.

그녀는 얼른 마스크를 다시 쓰고는 모르는 척하며 자리에서 일어났다.

"으악!"

하지만 그런 그녀가 차마 노신사에게 인사를 건네기도 전, 벌떡 일어난 그녀는 제 옆에서 느껴지는 커다란 벽에 소리를 내질렀다. 비틀거리는 진심을 팔로 뻗어 허리를 부축한 남자의 검은 눈동자가 그녀에게 내려앉았다.

두근두근.

진심은 마치 '여기서 뭘 하고 있는 겁니까?'라는 표정을 짓는 남자의 시선에 어색하게 웃을 수밖에 없었다.

"벼, 변……."

"오진심 씨. 귀국은 언제 했습니까."

"아, 그, 그게, 저는……!"

"할아버지께선 어쩐 일이시고요."

진심은 저를 바로 세워 준 정록이 하는 말에 노신사가 앉아 있던 곳을 쳐다봤다. 노신사는 픽 웃더니 어깨를 으쓱였다.

'방금…… 무슨 소리를 들은 거야?'

진심의 눈가에 경련이 일었다. 그녀는 꽤나 충격받은 얼굴로 난처하단 눈웃음을 흘리고 있는 노신사를 바라보고 있었다. 무려 두 달 만에 실물로 만난 정록의 얼굴을 쉴 새 없이 쳐다보기는커녕, 조금 전까지 일면식도 없던 노신사에게서 시선을 떼지 못했다.

"녀석, 좀 모르는 척해 주지."

당황한 진심의 얼굴을 발견하고 멋쩍은 미소를 짓던 노신사는 정록에게 중얼거렸다.

정록은 굳은 표정으로 대꾸했다.

"누가 봐도 수상한 사람과 할아버지가 함께 있는데, 모르는 척할 리가 있겠습니까."

"하, 하하. 그랬나?"

아주 자연스럽게 정록과 대화를 나누는 노신사는 정말 그와 깊은 관련이 있어 보였다.

'그러고 보니 두 사람이 닮은 것 같기도 하네.'

두 남자의 얼굴을 자세히 훑으며 인상을 쓰던 진심은 숨을 크게 들이켰다.

'그럼 정말로 조손 관계라고?'

「아까부터 아가씨는 우리 손주가 있는 테이블을 관찰하고 있던데…… 우리 손주랑 아는 사인가?」

그녀를 빤히 직시하며 물음을 던지던 노신사의 말이 불현듯 머리를 스쳤다. 분명 손주란, 손자와 손녀를 아우르는 말이라는 것을 알고 있었음에도, 어떻게 노신사가 그의 할아버지일지도 모른다는 생각을 하지 않았던 걸까!

「애인이 오랜만에 귀국했는데, 환호는 못 해 줄망정 선이나 보고 있는, 저 배은망덕한 남자요!」

그리고 그런 할아버지의 앞에서, 정록의 험담까지 했으니……! 진심의 얼굴은 파리하다 못해 백지장처럼 하얗게 변했다.

"그것보다 오진심 씨."

굳어 버린 진심이 입 한 번 벙긋하지 못하고 있는 사이, 노신사와 대화를 나누던 정록이 진심에게 화두를 돌렸다.

"귀국은 정말 언제 한 겁니까? 말이라도 하지 그러셨어요. 그리고 여긴 어떻게 온 겁니까? 제가 여기 있다는 걸 알고 찾아온 건가요?"

"……."

"오진심 씨?"

"하하. 정록아. 보면 모르겠니? 우리 아가씨가 많이 충격을 받은 거야."

"예?"

"아가씨. 괜찮아요?"

휘이, 휘이.

노신사는 돌처럼 굳어 버린 진심의 앞에서 손을 저었다. 생글생글 웃기까지 하는 노신사를 멀뚱히 바라보던 진심은 어색하게 웃으며 끄덕끄덕, 슬며시 고개를 주억였다.

그런 진심을 보며 빙그레 미소 짓던 노신사는 의아해하는 정록은 신경도 쓰지 않은 채 진심에게 말했다.

"나 아가씨랑 하고 싶은 얘기 많은데. 시간 좀 내줄 수 있을까?"

"그래, 오진심 씨라고 했나?"

꿀꺽, 물을 한 모금 마시던 노신사가 새파랗게 질려 있는 진심을 향해 말을 걸었다. 상황이 상황이니만큼 모자와 선글라스, 그리고 마스크를 모두 벗어 던져야 하지만 양해를 구했던 진심은 휙휙, 고개를 끄덕이는 걸로 대답을 대신했다.

"진심 씨. 우리 손자랑 만난 지는 얼마나 됐지?"

"네? 어…… 저, 정식으로 사귄 지는 몇 달 아, 안 됐습니다!"

"그래? 그럼 오래전부터 알고 지냈고?"

"아, 그, 그런 건 아니지만…… 알게 된 것은 반 년? 거의 반 년 정도가 되어 갑니다!"

그것은, 마치 검찰청의 취조실에서 일어날 법한 분위기와도 같았다. 누가 조손 관계 아니랄까 봐 이렇게 묻는 스킬마저 비슷하냐. 진심은 침을 꼴깍 삼키며 힘차게 외쳤다.

날카로운 눈을 빛내며 진심을 바라보는 노신사와 그런 노신사를 향해 잔뜩 긴장해서 대답하는 진심.

정록이 맞선 상대와 남은 이야기를 하고 돌아오겠다는 선언을 한 뒤, 노신사와 둘만 남게 된 진심은 이마에서 땀이 줄줄 흘러내리는 것을 닦지도 못하고 입술을 뻐끔거렸다.

노신사는 부드럽게 웃으면서, 계속 촌철살인을 이어 갔다.

"진심 씨는…… 우리 정록이와 앞으로 어떤 미래를 꿈꾸고 있지?"

"예?"

쉴 새 없이 흐르는 땀을 방치한 채, 정록의 할아버지인 노신사의 질문 퍼레이드를 받아들이고 있을 무렵이었다. 슬슬 정록이 맞선 상대와의 대화를 마치고 돌아올 시점에 이르러 예리한 질문을 던지던 노신사는 깜짝 놀라는 진심에게 빙긋 웃어 주었다.

"부담 가질 필요는 없고, 그냥 편하게 답해 주면 돼. 단순히 궁금해서. 그래, 궁금해서 묻는 말이니까."

싱긋 올라가는 노신사의 눈꼬리에 진심의 심장은 눈치 없이 벌렁거렸다.

'어, 어떻게 대답해야 하지?'

오진심의 서른 인생 중, 누군가를 이렇게 진지하게 좋아해 본 적은 처음이다. 어느 정도냐면, 눈만 감으면 정록의 얼굴이 선명하게 떠오를 정도다. 정록은 그녀에게 있어 계속 함께 있고 싶고, 떨어져도 보고 싶고, 같이 있어도 보고 싶은 사람이었다.

말과 행동들이 딱딱한 것 같지만 저를 계속 챙겨 주고, 제게 사랑한다는 말을 서슴없이 해 주는 사람. 그래서 저 역시 너무너무 좋아하는 사람. 정말 정말 사랑하는 사람. 그렇게 정록은 어느덧 그녀의 마음에 적잖은 크기로 자리 잡고 있었다.

"잘…… 모르겠어요."

그런 이유로 노신사의 질문에 성급하게 답할 수가 없다.

"잘 모르겠다?"

뜸을 들이다 겨우 꺼낸 진심의 말이 의외였는지, 노신사의 미간이 살짝 좁아졌다. 그 모습을 똑똑히 보고 있으면서도 말을 물릴 생각은 없었던 진심은 고개를 끄덕이며 말을 이었다.

"네. 변호사님이랑 어떤 미래를 꿈꾸고 있는지…… 아직 구체적으로 생각해 본 적은 없거든요."

"이보게, 오진심 씨."

"하지만! 지금의 제겐 변호사님이 없으면 안 돼요!"

"……!"

"변호사님과의 앞날에 대해 생각할 시간도 없이, 지금 변호사님이랑 함께 있는 것이 너무 좋아서. 같이 이 시간을 보내는 것만으로도 행복해서, 지금의 이 시간이 영원히 지속되었으면 하고 바라고는 있어요!"

힘을 주어 말하는 진심의 답변에 그녀를 주시하던 노신사의 입가에 미소가 걸렸다. 온몸에 잔뜩 힘이 들어갔던 터라, 아직 그 미소의 의미를 파악하지 못했던 진심은 고개를 푹 숙이며 외쳤다.

"그러니 조금만 기다려 주세요! 제가 생각을 정리해서, 변호사님과 앞으로 어떤 미래를 꿈꾸는지 구체적으로 말씀드릴게요! 참! 아까 제가 했던 말도 모두 잊어 주시고요!"

"아까 했던 말? 아아. 그 배은망……."

"하하, 할아버님! 아니에요. 절대 아니에요! 그 말은 제 실수예요."

"실수?"

노신사의 얼굴에 장난을 머금은 미소가 번져 갔다.

진심은 손을 좌우로 흔들며 외쳤다.

"네! 아깐 너무 화가 나서 생각나는 대로 막 내뱉어 버렸어요. 그리고 우리 변호사님, 절대로 나쁘지 않아요! 저한테 정말 잘해 주시고, 항상 다정한걸요. 그래서 제가 정말 사랑하고 있어요! 변호사님 없으면 안 될 지경이라니까요? 그러니 할아버님!"

두근두근.

노신사를 바라보던 진심의 심장이 마구 뛴다. 진심은 의아한 표정을 짓는 노신사에게 두 손을 모아 진심을 담은 목소리를 냈다.

"부디 우리 변호사님과 제가 계속 만날 수 있도록 허락해 주세요."

"……어?"

"아, 그리고 변호사님이 더 이상 이런 맞선 장소에 나오지 않도록 해 주시고요! 저, 진짜 진짜 잘할게요. 네? 네?"

비록 선글라스를 쓰고 있다지만, 살짝 내려간 선글라스의 사이로 보이는 눈동자가 반짝반짝 빛난다. 노신사는 대한민국 최고의 여신이 보내는 눈빛 공격에 하하, 말없이 웃음만 흘리더니 진심의 뒤편을 바라보며 말했다.

"그렇다고 하는데, 정록이 네 생각은 어떠니?"

진심은 인자한 미소를 그리던 노신사의 말에 화들짝 놀라 홱 고개를 돌렸다. 그러자 어느새 맞선 상대와 대화를 마치고 돌아온 정록이 그녀의 뒤편에 서선 얼굴을 빨갛게 붉히고 있었다.

진심은 그의 붉은 얼굴과 마주하고선 덩달아 얼굴이 화끈거리는 걸 느꼈다.

"어, 언제부터……."

"음. 아마 '지금 변호사님이랑 함께하는 시간이' 부터였을걸? 그렇지, 정록아?"

짓궂은 노신사가 일부러 진심의 말을 끊어 가며 중얼거렸다. 그 말이 끝나기가 무섭게 정록의 귓불이 새빨개졌다. 진심은 이젠 터질 듯 쿵쾅거리는 심장 박동을 인지했다.

얼굴을 딱딱하게 굳히고 있지만, 부끄러워하는 것이 틀림없는 정록이 뭐라고 말을 해 주었으면 좋겠다.

그렇지 않는다면 괜히 제가 더 부끄러워서 미쳐 버릴 것 같으니까.

"저, 저는……."

"나는 찬성이야. 두 사람 관계."

상황을 타파하기 위해 진심이 아무 말이나 꺼내려고 할 때, 귀여운 손자와 손자의 연인을 주시하던 노신사가 입술을 달싹였다. 진심은 정록을 향했던 눈을 노신사에게 돌렸다.

"이렇게 귀여운 아가씨가 손자며느리라면 더할 나위 없이 좋을 테지만 아직은 잘 모르겠다고 하니. 곧 진심 씨가 내게 밝히겠다는 정록이와의 미래 계획, 기대해 보도록 하지."

멀어지던 검은 자동차를 향해 손을 마구 흔들던 진심은 그 자동차가 완전히 시야에서 사라지자 하아, 한숨을 내쉬었다. 그러고는 저와 비슷한 얼굴을 하고선 사라지는 자동차를 쳐다보던 정록을 바라봤다.

건물 밖을 나온 뒤, 한 마디도 하지 않고 있던 정록이 그녀의 뜨거운 시선에 고개를 아래로 내리는 것이 보였다. 진심은 입술을 쭉 내밀었다.

"어떻게 이럴 수 있어요?"

"네?"

정록이 진심의 말에 놀란 표정을 짓자 진심은 불같이 화를 냈다.

"선이라뇨! 아니, 제가 이렇게 두 눈을 시퍼렇게 뜨고 살아 있는데. 선이라니. 그것도 결혼을 전제로 한. 변호사님, 진짜 염치없는 거 아니에요? 바람이나 마찬가지잖아요!"

씩씩거리며 외치는 진심의 목소리에 지나가던 행인들이 정록을 흘긋거렸다.

"파렴치한 남자네."

"그러게. 애인이 있는데 선을 봤단 말이야?"

쯧쯧, 혀까지 차며 저를 손가락질하는 사람들의 시선에 난감해하던 정록은 진심의 손목을 덥석 잡았다. 진심은 '왜 이래요!' 하고 흥, 콧방귀를 뀌면서도 정록의 손에 끌려갔다.

"나쁜 남자야! 완전히 나쁜 남자라고. 이러다 행여 결혼이라도 하게 되면, 토끼 같은 마누라 두고 다른 여자한테 눈길 주는 거 아니야?"

"……장난은 그만하시죠, 오진심 씨."

"무슨 장난이…… 앗!"

툴툴거리는 진심을 주시하던 정록은 톡, 진심의 이마에 딱밤을 때리며 검지를 좌우로 흔들었다. 진심이 짧은 신음을 흘리며 다시금 입을 쭉 내밀자 그는 두 손으로 그녀의 뺨을 감싸더니 눈을 빛냈다.

"거절하러 간 자리라고 몇 번 말씀드렸지 않습니까. 게다가 어머니께서 저를 속이셨다고도……."

지금보다 훨씬 전, 정록은 진심에게 오늘의 일에 대해 해명했다. 그때는 차분히 듣고 있는 줄 알았는데.

할아버지가 사라지자마자 이런 식의 대응을 할 줄은 몰랐던 터라 정록은 꽤나 난처해하고 있었다. 그의 변명에도 불구하고 단단히 화가 났는지 팔짱을 끼고 있던 진심은 토라진 티를 팍팍 내기 시작했다.

"칫. 평소엔 그렇게 자기 머리가 좋다고 자랑하던 사람이, 그런 건 꽤 쉽게 속네요."

"오진심 씨."

"만약 그 여자분이 변호사님을 마음에 들어 했다면 어쩔 뻔했어요? 상대분 역시 속아서 그 자리까지 와서 다행이지. 어휴, 정말. 조금도 안심할 수 없다니까!"

"……."

"이래서 제가 어딜 나가질 못하겠다고요. 도장을 몇 번이고 찍어 놓으면 뭘 해. 변호사님이 의도하든, 하지 않았든, 자꾸 여자가 꼬이는걸!"

"……."

"안 되겠어. 변호사님이 한눈 못 팔게 진짜 우리 집에 가둬 놓든가 해야지, 원. 방심을 못 하…… 읍!"

일부러 더 삐친 척 말을 잇던 진심은 갑자기 제 어깨를 잡아채선 몸을 돌린 정록이 입술을 가져다 대자 눈을 동그랗게 떴다.

'아.'

말랑한 그의 입술이 제 입술에 닿고, 그의 뜨거운 것이 입안으로 들어오자 심장이 쿵쿵 뛰었다.

짧은 키스를 나눈 후 떨어지는 정록을 보며 진심은 입을 쭉 내밀었다.

"이런 걸로 이 상황을 무마할 수 있다고 생각하면 크게 착각하시는 거예요."

"그렇습니까?"

"네. 한 번 가지고는 택도 없다고요. 난 아주 화가 났어요!"

"음."

"왜요."

"그럼 두 번이면 조금 누그러질까 해서."

"뭐라, 읍!"

진심이 버럭 대꾸하기 전에 정록이 다시 한 번 그녀에게 다가왔다. 그의 뜨거운 숨결이 코끝에서 느껴져 움찔하던 진심은 밀려오는 그를 반기기 위해 스스로 입까지 벌렸다. 그러고는 정록의 목에 팔까지 걸어 버리는 태세 전환을 보였다.

누그러진 진심의 대응을 보며 정록의 눈꺼풀이 파르르 떨리는가 싶었다. 그러나 그는 곧 능숙하게 그녀의 허리를 커다란 손으로 감싸 제 품으로 끌어당기며 진심을 제게로 밀착시켰다.

"하아."

약간의 시간이 흐른 후, 거친 숨결이 서로의 입술 밖으로 흘러나왔다. 다행히 지나가는 이들이 없는 골목길로 숨어 들어왔기에 망정이지, 그러지 않았다면…….

"오진심 씨."

그가 훑고 지나간 자리에 열기가 가시질 않는다. 진심이 붉어진 얼굴로 숨을 가다듬는 모습을 지켜보던 정록은 움찔하는 진심을 부르며 속삭였다.

"저 오늘 일찍 조퇴했는데……."

그 말을 듣자마자 무슨 의미인지 파악한 진심은 정록의 팔을 잡아당겼다. 그리고는 얼른 길가로 나가 마침 지나가는 차를 향해 소리쳤다.

"택시! 저기요, 택시!"

'세상은 참 아름다워.'

빛나는 아침 햇살을 온몸으로 느끼며 창밖을 쳐다보고 있던 진심은 큭큭, 웃음을 터뜨렸다. 빠른 속도로 지나가는 푸르른 가로수들이 진심의 환해진 마음을 대변하는 것 같다. 지금으로부터 일 년 전까지만 하더라도 좌절에 좌절을 거듭하던 진심은 일 년 뒤인 지금, 몹시 다른 반응을 보이고 있었다.

지이잉.

조수석에 앉아 실실 웃고 있는 진심을 혁준이 미심쩍은 눈길로 바라볼 때, 진심은 손에 들고 있던 핸드폰이 울리는 것을 인지했다.

[오늘이죠? 끝나고 연락해요.]

"헤헤. 당연하지."

진심은 마치 눈앞에서 말하는 것처럼 음성이 지원되는 정록의 문자를 내려다보며 씩 웃었다.

"권 변호사냐?"

"헉! 티, 티 나?"

"안 나면 이상한 거지. 애가 바보처럼 실실거리는데."

못마땅한 기색이 역력함에도, 더 이상 정록과의 사이를 방해 않는 혁준이 입술을 씰룩였다. 진심은 그의 말을 한 귀로 듣고 다른 한 귀로 흘리며 정록에게 문자를 보내는 행동을 멈추지 않았다.

[네. 변호사님.]

'아, 아니야. 이건 너무 정이 없다고.'

자연스럽게 전송을 하려던 진심은 잠시 고민하다 지움 버튼을 꾹꾹 눌렀다.

[네, 변호사님♡]

전송 버튼을 누른 뒤, 만족스러운 미소를 짓던 진심은 신호에 걸려 멈추어 선 차 안에서 저를 향해 혀를 차고 있는 혁준을 발견했다.

"뭐. 왜."

"……참 달달하다 싶어서."

하지만 표정은 영 그게 아닌데?

진심은 뚱한 얼굴로 심드렁하게 대꾸하는 혁준에게 대응하려다 말았다. 혁준이 좋게 보든, 좋게 보지 않든 무슨 상관이냐.

'나만 좋음 됐지, 뭐.'

진심의 기분은 한없이 들뜬 상태였다.

「그럼 어머님께선 변호사님이 빨리 가정을 꾸리길 원하시는 거예요?」

급하게 택시를 타고, 가까웠던 정록의 집으로 가, 입고 있던 옷을 단번에 벗어 던진 두 사람. 대화를 나눌 사이도 없이 열기에 휩싸여 완벽하게 한 몸이 된 후, 진심은 땀에 젖은 그의 앞 머리카락을 쓸어 올리며 중얼거렸다.

정록의 검은 눈이 제게 닿자 가슴이 멋대로 뛰어 옅게 웃던 진심은 한숨을 내쉬는 그의 입술이 섹시하다고 생각했다.

「제 나이가 나이인지라 조급하신 모양입니다. 게다가 제가 워낙 바빠서 연애도 제대로 못 한다고 생각하시는 것 같고요.」

「아.」

「마음 같아서는 애인이 있다고 속 시원하게 말하고도 싶은데, 지금 오진심 씨 사정이 여의치 않잖습니까.」

「네? 그게 무슨……?」

의아해하는 진심의 머리를 쓰다듬으며 정록이 빙긋 웃었다.

「오진심 씨의 컴백을 연애로 묻히게 만들 생각은 없습니다.」

「……!」

「연 대표님이 먼저 제안하시긴 했지만, 저도 같은 생각입니다. 따지고 보면, 이날을 위해 오진심 씨가 올웨이즈로 와서 그렇게 노력했던 거 아닙니까.」

「변호사님…….」

「그래서 첫 방영일까지는 어떻게든 비밀로 할 생각입니다. 다행히 할아버지께서도 비밀로 해 주시겠다고 약조하셨으니, 이 일이 어머니께 새어 나갈 일은 없을 거예요. 할아버지께선 약속을 잘 지키는 분이시거든요.」

휘어지는 그의 눈꼬리가 각인되듯 머리에 선명하게 새겨졌다. 진심은 그런 정록을 올려다보며 뭉클한 표정을 짓고 있다 다시금 그의 품에 안겼다. '또 하자고요?' 하고 짓궂게 묻는 그에게 대답 대신 이불을 끌어 올렸던 새벽녘의 일이 문득 눈앞을 스친다.

'미래라……'

30년 만에 처음으로 찾아온 첫사랑. 이렇게 한없이 즐거워도 될까 싶을 만큼, 매일이 행복하기만 하다. 그를 만나지 못한 자신이 도저히 상상되지 않는다.

진심은 약속 장소를 향해 힘차게 액셀러레이터를 밟고 있는 혁준의 옆모습을 쳐다보다 앙다문 입술을 움직였다.

"오빠."

"왜."

"만약 내가 변호사님이랑 결혼하면 어떨까?"

"무슨 소리야. 뜬금없이."

"아, 아니, 그냥. 변호사님이랑 나 닮은 애기가 세상에 나오면…… 어떨까 싶어서."

끼이익!

물 흐르듯 던져 버린 말이었지만, 그에 돌아온 파급력은 엄청났다. 진심은 갑자기 브레이크를 밟는 혁준의 행동에 '악!' 소리를 냈다. 천만다행으로, 혁준이 옆으로 핸들을 휘어 길가에 차를 대어서 더 큰 사고는 나지 않았다.

진심은 헉헉거리며 핸들에 얼굴을 파묻고 있는 혁준에게 소리쳤다.

"오빠!"

"오윤서. 너 사고 쳤냐?"

혁준은 사뭇 진지한 표정을 지으며 진심에게 물었다. 진심은 무슨 황당한 소리를 하냐는 얼굴로 혁준을 바라봤다.

"아, 됐어. 대답하지 마. 너보다 그쪽에게 직접 묻는 게 더 빠를 테니."

"……뭐?"

"기다리고 있어. 도망갈 생각 말고!"

진심에게 단단히 주의를 준 혁준은 갑자기 차에서 내려 핸드폰을 꺼내 들었다.

'뭐 하는 거야!'

단지 가정을 했을 뿐이건만. 격한 반응을 보이는 혁준이 의아할 뿐이다.

'어?'

진심은 차에서 내렸던 혁준이 다시 운전석에 오르자마자 미친 듯이 울려 대는 자신의 핸드폰을 발견했다. 다름 아닌 정록이었다.

진심은 귀가 붉어지는 것을 느끼며 혁준에게 소리쳤다.

"아니, 난 상상도 못 하고!"

혁준과 진심이 향하던 곳은 마포구 상암동에 위치한, N방송국 앞의 카페.

이곳은 주로 N방송국과 연이 닿은 연예계 관계자들이 자주 들러 유독 보안이 철저하다는 평가를 받고 있는 곳이었다. 오늘은 N방송국 프라임 시간대에 방영될 오윤서의 컴백작 〈리갈 마인드〉의 주요 관계자들이 모이는 미팅 날.

주연 배우인 진심과, 대한민국의 남신 최진헌과 더불어 최고의 주가를 달린다는 상대 남자 배우인 이서호, 〈리갈 마인드〉의 총연출자인 홍광호 PD, 그리고 작가인 세진이 집합했다. 특히나 오늘의 만남은 N방송국과 정확한 편성 날짜를 조율하고, 또 그들을 도와줄지도 모르는 광고주들과 형식적인 자리를 가지는 것이라 더욱 뜻깊었다.

"정말 권토중래네, 권토중래. 설마하니 그 오윤서가 다시 돌아올 줄은 어떻게 알았겠어? 윤서 씨, 칼 단단히 갈고 왔겠지? 나 윤서 씨한테 엄청 기대하고 있다고! 연기를 위해 직접 로펌에 들어가 일을 하다니…… 진정한 연기자의 자세가 되어 있다니까. 하하하하!"

그리고 방금 전, 진심에게 호탕한 웃음을 건넨 사람은 현재 N방송사의 드라마국 국장으로 있는, 윤재형 국장이었다.

과거 S방송사의 드라마국 국장으로 지내면서 기적을 수십 번이나 이루어 낸 장본인은 N방송국의 개국과 동시에 홍 PD와 함께 옮겨 오면서, 이번 〈리갈 마인드〉를 밀어주는 데 커다란 힘을 발휘하고 있었다.

진심은 제게 엄지손가락을 보내며 눈을 반짝반짝 빛내는 윤 국장의 미소에 말없이 빙긋 고개를 끄덕였다. 자리가 자리인지라 제 성격을 훤히 드러낼 순 없었던 진심이었다.

진심의 옆자리에 앉아 있던 세진은 그런 진심을 흘겨보며 피식 웃음을 던지더니 돌연 손목에 찬 시계를 내려다보곤 중얼거렸다.

"그런데 왜 이렇게 안 온대? 시간관념이 이렇게 없나?"

"차가 좀 막힌다고 하더라고. 조금만 더 기다려 봐요, 이 작가."

"흥. 몇 번을 말하지만, 난 약속을 어기는 사람이 제일 싫어요!"

세진을 다독이던 홍 PD는 입술을 삐죽이는 그녀의 외침에 어색한 웃음을 그렸다.

'그러게. 확실히 좀 늦네.'

군이 따지자면 방송 편성을 논의하는 것과 광고를 따내는 것은 주연 배우들이나 감독들, 그리고 작가들이 합석하지 않아도 됐다. 물론 그들이 미팅에 함께한다면 더 좋은 방향으로 결과가 나올 수 있겠지만, 그런 것은 방송국의 높으신 분들끼리 알아서 조율하는 것이 대부분이었으니까.

그런데 굳이 주연 배우들과 다른 스태프들까지의 동석을 요구한 이번 광고주들의 행동이 의문스러운 건 사실이다.

'잠시 떠나 있는 사이 뭔가 바뀐 건가.'

잠정 은퇴를 한 것은 길어 봤자 고작 일 년, 휴식기를 포함하여 연예계를 떠났던 건 2년 정도인데…… 그 사이 연예계의 불문율이 바뀌기라도 한 건지.

「서호 씨는 사정이 생긴다면 안 와도 좋지만, 윤서 씨는 꼭 참석해 줬음 좋겠다고. 그쪽에서 그렇게 말했다더라고. 참나. 대체 얼마나 잘나신 분들이길래 촬영에 매진해야 할 사람들을 붙잡고 늘어지는 건지 원.」

카페 안으로 들어온 진심과 대화를 나누던 세진이 혀를 끌끌 차며 했던 말이 떠올랐다.

'좋은 게 좋은 거니까.'

진심은 후우, 하고 한숨을 쉬며 왠지 일기 시작하는 갈증을 축이기 위해 눈앞의 물을 벌컥벌컥 들이켰다.

"정도가 좀 심하지 않아?"

그로부터 30분 정도가 더 흘렀을까. 약속 시간인 11시를 이미 훌쩍 넘겨 버린 시간.

기다리는 내내 미간을 찌푸리고 있던 세진이 결국 자리에서 벌떡 일어나며 외쳤다. 윤 국장과 홍 PD는 그런 세진을 진정시키기 위해 계속해서 말을 걸어 댔고, 그 모습을 지켜보던 진심과 서호는 서로를 바라보며 난처한 눈빛만 교환해야 했다.

"어디 가십니까, 선배님?"

돌연 일어나는 진심을 발견한 상대 배우, 이서호가 의아한 표정을 지으며 물었다.

"응, 서호 씨. 나 잠깐 화장실 좀. 아까 너무 긴장돼서인지 물을 너무 많이 마셨나 봐. 만약 내가 없는 사이에 그 사람들 오면 나한테 문자 좀 보내 줘. 내 번호 알고 있지?"

"예. 다녀오십시오."

진심은 부드럽게 웃으며 고개를 끄덕이는 서호를 보고 속으로 웃었다. 정말 크게 될 청년이라니까.

어릴 적부터 배우 생활을 했던 터라 진심 못잖게 연예계 생활이 빠삭한 서호였지만, 한 번 후배는 영원한 후배였다. 성인 배우로서는 진심이 서호보다 먼저 데뷔를 했으니 확실히 후배 맞지.

오래전 제게 사인을 해 달라며 잔뜩 긴장한 채 다가온 서호가 생각나 미소 짓던 진심은 화장실로 걸음을 옮겼다.

「아니! 얼마나 잘나신 광고주길래 20분이나 늦냐고! 사장님은 왜 그 광고주가 누군지 밝히지도 않아?」

예의 '박' 광고주가 약속 시간을 20분쯤 어겼을 때, 이를 갈며 소리치던 세진의 목소리가 불현듯 귓가에 맴돌았다.

「자기 소개는 직접 얼굴 보고 하고 싶다고. 사장님께 미안하지만 비밀로 해 달라고 신신당부를 했다더군.」

그런 세진에게 대답하던 윤 국장의 목소리도.

'그게 무슨 큰 비밀이라고.'

볼일을 보고 화장실에서 손을 씻던 진심은 도통 이해할 수 없는 광고주의 요구에 의문을 느끼면서도 그리 심각하게 반응하지 않았다.

'나만 잘하면 되는 일이니까.'

오윤서의 컴백 작품 〈리갈 마인드〉는 광고는 둘째 치고서, 연예계에서의 그녀의 미래를 판가름할 중요한 지표가 될 드라마였다. 이번 드라마에서 가장 중요한 것은 자신이 얼마나 연기를 제대로 하느냐는 것.

정록과 함께 일하면서 로펌 비서로서의 마인드와 행동들을 갖추었고, 정록과 연애를 하면서 쌓인 경험으로 이번 드라마에 곁가지처럼 들어갈 로맨스 연기도 수월하게 해낼 수 있다. 남은 것은 한국에서의 촬영들을 성공적으로 마무리하는 것과 방영일을 기다리는 것뿐.

"잘하자, 오진심. 아니, 오윤서! 넌 할 수 있다고!"

할 수 있어!

어떻게 여기까지 왔는데. 여기서 무너질 순 없지!

이미 커다란 실패를 경험했기에 칼을 갈고 닦아 다시금 도전할 수 있다. 진심은 후우, 후우 호흡을 가다듬으며 화장실을 나서, 카페 안쪽에 위치한 미팅룸을 향해 걸어가려 했다.

성큼성큼.

힘차게 앞으로 발을 내딛려 했던 진심은 무심코 고개를 들다 말고 우뚝, 멈춰 섰다.

"......!"

쿵쾅쿵쾅.

심장이 어찌나 뛰는지 호흡이 가빠져 왔다. 미팅룸 앞에 서 있는 검은 슈트의 남자를 발견한 순간 아무 말도 할 수가 없어졌다.

반사적인 반응.

유독 낯익다 생각했던 뒤통수가 천천히 돌아가는 것을 지켜보던 진심의 눈앞이 아찔해졌다.

"아."

인기척에 뒤를 돌아본 남자가 파리하게 질려 있는 진심을 발견하고선 말을 걸어왔다.

"또 뵙네요. 윤서 씨."

제8장
전세역전 오 스타

"좋은 아침입니다, 변호사님!"

평소보다 가벼운 발걸음으로 집무실을 향해 들어서던 정록이 낭랑한 목소리에 걸음을 멈추었다. 자리에서 벌떡 일어나 저를 향해 인사를 하고 있는 웬 여자가 보였다.

그 여자가 얼마 전부터 함께 일하게 된 자신의 새로운 비서라는 걸 깨닫기까지는 몇 초의 시간이 걸렸다. 정록은 옅은 미소를 그리며 고개를 까딱였다.

"네. 좋은 아침입니다, 주지연 씨."

"......!"

"혹시 제게 연락 온 것이 있었나요?"

"네? 아, 아뇨!"

"알겠습니다. 수고해 주세요."

"네? 네!"

작게 웃는 자신을 보고 눈을 휘둥그레 뜨는 여자에게 질문을 마친 정록은 시선을 돌려 집무실 안으로 들어갔다. 주지연이라는 이름을 가진 비서가 제 밑으로 들어온 지 벌써 보름이 다 되어 가는데, 아직까지 그녀의 모습이 낯설게 느껴지는 것은 확실히 전임 비서의 영향이 컸다.

'워낙 임팩트 있었으니…….'

정록은 첫날부터 저를 경악시켰던 여자의 모습을 떠올리며 입고 있던 슈트 상의를 벗어 옷걸이에 걸었다.

"벼, 변호사님!"

현재 시각, 오전 11시 20분. 아침에 법원을 들렀다 오느라 늦은 출근을 했던 정록은 책상 위에 놓아 둔 브리프케이스를 열려 했다. 그런 그의 행동을 막은 것은 헐레벌떡 집무실 안으로 뛰어 들어와 저를 부르는 지연이었다.

정록은 고개를 갸웃거리며 그녀를 응시했다.

"연락이 온 게 하나 있긴 했습니다!"

"있어요?"

"네! 그런데……."

이번이 변호사 비서로서 세 번째 일하는 것이라 했음에도 불구하고, 정록이 어려운지 긴장을 늦추지 않던 지연은 소리쳤다. 정록이 의아한 표정을 짓자 지연이 말을 이었다.

"전화를 거신 분이 누군지 여쭤도 계속 밝히질 않아서…… 장난 전화인가 싶어서 말씀을 못 드렸어요!"

"아. 혹시 전화번호 뒷자리가 어떻게 끝납니까?"

"예?"

"5716으로 끝났나요?"

정록의 물음에 잠시 고민하듯 서 있던 지연은 기다리라는 말을 한 뒤 집무실 밖으로 달려갔다. 이내 손에서 무언가 들고 찾아온 지연이 '네!'라고 소리치자 정록은 쓴웃음을 흘렸다.

"그분이 뭐라 전해 달라고 하셨습니까?"

"어, 그게…… 본인의 미팅 시간이랑 변호사님 퇴근 시간이랑 얼추 맞을 것 같으니, 데리러 오려면 와도 좋다고."

"그래요?"

"아시는…… 분이세요?"

정록은 조심스레 묻는 지연에게 묘한 미소를 그리더니 곧 고개를 끄덕여 주었다.

"앞으로 그분의 전화가 걸려 오면 바로 연결 부탁드립니다."

"예?"

"제게 매우 중요한 분이거든요."

"아…… 네! 알겠습니다! VVIP란 말씀이시죠!"

지연은 정록의 말이 끝나기가 무섭게 손에 들고 있던 메모장에 무언가를 적어 내려갔다. 정록은 그런 그녀가 씩 미소 짓고선 사라지는 모습을 지켜봤다.

「윽. 여비서라고요?」

「왜요. 신경 쓰입니까?」

픽 웃는 정록의 말에 씩씩거리던 여자의 얼굴이 떠올랐다. 그녀는 웬 여자가 정록의 새로운 비서가 됐다는 말을 전해 듣자마자 분노를 감추지 않았었다.

「당연히 신경 쓰이죠! 남자도 아니고, 여비선데! 그리고 보니 왜 올웨이즈 변호사들 비서는 다 여자들이에요? 남녀가 평등해야죠! 남자는 비서로 안 뽑는대요? 제가 연 대표님 한번 만나야겠어요! 아니 우리 변호사님 주변에 여자가 웬 말이냐고!」

「안타깝지만 성별로 뽑은 것이 아니라 지원자들 중 가장 능력이 있어 뽑은 겁니다. 그래서인지 이번 비서는 전임 비서와는 달리 시작부터 유능하더군요. 제가 뭘 가르칠 필요도 없고…… 솔직히 안도했습니다.」

「저기요, 권정록 변호사님? 지금 그거 저 디스하는 거죠? 그런 거죠?」

「아. 들켰습니까?」

「변호사님!」

버럭 소리 지르는 진심을 끌어안으며 정록은 하하 웃었다. 그의 품 안에서 빨개진 얼굴로 정록을 노려보던 여자의 눈망울이 커다랬다. 정록은 그녀의 흐트러진 머리카락을 부드럽게 쓸며 속삭였다.

「걱정 마십시오, 오진심 씨. 새로운 비서가 여자라고 할지라도, 제가 다른 마음을 품을 기회는 없을 것 같으니.」

「그건 또 무슨 소리…… 앗!」

「이런 뜻입니다.」

정록은 툴툴거리는 티를 마구 드러내는 여자에게 서슴없이 입술을 들이밀며 말을 이었다.

촉, 제 이마에 정록의 입술이 닿는 것을 느끼며 눈꺼풀을 부르르 떨던 진심이 초롱초롱한 눈을 치켜떴다. 정록은 짙은 미소를 그리며 말했다.

「지금 내 안의 여자도 감당하기 힘든데, 다른 여자에게 눈길을 줄 수가 있겠습니까?」

「……!」

「오히려 걱정은 제가 된단 말입니다. 훤칠한 배우들이랑 같이 호흡을 맞추는 오진심 씨의 주변 환경이 몹시 신경 쓰인다고요.」

「헤헤. 그래요?」

「그래요. 그러니까 오진심 씨는…….」

따가운 아침 햇살이 창가를 지나, 침대로 내려앉을 무렵. 눈부신 태양 빛을 받으면서 한 이불을 덮고 있던 연인은 한참 동안 대화를 나누었다.

침대 밖으로 벗어나고 싶지 않은 욕망을 겨우겨우 감추면서, 서로를 와락 끌어안고 있던 두 사람은 눈을 뜨고도 적잖은 시간이 흐르고 나서야 출근 준비를 할 수 있었다. 그런 아침의 일들이 이젠 일상처럼 다가와 익숙해졌다.

눈을 뜨면 그녀의 기다란 속눈썹이 보이는 것이 편안해졌다는 소리. 이젠 혼자 자는 것이 불안해질 정도로 변한 요즘이 정록에게 있어선 신기하기만 하다.

"대체 무슨 생각을 했길래, 입을 그리 헤벌쭉 벌리고 있어?"

아침에 있었던 진심과의 대화를 떠올리다 보니 저도 모르는 사이 입꼬리를 올리고 있던 게 분명하다. 정록은 집무실 문틈에 삐딱하게 서선 저를 향해 입술을 삐죽이고 있는 최윤혁 변호사를 발견했다.

"언제 왔어?"

"방금."

"말하지."

"나 말했거든? 심지어 노크도 했다고! 권 변 네가 못 들어서 그렇지……."

갑작스러운 등장에 정록이 오히려 저를 나무라자, 윤혁이 황당하다는 듯 소리쳤다. 정록은 그에게 어쩐 일이냐고 물었다. 윤혁은 들고 있던 스포츠 신문의 1면을 정록을 향해 펼쳐 보였다. 정록의 눈썹이 꿈틀거렸다.

"이 뉴스를 보니 네 생각이 나서."

"뭐?"

"아아, 우리 윤서 씨. 올웨이즈의 꽃. 그렇게 가 버린 후로 지면이나 인터넷으로밖에 볼 수 없다니…… 어찌나 안타까운지! 하아. 윤서 씨!"

정록은 과장된 몸짓을 이어 가는 윤혁의 행동에 인상을 썼다. 정록이 보란 듯 말하던 윤혁은 인천 공항 입국장에서 찍힌 진심의 모습과 정록의 굳은 얼굴을 번갈아 보며 입꼬리를 올렸다.

"너 인마, 신경 쓰이겠다?"

"또 뭐."

퉁명스럽게 대꾸하자, 윤혁은 진심과 나란히 입국한 웬 남자를 가리켰다.

"이런 잘난 남자가 우리 윤서 씨 옆에 있으니 말이야! 어휴. 이 사진은 또 왜 이렇게 다정하게 나온 거래?"

이 자식이 진짜.

정록은 일부러 저를 자극하는 것이 틀림없는 윤혁을 빤히 주시했다. 윤혁은 신문에 찍힌 두 남녀를 세세하게 분석할 기세로 계속해서 입을 나불거렸다. 결국 참다못한 정록이 인상을 쓰며 말했다.

"대체 언제 안 거야?"

똑똑한 사람인지라 정록이 꺼낸 말뜻의 의미를 단번에 알아차린 윤혁이 어깨를 으쓱였다.

"모르는 게 이상한 거 아니냐? 그때 커밍아웃까지 했으면서."

정재식 사건을 언급하는 윤혁에게 일언반구도 하지 못했다. 그 후로 다들 별말 하지 않길래, 잊고 있거나 혹은 못 들은 거라 여겼었는데.

정록이 난처한 표정을 지으며 대답하길 머뭇거리자 윤혁은 손을 휘휘 저었다.

"걱정 마, 인마. 나도 눈치라는 게 있으니. 비밀로 하고 있다는 거 모르는 녀석들 하나도 없어."

"……."

"그리고 우리가 진작 두드려 패지 않아도, 어차피 공개되면 너같이 발칙한 녀석은 전 국민한테 얻어맞을 테니…… 후후. 그때를 기다리지 뭐."

왠지 살벌하게 느껴지는 윤혁의 중얼거림에 정록은 닭살이 오소소 돋아나는 걸 느꼈다.

"윤서 씨한테 이번 드라마 엄청 기대 중이라고 전해 줘."

딱딱하게 굳은 정록의 얼굴을 발견한 윤혁이 잠깐의 방문을 마치고 등을 돌렸다. 집무실을 나서면서 손을 흔들던 그가 완벽하게 사라지는 모습을 지켜보며 정록은 결국 실소를 터뜨렸다.

두근.

부드럽게 휘어지는 눈매였지만, 왠지 모르게 섬뜩하게 다가왔다. 올라가는 입꼬리가 선명하게 뇌리에 박혀 기분 나쁜 감각을 선사했다.

'제길.'

상스러운 욕설이 입안을 감돈다. 진심은 두근거리다 못해, 쿵쾅거리기 시작하는 심장의 박동 소리를 느끼며 미간을 좁혔다. 미팅룸 앞에서 재회한 남자는 진심과 인연이 있는 사람이었다. 아니, 인연보다는.

'악연이려나.'

진심은 무의식적으로 아랫입술을 세게 짓눌렀다. 그의 뱀 같은 시선이 제게 꽂힌 채 벗어나지 않고 있었다.

'괜찮아.'

여전히 미소를 지으며 저를 바라보는 남자의 시선이 느껴졌지만, 진심은 예전과는 달리 흔들리지 않았다.

'어차피 한 번쯤은 마주칠 거라고 예상했으니까.'

같은 업계는 아니더라도, 그가 이 세계에 적잖은 영향력을 끼치는 인사라는 것 정도는 알고 있는 상태였다. 복귀를 결심한 직후 오늘과 같은 불쾌한 재회가 있을 거라고 예감했던 터라 더더욱.

진심은 미팅룸 앞에 선 채, 제 대답을 기다리고 있는 남자를 올려다보며 싱긋 눈웃음을 그렸다.

"네. 그러네요. 오랜만이에요."

진심이 반응을 보일 거라 여겼던 걸까. 아무렇지 않게 활짝 웃기까지 하는 진심을 보며 상대의 눈이 일렁였다. 진심은 태연하게 말을 이어 나갔다.

"국연준 씨도 잘 지내셨죠? 아, 미리 말씀드리지만 전 아주 잘 지냈답니다."

"……."

"그런데 여긴 어쩐 일이시죠? 국연준 씨처럼 매우 바쁘신 분이……."

그가 미팅룸 앞에 서 있는 것만으로도 충분히 짐작이 가능했으나, 진심은 모르는 척 물었다. 그러자 유려한 미소를 짓던 그가 붉은 입술을 달싹였다.

"이런. 놀라지 않게 미리 말씀드린다는 걸 윤서 씨의 전화번호가 바뀌어서 말하지 못했네요. 정식으로 인사드립니다. 저희 제국 전자가 윤서 씨가 주연할 〈리갈 마인드〉의 최대 광고주로 활동할 예정입니다."

"……!"

"미팅에 늦어서 정말이지 미안하다는 말씀을 먼저 드리고 싶군요. 하하. 부사장이 된 지 얼마 되지 않아 처리해야 할 일들이 워낙 많다 보니 부득이하게 회사에서의 출발이 늦어졌습니다. 양해 부탁드리죠."

"……."

"윤서 씨?"

제국 그룹의 차기 후계자라 일컬어지는 재벌 3세, 국연준.

그는 제국 그룹 산하의 언론사인 '선주 일보'의 대표이사로 있으면서, 끈질기게 진심을 괴롭혔던 사람 중 하나였다. 그로 인해 진심이 얼마나 많은 피해를 입었는지 상상도 할 수가 없다.

「자기 소개는 직접 얼굴 보고 하고 싶다고. 사장님께 미안하지만 비밀로 해 달라고 신신당부를 했다더군.」

'역시. 이유가 있었어.'

윤재형 국장이 했던 말이 머리를 스쳐 쓴웃음을 흘리던 진심은 후우, 한숨을 내쉬었다. 그러고는 다시 고개를 들어 국연준을 향해 말했다.

"국 이사님은, 아니 이젠 부사장님이라고 하셨나요? 국 부사장님은 워낙 바쁘신 분이니 조금 한가한 저희가 기다려야죠. 어쨌든 다들 기다리고 계시니 일단 안으로 들어가시는 게 좋을 것 같네요."

진심은 지이잉 울리는 핸드폰의 진동에 얼굴을 아래로 내렸다. 정록의 문자가 도착해 있었다.

[아직도 미팅 중이라고요?]

액정 상단의 시계는 오후 6시 30분을 가리키고 있었다. 그가 놀란 듯 문자를 보내온 것이 이해가 간다.

'왜 아니겠어요. 저도 이렇게 황당한데.'

현재 미팅 장소에 남아 있는 사람들은 N방송국의 관계자들과 세진, 이번 드라마의 제작사인 그린 엔터테인먼트의 드라마 제작팀장, 제국 전자의 관계자들, 그리고 진심이었다. 결국 드라마에 직접 출연하는 배우는 오직 진심뿐이라는 소리.

함께 앉아 있던 남자주인공, 서호는 미룰 수 없는 화보 촬영으로 인해 양해를 구하고 자리를 비운 상황이었다. 진심은 여전히 열띤 설전을 벌이고 있는 관계자들을 바라보며 길게 한숨을 내쉬었다.

[네. 마칠 것 같으면 바로 연락할게요.]

[그래요. 기다리고 있겠습니다.]

정록과 함께 귀가하기 위해 일부러 혁준도 4시쯤 돌려보냈다. 6시 정도에 이 미팅이 끝날 것이라는 예상에서였다.

"지치죠?"

진심은 옆에 앉아선 따분한 티를 팍팍 내고 있던 세진을 응시했다. 세진이 하암, 길게 하품을 하며 국연준 일행과 막바지 조율을 하고 있던 윤 국장 일행들을 쳐다보며 중얼거렸다.

진심은 쓰게 웃었다.

"아니, 웃기지 않아요?"

"예?"

"어차피 우릴 이렇게 내버려 두고 자기들끼리 의견 조율할 것을, 왜 우리는 못 가게 막는 건지, 원."

"……"

"특히 저 제국 전자의 부사장 말이에요. 왜 굳이 바쁜 사람들을 못 가게 막는 건지 모르겠다니까요."

"하하."

"뭔가 다른 걸 노리고 있는 건지도 모르…… 잠깐."

계속해서 투덜거리던 세진의 눈이 가늘어졌다. 멀찍이 떨어져선 윤 국장과 얘기를 하던 국연준이 진심 쪽을 흘긋거리는 것을 발견했던 것이다. 진심은 올 것이 왔다는 생각에 눈을 질끈 감을 뻔했다.

"윤서 씨."

"맞아요."

"……!"

"그 사람이에요."

진심이 쓰게 웃으며 대꾸하자 세진이 자리에서 벌떡 일어나려는 듯 몸을 일으키려 했다.

"괜찮아요, 작가님."

"윤서 씨."

하지만 그녀의 반응을 예상한 진심이 먼저 손을 뻗어 세진의 손목을 움켜쥐었다. 세진이 떨리는 시선으로 그녀를 바라보았지만 진심은 말없이 고개를 젓는 것으로 대답을 대신했다.

"저 정말 괜찮아요. 일단은 드라마가 우선이에요."

어차피 각오했던 일이니까.

'이 정도 압력쯤은, 아무렇지도 않아.'

아무렇지 않게 미소 짓는 진심의 행동에 세진의 얼굴이 찌푸려졌다. 진심은 그녀가 불의를 참지 못하는 성격이라는 걸 알고 있었으므로 맑게 웃기만 했다.

"좋습니다! 그럼 그렇게 진행하도록 하죠!"

세진과 입 밖으로 낼 수 없는 눈빛을 주고받고 있을 때, 멀리서 호탕한 웃음소리가 들렸다. N방송국의 윤재형 국장이 국연준을 향해 손을 내밀고 있는 모습이 보였다.

'드디어 끝인가.'

진심은 윤 국장의 손을 흔쾌히 맞잡는 국연준을 지켜보다 안도의 한숨을 내쉬었다.

"아! 오윤서 씨!"

대체 왜 그들이 협상을 하는 과정을 지켜봐야 하는 건지 모르겠지만, 서서히 이 미팅이 끝날 기미를 보였다. 제 문자만 기다리던 정록에게 '이제 데리러 오세요'라는 문자를 전송 완료한 후, 빙긋 웃던 진심은 다른 사람들을 따라 일어났다.

그런 진심을 윤 국장이 급히 불러 세웠다.

"국 부사장님이 일이 성사된 기념, 또 이번 드라마의 성공적인 방영을 기원하는 의미로 회식을 제안하셨는데…… 윤서 씨도 함께 가는 게 어때요?"

"예?"

"그렇게 하시죠, 오윤서 씨."

윤 국장의 제안에 이어 기다렸다는 듯 말을 덧붙이는 국연준의 음성이 들려왔다. 진심은 제게 시선을 보내고 있는 국연준을 직시하다 굳게 닫혀 있던 입술을 달싹였다.

"어머, 어떡하죠? 제가 실은 방금 미팅 끝내는 걸 보고 약속을 잡아 버려서."

"아……."

"게다가 아무 이유 없이 내내 앉아 있어서인지, 몸이 조금 피로하네요. 아마도 시차 적응에 시간이 걸리나 싶어요."

"맞다. 윤서 씨 귀국한 지 얼마 안 됐죠?"

"네."

호호, 진심은 미소를 잃지 않고 고개를 끄덕였다. 아쉬운 표정을 지으면서도 그녀를 이해한 윤 국장이 '어쩔 수 없네요. 우리끼리라도 한잔하시겠습니까?'라고 국연준에게 말하는 게 보였다.

진심은 답변을 머뭇거리는 국연준과 다른 사람들을 바라보더니, '즐거운 시간 보내세요! 먼저 실례하겠습니다!' 하고 외친 후 미팅룸을 벗어났다.

"윤서 씨. 그럼 조만간 시작할 촬영, 잘 부탁드려요. 물론 막바지 대본 작업하느라 자주는 못 찾아가겠지만 간혹 얼굴 비출게요."

자신을 데리러 온 웬 차에 오르던 세진이 그녀를 배웅하기 위해 서 있던 진심을 보며 말했다.

진심은 세진의 문을 대신 닫아 주며 대꾸했다.

"네. 좋은 대본 부탁드려요, 작가님."

"마찬가지예요. 시청자들을 휘어잡을 만큼 좋은 연기, 아시죠?"

윙크를 보내는 세진에게 웃음으로 화답하던 진심은 멀어지는 세진의 차가 시야에서 사라질 때까지 서 있었다. 아마도 세진을 태우러 온 사람은 그녀의 남편이자, 그녀가 속한 소속사의 대표인 바로 그 남자임이 틀림없다.

두 남녀의 연애사에 대해서도 들은 적 있었던 진심은 차에 타며 그에게 입을 맞추던 세진을 떠올리며 가슴이 간질간질해지는 걸 느꼈다.

'우리 변호사님은 언제 오시려나.'

미팅이 끝났다는 문자를 보내자마자 정록은 곧 가겠다는 답변을 보내왔다. 상암동 근처에서 기다리고 있었기에 가능한 일이었다. 조금만 더참으면, 사랑하는 정록을 볼 수 있다는 생각에 진심은 괜히 들떠 있었다.

길가에 서 있는 자신을 보고 작별 인사를 하던 스태프들과 손짓을 주고받고 있을 때였다.

그녀는 빠앙, 울리는 클랙슨 소리에 고개를 돌렸다.

"변……!"

당연히 정록일 거라 여겼던 진심의 상기된 얼굴이 순식간에 일그러졌다. 물론 눈에 띌 변화는 아니었지만, 적어도 창문을 내린 상대는 충분히 알아볼 모습이었다.

"그렇게까지 실망하다니. 조금 섭섭한데요?"

값비싸 보이는 차의 뒷좌석에서 목소리가 흘러나왔다. 진심은 저를 아래위로 훑고 있는 검은 눈동자에 이를 악물었다.

[권 변호사님이 대신 가 주신다니, 다행입니다. 안심하고 변호사님께 맡기겠습니다. 대신 내일 10시까지는 사옥으로 와야 한다고 윤서한테 전해 주십시오. 그럼.]

정록이 진심의 문자를 받고 열심히 액셀러레이터를 밟고 있을 무렵이었다. 제게 걸려 온 전화가 혁준임을 인지하곤 얼른 전화를 받은 그는 의외의 말을 전해 들었다. 진심의 성화에 못 이겨 미팅 장소를 벗어났는데, 아무리 생각해 보아도 그녀가 걱정된다는 말이었다.

'단순한 사전 미팅이 아니었나?'

지금 진심을 데리러 가고 있다는 말을 하자마자, 긴 한숨을 내쉬며 안도하는 혁준의 음성이 차 안을 가득 울렸다. 의문을 품으면서도 질문할 틈도 없이 끊어 버린 혁준으로 인해 묻지도 못했다. 정록은 진심이 기다리고 있다는 상암동을 향해 조금 더 빨리 움직이기로 결심했다.

'어?'

진심이 여섯 시간 넘게 미팅을 가지고 있다던 바로 그 장소. 상암동에 위치한 N방송국 근처의 카페 길로 들어선 정록은 길가에 서 있는 길쭉한 여자를 발견했다.

'저렇게 티 나게 있어도 되는 건가?'

이제 곧 완연한 봄이었기에 얇은 트렌치코트로 한껏 멋을 부린 한 여자가 누군가를 기다리며, 주위를 두리번거리고 있는 모습이 보였다. 정록은 스르륵 올라가는 입꼬리의 움직임을 막지 못한 채, 그녀에게 차를 몰고 가려 했다.

하지만 그보다 앞서, 어디선가 홱 나타난 검은 외제차가 클랙슨을 울리며 진심을 불렀다. 진심이 제 차가 아닌 그 차로 시선을 옮기는 모습을 보며 정록은 길가에 차를 댔다.

'관계자 중 한 명인가?'

그 차에 탄 누군가는 진심에게 말을 걸고 있었다. 뒤편에 차를 대고 있었기에 차에 탄 사람이 누군지는 알 수 없었다.

'이번 미팅은 좀 전에 끝났다고 들었는데.'

그녀의 일에 개입할 생각은 없었으므로, 정록은 차에 탄 사람과 대화를 나누는 진심을 지켜보기로 했다.

'……?'

진심이 서 있던 길가 주변엔 가로등이 많은 편은 아니었다. 이미 해가 져 주변이 어둑함에도 불구하고 진심의 얼굴이 정록의 운전석에서도 잘 보이는 까닭은, 카페에서 나오는 빛 때문이었다.

누군가와 대화를 하고 있는 진심을 바라보며 옅은 미소를 머금던 정록은 어느 시점을 계기로 진심의 얼굴에 변화가 읾을 알아차렸다. 비교적 여유로운 태도를 보이던 정록이 운전석의 문을 열었다.

"싫다고 몇 번을 말씀드려야 하죠? 제가 그쪽과 같은 차를 탈 이유는 없다고요."

정록을 대할 때와는 달리, 짜증이 가득 섞인 진심의 목소리가 공기를 타고 퍼져 나갔다. 어느새 차에서 내린 한 남자는 진심을 향해 손을 뻗으며 말했다.

"이렇게 날을 세울 이유가 있나요? 어차피 한배를 탄 사인데. 윤서 씨. 좋게 좋게 진행합시다."

"저기요!"

"복귀를 하면서, 우리가 재회할 건 윤서 씨도 이미 예상한 일이잖습니까?"

"하?"

"알 만한 성인끼리 이렇게 뜸 들이지 말자고요. 윤서 씨만 날 세우지 않으면 윤서 씨도 좋고, 나도 좋아질 일입니다."

"국연준 씨! 하아, 제가 대체 몇 번을 말씀드려야 하죠? 그렇게 당하시고 아직도…… 어?"

남자와 실랑이를 벌이던 진심이 갑자기 시야를 막는 누군가의 행동에 눈을 크게 떴다.

"어어?"

정록은 등 뒤에서 들려오는 진심의 탄성에 반응하지 않았다. 그는 진심과의 사이를 막아선 저를 노려보는 한 남자를 주시하고 있었다.

'이 사람은…….'

이미지 관리다, 뭐다 해서 관계자들에게 언제나 생글생글 미소 짓던 진심이 왜 차에 탄 사람을 향해 얼굴을 찌푸리고 있었는지 단번에 알아차릴 수 있었다.

「……곧 다시 보죠.」

언제였던가. 안미진 사건으로 진심과 함께 들렀던 예의 프라이빗 파티에서였나.

정록은 서늘한 눈을 빛내며 음성을 흘렸다.

"낯이 익군요."

"마찬가지."

섬뜩한 눈의 사내가 정록을 바라보며 대꾸했다. 정록은 그의 살벌한 시선에도 아랑곳 않았다.

"또 내 연인을 괴롭히고 있었던 겁니까?"

'국연준. 아마도 그런 이름이었지.'

정록은 저와 진심을 번갈아 쳐다보는 국연준에게 물었다. 국연준이 불쾌한 단어를 들었다는 듯, 미간을 좁히더니 진심을 쳐다봤다.

"이 사람과 아직도 만나고 있는 겁니까, 윤서 씨?"

"질문은 제가 먼저 했습니……."

"난 당신에게 물은 게 아니야."

정록은 제 말을 끊어 버리는 국연준의 무례한 행동에 황당한 표정을 지었다.

'……!'

이 마음에 안 드는 작자를 어떻게 혼쭐낼까 생각을 하고 있을 때, 정록은 아래로 놓였던 제 손을 살포시 잡는 누군가의 손길에 눈을 크게 떴다. 진심이 굳은 얼굴로 제 손을 잡고선 국연준을 직시하는 게 보였다.

"네."

"윤서 씨."

"그러니 국연준 씨께 똑똑히 말씀드리죠."

정록은 꽈악, 힘이 들어가는 진심의 악력에 아무 말도 하지 않았다. 그저 그녀를 지켜보기만 할 뿐.

진심은 인상을 쓰고 있는 국연준에게 말을 이었다.

"더 이상 임자 있는 여자를 건드릴 생각은 하지 않으셨으면 좋겠어요."

"윤……."

"저, 이 남자랑 곧 결혼할 겁니다."

진심은 폭탄 중에서도 핵폭탄을 터뜨리며 상대의 입을 다물게 만들어 버렸다. 그녀의 말에 귀를 기울이고 있던 국연준이 대체 무슨 소리를 하냐는 표정을 지으며 진심을 응시했지만, 진심은 눈 한 번 깜빡이지 않았다.

오히려 당당한 표정을 지으며 콧대를 세우고는 그에게서 눈을 돌리지 않았다.

'뭐. 어쩔 건데?'

쿵쾅쿵쾅, 심장이 미친 듯이 뛰고 있었지만 진심은 눈가에 들어간 힘을 빼지 않았다. 그녀는 할 말을 잃어버린 국연준을 향해 빙긋 웃어 보였다.

"못 들을 말이라도 들으신 얼굴이시네요."

국연준은 대답하지 않았다. 진심은 그런 그를 보고 피식 실소를 흘리더니, 이내 곁에 서 있던 정록의 팔에 팔짱을 끼며 그를 끌어당겼다.

정록이 그녀에게 끌려오자 진심은 샐쭉 웃었다.

"미안해요. 이렇게 밝힐 생각은 없었는데."

"……."

"갈까요?"

저를 올려다보며 묻는 진심에게 정록이 살짝 고개를 끄덕였다. 진심은 일말의 망설임도 없이 그와 함께 몸을 돌리려 했다.

"참."

진심은 저를 여전히 쳐다보고 있는 국연준에게 할 말이 남았는지, 국연준이 내린 차 뒤편에 위치한 정록의 차로 걸어가려다 행동을 멈추었다. 딱딱하게 얼굴을 굳히고 있던 국연준의 눈동자가 옆으로 향했다.

진심은 입꼬리를 올렸다.

"만약 국연준 씨도 시간이 되신다면, 제 결혼식에 와서 축의금이나 기부하고 가세요."

"……!"

"국연준 씨, 돈 많으시잖아요. 그 돈을 못 써서 환장하시는 것 같은데, 이왕이면 제 행복을 축복해 주는 데 쓰면 좋을 것 같네요. 안 그래요?"

"……."

"그럼 살펴 들어가세요. 가요."

진심은 아무 말도 하지 않는 국연준을 보고 눈썹을 까딱였다. 모든 말을 마친 뒤 정록을 이끌고 차에 타기까지 진심은 조금도 주저하지 않았다.

문제는, 차에 탄 직후였다.

'미쳤어…….'

두근두근.

심장이 제어 불가능한 속도로 뛰었다. 얼마나 빠르고, 크게 뛰는지 정록이 운전석에 타 문을 닫는 소리도 듣지 못할 정도였다. 진심은 정면에서 정록이 제 안전벨트를 채워 주는 모습을 묵묵히 지켜보는 국연준의 시선을 느꼈다. 철컥거리는 소리에 진심이 스윽 고개를 돌렸을 땐, 정록이 액셀러레이터를 밟으며 핸들을 움직였을 때였다.

"……."

정록 역시 그녀의 폭탄선언을 똑똑히 들었을 텐데, 어찌 된 셈인지 일언반구도 하지 않고 있었다. 진심은 벌렁거리는 심장을 주체하지 못하고 핸들을 잡고 있던 손 위로 제 손을 포갰다. 서늘한 표정으로 운전을 하고 있던 정록의 눈이 그녀를 향하자 진심이 닫혀 있던 입술을 열었다.

"벼…… 변호사님……."

그녀는 울상을 지으며 중얼거렸다.

"이제 어떡……하죠?"

❖

「그러길래 그런 말은 왜 한 겁니까.」

정록이 타박하듯, 한숨을 내쉬며 말했다. 진심은 망했다는 표정으로 대꾸했다.

「하도 신경을 건드리니까 그렇죠! 그 인간이 얼마나 악질인데요. 그렇게 안 하면 절 안 놓아줄 기세였다니까요?」

「그렇다고 인륜지대사와 관련한 거짓말을 하다니…….」

「거, 거짓말이 아니면 되는 거죠!」

「예?」

「벼, 변호사님. 이왕 이렇게 된 거, 저랑 결혼하실래요? 그래요! 차라리 그러는…… 악!」

자포자기의 심정으로 외친 진심의 말에 정록은 대답 대신 브레이크를 밟았다. 정록을 쳐다보고 있던 진심이 앞으로 쏠려 조수석의 틀과 부딪쳤다. 히잉, 눈물을 찔끔거리며 그를 쳐다보자 정록은 차갑게 말했다.

「그런 건 그렇게 홧김에 정하는 게 아닙니다.」

어찌나 싸늘한지. 정록의 검은 눈이 제게 꽂히는 걸 보며 심장이 철렁거릴 지경이었다. 진심은 그 말을 끝으로 다시 운전에 집중하는 정록에게 단 한 마디도 걸 수 없었다.

'아니. 내가 뭐 못할 말을 한 것도 아니고! 이렇게 된 거 결혼하자는 게, 뭐가 나빠!'

씩씩거리며 걸음을 옮기던 진심이 돌연 툭 멈추었다.

"잠깐만. 혹시 그거…….'

'나랑 결혼 안 하고 싶어서 그러는 거 아니야?'

생각이 거기까지 미친 진심의 얼굴이 급속도로 어두워졌다.

'그러고 보니 한 번도 변호사님이랑 이런 얘기를 한 적이 없었어…….'

진지하게 만남을 이어 가고 있기는 하나, 앞으로의 미래에 대해 이야기를 나눈 적은 없었다. 얼마 전, 정록의 할아버지를 만났을 때야 스치듯 이야기가 나오지 않았던가. 진심은 '이건 나중에 다시 얘기하죠'라 말하며 대화를 단절했던 며칠 전의 정록을 떠올리곤 인상을 썼다.

"어머, 윤서 씨!"

상암동에 위치한 N방송사 드라마국으로 향하는 길. 잠시 통화를 하러 간 혁준보다 한 걸음 앞서, 엘리베이터를 기다리고 있던 진심은 등 뒤에서 들려온 목소리에 고개를 돌렸다.

"작가님!"

이세진 작가가 그녀를 향해 반갑게 손을 흔들며 다가오고 있었다. 진심은 쓰고 있던 선글라스를 벗고는 그녀에게 고개 숙여 꾸벅 인사를 했다.

"어휴, 우리 사이에 무슨. 그런데 윤서 씨는 여기 어쩐 일이에요? 첫 촬영까지는 아직 일주일이나 남지 않았어?"

"아. 그렇긴 한데…… 오늘 아침에 윤 국장님께 전화가 왔거든요."

"국장님이?"

"네. 급한 일이 있어 상의를 해야 할 것 같은데 와 줄 수 있냐고 하시더라고요."

"……급한 일? 윤서 씨한테도 그렇게 말했다고요?"

"네. 작가님도요?"

세진이 미심쩍은 표정을 짓더니 이내 고개를 끄덕였다. 무슨 일이지. 나지막하게 중얼거리는 그녀를 지켜보던 진심은 스르륵 열리는 엘리베이터를 발견하곤 빙긋 웃었다.

"일단 가 보죠."

세진은 먼저 엘리베이터 안에 몸을 싣는 진심을 따라 발을 내디뎠다.

"그게…… 무슨 소리예요?"

그로부터 얼마 뒤, N방송사 드라마국 국장실에서는 떨림을 가득 담은 목소리가 흘러나왔다. 국장실 내에 있던 두 여자 중, 세진에게서 먼저 흘러나온 소리였다.

"지원을 안 해 주겠다니요! 갑자기 그게 무슨 소리시냐고요!"

흥분한 세진이 침을 튀겨 가며 소리쳤지만, 상석에 앉아 있던 윤 국장의 입은 열리지 않았다.

'아.'

진심은 그런 그의 눈동자가 아주 느릿하게, 자신을 향하고 있음을 알아채고선 쓴웃음을 흘렸다.

어쩌면.

아주 어쩌면, 이 같은 일이 일어날 것임을 어렴풋이 눈치채고 있었을

지도 모르겠다.

「윤서 씨. 오늘 시간 괜찮습니까? 괜찮다면 잠깐 방송국으로 와 줬으면
좋겠는데……. 방송국까지 오기 힘들다면, 내가 윤서 씨가 있는 곳으로 가
고…….」

소속사를 통해서가 아니라, 제게 직통으로 전화를 걸어선 어렵게 말을
꺼내던 윤 국장의 태도. 그 태도 하나만으로 이번 일은 충분히 짐작 가능
했다.
"됐어요!"
입을 꾹 다물고 있는 진심과는 달리, 이번 일을 윤 국장에게 전해 듣고
선 노기를 가라앉히지 못하던 세진이 버럭 소리쳤다. 난처한 표정을 지으
며 윤재형 국장이 그녀를 말리려 들었지만, 세진의 저항은 거셌다.
"필요 없다고 해요!"
"이 작가."
"아니. 고작 광고주 하나가 빠지는 건데, 뭐 큰 타격 있겠어요? 우리도
필요 없다니까요? 참나. 자기들 아니면 다른 광고는 안 붙을 줄 아는 건
가! 제국 전자 하나 아웃한다 해서, 무슨 큰 대수라고. 됐다고 해요!"
"하아. 그렇게 간단한 문제면……."
"아니, 어이가 없잖아요! 갑자기 주연 배우를 하차시키라니. 하차를 안
시키면 제작 지원을 안 해 주겠다니! 갑질도 정도껏 부려야죠! 이게 뭐냐
고요!"
국장실을 쩌렁쩌렁하게 울리는 세진의 목소리에 유리로 된 문밖에 있
던 사람들이 국장실 안을 흘긋거렸다. 불같은 그녀의 성격을 익히 알고
있던 윤 국장은 이마를 문지르며 한숨만 내쉬었다.

홍광호 PD 역시 뭐라고 말을 해야 할지 모르겠다는 얼굴로 진심만 흘 긋거리는 상태.

속이 쓰리는 것을 느끼던 진심은 제 눈치만 살피고 있는 두 방송국 관 계자들을 바라보며 말했다.

"국장님이랑 감독님께선…… 제가 어떻게 했으면 하세요?"

"으응?"

"제국 전자가 요구한 대로 하차를 했으면 하시나요?"

"유, 윤서 씨!"

"아, 아냐! 우린……."

진심은 크게 당황하며 손을 휘휘 내젓는 두 남자들을 향해 옅은 미소 를 지었다. 난감하다는 얼굴을 하며 서로를 한 번 흘긋거리던 윤 국장과 홍 PD 중 대표로 입을 연 사람은 윤 국장이었다.

"윤서 씨."

"네."

"한 가지 물어볼 게 있는데……."

"얼마든지요."

"……예전에 윤서 씨랑 스캔들이 나서 윤서 씨한테 접근 금지 명령을 받았던 사람이 혹시……."

'올 것이 왔구나.'

진심은 조심스레 묻는 윤 국장에게 스스럼없이 대답했다.

"네. 맞아요. 그 사람이에요. 제국 전자 국연준 부사장."

"그 빌어먹을 자식!"

"제가 말씀드렸잖습니까. 무턱대고 광고 잡지 말자고! 그 자식, 우리 엿 먹이려고 일부러 접근한 거였어요!"

차분히 대꾸하는 진심을 보고 윤 국장이 상스러운 소리를 흘렸다. 그

얌전하던 홍광호 PD 역시 이를 갈며 소리치고 있었다.

"그러게. 처음부터 계획했던 거였어. 깊숙이 발 들여 놓고, 가장 결정적인 순간 우리를 압박하려고…… 으아악! 진짜 돌아 버리겠군."

벅벅, 머리를 쥐어뜯으며 중얼거리는 윤 국장의 모습에 왠지 웃음이 났다.

진심은 자리에서 일어났다.

"윤서 씨?"

"기한은 언제까지예요?"

"뭐?"

"그쪽에서 방송국에 결정할 기한을 줬을 거 아니에요."

진심은 똑바로 서선 대답을 머뭇거리는 윤 국장과 홍 PD를 내려다보았다. 그 모습을 빤히 지켜보고 있던 세진이 성난 목소리로 외쳤다.

"잠깐. 설마 하차할 생각을 하고 있는 거예요, 윤서 씨?"

진심은 말없이 세진을 쳐다봤다.

"말도 안 되는 생각은 아예 하지도 마! 아니, 제국 전자 지들이 뭔데 윤서 씨 보고 하차를 하라 마라야? 엄연히 제작자는 우리 그린 엔터거든요? 국장님. 만약 N방송사에서 편성 안 해 주겠다면, 우리 그냥 다른 곳으로 갈 거예요. 나, 윤서 씨가 주연 아닌 드라마는 방영할 생각 없어요!"

"아니, 이 작가. 우리가 언제 방영 안 한다고 했어? 나도 윤서 씨가 주연인 걸 원해!"

"근데 왜 망설여요! 그냥 제국 전자를 잘라 내면 되잖아요!"

"그게 쉽나! 이번 계약도 계약이지만, 앞으로 우리 방송국에서 나올 다른 드라마도 생각해 줘야지! 이번에 잘못되면, 앞으로 제국 전자랑은 다시 일하기 어렵다는 말까지 들었단 말이야."

"……!"

세진의 입을 다물게 한 윤 국장이 고개를 돌려 다시 진심을 쳐다봤다.

"윤서 씨. 우리도 절대 윤서 씨를 하차시킬 생각은 없어."

"……."

"우리가 부탁하고 싶은 건, 윤서 씨가 그 국 부사장이랑 화해할 순 없냐는, 뭐 그런 간단한 거야."

"아, 진짜! 국장님!"

"이 작가는 가만히 있어 봐."

세진을 막아 세운 윤 국장이 서늘한 표정을 짓고 있는 진심에게 고개를 푹 숙였다. 진심은 예상치 못한 그의 행동에 입술을 파르르 떨었다. 윤 국장의 다음 말은 이어졌다.

"윤서 씨가 매우 난처한 상황이라는 것도 알고, 당황스러운 것도 알아. 그런데 이미 편성 날짜까지 잡아서 공표했고, 우리 쪽에서 방영될 날만 기다리는 게 바로 윤서 씨 드라마야. 그런 윤서 씨의 컴백 드라마가 이런 일에 휘청거릴 순 없잖아."

"……."

"그쪽에서 무엇 때문에 이렇게 강경한 태도를 취하는 건지 모르겠지만, 그날 보였던 태도로 봐선 윤서 씨와 그리 나빠 보이지 않았는데……. 혹, 두 사람 사이에 뭔가 틀어진 것이 있다면 윤서 씨가 직접 나서서 회복해 줬음 해. 우리도 물론 최선을 다하겠지만, 꼬인 매듭은 당사자끼리 푸는 게 좋지 않겠어?"

"……."

"부탁할게. 윤서 씨가 이번 한 번만 나서 줘요."

눈앞이 아찔해졌다.

❖

'이쯤 되면 전화가 올 때가 됐는데.'

그는 비릿하게 입꼬리를 올리며 창밖을 응시하고 있었다. 휙휙. 평소처럼 수많은 차들이 저마다의 사정을 안고 넓은 대로를 지나다니고 있었다.

그런 모습이 훤히 보이는 그의 사무실은 일반인들은 차마 닿을 수 없을 만큼 높이 위치해 있다.

이 맛에 일부러 아침부터 일어나 출근을 하는 거지.

날 때부터 부유하게 태어나, 많은 것들을 누리고 자랐던 그였다. 얻고 싶은 것은 모조리 얻어야 했고, 만약 자신이 가질 수 없다면 철저하게 짓밟았다. 현 대한민국 사회는 신분제가 아닌 평등사회였지만, 엄밀히 따지고 보면 서열이라는 것이 존재했다.

그는 다른 사람들을 다스리는 직위를 지녔으며 그로 인해 누군가를 압박할 만한 힘도 가지고 있었다. 이번에 그의 먹잇감으로 걸려 든 사람은 몇 년 동안 그토록 가지고 싶어 했던 여자였다.

오윤서.

손안에 들어왔다 싶으면 미꾸라지처럼 빠져나가는 그 여자와의 줄다리기를 그는 꽤 즐기고 있었다. 간혹 마음에 들지 않는 짓거리를 이어 가는 그 여자를 보고, 화가 치밀어 오를 때도 있었지만 후일 그녀를 온전히 가졌을 때 느끼는 희열을 상상하며 꾹꾹 인내했다.

「저, 이 남자랑 곧 결혼할 겁니다.」

어디서 갑자기 그녀의 옆에 나타난 그 빌어먹을 남자만 아니었더라면, 아마 천하의 그가, 천하의 국연준이 이렇게 조급함을 느끼지도 않았겠지.

'결혼?'

웃기고들 있다.

저를 똑바로 직시하며 붉은 입술을 달싹이던 여자의 눈빛은 결연함이 가득했다. 그 모습마저 어찌나 사랑스럽던지, 어깨를 짓눌러 무릎을 굽히고 싶은 심정이었다.

제게서 벗어나기 위해 서슴없이 거짓말을 하다니. 어떻게 해서든 발버둥 치려 하는 그녀가 귀엽게 느껴져 그 행동을 지켜봐 줄까란 생각도 들었지만, 봐주는 것은 여기까지다.

"부사장님."

피식, 잇새로 실소를 터뜨리던 그의 귀에 노크 소리가 들렸다. 들어오라는 말을 하기가 무섭게 그의 비서가 무언가를 들고 부사장실로 들어왔다.

창밖을 향했던 그의 검은 눈동자가 돌아갔다. 그의 비서는 손에 든 핸드폰을 그에게 건네며 말했다.

"오윤서 씨입니다."

예상했던 대로, 그 여자가 전화를 걸어 왔다. 그는 멋대로 올라가는 입꼬리의 움직임을 막지 않고선 핸드폰을 귀에 가져다 댔다. 그 후 제 명을 기다리고 있는 비서에게 나가라는 손짓을 한 뒤, 닫혀 있던 입술을 움직였다.

"늦었군요."

그가 알고 있기로는 그녀가 소식을 접한 것은 어제 오전의 일이었다. 이야기를 듣자마자 전화를 걸어 올 것이라 생각했었는데. 연준은 제게 전화를 걸기까지 수많은 생각을 했을 여자를 떠올리며 짙은 미소를 그렸다.

"이미 알고 있긴 하지만, 형식상 물어보죠. 무슨 일로 내게 전화를 걸었습니까, 오윤서 씨?"

오윤서.

몇 년간 그의 덫에 걸려 있던 사랑스러운 그녀.

한 번 나락으로 떨어뜨리면 제 말을 들을 것이라 여겼건만, 자의식이
어찌나 강한지. 쉽게는 함락되지 않는다.

'뭐, 그 맛에 가지고 싶은 거니까.'

어렵게 손에 넣는 것만큼이나 즐거운 것은 없다. 한때 그는 제국 그룹
산하의 선주 일보를 거느렸고, 이제는 세력을 확장해서 제국 전자의 부사
장이 되었다. 머지않은 시점에, 스스로가 제국 그룹의 정식 후계의 자리
까지 오를 거라 믿어 의심치 않던 연준은 두근두근 뛰는 박동 소리를 느
끼며 물었다.

그런 그의 귓가로 고뇌를 가득 담은 한숨 소리와 함께 '국연준 씨' 하
고 어렵게 뱉어 내는 음성이 들려왔다.

— 대체…… 왜 이러시는 거예요.

며칠 전, 그에게 다른 남자와의 결혼을 선언했던 여자의 당당한 모습
은 어디로 가 버렸는지 힘없는 목소리였다. 연준은 싱긋 웃으며 대답해
주었다.

"몰라서 묻는 건 아니겠죠?"

— 국연준 씨.

"저도 윤서 씨에게 이렇게 매정하고 싶지는 않습니다. 제가 윤서 씨를
얼마나 좋아하는데요."

— …….

"다만, 제가 정말 정말 좋아하는 윤서 씨가 그자와 함께 있는 모습을
지켜보는 것이, 그리 달갑지만은 않아서 말이죠."

— …….

"첫 촬영까지 일주일 남은 걸로 기억하는데, 닷새 드리겠습니다."

연준은 터벅터벅 걸어가 데스크 앞의 소파에 털썩 앉으며 다리를 꼬았다. 폭신한 소파에 등을 기대며 눈웃음을 그린 그는 아무 말도 하지 못하는 여자를 향해 마지막 경고를 했다.

"씨알도 안 먹히는 거짓말로 더 이상 날 밀어내려 하지 말고, 내게 와요."

— …….

"윤서 씨도 컴백은 하고 싶을 거 아닙니까? 어떻게 준비한 컴백인데, 고작 남자 하나 때문에 전부 망칠 순 없지 않겠어요?"

— …….

"닷새 뒤, 여의도의 제국 호텔에서 뵙죠. 룸 번호는 그날 오면 알 수 있을 겁니다. 그럼."

상대가 뭐라 말을 이으려 하는 것 같았지만, 연준이 통화를 끊는 게 더 빨랐다. 연준은 통화가 끊어진 핸드폰을 잠시 내려다보았지만, 핸드폰은 다시 울리지 않았다.

"강 비서."

나름 만족스러운 결과를 얻어 낸 연준은 인터폰을 눌러 문 밖의 비서를 불렀다. 그러자 헐레벌떡 뛰어 들어온 자신의 비서가 무슨 일이냐는 표정을 짓는 것이 보였다.

연준은 손에 든 핸드폰을 그에게 던지듯 건네며 중얼거렸다.

"닷새 뒤, 제국 호텔 스위트룸 층은 전부 비워 둬."

「변호사님은 정말 저랑 결혼할 생각은 없는 거예요?」

입을 쭉 내밀며 제게 묻던 진심의 얼굴이 불현듯 떠올랐다. 마음에 들지 않는다는 듯, 입술을 마구 삐죽이고 있는 그녀는 당황한 그를 거세게 몰아붙였다. 물론 진지하게 생각해 보면, 당연히 그녀와의 만남도 결혼을 전제로 한 만남이었다.

게다가 현재 정록이 진심에게 품은 마음은 치기 어린 시절, 여름을 좋아했던 풋풋한 감정과는 거리가 멀었다. 진심이 슬프면 괜스레 저도 슬퍼졌고, 기운이 없으면 저 역시 기운이 없어진다.

그녀가 웃으면 이상하게 힘이 나고, 그녀가 품에 안긴 것을 보고 있으면 가슴이 마구 뛰어 주체할 수 없을 정도니까.

영원히 함께 있고 싶다는 생각을 은연중에 할 만큼, 그녀와의 생활이 익숙해졌고 즐거워졌다. 마음 같아서는 매일 그녀와 함께 자고 일어나는 안정적인 생활을 유지하고 싶기는 한데…….

「아직 한창이잖아요, 우리 오진심이. 그런 오진심이를 채갔으니, 권 변호사도 감당할 건 감당해야죠. 다시 자리 잡을 때까진 많이 자제해야 할 겁니다.」

그럴 때마다, 비너스의 연준석 대표와 나누었던 말이 머리를 웽웽 울린다. 엄밀히 따지고 보면 연 대표의 말도 일리 있었으니까.

현재 진심은 커리어 측면에서 매우 중요한 기로에 놓여 있었다. 그녀의 컴백을 두고 여전히 진심을 비난하는 국민도 있었으며, 그녀의 복귀를 반기는 국민도 있었다.

이 와중 다시 한 번 스캔들에 휩싸인다면, 겨우 마련한 재도약의 발판을 딛기도 전에 와르르 무너질 수 있었다.

'조심해야 해.'

그만큼 신중에, 신중을 가해야 하는 시기이거늘.

정록은 뚱한 얼굴로 '나랑 결혼하기 싫은 이유 한 가지만 대 봐요! 아니다, 한 가지는 너무 적어. 열 가지를 대 봐요!' 하고 외치던 진심을 떠올리며 쓴웃음을 흘렸다.

"권 변호사님."

소장 작성을 마무리하다 말고, 깊은 상념에 빠져 있을 때였다. 정록은 노크 소리에 고개를 들다 어색한 미소를 짓고 있는 새로운 비서를 발견했다.

"안가을 씨입니다."

그를 새롭게 보좌하고 있는 지연이 손님이 왔다는 것을 알렸다. 정록은 의자에서 일어나며 고개를 끄덕였다.

"오랜만이에요, 권 변호사님."

"그러게요. 앉으십시오, 안 선생님."

정록은 생긋 웃으며 집무실 안으로 들어오는 단발머리의 여의사에게 인사를 건넸다.

"제 동료가 직접 찾아뵙고 싶어 했는데, 오늘 급한 수술을 들어가게 돼서 대신 전해 달라고 간곡히 부탁하더군요. 권 변호사님께서 유능한 변호사님을 소개해 주신 덕분에, 원만한 합의가 이루어질 것 같다고 아주 감사해했어요."

정록과 달갑지 않았던 선 자리로 인연을 맺게 된 가을은, 지연이 건네준 차를 호로록 마시며 말했다.

정록은 '그렇습니까?' 하고 대꾸했다.

"다음번엔 직접 찾아오겠다는 말도 하더라고요."

"그러실 필요는 없습니다. 그나저나 그분께도, 안 선생님께도 도움이 됐다니 다행이군요."

"……."

"왜 그러십니까?"

태연하게 말을 잇던 정록을 빤히 주시하던 가을이 픽 웃으며 중얼거렸다.

"그땐 미처 몰랐는데 권 변호사님도 꽤 괜찮은 남자다 싶어서요."

"네?"

"아아. 아쉽네요. 제가 마음을 준 남자만 없었다면, 권 변호사님한테 대시라도 해 보는 건데."

"……하하."

"저기요. 농담이거든요? 그렇게 기겁하지 않으셔도 돼요!"

난처해하는 정록의 모습에 가을은 깔깔 웃으며 소리쳤다.

'계절 이름이 들어간 여자들은…… 껄끄러워.'

정록은 그의 주변에 있는 또 다른 여자들을 떠올리며 속으로 한숨을 내쉬었다.

"참! 그런데…… 그때 그 여성분 말이에요."

다음에 자신의 동료와 함께 밥이나 한 끼 대접하겠다고 말하는 가을에게 형식상 그러라고 대답하던 정록은, 손뼉을 치는 가을을 응시했다.

가을의 눈꼬리가 휘어졌다.

"오윤서 씨 맞죠?"

"……!"

"맞네. 제가 시간이 없어서 드라마는 못 챙겨 보지만, 어쩌다 보니 오윤서 씨가 나온 드라마는 전부 봤거든요. 그래서인지 모습이 참 낯익더라고요."

"아."

"그때 말은 안 했지만, 화내시는 오윤서 씨가 얼마나 귀엽던지. 예쁜 애인을 두셔서 좋으시겠어요, 권 변호사님."

자신의 할아버지와 진심이 그들의 테이블을 훔쳐보고 있던 것은, 당시 그곳에 있던 손님들이라면 모르는 이들이 없었다. 당사자인 가을 역시 그런 시선을 느끼면서도 일부러 더 그들을 자극하곤 했으니까.

정록은 아찔했던 그날의 일을 떠올리며 헛웃음을 삼켰다.

"제가 오윤서 씨와 만난다는 건⋯⋯."

"아! 당연히 비밀이죠. 걱정 마세요. 저도 신세를 진 입장인데, 변호사님 사생활까지 읊을 정도로 염치가 없지는 않답니다."

"⋯⋯고맙습니다."

직접 목격했기에 부정도 소용없을 거라는 걸 알았다. 정록은 손사래를 치는 가을을 보고 옅은 미소를 흘렸다.

"그런데."

가을의 어머니와 정록의 어머니가 주가 되어 만남을 성사시켰으므로, 그녀들에게 그들의 맞선이 뜻대로 풀리지 않았음을 알린 상태였다.

다행스럽게도 맞선 날 이후, 가을이 정록의 사정을 짐작하곤 잘 말해 놓았던지라 수월하게 넘어갈 수는 있었지만, 조만간 정록의 어머니인 나 여사가 다시 나설지 모른다는 생각이 들었다. 앞으로의 일이 걱정이라고 생각하며 두통이 이는 것을 느끼고 있을 무렵.

정록은 조심스럽게 말을 거는 가을을 쳐다봤다.

"오윤서 씨, 괜찮으세요?"

"예?"

그는 뜬금없는 가을의 질문에 미간을 좁혔다.

가을이 의아해하는 그를 보고 '아!' 하고 낮게 탄성을 터뜨렸지만, 결국 어렵게 입술을 움직였다.

"제 주변에 N방송국에서 일하는 PD가 한 명 있는데⋯⋯ 이번 오윤서 씨 드라마가 엎어질 위기에 처해 있다는 소문을 들었다고 하더라고요. 그 때문에 긴급회의도 잡혔다고. 아! 물론 뜬소문일 수도 있겠지만…… 혹시 나 해서 말이에요. 권 변호사님을 뵈니 갑자기 생각나서 드리는 말씀이에 요. 변호사님은 뭔가 알고 계세요?"

아직 쌀쌀함이 남아 있는, 3월의 한강시민공원. 그러나 초봄이라는 것 을 느끼게 할 만큼, 나들이를 나온 사람들이 가득하다. 조금 더 있으면 시 작될 봄꽃 축제만큼이나 즐거워 보이는 사람들. 하나둘씩 집 밖을 나와 봄 향기를 가득 느끼며, 서로를 향해 하하 웃고 있는 사람들.

진심은 그들의 모습을 말없이 주시하며 가만히 앉아 있었다.

'행복해 보이네.'

마음에 천 근을 얹어 놓은 듯한 저와는 한결 동떨어진 사람들의 모습 이 더욱더 진심의 마음을 무겁게 만들고 있다. 하하 호호 웃는 그들을 따 라, 입꼬리를 올리고 싶은데 그럴 수 없다는 것이 안타깝다.

정처 없이 움직이다 보니 여의도 한강시민공원까지 나와 있었다. 부쩍 화사해진 사람들의 옷차림과는 대조적인, 우중충한 제 모습.

모자와 마스크로 얼굴을 가리고 있는 지금의 진심은, 확실히 이곳의 불청객이나 다름없다.

「닷새 드리겠습니다.」

두통이 일 만큼 기분 나쁜 목소리가 귀를 울렸다.

「어떻게 준비한 컴백인데, 고작 남자 하나 때문에 전부 망칠 순 없지 않겠어요?」

비록 대면하고 말하진 않았지만 그 말을 꺼냈을 당시 제게 어떤 표정을 짓고 있었는지 짐작이 됐다. 아마도 비릿하게 입꼬리를 올리고 있었겠지.

진심은 제 말만 하고선 전화를 끊어 버리던 국연준 제국 전자 부사장의 목소리가 자꾸만 귓가에 맴돌아 인상을 썼다.

"하아아."

밝은 공원의 분위기완 어울리지 않는 깊은 한숨이 말라 버린 입술 사이로 흘러나왔다. 진심은 어금니를 세게 악물며 고개를 아래로 떨구었다.

이번 작품으로 진심이 컴백하기까지 적잖은 도움을 준 사람들의 얼굴이 떠오른 것은 그 시점이었다.

첫 만남은 유쾌하지 않았지만 시간이 흐르면 흐를수록 자신을 제대로 지도해 주기 시작했던 정록을 비롯한 올웨이즈 식구들, 사건이 터지면 툴툴거리기는 했으나 그래도 끝까지 진심을 믿고 지원해 준 비너스 식구들.

여주인공은 오로지 진심뿐이라며 그녀의 준비를 기다려 줬던 이세진 작가, 함께 촬영 호흡을 맞추며 한국에서의 첫 촬영이 기대된다고 말했던 홍광호 PD를 비롯한 드라마 스태프들까지. 그리고 그 외에도 〈리갈 마인드〉를 시작하기까지 수많은 이들이 진심을 돕고, 응원했다.

'닷새.'

닷새.

하지만 그런 진심에게 주어진 시간은 고작…… 닷새뿐이다. 해외 로케이션 촬영을 제외하곤, 본격적인 첫 촬영을 시작하기까지 무려 두 달이 걸렸다. 본격 컴백 선언까지 치면 올웨이즈의 네 달까지 포함해서 여섯 달.

아니, 그 전에 강제 휴식기를 가졌던 것을 생각한다면 일 년 하고도 반 년이 조금 못 된다. 나름 짧다고 할 수 있는 시간이나, 연예인인 오윤서에게 그만큼의 공백은 타격이 크다고도 볼 수 있었다.

비록 오윤서라는 배우가 신비주의를 지향하기는 하나, 근래의 연예계에는 대중들에게 얼굴을 비치지 않는다면 쉽게 잊히는 성향을 보이고 있었다. 특히나 그녀처럼 아무리 최고의 자리를 유지했던 배우라도, 커다란 구설수에 올라 활동을 중단했던 경우엔 더더욱.

'나쁜 자식!'

진심은 주먹을 세게 움켜쥐며 입술을 파르르 떨었다.

그만큼 저를 괴롭혔으면서, 컴백을 시도하려는 그녀의 목을 죄는 모습이 진심의 어깨를 더욱 짓누르고 있었다. 그녀라고 의문이 들지 않는 것은 아니었다.

많은 스캔들에 엮이지는 않았으나, 하나의 스캔들이 몰고 온 파장은 컸으니까.

한때 완벽한 대한민국 여신으로 찬양받던 그녀는 딱 하나의 스캔들에 이미 불여우라는 낙인이 찍혀 있는 상태였다. 비록 그 스캔들이 거짓으로 판명 났다고 하나, 대중들에게 스캔들의 진실 유무는 중요하지 않았다.

일단 스캔들이 일어났다는 사실 하나만으로 대중들은 그녀에게 실망해 버린 후였다. 그래서 이번 컴백이 중요했다. 이번 드라마가 중요했다. 좋지 않은 인상을 남겼던 대중들의 머릿속에 새로운 오윤서의 이미지를 덮어 줄지도 모르는 바로 이 〈리갈 마인드〉가 중요했다.

불안했다.

화려하게 복귀를 하겠다고 마음먹었으면서도 한편으론 대중들이 과연 자신을 반길 것인지, 불안했다. 그러한 제 감정을 읽은 건지 흐트러진 머리카락을 쓸며 속삭인 정록의 말은 진심의 귓가에 살포시 내려앉았다.

「오진심 씨의 마음은 분명, 대중들에게 닿을 겁니다.」

진심은 슬그머니 고개를 올려 제게 옅은 미소를 보내고 있는 정록에게 물었다.

「정말요? 정말…… 닿을 수 있을까요?」

과연 그들이 날 잊지 않고, 반겨 줄까?

염려가 가득한 진심의 질문에 정록의 눈이 부드럽게 휘어졌다. 그는 도톰한 입술을 그녀의 이마에 가져다 대더니 살짝 입을 맞추었다. 진심이 그의 입술과 닿았던 이마에서 퍼져 나간 온기에 몸을 떨었다. 정록은 웃으며 속삭였다.

「네. 틀림없이. 당신의 진심이, 내게 닿았던 것처럼.」

후드득, 굵은 눈물방울이 진심의 눈에서 떨어졌다. 크게 미소 짓지는 않았지만 작게 웃어 주었던 그의 말이 뇌리에 각인된 것이 분명하다. 진심은 쿵쾅쿵쾅 뛰는 가슴을 가라앉힐 생각을 하지 않았다. 오히려 입술을 악물며 인상을 썼다.

'포기…… 안 해!'

잠시.

아주 잠시나마, 국연준의 말에 흔들릴 뻔한 자신이 원망스럽다. 진심은 아래로 숙였던 고개를 번쩍 들어 올렸다. 그러고는 조금 전과는 다른 의미로 주먹에 힘을 가했다.

'고작 이런 압박에 흔들리지 않을 거라고! 어떻게 여기까지 왔는데…… 변호사님한테 얼마나 구박을 받고, 그걸 어떻게 견디며 여기까지 왔는데! 날 깔보던 사람들의 눈빛이 변하는 것을 어떻게 지켜봐 왔는데!'

흔들리던 진심의 눈이 견고해졌다. 진심은 자리에서 벌떡 일어났다.

'이제 다시 시작이야.'

대중들에게 달라진 오진심을, 아니 오윤서를 보여 줄 때까진…….

"나! 절대로, 포기 안 할 거라고!"

쩌렁쩌렁한 진심의 목소리가 한강 둔치를 가득 울렸다. 서로에 집중하며 초봄의 분위기를 즐기던 사람들의 이목이 웬 모자 쓴 마스크녀에게 집중됐다.

그녀를 이상하게 쳐다보는 사람들의 시선이 쏟아지자 진심은 얼굴이 화르륵 붉어지는 것을 느꼈다. 얼른 몸을 돌린 진심은 후아, 후아 숨을 골랐다.

'응?'

그때였다. 진심은 지이잉 울려 대는 핸드폰 진동에 쿵쾅거리는 마음을 다잡아야 했다. 슬쩍 액정을 보니 전화를 걸어 온 사람은 정록이다.

화끈거리는 낯빛을 겨우 진정시킨 진심은 통화 버튼을 누르고 나름의 밝은 목소리를 내려 했다.

"어, 변호사님! 어쩐……."

— 어딥니까.

착 가라앉은 음성. 하이톤의 진심과는 매우 대조적인 어조였다.

'왜 이러지?'

뭔가 화가 난 것 같기도 하고.

진심은 그의 태도에 의문을 느끼며 고개를 갸웃거리다, 다시 제 일에 집중하기 시작하는 사람들을 바라보며 대꾸했다.

"여기요? 아…… 어쩌다 보니 한강이요."

— 예?

"아뇨, 아뇨! 한강시민공원이요! 공원이에요, 공원! 그런데 왜 그러시
죠? 무슨 일…… 있으세요?"

— 여의도입니까?

"아, 네."

— 꼼짝 말고 거기 있어요.

"네? 어, 저기 무슨 일인지……!"

의미심장한 정록의 반응에 의아함을 느꼈다. 그 이유를 물어보기 위해
입술을 움직이던 진심은 제 말만 하고 끊어 버린 정록의 전화를 황당하게
내려다보았다.

'무슨 일 있나?'

진심은 인상을 쓰며 다시 대기화면 상태로 돌아간 핸드폰을 말없이 바
라보았다. 결의를 다진 후, 공원을 벗어나려 했던 진심의 계획은 살짝 미
뤄졌다.

"오진심 씨!"

2, 30분쯤 지났을까.

벤치에 앉아 있던 진심은 슬그머니 자리를 옮겨 주차장을 어슬렁거렸
다. 낯익은 차가 시야로 들어오길 기다리기 위해서였다.

얼마 지나지 않아 익숙한 색의 자동차가 주차장으로 들어오자 진심은
입꼬리를 위로 올렸다. 진심이 반갑게 그 차에 다가가며 손을 흔들었지
만, 대꾸해 주지도 않고 운전에 집중하던 정록은 대충 차를 댄 후 운전석
에서 내렸다. 진심은 차에서 내리자마자 제 이름을 부르는 정록에게 걸어
갔다.

"변호사님! 바쁘지 않으세요? 여기까지 어쩐 일이세요? 무슨 일 있어요? 아까 목소리 되게 안 좋으시던데. 대체 무슨 일이세요? 걱정거리라도…… 엇!"

핸드폰 너머로 들려오던 그의 목소리가 심상찮았기에, 쏟아 내는 질문량 역시 만만찮다. 입술을 잠시도 멈추지 않는 진심을 그저 바라보고 있기만 하던 정록은 의아해하는 진심에게 대답해 주는 대신.

"변호……사님?"

와락, 진심을 껴안는 것으로 대꾸해 주었다.

두근두근.

그의 체취가 코끝으로 스며들어 와 심장이 벌렁거렸다. 갑작스러운 그의 행동에 돌연 의문이 일었다. 진심은 의아한 얼굴로 그를 올려다보았다. 정록이 굳은 표정을 지으며 자신을 안고 있는 것이 보였다.

'정말 무슨 일 있나?'

심각한 그의 얼굴이 신경 쓰인다. 안면이 서서히 굳어 가는 것을 느끼며 그의 입술이 열리기까지, 진심은 말없이 기다렸다.

쿵쿵.

서로의 심장 소리가 섞이는 것이 나쁘지 않다고 생각했다. 비록 이 포옹이 주차장 한가운데서 취해지는 행각이라지만, 그래도.

옅게 그려진 미소가 얼굴 전체로 퍼져 나갔다. 그의 품에 안겨 있으니, 온갖 근심이 다 사라지는 느낌이었다.

"오진심 씨."

그가 자신을 놓아주지 않았으면 좋겠다고 생각하고 있던 진심은, 부드럽게 저를 부르는 정록의 음성에 고개를 슬며시 들었다. 그의 미동 없는 눈동자가 자신을 향해 있었다. 진심은 샐쭉 웃었다.

"당신은 혼자가 아니에요."

정록은 헤벌쭉 미소 짓는 진심을 향해 말했다. 그리고 그 말에 진심의 눈동자가 거세게 요동쳤다. 정록은 놀란 진심을 향해 다시 입술을 달싹였다.

"더 이상 혼자가 아니니, 무거운 짐이 있으면 나와 함께 나누어야 합니다."

"변호사님……?"

"그게, 연인이라는 거니까."

저를 바라보는 정록이 무슨 말을 하고 있는지 알 것 같아서, 진심은 말 대신 뭉클한 감정을 억누르려 노력해야 했다.

진심은 두 눈을 휘둥그레 떴다. 여의도에서 장소를 옮긴 그들 일행이 도착한 곳은 정록의 집이나, 진심의 집이 아니었다. 그 사실에 일차적으로 놀라기는 했으나…….

"예?"

차에서 내려 어딘가로 걸어가려던 정록의 옷자락을 진심은 다급하게 잡았다. 성큼성큼 움직이던 정록이 의아한 표정을 지으며 뒤를 돌아봤다. 진심은 인적 없는 널찍한 도로를 두리번거리며 작게 소리쳤다.

"여, 여기가 어디예요! 어째서 여기에 온 거예요? 네?"

심장이 두근두근 뛰었다.

오래전 촬영을 하느라 이런 곳에 오기도 했고, 한때 이런 곳에서 살아 볼까란 생각도 한 적 있었지만 조용한 곳보다는 시끌벅적한 곳을 좋아했기에 도심의 높이 솟은 아파트를 택했었다. 그런 진심은 삼엄한 태세로 주위를 둘러보던 경비원들이 아무렇지 않게 정록의 차를 통과시켰던 것을 떠올리며 외쳤다.

정록이 픽 웃더니 얼른 차에 타자고 말하는 진심의 손목을 덥석 잡았다. 진심의 눈이 크게 떨렸다.

"벼, 변호사님! 변……!"

성큼성큼.

정록은 주저 않고 진심을 끌어당겼다. 당황한 그녀는 어쩔 수 없이 끌려가면서도 좌우를 자꾸만 돌아봤다.

'헉!'

정록이 멈춰 선 곳은 평창동 내에서도 꽤 눈에 띄는 커다란 저택 앞이었다. 진심은 이해할 수 없는 그의 행동에 숨을 크게 들이켜며 인상을 썼다.

'이 남자가 대체 왜 이래!'

「같이 가도록 하죠.」

「네? 어딜……?」

「가 보면 압니다.」

한강공원에서도 충분히 수상했던 정록은 끝내 목적지를 말하지 않고 진심을 차에 태웠다. 조수석에 앉은 내내 의문을 감추지 못했던 진심은 눈앞이 새하얗게 물드는 것을 인지했다.

'대체 무슨 생각인 거야!'

"저기, 변……!"

'설마 평소 알고 지내는 클라이언트들에게 찾아가 내 사정을 설명하고 협조를 구할 생각인 건가?'

진심은 불안한 눈으로 정록을 말리려다 벌어진 입을 다물지 못했다.

정록이 예의 저택의 인터폰을 향해 다가가더니, 초인종 버튼을 꾹 눌렀기 때문이다. 진심은 경악했다.

"정말 무슨 생······."

— 어머! 연락도 없이 어쩐 일이세요?

정록의 뒤편에 서 있던 진심은 인터폰에서 흘러나오는 목소리가 왠지 살갑다고 생각했다. 정록은 의아해하는 진심의 의문을 풀어 줄 생각 따윈 하지 않고, 제 할 말을 꺼냈다.

"회장님 계십니까?"

— 네!

"그럼 들어가겠습니다. 문 열어 주세요."

— 예!

띠링, 소리를 내며 대궐 같은 저택의 대문이 열렸다. 진심은 순식간에 일어난 상황에 눈을 깜빡였다.

'바, 방금······ 뭐가 어떻게······!'

이해할 수 없는 일을 받아들이기 위해 인상을 쓰고 있는 사이, 인터폰 너머의 상대와 대화를 마친 정록이 뒤를 돌아보았다.

"오진심 씨."

그는 진심을 바라보며 손을 내밀었다.

"들어가죠."

꿀꺽.

침 넘기는 소리가 고요한 거실을 울렸다. 어찌나 크게 울리던지 침을 삼켰던 장본인인 진심이 더 놀라 몸을 움찔거렸다.

누가 들은 걸까?

진심은 스윽, 고개를 돌렸다.

'헉!'

그러자 저를 빤히 주시하고 있는, 웨이브 머리의 중년 여성이 시야로 들어왔다. 가슴이 철렁거렸다.

'어, 어쩌지.'

식은땀이 줄줄 흘러내린다. 정록이 잠시 자리를 비운 사이, 이런 일이 생길 줄이야.

진심은 입이 바짝 마르는 것을 느끼며 난처한 표정을 짓다, 이내 에라 모르겠다는 심정으로 방긋 웃었다.

"흥!"

그러자 다리를 꼰 채 진심을 바라보고 있던 중년 여성이 콧방귀를 뀌며 진심에게서 눈을 돌렸다. 진심은 저를 주시하던 그녀의 태도에 찬바람이 쌩쌩 불자 울지도, 그렇다고 바보같이 웃지도 못했다.

'정말 미치겠네……'

벌렁거리기 시작한 심장은 멈추지 않는다. 진심은 결국 고개를 아래로 떨구며 한숨을 삼켜야 했다.

그는, 정록은, 거침없었다.

대문이 훤히 열린 대저택 안으로 발을 내딛은 정록은 진심을 잡고 놓아주지 않았다. 이곳이 어디냐고 물어도 입을 꾹 다물고 있었기에 진심은 그저 끌려갔다.

「권정록! 너 연락도 없이 무슨…… 이분은 누구시니?」

눈앞이 팽글팽글 돌아가는 것을 느끼던 진심은 그를 마중 나온 중년 여성이 저를 발견하고 얼굴을 굳히는 것을 똑똑히 목격했다. 그녀에게 인사할 사이도 없이 진심은 눈을 동그랗게 떠야만 했다.

중년 여성과 저를 번갈아 바라보던 정록이 예상치도 못했던 말을 그녀에게 뱉어 냈기 때문이었다.

「인사하시죠, 어머니. 오진심 씨입니다.」
「오진심?」
「네. 일전에 제가 말씀드리려다 말았던, 제가 만나는 여자 말입니다.」
「벼, 변호사님!」
「……뭐?」

두 여자를 경악에 물들게 한 남자는 서로를 쳐다본 진심과 중년 여성을 향해 '회장님께 먼저 인사드리고 오겠으니 말씀 나누고 계십시오'란 말만 남긴 채 사라졌다.

그리고 5분.

정록은 대저택의 거실 한가운데에 진심과 예의 중년 여성, 아니 정확히 말해서 자신의 '어머니'를 내버려 둔 채 사라졌다.

쿵쾅쿵쾅.

'진정해. 진정하라고, 오진심! 제발 좀 진…….'

"오진심 씨라고 했나요?"

"헉, 네! 예! 제가 오진심입니다!"

미친 듯이 팔딱이던 제 심장을 향해 되뇌고, 또 되뇌던 진심은 상석에 앉아 있던 중년 여성의 낭랑한 목소리에 눈을 크게 떴다. 너무나도 긴장한 나머지 자리에서 벌떡 일어나 소리치기까지 했다.

그런 진심의 모습을 올려다보던 중년 여성의 눈동자가 큼지막해졌다.

진심은 아뿔싸, 눈앞이 캄캄해지는 것을 느꼈지만 이미 엎질러진 물을 주워 담지는 못했다.

"그래요. 오진심 씨."

"하, 하하."

"……."

'어, 어떡해.'

진심은 저를 빤히 바라보는 정록의 어머니에게 어색하게 웃어 보였다. 그러나 정록의 어머니는 저를 쳐다보면서도 미소 한 번 짓지 않았다.

눈가에 눈물이 핑 돌았다.

"나영진이에요."

"예?"

"정록이 엄마죠."

거실의 소파에 안내된 이래, 몇 분 동안 진심에게 말을 걸지 않던 정록의 어머니, 나 여사가 꺼낸 말은 진심을 몹시 당황시켰다. 진심은 제게 손을 내밀고 있는 그녀를 멀뚱히 주시하다 얼른 손바닥을 제 옷에 슥슥 비비더니 나 여사의 손을 맞잡았다.

진심은 크게 소리쳤다.

"오, 오진심입니다!"

"이미 소개는 했잖아. 그것보다……."

나 여사는 진심의 손을 세게 움켜쥐며 눈을 부라렸다.

"아가씨가 우리 정록이 맞선 훼방 놓은 그 아가씨 맞는 거죠?"

"흡!"

엄청난 압박감에 진심이 숨을 크게 들이마셨다. 차마 뭐라 대답하지 못했다. 아니, 할 수 없었다. 그녀의 말은 사실이었으니까. 진심이 바로 대답하지 못하자 나 여사의 눈이 가늘어졌다.

"정말로 아가씨 때문이라고?"

"아, 그게……."

"좋아요. 그럼 이렇게 된 거, 어디 얼굴 좀 보자!"

"네?"

"알아야겠어! 대체 얼마나 예쁘고 사랑스럽길래, 저 목석같은 애가 최 관장네 조카까지 마다한 건지! 그러니 그 모자 좀 벗어 봐요! 마스크도!"

진심은 버럭 소리를 지르는 나 여사의 외침에 눈을 깜빡였다. 그러다 자신이 여태껏 모자와 마스크를 착용한 상태였다는 것을 인지하고 얼른 손을 들어 올렸다.

"어, 어머니! 저, 정말 너무 죄송합니다. 제가 경황이 없어서 모자랑 마스크를 쓰고 있다는 것을 잊고 있었어요! 죄송합니다! 죄송…… 어, 어머니?"

서둘러 모자와 마스크를 벗은 진심이 고개를 꾸벅이며 나 여사에게 인사했다. 다른 사람도 아니고, 사랑하는 사람의 어머니인데 모자와 마스크를 낀 상태였다니.

실수도 이런 실수가 있을 수 있을까.

집 나간 정신을 겨우겨우 귀가시킨 진심은 어색하게 웃으며 말했다. 그런 그녀가 다시 슬그머니 고개를 든 순간, 진심은 제게 얼굴을 들이밀고 있는 나 여사를 발견했다.

"……"

"어, 저기……."

'너무…… 가까운데요.'

진심은 눈에 힘을 준 채, 저를 뚫어져라 응시하고 있는 나 여사에게 옅은 미소를 그려 보였다. 그러자 한참 동안 그녀를 쳐다보고 있던 나 여사의 붉은 입술이 움직였다.

"오진심 씨. 혹시……."

"예?"

"아, 아니야. 그럴 리가 없지. 그럼 닮은…… 건가? 흠, 이상하네. 단순히 닮은 것 정도가 아닌데. 흐으응."

진심은 묘한 콧소리를 흘리며 중얼거리는 나 여사를 그저 바라보았다.

'싫어하시진 않을까?'

멋진 아들이 한물간 배우랑 만난다는 게 마음에 걸릴 수도 있다. 그것도 이렇게 으리으리한 저택에 살고 있는 어머니라면 더더욱. 주변에서 그런 모습을 많이 봤기에 진심으로서는 이 상황이 그저 난감할 뿐이다.

진심은 '그냥 닮은 건가?' 하고 계속해서 중얼거리며 저를 관찰하는 나 여사에게 말하기 위해 호흡을 골랐다. 어차피 밝혀질 일이었다. 진심은 쓴웃음을 머금은 채 입술을 움직였다.

"사실 저는……."

"어머니가 생각하시는 그 여자 맞습니다."

아무래도 나 여사는 자신이 오윤서임을 확신하지 못하는 눈치였다. 계속 의심하는 그녀에게 속 시원하게 말을 하려던 진심은 언제 그들에게 돌아왔는지, 두 여자에게 다가와 툭 말을 던지는 정록을 바라봤다.

"뭐?"

나 여사가 눈을 휘둥그레 떴다. 이윽고 진심을 바라보는 나 여사의 눈에선 레이저가 쏟아질 기세였다. 진심은 그저 웃기만 했다.

"회장님께서 들어오라더군요. 가죠, 오진심 씨."

"회, 회장님이요?"

"어머니. 저희 얘기는 일단 회장님을 뵙고 나서 다시 하도록 하겠습니다."

정록은 어쩔 줄 모르는 진심에게 팔을 뻗어 다시금 그녀의 손목을 덥석 잡았다.

'뭐, 뭐가 어떻게 되고 있는 거야!'

머리가 어지럽다 못해 현기증이 인다. 한강시민공원에서 평창동까지, 그리고 정록의 어머니에서 '회장님'까지.

예의 회장님이 누군지는 모르겠지만, 아마도 정록과 연관 있는 사람임은 틀림없다. 진심은 '그럼 오진심 씨가 오윤서라고?' 하며 외치는 나 여사의 말은 아랑곳 않고 어딘가로 저를 데리고 가는 정록의 등을 바라보았다.

"벼, 변호사님."

"……."

"변호사님!"

그의 손에 끌려 복도를 걷던 진심이 정록의 손을 뿌리치며 외쳤다. 그런 진심의 행동에 놀란 표정을 짓던 정록이 '왜 그러십니까' 라고 말을 건넸다. 진심은 미간을 좁히며 말했다.

"설명 좀 하고 움직이세요. 뭐가 뭔지 하나도 모르겠다고요!"

어머니께 제대로 인사를 드리지 못한 것도 마음에 걸리는데, 또 누구를 만나러 가는 건지 말하지도 않는 건 더 마음에 걸렸다. 진심의 불안한 표정을 읽었는지 정록이 후우, 한숨을 내쉬며 그녀의 어깨에 제 손을 얹었다.

'아!'

진심은 제 어깨를 쥔 손에 들어가는 그의 힘이 심상찮다는 것을 인지했다. 정록은 떨리는 그녀의 눈을 마주하며 입술을 달싹였다.

"오진심 씨."

"……네."

"저 믿습니까?"

"네?"

"당신한테 힘이 되고 싶습니다. 내가 할 수 있는 최선의 도움을 주고 싶단 말입니다."

"……!"

"그러니까 제발 이번 한 번만. 딱 한 번만 날 믿어요. 오진심 씨한테 해가 되는 일은 없도록 할 테니까."

"……."

"믿어…… 줄 겁니까?"

진심은 그를 올려다보았다. 평소 이렇게 막무가내식의 행동을 하지 않는 사람이었기에 지금의 일들이 이해가 가지 않지만 흔들리지 않는 눈빛을 보자니…….

'믿을 수밖에 없잖아.'

끄덕끄덕, 입술을 꾹 다물고 고개를 주억이는 진심을 보며 정록이 흐리게 웃었다. 그가 제게 손을 내밀자 진심은 말없이 정록의 손을 부여잡았다. 맞닿은 손에서 온기가 느껴졌다.

정록은 다시 몸을 정면으로 돌렸다. 앞으로 나아가기 위해서다.

"오진심 씨를 데려왔다고 말씀해 주십시오."

그가 멈춰 선 곳은 웬 문 앞이었다. 저택 가장 안쪽에 위치한 방은 누가 봐도 중요한 곳이라는 것을 짐작케 만들었다. 마침 문 앞에 선 비서에게 말하는 정록을 지켜보던 진심은 고개를 끄덕인 검은 양복의 비서가 방 안으로 들어갔다 나오는 것을 응시했다.

돌아온 비서가 대답 대신 문을 열어 주자, 정록은 그녀를 잡은 손을 놓지 않고 앞으로 걸어갔다.

두근두근. 아까와는 다른 의미로 심장이 들썩였다.

"회장님. 다시 왔습니다."

대체 정록이 말하는 '회장'이라는 사람이 누구기에.

스윽, 고개를 든 진심의 눈이 동그래졌다. 정록의 어깨 너머로 보이는 책상 앞의 남자는 너무도 낯이 익었다.

"하, 할아버님?"

진심은 저도 모르게 입 밖으로 소리를 흘렸다. 그러자 책상 앞에 앉아 있던 건강한 노신사가 피식 웃으며 의자에서 일어났다.

"이렇게 빨리 진심 씨를 다시 보게 될 줄은 몰랐군."

진심은 호쾌하게 웃으며 그들에게 걸어오는 노신사에게 얼른 인사를 했다. 격식을 차릴 필요 없다며 손을 휘휘 젓던 노신사는 근처 소파로 그들을 안내했다.

'회장님'이라기에, 정록의 아버지를 뵐 거라 예상했었다.

하지만 짐작과는 달리, 결의를 다진 정록이 데리고 간 곳에서 낯익은 얼굴과 조우하자 진심은 내심 안도했다.

'하아.'

얕은 숨을 삼키며 노신사의 비서가 내온 물을 꿀꺽꿀꺽 들이마신 것은, 아마 마음의 안정을 찾았기 때문이리라.

"그래서."

혹시 이번 일을 도와줄 구세주가 바로 그의 할아버지인가?

진심이 파르르 떨리는 심장을 차분하게 가라앉힐 때쯤. 진심의 목구멍을 타고 흘러내려 가는 물의 움직임을 지켜보던 노신사가 불쑥 입을 열었다.

'응?'

평온한 표정을 지으며 살짝 여유를 부리던 진심은 갑작스럽게 날카로운 태도를 보이기 시작하는 노신사의 눈빛에 눈을 동그랗게 떴다. 노신사는 어리둥절해하는 진심과 굳은 표정을 짓고 있던 정록을 번갈아 응시하더니 붉은 입술을 달싹였다.

"말해 봐라, 정록아. 5년에 한 번 본가로 올까 말까 한 네 녀석이, 여자 친구까지 대동하고 무슨 일이지?"

정록과 진심을 바라보는 노신사의 눈빛이 날카로워졌다.

'하, 할아버님?'

진심은 인자한 미소를 순식간에 지워 버린 노신사를 발견하고선 정록을 쳐다봤다. 서늘한 눈으로 그들을 주시하는 노신사는 아무 말 없이 정록과 진심의 대답을 기다리고 있었다.

"앞서 말씀드렸던 것처럼……."

그때였다.

진심의 손을 잡고 있던 정록은 살짝 들어간 힘을 풀지 않고, 자신의 할아버지이자 노신사에게 입을 열었다.

"회장님, 아니 할아버지와 거래를 하러 왔습니다."

진심은 뜬금없는 그의 말에 정록을 쳐다봤다.

정록은 그녀의 시선 따윈 아랑곳 않고 말을 이어 나갔다.

"이 여자한테, 투자 좀 해 주십시오."

꽈악.

진심의 어깨 위로 손을 두르며, 그녀의 어깨를 감싸는 정록의 손아귀에 힘이 들어갔다.

쿵쾅쿵쾅. 진심은 벌렁거리는 가슴을 진정시키지 못하고 고개를 옆으로 돌렸다.

'바, 방금 무슨……?'

무슨 이야기를 들은 건지, 머릿속이 멍멍해졌다. 진심은 눈을 크게 뜬 채 정면을 응시하고 있는 정록을 쳐다봤다. 정록은 진심에게 시선을 두지 않고 자신의 할아버지를 똑바로 직시하는 중이다. 어찌나 결연한 표정인지 그 의지가 진심의 가슴에 닿을 정도로.

"투자?"

정록이 뱉어 낸 폭탄선언에 놀란 것은 비단 진심뿐만이 아니었다. 정록의 할아버지이자 일전에 진심이 정록의 맞선 장소에서 만났던 노신사. 그리고 정록에게 '회장' 이라 불렸던 그는 제 되물음에 '예' 라고 짧게 대답하는 정록을 향해 피식 실소를 흘렸다.

'……!'

진심은 뜻 모를 미소를 짓던 권 회장이 정록에게서 서서히 제게로 눈길을 옮기자 몸을 움찔거렸다.

두근두근, 가슴이 더욱 들썩였다.

"……뭘 믿고, 내가 저 여성에게 투자를 해야 하나?"

저 여성.

진심은 자신이 누군지 뻔히 알고 있으면서 일부러 그녀를 낯선 이 취급하는 권 회장의 말에 침을 꼴깍 삼켰다. 그가 한 말이 틀린 것은 아니었으니까.

왠지 위축되는 느낌이 들어 입술이 바짝 마른다. 하지만 그럴 때, 정록이 손을 아래로 내려 떨리던 진심의 손바닥을 감쌌다. 진심의 눈꺼풀이 파르르 떨렸다.

권 회장은 계속해서 말을 이었다.

"왜 내가, 손자도 아닌 생면부지, 아니 한 번은 만났었군. 어쨌든 그런 여성에게 투자를 해야 하는 건지 모르겠구나. 물론 너희 두 사람이 사귀는 건 허락하기는 했지만 투자 문제는 다르단다, 권 프로. 나는 이미 가치가 하락한 여배우한테는 투자할 마음이 없거든."

권 회장이 뱉어 낸 말들은 긴장하고 있던 진심의 심장을 마구 찔러 댔다. 아프기도 하고, 반박할 수도 없어서 진심은 그저 그 말을 듣고만 있었다.

"그러니 권정록."

"예."

"왜 내가 네 옆에 선 여성에게 투자를 해야 하는지 납득할 만한 이유 열 가지만이라도 대 봐."

"……."

"만약 그것이 납득 가능하다면, 투자 정도는 고려해 보도록……."

"열까지 이유도 필요 없습니다. 한 가지. 딱 한 가지 이유면 됩니다."

아마도 현재 진심이 처한 상황을 권 회장 역시 알고 있는 것이 틀림없었다. 권 회장은 굳어 있는 두 남녀를 바라보며 일부러 차를 마시는 여유를 부렸다. 그 모습을 지켜보며 권 회장의 마지막 말을 기다리던 정록은 그의 말을 끊어 버리고는 자신의 할아버지를 응시했다.

권 회장의 눈에 이채가 서렸다.

진심은 제 손을 있는 힘껏 쥐던 정록이 흔들림 없는 눈으로 권 회장에게 대꾸하는 모습을 발견했다.

정록의 붉은 입술이 달싹였다.

"할아버지께 무례를 무릅쓰고 달려온 이유. 한 번도 할아버지나, 아버지의 도움을 바란 적 없었던 제가 모든 일을 제쳐 두고 투자를 해 달라며 이곳까지 달려온 이유는…… 오직 한 가집니다."

이유?

"이 여자는……."

정록은 아무 말도 잇지 못하는 진심을 내려다보며 빙긋 웃었다.

"제가 평생을 함께하기로 마음먹은, 유일한 여자입니다."

쿵.

심장이 바닥을 찧는다.

그의 깊은 눈이 자신을 담고 있었다. 진심은 그 검은 눈에서 시선을 뗄 수 없었다. 무슨 소리를 들은 걸까.

오늘은 정말 이상한 일들이 많이 일어나는 것 같았다. 국연준의 방해부터 시작하여, 저를 자신의 본가로 데려온 정록까지. 모든 일들이 순식간에 일어나고, 정신없이 지나가 버려 제대로 된 이성의 끈을 붙잡고 서 있을 수가 없었다.

덜덜, 꼿꼿이 서 있던 다리가 후들거렸다. 갈증이 일어 눈앞이 아찔해졌다. 그러나 진심은 주저앉지 않았다. 그녀는 오히려 이를 악물고 서 있었다. 그런 진심의 노력을 알고 있었는지 정록이 빙그레 미소를 그렸다. 그의 포근한 미소에 심장이 쿵쾅거렸다.

정록은 진심에게서 눈을 돌리지 않고 입술을 떼었다.

"이유는 그 정도면 충분한 듯싶습니다. 그것보다 할아버지께서는 이 여자와 고작 한 번밖에 만나지 못하셔서 눈치채지 못하셨을 테니, 이 여자의 가치에 대해 설명을 드리는 시간을 갖도록 하죠. 이 여자는……."

어?

"벼랑 끝에서도 주저앉지 않은 여자입니다."

그는 말하고 있었다. 힘을 담아, 강하게. 그가 말을 건네는 상대는 틀림없는 노년의 신사, 권 회장이다. 그러나, 그러나 정록의 눈이 향한 곳은…….

"처음부터 시작하겠다고 제 집무실 문을 두드리고, 제 구박을 받아 가면서도 포기하지 않은 여자입니다."

틀림없는 자신이다.

그의 검은 눈동자는 진심에게 닿고 있다.

"정상을 유지하다 내려왔기에 자존심도 세긴 했지만, 그 자존심마저 접고 제게 도와 달라고 부탁한 여자입니다. 제 단점을 개선하려 노력하고, 어떻게 해서든 제게 도움이 되려고 밤새도록 법조문을 달달 외웠던 여자입니다."

몇 달 전의 일들이 파노라마처럼 눈앞을 스친다.

「도와줘요, 변호사님. 제가 다시 시작할 수 있도록. 다시, 무언가를 할 수 있도록……..」

정록에게 처음으로 손을 내밀었던 그때, 그 모든 일들.

정록의 집무실을 두드리고 그에게 지적을 당하고, 씩씩거리면서도 그의 마음에 들려고 노력했던 그 모든 일들이.

제 눈을 바라보며 한 자 한 자 말을 잇는 정록의 음성에 형용할 수 없는 감정이 치솟았다. 요동치는 마음을 진정시키기 위해 애썼지만 참기가 힘들다. 정록은 그런 진심을 쳐다보기 위해 고개를 돌렸다. 허공에서 부딪친 그의 눈매가 부드럽게 휘어졌다.

"솔직히 말해 금방 포기할 거라 생각했었습니다. 제가 차갑게 굴면 금세 나가떨어질 거라 생각하기도 했고요. 하지만…… 포기하지 않았죠."

가슴이 뜀박질했다. 진심은 결국 그렁그렁 눈가에 맺혀 있던 눈물방울을 툭 떨어트리고 말았다. 정록의 말은 이어졌다.

"할아버지도 아시잖습니까. 저는 진지하지 않은 사람을 싫어합니다. 일이든 뭐든. 그래서 더 구박했었는데, 제 핍박 속에서도 굴하지 않고 견뎌 냈던 여자입니다."

"흐음."

"가끔은 귀찮기도 했지만 시간이 흐르면 흐를수록 그녀가 없는 일상이 불편해졌습니다. 이 여자가 정리해 주는 법조문들이 제 클라이언트들에게 도움이 되기 시작했고, 그녀가 존재함으로써 제 클라이언트들도 마음 놓고 제게 일을 맡기기 시작했습니다."

변호사……님.

한 번도 이런 말을 제대로 해 준 적이 없기에 봇물처럼 터져 버린 눈물을 막을 수가 없다.

진심은 웃으며 말하는 정록에게서 시선을 떼지 못했다.

정록은 멈추지 않았다.

"포기하지 않는 여자라 눈이 갔습니다. 아무리 화를 내도 다시 일어나서 시선을 뗄 수가 없었습니다. 제 신분을 앞세워 남을 이용하는 게 아니라, 자발적으로 일을 해결하려 들었기에 도와주고 싶었습니다."

있는 힘껏. 핏기가 가실 정도로 정말 있는 힘껏 입술을 깨물지 않았다면 엉엉, 소리 내어 울어 버렸을지도 모르겠다. 정록은 여전히 진심에게 눈을 둔 채 말했다.

"그래서…… 이 여자의 꿈을, 접게 할 수 없어요."

서서히, 아주 느릿하게 정록의 검은 눈이 권 회장에게로 옮겨 갔다. 권회장은 정록이 말을 끝낼 때까지 아무 말도 하지 않고 있었다. 결정타를 날리는 정록의 검은 눈동자는 별처럼 환하게 빛났다.

"제가 평생을 함께하고 싶은 여자의 꿈을, 외압에 의해 접게 만들 수 없습니다. 그것도 아주 저급하고, 비열하기 그지없는 외압 때문에 말이죠."

가슴이 먹먹하다. 정록이 이런 말을 할 것이라고는 생각조차 하지 못했으니까.

이번 일에 대해서는 어떻게 해서든 홀로 감당해야 한다고 여겼다. 그에게 민폐를 끼친 것은, 그를 속이고 올웨이즈에서 일한 것으로도 족하다고 생각했으니까.

그래서 더더욱 혼자 끌어안으려 했었는데…….

「무거운 짐이 있으면 나와 함께 나누어야 합니다. 그게, 연인이라는 거니까.」

저를 안고 말하던 정록의 말이 귓가를 아른거린다. 진심은 고개를 푹숙였다. 저를 생각하는 그의 마음이 이 정도일 줄은 상상도 하지 못했다.

"그러니 투자 좀 해 주십시오, 할아버지."

정록은 그런 진심을 한 번 흘긋거리더니 다시 목소리를 냈다. 권 회장은 아직 입을 열지 않고 있었다.

"만약 할아버지께서 훗날 투자금을 회수하지 못하신다면…… 일전에 말씀하셨던 회사로 들어오라는 요구, 받아들이겠습니다."

온갖 생각들을 정리하지 못하고 복잡한 표정을 짓고 있던 진심은 홱 고개를 돌려 정록을 응시했다.

"호오?"

권 회장 역시 놀랍다는 표정을 지으며 정록을 응시하고 있었다. 두 사람의 집중된 시선을 느끼면서도 정록은 끄떡 않았다. 입을 닫은 채 정록의 말을 잠자코 듣기만 하던 권 회장의 입술이 그제야 열렸다.

"우리 회사로?"

"예."

"내가 10년을 애원했지만, 끄떡도 안 했던 그 일을…… 고작 여자 하나때문에 받아들이겠다?"

"네."

"그만큼 이 여자가 네게 중요한 거냐? 네 신념을 버릴 만큼?"

정록과 권 회장이 무슨 대화를 나누는 건지 하나도 알 수 없었지만, 정록이 많은 것을 희생한다는 것 정도는 짐작 가능했다.

"변호……사님. 그런 건 안……."

고개를 끄덕이려는 정록의 팔을 잡아끌며, 좌우로 얼굴을 저은 것은 바로 그 이유 때문이다. 눈물을 흘리는 바람에 마스카라가 번졌지만 닦을 여유도 없었다. 저를 끌어당기며 고개를 가로젓는 진심을 향해 정록은 그저 빙긋 웃어 보였다.

'……!'

그는 손을 뻗어 진심의 번진 마스카라를 닦아 준 다음 다시 권 회장을 응시했다.

"예."

확신에 찬 목소리로 힘차게 대답하는 정록의 말에 심장이 마구 뛴다.

"그럴 가치가 있는 여자니까요."

두근.

"오진심 씨는, 제게 있어서 그럴 가치가 있는 여자입니다. 그럴 만한 대우를 받을 여자고요. 그러니 부탁드립니다, 할아버지. 많은 돈, 할아버지께서 쓰고 싶어 하는 그 돈. 전부 이 여자한테 투자해 주십시오. 그럼 제가 훗날 무슨 일이 있어도 그 돈을 다 갚겠습니다."

정록은 푹 허리까지 숙이며 권 회장에게 말했다. 그 모습을 바로 옆에서 지켜보던 진심은 어쩔 줄 몰라 했다. 권 회장은 그저 말없이 정록을, 그리고 진심을 바라보고 있을 뿐이었다.

나, 난…….

'변호사님이 이럴 만한 행동을 할 가치 있는 사람일까?'

그 짧은 순간.

10초도 되지 않는 그 순간, 수많은 생각들이 머리를 스쳤다. 권 회장에게 고개를 숙이며 부탁을 하고 있는 정록과, 그의 행동에 감격하여 말을 잇지 못하는 자신. 그런 두 사람을 지켜보던 권 회장이 아마도 진심에게 건네는 것이 틀림없는 말을 건넸다.

"자네는 어떻게 생각해?"

진심의 눈이 그를 향했다. 권 회장은 굳어 버린 진심을 향해 엷은 미소를 그렸다.

"진심 씨는 우리 정록이가 제 모든 것을 걸 만큼…… 스스로가 가치 있다고 생각하나?"

두근. 터질 듯 부풀어 오르는 심장의 박동. 제 대답을 기다리는 권 회장의 눈빛. 그리고 아직까지 권 회장에게 머리를 숙이고 있는 정록까지.

진심은 정말 눈 깜짝할 사이에 일어난 이번 일을 받아들이기 위해, 숨을 깊게 골랐다.

후우, 후우.

바짝 말라 버린 입술을 움직이기까지는 적잖은 시간이 걸린다. 하지만 마음을 먹게 되면 대답은 순식간이다. 진심은 요동치던 동공을 진정시키고는 자신의 답변을 기다리고 있는 권 회장에게 붉은 입술을 달싹여 주었다.

"네."

확신을 가진 채 진심은 말했다.

"전 그럴 가치 있는 사람이에요."

자신은 오진심이다. 한때는 대한민국 최고의 미모라는 타이틀만 얻고 있는 CF 스타에 불과했지만, 이제는 그 단점을 무기로 승화시켜 최고의 배우가 될 꽃길만이 남아 있다.

진심은 자신만만한 표정을 짓는 그녀를 흥미롭게 응시하는 권 회장에게 생긋 웃었다.

"저한테 투자하세요. 후회는 하지 않게 해 드리죠."

"후우."

깊은 숨소리가 문을 닫자마자 들려왔다. 정확히 운전석에서 흘러나왔던 한숨 소리였기에 진심은 옆으로 고개를 돌렸다.

"풋."

그런 진심의 눈에 안전벨트를 매지도 않고 축 늘어진 정록의 모습이 보였다. 정록은 무심코 웃음을 터뜨린 진심의 목소리에 홱 고개를 돌려 그녀를 응시했다. 그의 눈이 가늘어졌다.

"왜 웃습니까, 오진심 씨?"

"네?"

"울다가 웃으면 어찌 되는지도 몰라요?"

타박하는 그의 눈초리가 매서워졌다. 스산한 기운이 그에게서 흘러와 움찔거릴 만도 한데, 어쩐지 더 웃음이 흘러나와 진심은 어깨를 들썩였다.

정록은 흥, 콧방귀를 뀌며 이젠 깔깔 웃는 진심을 바라봤다.

"엉덩이에 뿔 납니다. 정말."

"큭큭."

"그리고 오진심 씨의 엉덩이에 설령 뿔이라도 나게 된다면 곤란해지는 건 바로 나란 말입니…… 읍!"

나지막하게 중얼거리는 그의 말이 사랑스럽기 그지없어 진심은 저도 모르게 엉덩이를 뗐다. 투덜거리던 정록이 팔을 뻗어 제 머리를 감싸 입을 맞추는 진심을 보고 눈을 동그랗게 떴다.

부드러운 진심의 입술이 정록의 입술에 닿았다 떨어졌다. 정록은 순식간에 입을 맞춘 뒤 멀어지는 진심에게 시선을 고정시키며 중얼거렸다.

"오늘 일에 대한 보상인 겁니까?"

"어머. 무슨 섭섭한 소리를. 그렇게 치면 제가 뭐가 돼요."

"그런가."

"단순히 하고 싶어서 한 거라고요. 우리 권 변호사님이 너무 사랑스러워서."

"어이가 없군요. 성인 남성을 향해 멋지다도 아니고, 사랑스럽다고 하는 건 대체……!"

입술을 삐죽이며 말을 잇던 정록은 다시금 손을 뻗은 진심이 이번엔 조금 더 깊이 입속을 파고들자 속눈썹을 부르르 떨었다.

"앗!"

한 번 더, 기습 키스를 강행한 진심이 제 행동을 끝내고 떨어져 나가려 했지만 저지한 정록으로 인해 다시금 그에게로 끌려왔다. 정록은 두 번 모두 짧게 입술을 쓸었다 떨어진 진심보다 거칠게 그녀의 입안을 파고들었다.

따뜻한 숨결이 코끝으로 스며들었다.

"하아……."

입속을 잔뜩 헤집은 정록으로 인해 눈이 풀린 진심이 나지막한 숨결을 터뜨렸다. 정록은 인상을 쓰며 '이게 무슨 짓이에요!' 란 표정을 짓고 있는 그녀에게 어깨를 으쓱여 주었다.

립스틱이 번졌다고, 진심이 투정을 부렸지만 정록은 신경 쓰지 않고 액셀러레이터를 밟았다. 환하게 불이 켜져 있던 평창동 저택을 나가 핸들을 움직이는 정록을, 진심은 자꾸만 흘끔거렸다.

"할 말 있음 하세요."

"아, 그게."

"3초 드립니다. 3, 2."

"저, 잘……한 거겠죠?"

슬그머니 그를 향해 묻자 정록이 미간을 꿈틀거렸다.

"이미 사고는 쳐 놓고 후회하는 겁니까?"

"후, 후회라뇨. 이건 그냥……."

조금 불안해서.

「재미있는 아가씨군.」

눈에 힘까지 주며 말하던 진심을 향해 권 회장은 한동안 입을 다물다 툭 말을 던졌다. 작게 울리는 그의 말이 숨을 막히게 해서 진심은 침을 꼴깍 삼켜야 했다.

'심장이 터질 뻔했다고.'

아직도 그때의 긴장감이 가시질 않았다. 정록은 가슴을 쓸어내리는 진심에게 대답했다.

"글쎄요. 하지만 한 가지 확실한 건……."

확실한 건?

"할아버지가 오진심 씨를 몹시 마음에 들어 하셨다는 거죠."

"……!"

정록은 놀라는 진심에게 옅게 웃었다.

"깐깐한 노인네라 투자에 있어서는 매우 신중한 양반이십니다. 그런 분이 오진심 씨에게 투자를 해 주시겠다고 확답하셨으니 마음에 들어 하신 거 아니겠습니까?"

"그, 그렇죠?"

고대했던 답변이 흘러나오자 진심의 입꼬리가 올라갔다. 싱글벙글 웃는 진심을 보며 '몇 번을 말합니까. 엉덩이에 뿔 난다니까요.' 하고 중얼거리던 정록이 다시 운전을 이어 갔다.

"참! 변호사님. 저 궁금한 게 있어요."

"이번에는 또 뭐죠?"

"할아버님 말이에요."

내내 마음에 담고 있던 말을 꺼내기 위해 잠시 주저하던 진심은 입술을 열었다.

"대체 어디 회사 회장님이신 거예요?"

"예?"

다행히 차가 멈추어 섰기에 망정이지 그렇지 않았다면 큰일 날 뻔했다. 정록은 깜짝 놀라 고개를 옆으로 돌렸다. 진심은 끙끙거리며 중얼거렸다.

"엄청 큰 집에 살고 계시기는 하지만 정말 저희 드라마에 투자하셔도 될까요? 한두 푼도 아니고. 후우, 그러다 잘못되기라도 하면…… 아! 물론 그럴 일은 없을 거예요. 저, 오윤서잖아요? 저희 드라마는 당연히 성공할 거기는 한데, 너무 큰 빚을 지는 것 같아서. 음…… 아무래도 안 되겠어요! 변호사님. 우리 지금이라도 차 돌려서 할아버님께 돌아가요. 그리고 조금 전의 일은 아예 없었던 것으로……."

"진정해요."

"네?"

"진정해요, 오진심 씨."

"하지만!"

일은 잘 풀렸다. 생각만큼. 아니, 생각보다 훨씬.

그래서 한결 마음 놓고 있었지만 곰곰이 되짚어 보면 드라마에 대한 투자 비용을 그의 할아버지에 대해 맡긴다는 것이 영 불안하고, 죄송했다. 물론 이번 드라마가 잘 되어 그녀가 재기를 하게 된다면 그 돈을 갚는 것은 그리 오랜 시간이 걸리지는 않겠지만, 그래도…….

"괜찮습니다."

안절부절못하던 진심을 향해 정록이 심드렁하게 중얼거렸다. 진심은 얼굴을 일그러뜨렸다. 적은 돈도 아닌데, 어째서. 진심의 입이 툭 튀어나온 것을 확인한 정록이 빙긋 웃으며 마침 바뀐 신호를 발견했다. 그러고는 액셀러레이터를 밟으며 말을 이었다.

"할아버지 회사는 고작 드라마 하나에 투자한다고 휘청거리진 않을 테니."

"고작 드라마라니요. 드라마 하나 제작하는데 돈이 얼마나 들어가는지 변호사님이 모르셔서 그래요."

"오진심 씨. 제가 할아버지 회사가 어딘지 말 안 했습니까?"

"네! 안 하셨어요! 안 하셨다고요!"

끄덕끄덕, 고개를 주억이는 진심의 눈빛이 크게 일렁였다.

아, 하고 작은 탄성을 터트린 정록은 대수롭지 않게 중얼거렸다.

"미래 그룹입니다."

"예?"

진심은 귀를 의심했다.

내가 지금 무슨 소리를 들은 거야?

너무 태연하게 말했기에 청력을 의심할 수밖에 없다. 그러나 그녀가 알고 있는 권정록이라는 남자는 결코 거짓말을 하는 사람이 아니었고 지금 이 상황에서는 더더욱 그럴 것이다. 진심이 넋 나간 얼굴로 그를 쳐다보자 피식 실소를 터트린 정록이 말했다.

"미래 그룹. 오진심 씨가 두려워하는 제국 전자 따위는 한 방에 보내 버릴, 바로 그 미래 그룹 말입니다."

씩 올라가는 정록의 입꼬리를 발견한 진심은 그저 멍하니, 눈을 깜빡거렸다.

「미래 그룹. 오진심 씨가 두려워하는 제국 전자 따위는 한 방에 보내 버릴, 바로 그 미래 그룹 말입니다.」

얼마나 아무렇지 않게 말하던지, 머리가 얼얼해졌다. 진심은 한동안 대답하지 못했다. 정록은 그런 진심의 반응을 예상했다는 듯, 아무렇지도 않게 운전에만 집중했다.

집에 도착할 동안 사고회로를 움직일 수 없어 진심은 입을 열지 못했다. 정록 역시 그녀에게 딱히 말을 걸진 않았기에 그들이 탄 차는 침묵에 휩싸였다.

미래 그룹.

대한민국의 국민이라면 누구나 한 번쯤은 들어 본 적 있는, 대기업 중의 대기업.

이제 와 곰곰이 생각해 보니 노신사, 권 회장의 얼굴이 낯이 익었다. 아마도 한 번쯤 언론에서 봤던 거겠지. 하지만 그 당시에는 단순히 정록과 닮아서 그런 것이라 생각했었다. 정록의 본가가 평창동 저택 중에서도 꽤 규모가 큰 편인 것 같다고 생각했던 자신이 바보같이 느껴질 정도다.

단 한 번도 내색하지 않았기에, 정록이 그런 쪽과 연관이 있을 것이라곤 상상도 하지 못했다. 그래서 충격이 더욱 크기만 했다.

「뭐…… 저희 할아버지가 부자인 건 부정할 수 없는 사실이나, 솔직히 말씀드리면 저와는 큰 관련은 없습니다. 어차피 회사 일은 큰아버지나 작은아버지 쪽 식구들이 이끌고 계시고, 아버지는 회사와 얽히는 걸 그리 좋아하지 않으셨거든요. 그래서 저희 가족들은 예전부터 회사와는 거리를 두고 살았습니다. 부모님들께서 할아버지와 함께 사시게 된 건, 할아버지께서 원하셔서입니다. 그간 너무 떨어져 사신 것이 마음에 걸리신다고 하셨거든요. 돈 자랑 같아서 말하지 않은 거, 맞습니다. 일부러 드러낼 필요도 없다고 생각했고. 하지만 이번엔 사정이 급했어요. 당신을 돕기 위해서라면 무슨 짓이라도 해야 했으니까.」

얼떨떨한 표정을 짓고 있던 진심에게 정록은 쓴웃음을 흘리며 말했다. 진심은 그런 그를 그저 바라볼 수밖에 없었다.

"······서."

"······."

"오윤서!"

아.

"어······ 어어."

진심은 버럭 외치는 혁준을 쳐다봤다. 대답을 하고서도, 초점을 잃은 진심을 혁준은 이상하게 여겼다.

"왜 그래? 아까부터, 아니 아침에 데리러 갔을 때부터 정신을 못 차리고 있잖아."

국연준과의 일이 기어코 비너스의 연준석 대표의 귀에까지 들어갔다. 아니, 모르는 게 이상했다. 결국 이른 아침부터 호출을 받고 혁준의 차에 오른 진심은 비너스 엔터테인먼트의 사옥으로 향하는 중이었다.

혁준은 그런 진심이 걱정됐는지 연신 그녀의 눈치를 살피고 있었다. 진심은 흐리게 웃으며 아무것도 아니라는 듯 손을 내저으려다 붉은 입술을 움직였다.

"저······ 오빠."

"어?"

"저기······."

"왜?"

우리 변호사님이, 재벌 3세 정도 된다고 하면 어쩔래?

쉽게 꺼내기 힘든 말이 입안을 감돌았다. 진심은 하하, 어색하게 웃으며 아무것도 아니라고 외쳤다.

"싱거운 녀석."

혁준은 그런 진심에게 피식 실소를 터뜨리더니 다시 운전에 집중했다.

「왜요. 제가 있는 집 자식이라니까, 멀게 느껴집니까?」

「네?」

「부담스럽다면 말…… 아니, 말해도 소용없어. 날 이렇게까지 속수무책으로 만들어 버린 건 당신이니 오진심, 당신이 모든 걸 책임져 줘야겠습니다.」

「예?」

「헤어지지 않을 거라고요. 당신이랑.」

넋을 놓고 차에서 내리던 진심을 향해 그는 똑똑히 말했다.

'이래서 이런 것까진 밝히지 않으려 했는데.' 하고 투덜거리는 그를, 진심은 그저 멀뚱히 바라보았다.

그 후, 멀어지는 정록의 차가 완벽하게 시야에서 사라질 때까지 그녀는 한참을 서 있어야 했다.

「네. 변호사님이 모든 걸 걸 만큼, 저도 제 스스로가 가치 있다고 생각해요. 그리고 그런 제 가치는 이번 드라마로 증명하겠습니다. 믿어 주세요. 실망시키지 않겠습니다. 아니. 실망은커녕 할아버님이 만족할 만한 성과를 거두도록 할 거예요! 반드시. 저는 충분히 그럴 수 있는 배우니까요!」

미쳤어. 미쳤어. 정말, 미쳤어!

스스로의 가치에 대해 묻는 권 회장에게 세차게 고개를 끄덕이며 대답했던 자신이 떠오른다.

당시에는 권 회장을 단지 정록의 할아버지이자, 그녀의 드라마에 투자를 해 줄 수 있는 투자자 정도로만 생각했었기에 했던 말이었다. 시간을 되돌릴 수 있다면, 그렇게 당돌하게 대꾸하지 않았을 것을.

진심은 집으로 돌아온 뒤 자꾸만 눈앞을 아른거리는 권 회장과의 만남을 떠올리며 한숨만 푹푹 내쉬었다.

"그런데 오빠."

일단 돌아가 보라고 한 권 회장의 말에 정록과 진심은 몸을 돌려 그의 방을 나섰다. 잘된 것 같다고, 정록이 말해 주기는 했지만 아직 아무것도 확정된 것은 없었다.

심장이 벌렁거려 뜬눈으로 밤을 새웠다.

진심은 왠지 다급하게 느껴졌던 연 대표의 음성을 떠올리며 운전 중인 혁준에게 말을 걸었다.

"대표님이…… 왜 호출했는지 알아?"

어렵게 꺼낸 진심의 질문에 혁준은 어깨를 으쓱였다.

"글쎄. 한 팀장님께 듣기로는, 전화 한 통을 받고 기겁했다고 하시던데……. 일단 가 봐야 알 것 같아."

도통 일이 어떻게 돌아가는지 모르겠다며, 고개를 절레절레 젓는 혁준에게 진심은 그 이유가 무엇인지 알 것 같다고 말하려다 말았다.

'좋아. 일단, 좋은 게 좋은 거니까.'

「이용하십시오, 이 일을. 그 작자가 다시는 당신에게 그런 비열한 수를 쓰지 못하게. 그리고 갚으세요. 당신의 연기로, 드라마로, 사랑으로. 나, 투자 회수는 철저히 할 겁니다. 그건 아마 할아버지도 마찬가지일 거고요.」

그녀를 집으로 올려 보내며 굿나잇 키스를 하던 정록이 했던 말.

다정하게 들려왔지만, 그의 평소 업무 스킬을 느낄 수 있었던 그 날카로운 말이 뇌리에 내려앉아 잊히질 않는다. 진심은 크게 심호흡을 한 뒤, 이내 눈을 빛냈다.

'일단은 이 모든 상황의 정리가 우선이야.'

❖

"이를 어쩌면 좋죠?"

깊은 한숨 소리가 N방송사 드라마국 회의실을 울렸다.

드라마 편성을 잡자마자 터져 버린 사건으로 인해 드라마국 윤재형 국장을 비롯한, 드라마 〈리갈 마인드〉의 총 연출을 맡은 홍광호 PD는 다른 스태프들과 연일 회의를 이어 가고 있었다.

윤 국장은 머리를 쥐어뜯으며 중얼거리는 유진웅 드라마국 팀장의 말에 아무 대답을 하지 못했다.

그는 대신 굳은 표정을 짓고 있는 홍 PD에게 시선을 옮겼다.

"오윤서는? 어떻게 됐어?"

"뭐가요."

"사과, 했대?"

"……."

"뭐야! 아직도 사과 안 한 거야? 내일모레가 첫 촬영인데 뭐 하고 있는 거야!"

쉽게 답을 하지 못하는 홍 PD를 보고 벌떡 일어난 윤 국장이 소리쳤다. 회의실에 착석해 있던 드라마국 스태프들의 얼굴이 어두워졌다.

"하고 싶겠습니까?"

대체 프로 정신이 있느냐는 둥의 말을 하고 있는 윤 국장의 외침에 입을 다물던 홍광호 PD가 나지막하게 중얼거렸다. 윤 국장의 시선이 홍 PD를 향했다. 홍 PD는 고개를 들어 윤 국장을 응시했다.

"국장님도 아시잖아요. 국 부사장이랑 오윤서 씨 사이의 일."

"그, 그건…….'

"그런 사람한테 머리를 숙이는 것만큼이나 치욕적인 일은 없을 겁니다. 전, 사과는 힘들 거라고 봐요."

냉정하게 고개를 가로젓는 홍 PD의 말을 듣고 있던 윤 국장이 테이블을 세게 내리치며 입술을 움직였다.

"인마! 그럼 대체 어쩌자는 건데? 이미 미국 로케까지 다녀왔고, 너네 당장 내일모레부터 한국 촬영 시작이라고! 그런데 지금까지의 제작비는 물론, 당장 쓸 제작 지원비가 사라질 예정이란 말이야! 그 빚, 방송국이 감당해도 정도가 있어! 어디 드라마 만드는 게 장난이냐고! 이미 편성은 잡혔는데, 이 트러블 어떻게든 해결해야 할 거 아니야!"

"……."

"으! 그린 엔터 쪽 애들이랑만 안 얽히면 머리 아플 일은 없을 줄 알았더니, 이젠 오윤서까지……! 젠장. 당장 오윤서 불러."

"부르면 어쩌실 건데요?"

"어떡하긴! 사과하라고 해야지! 오윤서가 국 부사장한테 잘못한 게 하나도 없다 하더라도, 이 상황에서는 무조건 잘못했다고 사과…… 아."

침을 튀겨 가며 현실에 대해 읊어 주던 윤 국장의 눈이 휘둥그레졌다. 그는 회의실 출입구를 보고 있었는데, 그쪽에는 배우 오윤서의 소속사 대표인 연준석 대표가 어색한 표정을 지으며 서 있었다.

"실례해도 되겠습니까?"

저를 보고 몹시 당황하는 윤 국장에게 준석이 쓴웃음을 흘리며 물었다. 윤 국장은 홍 PD와 유 팀장을 제외한 스태프들을 황급히 물리며 연 대표에게 들어와도 좋다는 듯 고개를 끄덕여 주었다.

"저분은……"

누구신지.

어리둥절한 윤 국장을 보며 연 대표가 씩 웃었다.

"들어와요, 권 변호사."

그러고는 문에 가려 보이지 않던 한 남자에게 손짓했다.

《[어젯밤 연예] 드라마 〈리갈 마인드〉, 엎어질 위기? 첫 촬영 전부터 난관봉 착!》

제국 전자 부사장에 오른 국연준은 모니터에 띄워진 한 인터넷 기사를 바라보며 입꼬리를 올리고 있었다. 그가 명한 대로, 오윤서의 드라마 〈리 갈 마인드〉와 관련된 정보들이 줄줄 새어 나가 드디어 기사까지 올라오 게 된 것이다.

기사의 내용은 길었지만 짧게 요약하자면 다음과 같았다. 오윤서의 컴 백 드라마라고 알려진 〈리갈 마인드〉는 첫 촬영부터 투자 회사와 갈등을 빚어 답보 상태라고.

투자 회사와 출연 배우인 오윤서 간의 합이 맞지 않아 어쩌면 그녀가 하차를 할 수도 있다──는 내용이었다.

"강 비서. 이 댓글, 읽어 보았나?"

"예?"

"여기 이 댓글 말이야. '배우가 오윤서밖에 없는 것도 아니고. 연기 못하는 배우를 봐서 뭐 하게. 그냥 다른 배우 캐스팅해서 촬영하는 게 더 이득일 것 같은데' 라니."

"……."

"윤서 씨도 어지간히 미움받고 있군."

"그러게 말입니다. 하지만 긍정적인 댓글도 있는 것 같긴 합니다."

"뭐, 괜히 대한민국 최고 여신이었겠어?"

"……."

연준은 대답 않는 자신의 비서에게 피식 실소를 터뜨려 준 뒤 자리에서 일어났다. 서울의 칠흑 같은 밤을 내려다보던 그는 중얼거렸다.

"내일이군."

"……."

"빨리 결정을 해 줬으면 좋겠는데. 강 비서. 강 비서는 오윤서가 어떤 결정을 할 것 같나?"

"예?"

"그냥 의견이 궁금해서 그래."

스위트룸을 잡아 놓긴 했지만, 오윤서의 고고한 자존심이 그것을 허락할진 모르겠다. 하지만 대중들의 반응이 이렇게 반반으로 갈린 이상, 만약 이 기회를 놓치면 후회할 사람은 자신이 아닌 오윤서였다.

'그저 이 상황을 이용할 뿐.'

제게 불리한 점은 단 하나도 없었다. 연준은 흥미롭기 그지없는 그녀의 선택이 궁금해 미칠 지경이라며 입꼬리를 올렸다.

자신의 비서가 난처한 표정을 지었지만, 그는 아랑곳 않았다.

쾅!

그때였다.

내일이면 그녀의 결정을 알 수 있겠지, 라는 생각에 컴퓨터를 끄라는 지시를 내리고 방을 나서려 했던 연준은 갑자기 열리는 문소리에 미간을 좁혔다.

"대체 누……!"

예고도 없이 들어온 불청객을 향해 인상을 쓰려던 연준이 눈을 크게 떴다. 얼굴을 구기며 말을 하려던 연준이 눈웃음을 그렸다.

"윤서 씨가 여긴 어쩐 일입니까?"

작게 숨을 헐떡이며 저를 노려보고 있는 그녀를 보자니 가슴 밑바닥까지 억눌렀던 욕망이 용솟음쳤다.

이 여자를 갖고 싶다.

제게 굴복당하지 않는 저 여자를 갖고 싶어서, 견딜 수가 없다.

입안이 바짝 말라 짙은 미소를 짓던 연준은 문을 연 채 자신을 빤히 바라보고 있는 그녀를 향해 물었다. 그러자 후우 긴 숨을 흘린 여자가 미간을 좁히며 생긋 웃었다.

"왜요. 제가 못 올 곳이라도 왔나요?"

호오. 만일 평소 같았다면 그 예쁜 얼굴을 일그러트리며 자신을 노려봤을 여자였다. 특히나 지금 그녀가 처한 현재의 입장에서는 더더욱.

지금 연준의 앞에 있는 여자는 냉혹한 대중들의 심사를 받기도 전에 자신에 의해 몰락당할 위기에 처해 있었다.

'그럼에도 불구하고…….'

저리 당당하군. 뭐, 그래서 마음에 들었던 거지만.

연준은 제게 지지 않으려는 그녀의 눈동자를 응시하다 다급하게 그녀의 뒤편으로 달려 들어온 자신의 비서를 발견했다. 강 비서가 죄송하다는 표정을 지으며 어쩔 줄 몰라 했다. 살짝 눈썹을 꿈틀거린 연준은 생글거리고 있는 오윤서에게 말했다.

"윤서 씨. 그렇게 서 있지 말고 일단 앉아요."

"……."

"강 비서, 뭐 하고 있나? 얼른 우리 윤서 씨를 위해 차라도 내오지 않고."

그녀의 얼굴에 감돈 작은 홍조 위로 손을 뻗고 싶다. 그의 기다란 손끝에 그녀의 뺨이 닿는다면 기분이 좋아질 것 같은데. 생각만 해도 오싹해지는 감각에 두근두근 가슴이 뛰는 것을 느꼈다.

연준은 쉽게 입을 열지 않는 강 비서에게 지시한 후 윤서에게 자리를 권유했다. 그러자 그를 쳐다보고 있던 윤서가 한층 더 짙은 미소를 그렸다.

"아뇨. 그럴 필요 없습니다."

연준은 웃으며 고개를 젓는 그녀를 황당하게 바라봤다. 오윤서는 연준의 얼굴 위로 피어오른 의문을 풀어 주지 않았다.

"참. 강 비서님이라고 하셨죠? 비서님도 나가실 필요 없어요. 어차피 저는 볼일만 보고 바로 나갈 거거든요."

"볼일……이라뇨?"

그녀가 무슨 소리를 하는 건지 모르겠다.

연준은 의아한 표정을 짓다 아, 탄성을 터트렸다.

'생각보다 결론이 이르게 났나 보군.'

그녀가 빠르게 결정을 내려 줬으면 했다. 약속했던 어제보다 더 빠르면 이득인 것은 자신이니까. 쿡쿡. 실소가 입 밖으로 터져 나올 것 같다. 연준은 입꼬리를 꿈틀거리며 꼿꼿한 태도를 취하고 있는 오윤서에게 다가가려 했다.

결국 고고한 척 굴었지만, 굴복당하는 건 마찬가지군.

그의 손아귀에 떨어졌던 많은 여자들처럼 이 여자도 그런 여자와 다르지 않다. 연준은 그들의 약점을 쥐고 그들을 휘두르는 데는 도가 텄으니까.

그는 웃으며 강 비서를 쳐다봤다.

"강 비서."

"예. 부사장님."

"스위트룸은 내일이 아닌 오늘 가야 할지도 모르겠어."

"네?"

"호텔에 일러 둬. 지금 당장 갈 것 같으니까 미리 준비하라고."

"호호. 저기요. 국연준 씨. 잠깐만요."

"……?"

"아무래도 국연준 씨는 뭔가 착각하고 있는 것 같네요."

연준의 눈이 의문으로 물들었다.

착각? 내가?

그녀는 어리둥절해하는 연준을 뚫어져라 응시하더니 픕 코웃음을 치며 말을 이었다.

"제가 국연준 씨를 만나러 온 이유는 앞으로 꺼낼 말 때문이에요."

"말?"

오윤서가 고개를 끄덕였다.

"어. 나, 당신 제안 거절할 거거든."

연준의 눈이 휘둥그레졌다. 지금 무슨 소리를……. 당황한 연준은 제 앞에 서 있는 여자를 바라봤다. 오윤서는 어이없어하는 연준에게서 눈을 돌리지 않고 있었다.

이 여자가…….

연준은 입 밖으로 웃음이 흘러나오려는 것을 꾹 참았다. 그러고는 그녀를 주시했다.

'무슨 배짱인지 모르겠군.'

그래도 뭐, 들어나 볼까.

연준은 흥 콧방귀를 뀌고 있는 여자의 말을 일단 들어 보기로 했다. 그의 예상대로 오윤서는 연준에게 칼날을 세워 가며 말하기 시작한다.

"내가 지난 며칠 동안 생각하고 또 생각해 봤는데, 아무리 납득하려 해도 말이 안 돼서 말이지."

"납득이라."

"당신, 사람 너무 우습게 봤어."

"……."

"나 오윤서야. 다른 사람도 아니고 오윤서라고. 그런 내게 당신 협박 따위가 통할 것 같아?"

"……."

"그리고 당신, 이런 적 한두 번이 아니잖아. 나 말고 다른 여배우들한테 이딴 식으로 행동한 거 잘 알아. 그런데 내가 당신 제안 덥석 물 것 같아? 결과가 뻔한데? 당신, 정말 나 우습게 봤어."

연준은 범 무서운 줄 모르고 막말을 이어 가는 윤서에게서 시선을 떼지 않았다.

'구원의 동아줄이라도 잡은 건가.'

그래 봤자 내가 금방 끊어 낼 수 있는 하찮은 동아줄이겠지.

연준은 눈앞의 여자가 안쓰러워졌다. 그러다 금세 희열에 차오른다. 이렇게 제게 날을 세우다가도 결국은 좌절할 것이라는 걸, 그는 너무도 잘 알고 있었으니까.

아무리 아닌 척해도 그녀 역시 권력과 돈 앞에서는 속수무책이다. 특히나 재기를 꿈꾸는 연예인이라면 더더욱.

연준은 끝내 하하 웃음을 터뜨렸다. 그러자 오윤서의 고운 미간이 좁아졌다.

"왜 웃는 거죠?"

"아뇨. 윤서 씨가 너무 귀여워서요."

"뭐……라고?"

겨우 돌아갔던 경어가 그의 말 한마디에 와르르 무너진다. 연준은 짙게 웃었다.

"윤서 씨. 대체 누구를 등에 업고 이렇게 기고만장한 건지는 모르겠지만, 이런 태도는 그리 좋지 않습니다."

"하!"

"이런 식의 태도를 이어 가다가는 윤서 씨는 끝내 내게 무릎을 꿇고 사정을 하게 될 겁니다. 아아. 난 그런 윤서 씨의 모습을 보고 싶지 않은데. 더 아름다울 것 같기는 하지만 그래도 난 당당한 당신이 좋거든."

"미친놈 아냐, 이거?"

"하하. 윤서 씨도 그런 험악한 말투를 쓰는군요. 놀라워요."

크게 웃는 연준을 보며 오윤서가 입을 다물었다. 살짝 흥분할 거라 여겼는데 이상하게 차분하다.

"……."

그녀를 자극할 생각이었던 연준의 눈썹이 꿈틀거렸다. 오윤서는 대화가 통하지 않는 연준에게서 시선을 돌리고선 고개를 아래로 내려 버렸다. 연준은 그녀를 주시했다. 그러다 입을 달싹인다.

"왜요. 이젠 더 이상 따지고 싶은 생각도 들지 않는 겁니까?"

"……."

"윤서 씨?"

"아니. 내가 아무리 말해도 당신 귀에는 경 읽기 같아서."

쯧 혀를 찬 오윤서가 싱긋 눈웃음을 그리며 연준에게 말했다.

"물론 당신이 이 세계에 적잖은 영향력을 끼치는 건 사실이지만 나도 그리 만만하지는 않거든."

뭐?

"그게 무슨……."

연준이 그녀의 말을 이해하지 못하고 되물으려던 순간, 요란한 전화벨 소리가 부사장실을 가득 울렸다. 연준은 인상을 썼다.

"강 비서, 뭐 하나!"

줄곧 자신과 오윤서의 대화를 지켜보기만 하던 강 비서를 향해 연준은 신경질적으로 외쳤다. 강 비서가 움찔거리며 그의 명령을 실행하기 위해 움직이려고 할 때.

"국연준 씨가 받는 게 더 좋을걸요?"

상황을 지켜보던 오윤서가 말했다.

연준은 그런 진심을 내려다보더니 좌우로 고개를 저었다.

"아뇨. 우리 윤서 씨가 모처럼 이곳까지 행차해 주셨는데, 고작 전화로 방해를 받을 순 없죠. 강 비서. 누군지는 모르겠지만, 조금 이따 다시 전화드린다고 해."

그러자 '예!' 하고 외친 강 비서가 얼른 전화기를 집어 들었다. 귀를 따갑게 울리던 벨 소리가 뚝 멈춘다.

"흐응. 그 전화는 직접 받으셔야 할 텐데."

"괜찮습니다. 제겐 저 전화보다 윤서 씨와의 시간이 더 중요하니까요."

어느덧 그녀의 코앞까지 다가온 연준이 욕망에 찬 웃음소리를 흘리며 속삭였다. 오윤서는 그런 그를 올려다보며 눈을 돌리지 않았다.

일제히 입을 다문 두 남녀의 신경전이 이어졌다. 차갑게 그를 노려보고 있는 오윤서와 그런 그녀를 삼킬 듯 내려다보는 연준까지.

"저, 부, 부사장님!"

짜릿한 전율이 온몸에 일어 흥분을 감추지 못하고 있을 때, 연준은 갑자기 저를 부르는 강 비서의 외침에 이를 악물었다. 오윤서의 허리 쪽으로 손을 뻗으려던 연준의 눈동자가 강 비서에게로 옮겨 갔다.

"뭐야, 강 비서. 아직도 안 끊었나?"

자신을 탓하는 연준의 말에 강 비서가 난처한 표정을 지었다. 연준은 짜증이 가득한 표정을 지으며 말했다.

"대충 하고 끊어. 오윤서 씨와 나갈 거야. 그러니⋯⋯."

"죄송하지만 이 전화, 받으셔야겠습니다."

"강 비서!"

"회장님이십니다."

일 하나 제대로 처리 못 하는 강 비서를 못마땅하게 응시하던 연준의 눈이 큼지막해졌다.

누구라고?

"받으세요."

당황하는 그를 향해 오윤서가 맑은 미소를 보낸다.

"받으시는 게 좋을 거예요."

"⋯⋯."

"어서요."

주저하는 남자를 향해 오윤서는 달콤한 목소리를 흘렸다.

젠장.

망설이던 국연준이 진심에게 잠깐만 기다리라는 말을 한 뒤 자신의 책상 쪽으로 걸어갔다.

"예. 회장님. 접⋯⋯!"

숨을 깊게 들이마신 연준의 귀에 제국 그룹 총수의 고함 소리가 들려온 것은 바로 그 시점이다.

❖

「내 손자 여자답게, 포부 하나는 당차군. 그게 싫다는 것은 아니야. 나는 당돌한 손자며느리를 좋아하는 편이라서. 하지만 투자금을 회수하는 것 가지고는 부족해. 그래. 부족해도 턱없이 부족하군. 오윤서, 아니 오진심 씨를 도와준다면 정확히 내가 득을 보는 건 뭐지? 진심 씨가 날 위해서 해 줄 수 있는 건, 투자금 회수 정도밖에 없나?」

대한민국에서 내로라하는 기업을 운영하는 사업가답게, 정록의 할아버지인 권 회장은 진심과 정록의 요구를 쉽게 들어주진 않았다. 빙긋 입꼬리를 올리며 묻는 권 회장에게 정록이 아무 말도 하지 못하고 있을 때, 진심은 권 회장에게 다가가 뭐라 작게 속삭였다.

「둘?」
「적은가요?」
「그럴 리가. 둘이면 딱 적당하지. 마음 같아선 셋도 괜찮겠지만……. 하하, 좋아! 오진심 씨에게 투자를 해 주지. 그리고 덤으로 다시는 그런 압박을 당하지 않게 진심 씨 뒤엔 누가 있는지 알려 주는 것도 나쁘지 않겠군!」

권 회장은 약속을 지키는 사람이었다. 오늘 진심이 국연준의 회사까지 찾아오게 된 것도, 모두 권 회장의 도움이 컸다.
"회장……님……. 그게 무……!"
진심이 껄껄 웃던 권 회장의 건강한 얼굴을 떠올리며 옅은 미소를 그리고 있을 때, 파리하게 질린 얼굴로 전화를 받던 국연준과 허공에서 시선을 마주쳤다.
진심은 하얀 이를 드러내며 웃어 보였다. 그러자 국연준의 얼굴이 휴지 조각처럼 구겨졌다.

"회, 회장…… 윽."

국연준이 들고 있던 전화기 너머에서 흘러나온 노기 섞인 목소리는 멈추지 않았다. 어떻게 해서든 변명을 해 보겠다고 계속해서 입술을 달싹였지만 상대의 분노를 가라앉히기엔 역부족이었다.

한동안 서서 그 모습을 지켜보던 진심은 근처의 소파에 착석하여 여유롭게 그 모습을 지켜보았다. 당혹에 물들어 있던 얼굴이 초조해졌고, 점점 빛을 잃어 가는 모습은 가관이었다.

'우와. 혼자 보기 아깝네.'

오만하다 못해 방자하기까지 한 남자가 한순간에 와르르 무너지는 모습을 지켜보는 것은 웬만한 영화의 클라이맥스를 관람하는 것과도 같았다. 팝콘이 없다는 사실을 아쉽게 여기며 진심은 씩 웃었다.

'아.'

우렁찬 음성이 흘러나오는 전화기에서 귀를 떼지 못하는 국연준을 지켜보던 진심은 핸드폰이 울리는 걸 발견했다. 슬쩍 시선을 내리니 반가운 사람에게서 문자가 와 있었다.

[어떻게 됐습니까?]

정록이었다.

진심은 배시시 올라가는 입꼬리를 겨우 아래로 내리며 키패드를 두드렸다.

[KO 직전이에요. 그쪽은요?]

[거의 마무리됐습니다.]

[다행이에요! 조금 이따 연락할게요!]

[예.]

짧은 문자였지만 모든 상황을 설명하기에는 충분했다.

두근두근. 가슴이 거세게 뜀박질했다.

장장 10분 넘게 지속되는 전화 통화를 지켜보며 진심은 쓴웃음을 흘렸다.

'이런 날도…… 오네.'

자신이 할 수 있는 것은 고작 접근 금지 명령뿐이었다. 그것도 시기가 지나 버려 그의 접근을 막을 수 없는 지경에 이르렀건만. 언젠가 이런 날이 올 거라고는 생각해 본 적이 없었기에 감개무량하기 그지없다.

"……예. 알겠……습니다. 알아들었습니다…… 회장님."

백지장처럼 하얗게 물든 국연준의 얼굴이 펴지질 않는다.

진심은 도무지 영문을 모르겠다는 강 비서와 저를 노려보고 있는 국연준에게 미소 짓는 것을 잃지 않았다. 진심은 거의 끝을 향해 달려가는 국연준의 통화를 들으며 슬며시 자리에서 일어났다.

"명심……하겠습니다."

국연준은 그런 진심의 모습을 지켜보면서 눈썹을 까딱였지만 그녀를 막진 못했다.

진심은 또각또각 구두 소리를 내며 부사장실의 출입구를 향해 걸어갔다. 그리고 진심이 출입문의 문고리를 잡아 돌리려는 순간, 오랜 통화 끝에 국연준이 들고 있던 수화기를 내던졌다.

그의 뒤편에 서 있던 강 비서가 화들짝 놀라 국연준을 바라보았지만, 진심은 흔들리지 않았다.

"오윤서 씨."

오히려 진심은 제게 으르렁거리며 이름을 부르는 국연준에게 방긋 웃어 주기까지 하며 정중하게 고개를 까딱였다.

"어때요. 그쪽 회장님과의 유쾌한 전화였죠?"

"뭐라고요?"

"최후의 경고예요, 국연준 씨."

진심은 이를 갈려는 국연준에게 눈을 부라리며 붉은 입술을 달싹였다.

"다시는 당신의 그 잘난 돈으로 날 압박하려 들지 말아요. 다시는 당신의 그 지위로 날 압박하려 들지 말고, 다시는 나를 당신의 손아귀에 올려놓고 좌지우지하려 들지 말아요."

"……!"

"만약 한 번만 더 날 건드린다면…… 이번처럼, 부사장직 파면에 그치진 않을 테니까."

진심의 말을 듣고 있던 국연준이 온몸을 부들부들 떨어 댔다.

전세역전.

이 상황에서 이보다 잘 어울리는 단어가 있을까?

진심은 흥, 콧방귀를 뀌며 몸을 돌리고선 그를 향해 손을 흔들었다.

"앞으로 우연이라도 마주치지 않았으면 좋겠군요. 아아, 쏟아지는 고소에 저한테 신경 쓸 시간 따위는 없겠네요. 당신한테 당한 여배우들이 그렇게 많다죠? 어쩌겠어요. 본인이 아랫도리를 제대로 간수하지 못해서 그런 일을 당하는 거니, 다 업보라고 생각하세요."

"오윤……."

"그럼. 좋은 하루 보내시길!"

망설임 없이 몸을 돌리는 진심의 발걸음이 이곳으로 들어왔을 때보다 훨씬 가벼워졌다.

쿵쾅쿵쾅.

심장이 크게 들썩였다.

부사장실을 나서 앞으로 걸어 나가는 진심의 모습엔 흘러넘치는 힘이 있었다.

"제기랄!"

진심의 발이 아래로 내려가기 위한 엘리베이터 앞에 멈췄을 무렵. 그녀는 정확히 부사장실에서 들려오는 요란한 소리에 피식, 실소를 터뜨렸다. 아마도 분기탱천한 국연준이 온갖 물품들을 집어 던지며 소란을 피워 대는 소리일 것이다.

'눈에는 눈, 이에는 이지. 뿌린 만큼 거두는 거라고.'

진심은 땅 소리를 내고 제 앞에 도착한 엘리베이터에 몸을 실으며 어깨를 으쓱였다.

"하아!"

그리고 완벽하게 제국 전자의 건물을 나섰을 때, 진심은 고개를 들어 구름 한 점 없는 밤하늘을 응시했다.

"끝났어!"

드디어.

길고 길어, 끝이 보이지 않았던 암흑의 터널이…… 드디어 끝났다.

"끝났다고!"

그곳에서는 절대로 흘리지 않을 것이라며 어떻게든 참고 있던 눈물샘이 그만, 펑 터져 버렸다.

제9장
진심이, 닿다

❀

『THE BEST LOVE 2월 호 中에서』
취재: THE BEST LOVE 수석 기자 예거

지난겨울, 일찍 찾아온 추위로 인해 시렸던 국민들의 마음을 끓게 만
든 여자가 있다.

대한민국 최고의 여신이라 불리고, 오랫동안 많은 사랑을 받으며 지냈
었지만 예상치 못했던 스캔들과 연이은 은퇴 선언으로 대중들의 뇌리에
서 잊혔던 바로 그 여자.

짧은 휴식기를 끝내고, 칼을 갈아 대중들 앞에 선 '그녀'는 너무나도
성공적인 컴백을 치르며, 다시 한 번 제 이름을 국민들에게 각인시키는
데 성공했다.

30%.

아니, 정확히는 32.1%.

드라마 〈리갈 마인드〉의 최종회 시청률 수치다.

케이블 방송국 역사상 처음으로 시청률 30%를 넘겨 버린 드라마 〈리갈 마인드〉로 명실공히 '연기파 배우'로 자리 잡은 그 여자.

대한민국 최고의 미인이자 화려하게 돌아온 배우, 오윤서와 〈THE BEST LOVE〉가 만났다!

편의상 오윤서를 [오], 필자를 [예]로 칭한다.

[예] 정말 오랜만이다! 사실 몇 년 전의 은퇴 선언 이후, 영원히 볼 수 없을 거라는 생각을 한 적도 있었는데…… 이렇게 빠른 시일 내에 다시 볼 수 있을 줄은 몰랐다. 반갑다, 윤서 씨! 당신을 사랑하는 수많은 〈THE BEST LOVE〉의 독자들을 위해, 간략히 제 소개를 해 줄 수 있겠는가?

[오] 〈THE BEST LOVE〉의 독자 여러분들도 알고 계시듯 (웃음) 연예계에서 오윤서라는 예명을 쓰고 있는, 대한민국의 '대표' 여배우다! 오랫동안 연예계에서 활동해 오다 잠시 휴식을 취하고는 다시 컴백을 했다. 컴백에 대한 찬반이 갈리기는 했지만, 대다수의 국민 여러분들께서 어여삐 봐 주셔서 얼마 전 드라마도 성공적으로 끝낸 전력이 있다.

짓궂은 미소를 보이며 활달하게 말하는 배우 오윤서는 그동안 필자를 비롯한 대한민국 국민들이 알고 있던 오윤서와는 거리가 있었다.

청초함의 대명사라기보단, 왈가닥의 기질이 느껴지는 그녀의 모습에 필자는 조금 놀란 표정을 지으며 그녀에게 물어야 했다.

[예] 윤서 씨, 성격이 조금 바뀐 거 아닌가?

[오] (고개를 갸웃거리며) 내가?

[예] 예전엔 이런 성격이 아니었던 것 같다. 뭔가 신비로운 분위기를 풍

겼었는데…….

[오] 하하, 하긴. 그런 적도 있기는 했다. 철저하게 만들어진 이미지로 많은 세월을 살아왔으니까. 하지만 다시 연예계로 돌아가게 된다면, 내 본연의 모습으로 대중들 앞에 서고 싶었다.

[예] 그럼 지금의 이 모습이 윤서 씨의 실제 모습인가?

[오] (힘차게 고개를 끄덕이며) 그럴 것이다. 생기 넘치는 오윤서, 보기 좋지 않은가?

[예] 윤서 씨는 인터뷰를 잘 하지 않는다고 들었다. 이유를 물어봐도 될까?

[오] (웃음) 기자님도 이제 슬슬 짐작이 가능할 것 같은데. 소속사 대표님께서 이미지가 깨진다고, 말리는 편이었다. 확실히 말을 하면 조금 깨는 편이기도 하고.

[예] 그러나 지금은……?

[오] 앞서 언급했다시피, 본연의 오윤서로 돌아가고 싶으니까! 모든 것을 드러내며 대중들과 가까워지고 싶다. 그것이 내가 오랫동안 연예계에서 살아남는 일이고. 또 대중들에게 사랑받을 일일 테니까.

하얀 이를 드러내며 웃는 오윤서는 본 필자로 하여금 미소를 자아냈다. 높은 곳에 위치해 있어 볼 때마다 경이로움을 자아냈던 그녀가, 이렇게 친숙하게 느껴지는 순간이 올 줄이야.

필자는 오윤서와의 즐거운 대화를 조금 더 이어 가다, 〈THE BEST LOVE〉의 독자들이 가장 궁금해하는 이야기를 꺼내 보기로 했다.

[예] 슬슬 본론으로 들어가 보도록 하자. 이젠 많은 분들이 아시겠지만, 윤서 씨는 한때 불유쾌한 스캔들에 휩싸인 적이 있었다. 그로 인해 들끓

은 대중들의 분노를 가라앉히느라 은퇴를 선언하기도 했었고. 그러나 다시 연예계로 컴백하기는 쉽지 않았을 텐데, 어떻게 그 마음을 먹었는지 물어도 될까?

필자의 질문에 오윤서의 표정이 살짝 어두워졌다. 근심이 서려 있는 대한민국 대표 미인의 얼굴은 그럼에도 불구하고 아름다웠다. 살짝 찡그리는 그녀의 미간에 시선을 집중하던 필자는, 이내 모든 것을 훌훌 떨쳐버린 얼굴로 고개를 끄덕이는 그녀를 발견했다. 오윤서의 붉은 입술은 서서히 열렸다.

[오] 아마도 줏대 없는 여자라고 생각하셨을 분들도 계실 거라 생각한다. 비록 그 스캔들이 진실이든 아니든, 내가 물의를 일으켰던 것은 사실이었다. 그것에 대한 책임을 지고 싶어 은퇴를 선언했고, 휴식을 취했다. 하지만······.
[예] 하지만?
[오] 그리웠다. (옅은 미소와 함께) 매우 그리웠다. 나를 비추는 스포트라이트도, 함께 호흡을 맞추는 배우들도, 같이 촬영을 하는 스태프들도, 그리고······ 언제나 응원해주는 팬분들도. 그분들께 보답하고 싶어서, 또 더 나은 오윤서의 모습을 보여 주고 싶어서 컴백을 하기로 결정했다. 다행히 성공적인 컴백을 치를 수 있어서 만족한다.
[예] 이런 말을 해도 될지 모르겠지만, 이번 드라마를 통해 지켜본 결과······ 윤서 씨의 연기력이 매우 상승했다는 평가가 있다. 이에 대해 어떻게 생각하는가?

허를 찌르는 필자의 질문에 오윤서가 머쓱한 표정을 지었다.

필자의 질문을 예상했다는 듯, 맑게 눈웃음을 그리던 그녀는 어깨를 으쓱이며 말을 이어 나갔다.

[오] 그동안 내 연기력이, 많은 소문을 몰고 다닌 것은 사실이었다. 그래서 만약 컴백을 하게 된다면 달라진 모습으로 대중들 앞에 서고 싶었고, 그래서 적잖은 노력을 했다.

[예] 아! 그러고 보니 윤서 씨가 이번 드라마를 준비하면서 실제로 로펌 회사에 들어갔다는 이야기도 들었던 것 같다. 사실인가?

[오] (웃음) 사실이다. 컴백을 결심하고 작품을 준비하면서, 아주 훌륭한 변호사님 밑에서 갖은 잡일을 다 하면서 배우고 또 배웠다.

[예] 에이, 그래도 천하의 오윤서에게 잡일을 시킬 변호사가 세상에 어디 있는가?

손을 휘휘 저으며 묻는 필자의 질문에 오윤서의 눈빛이 달라졌다. 그녀는 진심을 가득 담은 얼굴로 필자에게 말했다.

[오] 완전 독한 변호사님이었다. 내가 오윤서고 뭐고, 통하지 않았다. 그래서 처음엔 그 변호사님 밑에 넣어 준 소속사 대표님을 진짜 욕했다.

[예] 헉. 그 정도인가?

[오] 말도 마라. 정말 독한 변호사님이었다니까?

치를 떨 듯 온몸을 부르르 움직이는 오윤서는 진심이었다. 필자는 그런 오윤서를 빤히 바라보다 피식 웃으며 물었다.

[예] 그런 변호사님과 3월 봄, 웨딩마치를 준비하고 있다는 이야기를

들었는데?

이 시점에서 오윤서는 몹시 당황한 표정을 지었다. 모든 것을 훤히 드러내기로 결심했으면서, 놀라는 모습이 매우 귀여웠다. 조금 더 골려 주고 싶었지만 필자는 가만히 오윤서의 대답을 기다리기로 했다.

3월의 신부가 된다는 소문이 들리던 배우 오윤서는 잠시 주저하다 고개를 끄덕였다.

[오] 사실이다.
[예] 정말 축하한다! 함께 일하다가 정이 든 케이슨가?
[오] 정확히는, 싸우다가 정든 케이스인 것 같다. 초반에 우리 변호사님의 밑에 일하면서 엄청 싸운 것이 변호사님에게 빠져든 계기가 되었으니까.
[예] 그럼 요즘 한창 바쁘겠다. 이제 세 달 뒤면 결혼식이니! 어떤 결혼식을 치를 예정인가?
[오] 화려한 결혼식보다는, 소소하게 둘만의 결혼식을 치를 예정이다. 아마도 비공개가 될 테니 미리 양해를 구하고 싶다.
[예] 설마 공식 결혼 발표는 〈THE BEST LOVE〉가 처음인가?

오윤서는 묘한 미소를 지으며 고개를 끄덕였다. 필자는 그런 오윤서에게 한동안 축하한다는 이야기를 건넨 후, 다시 본론으로 돌아왔다.

[예] 컴백도 무사히 끝냈고, 곧 결혼식도 앞두고 있다. 이쯤에서 대한민국 국민들은 다시 돌아온 여신, 오윤서의 활발한 활동을 기대할 것 같다. 앞으로의 활동 계획에 대해 물어도 될까?

[오] (잠시 뜸을 들이더니) 아직 아무것도 정해진 것은 없지만, 한 가지 확실하게 말할 수 있는 건 다음 작품을 들어가기까지 시간이 얼마 걸리지 않을 거라는 것이다. 이왕 별들의 세계로 돌아온 거, 드라마에만 얽매이지 말고 영화도 하고 싶고, 기회가 된다면 연극도 해보고 싶다. 나 오윤서의 역량이 닿는 데까지 열심히 달리고 또 달려서, 대중 여러분들께 인정받고 싶다. 또, 그분들에게 받았던 수많은 사랑을 돌려 드리고 싶기도 하고!

[예] 멋진 계획이다. 작품 말고 또 계획한 것들은 없는지 궁금하다. 예를 들자면, 결혼 후 2세 계획이라든가, 아니면 작품 외 활동에 대해서!

[오] (웃음) 물론 결혼 후 2세 계획도 철저히 세워 두고 있다. 우리 변호사님, 그러니까 예비 신랑의 할아버지와 얼마 전 거래를 하나 했었는데, 예랑과의 사이에서 적어도 아이 둘은 낳기로 약속했다. 나도 외동보단 둘이 좋을 것 같아서 힘닿는 데까지 낳아 볼 생각이다.

[예] 훌륭하다!

[오] 그리고…….

[예] 그리고?

다음 말을 이으려던 오윤서가 잠시 주저하더니 이내 힘차게 입술을 달싹였다.

[오] 어느 시점이 된다면…… 내게 정말 여유가 있다는 가정하에 말하는 거지만, 다시 대학에 가 보고 싶다.

[예] 대학? 헉, 설마……!

[오] 그 설마다. 변호사님이랑 일하고, 연애하고, 결혼까지 꿈꾸다 보니 깨닫게 됐다. 나도 법이라는 것에 관심이 있었다는 것을.

[예] 예전에 중퇴했었던 법학과를 다시 다니겠다는 소린가?

[오] 어디까지나 '여유'가 있다는 가정하에 하는 말이다. 생각보다 법이라는 것이 적성에 맞더라. 조문을 외우는 것도 재미있고. 게다가 기자님도 아시겠지만, 내가 가정 폭력 사건에 휘말린 적도 있지 않았나. 세상엔 수많은 가정 폭력 피해자들이 존재하고, 그런 그들이 침묵하며 어쩔 수 없이 살아가고 있다. 그들을 도와주고, 힘이 되어 주고 싶다.

현재 '가정폭력 및 아동학대 예방 캠페인'에서 홍보대사를 맡으며 활동하고 있는 배우다웠다. 의지가 느껴지는 그녀의 말에 깊은 공감을 하며 필자는 오윤서의 앞날에 박수를 보냈다. 그녀가 자신의 꿈을 이룰 수 있는 날이 머지않은 시기에 올 수 있도록 기원하고 싶어졌다.

[예] 마음 같아서는 윤서 씨를 붙잡고 밤새도록 인터뷰를 하고 싶지만, 슬슬 윤서 씨를 놓아주어야 할 시간이 온 것 같다.

[오] (눈을 크게 뜨며) 아직 할 이야기가 많은데!

[예] 윤서 씨의 매니저분께서 나를 노려보고 있다. 빨리 다음 스케줄 장소로 보내지 않는다면, 큰일이 날 것 같다.

[오] (웃음) 그럼 다음번에 또 불러 줬음 좋겠다. 〈THE BEST LOVE〉라면, 언제든 환영이니까!

[예] 그 말, 잊지 않겠다! 그럼, 우리 〈THE BEST LOVE〉의 구독자님들을 위해 마지막 인사를 하는 것으로 인터뷰를 마무리했음 한다. 윤서 씨?

필자의 요구에 깊은 숨을 들이마신 오윤서는 초롱초롱 눈을 빛내며 고개를 끄덕였다.

그녀는 진지하기 그지없는 표정을 지으며 붉디붉은 입술을 달싹였다.

[오] 지난겨울, 〈THE BEST LOVE〉의 독자여러분들을 비롯한 국민 여러분들께서 보내 주신 많은 성원에 깊은 감사를 드리고 싶습니다. 제가 이렇게 한층 성장할 수 있었던 것은 여러분들의 애정 어린 질책과 비판 덕분이었습니다.

다시 돌아온 저를 반갑게 맞아 주시고, 아낌없는 성원을 보내 주셔서 저는 새롭게 '배우' 오윤서로 태어날 수 있었습니다. 많은 분들께서 저를 '오윤서'로 알고 계시겠지만, 저는 '오진심'이라는 본명을 가지고 있습니다.

진심眞心.

적잖은 시간 동안 컴백 준비를 하면서 저의 진심이, 차곡차곡 쌓아 둔 제 진심이 여러분들께 닿을 날이 왔으면 좋겠다고 매일같이 바랐는데…… 그 마음이 아주 조금이나마, 여러분들께 닿을 수 있어서 영광이라고, 그리고 행복하다고 생각합니다.

마지막으로 이 자리에서 개인적인 이야기를 하나 하고 싶습니다.

몇 달 뒤면, 저와 영원을 함께할 바로 그 남자에게 꼭 해 주고 싶었던 말입니다. 갈 곳을 잃고 헤매던 제게 흔들리지 않는 등대가 되어 주었던 당신.

갖은 구박과 일침으로 절 당황시키긴 했지만, 그럼에도 불구하고 주저하지 말라고, 포기하지 말라고 용기를 북돋아 준…… 당신.

한참을 헤맸던 진심이 내게, 그리고 당신에게 닿았던 바로 그 순간, 난 아마 당신에게 빠져 버렸던 건지도 모르겠습니다.

사랑해요, 변호사님.

사랑합니다, 권정록 씨.

당신과 함께하는 시간 동안, 영원히 당신을 믿고, 의지하며 사랑할 겁니다.

내 진심을, 다해.

에필로그

"수고 많으셨습니다, 윤서 씨! 정말 좋은 인터뷰였어요!"

진심이 잠정 은퇴를 하기 직전의 이야기와, 은퇴 후 다시 돌아오기까지의 모든 이야기를 진솔하게 담은 〈THE BEST LOVE〉와의 인터뷰는 장장 5시간에 걸치는 긴 인터뷰였다.

분명 정오를 넘겼을 무렵 약속 장소로 들어왔었는데, 어느덧 해가 져 있었다.

진심은 녹음기와 펜을 내려놓으며 빙긋 웃는 기자에게 살짝 고개를 끄덕인 후, 자리에서 일어났다.

"기자님도 수고 많으셨어요. 좋은 글 부탁드려요."

"하하, 그래야죠! 걱정 마세요. 실망시키지 않을 겁니다!"

가슴을 두드리며 힘껏 외치는 기자에게 옅은 미소를 지어 준 그녀는 주변에서 그들의 대화를 주시하고 있던 다른 관계자들과도 짧은 인사를 나누었다.

"집으로 바로 갈 거지?"

인터뷰가 끝나기만을 기다리고 있던 혁준이 조수석에 안착하는 진심에게 물음을 던졌다.

진심은 고개를 끄덕인 후 살포시 눈을 내리감았다.

「고생했어요.」

국연준과의 일을 끝마친 뒤, 집으로 돌아가려던 진심은 끼이익 멈춰 선 익숙한 차를 발견하고 눈을 크게 떴다. 저를 데리러 올 것이라 여겼던 혁준이 아닌, 정록이 차에서 내렸던 것이다.

하염없이 하늘을 올려다보던 진심에게 성큼성큼 다가와 그녀를 와락 끌어안는 그의 품이 따뜻해서, 진심은 겨우 멎었던 눈물을 다시 흘려 버렸다. 처음엔 입술을 세게 짓누르며 울음을 참으려 애쓰던 진심은 말없이 제 등을 토닥여 주는 그의 품에서 더욱 크게 울어 버렸다.

지나가는 사람들이 울고 있는 그녀를 의아한 표정으로 흘긋거렸지만, 개의치 않고 울고 또 울었다.

정록은 말없이 그녀를 껴안아 주기만 했다.

단순한 포옹일 뿐이었지만, 마음의 응어리가 모두 풀리는 기분이었다. 그 품이 너무 편안해서 시간이 멈추었으면 좋겠다고, 생각했었다.

「이미 들었겠지만, 국 부사장은 제국 전자 남미 지사로 발령 난다고 하더 군요. 말이 발령이지, 사실상 좌천이나 다름없습니다. 재기를 할 수도 없을 정도로 모든 걸 다 빼앗아 버린 셈이죠. 그러니 더 이상 두려워할 건 없습니 다.」

어두웠던 앞날에 빛이 내려왔다.

한 발을 내딛기가 힘들었던 발걸음은, 제 손을 꼭 잡아 주며 함께 걷기를 권유하는 동반자로 인해 힘이 났다. 아무렇지도 않게 국연준에 대한 이야기를 읊는 그가 든든하기 짝이 없어 진심은 배시시 웃었다.

핸들을 잡고 운전을 하던 정록이 그런 진심의 웃음소리에 미간을 꿈틀거렸다.

「뭐가 웃깁니까?」

「곰곰이 생각해 보니 저 진짜 완전 봉 잡은 것 같아서요.」

「……예?」

「처음 사귄 남자 친구가 너무 잘생기고 멋진 걸로도 모자라, 든든하기 그지없잖아요.」

「……!」

「아아. 이렇게 행복해도 되는 건가? 오진심, 너 진짜 봉 잡았다!」

깔깔 웃으며 정록에게 '앞으로 변호사님이 아니라 봉님이라 부를까요?' 라 말하는 진심의 눈빛이 크게 일렁였다.

정록은 그런 진심을 흘긋거리더니 픽 웃으며 중얼거렸다.

「봉은 제가 잡은 것 같네요.」

「네?」

「나 같은 변호사는 찾아보면 몇 있지만, 대한민국에서 최고로 예쁜 여자는 오진심 씨뿐이잖습니까.」

「……!」

「흠. 말하고 보니, 확실히 내가 봉을 잡긴 했군요. 이러다 오진심 씨 팬한테 잘못 걸리면 맞아 죽는 거 아닌가 싶기도 하고. 걱정인데…….」

「풉!」

「왜 웃습니까?」

「누가 변호사 아니랄까 봐 언변 하나는 유창하다 싶어서요. 어휴, 예뻐!
아주 예뻐 죽겠어, 우리 변호사님! 촉 해 줘야겠어, 촉!」

「윽! 오진심 씨. 운전 중에 이러면…… 속도위반하고 싶어진단 말입니다!
제가 법을 위반하는 꼴을 보고 싶으…… 젠장!」

그의 볼 위에 입술을 대었다 떼기를 반복하는 진심의 행동에, 정록의
눈썹이 꿈틀거렸다. 운전에 집중하기 위해 정면을 주시하던 그의 볼이 붉
게 물드는 것을 지켜보며 진심은 꺄르르 웃었다.

이윽고 진심의 어택을 견디지 못한 정록이 액셀러레이터를 길게 밟으
며 눈을 부라리는 모습은 그녀의 웃음을 더욱 길어지게 만들었다.

'변호사님……'

우리…… 변호사님.

그와 함께 있는 시간이 좋다.

그가 미소 짓는 모습을 보면 덩달아 기분이 좋아지고, 눈을 마주치면
심장이 콩닥거린다. 변호사라는 세 글자가 너무도 가슴을 설레게 만들고,
그가 뱉어 내는 제 이름이 가슴을 들썩이게 했다.

'사랑하는, 우리 변호사님……'

몇 달 뒤면, 법적으로 그와 영원을 함께할 수 있게 된다. 그 누구의 시
선도 아랑곳 않을 만큼 당당하게, 그의 손을 잡고 거리를 걸을 수 있다.
난생처음 알게 된 사랑이라는 감정이 이렇게 속수무책으로 저를 끌어당
길 것이라곤 생각하지 않았기에, 지금의 행복을 더 길게, 더 오랫동안 느
끼고 싶다.

아마도 언젠가는 사소한 것들로 싸우고 토라지고, 삐치게 되겠지만 그럼에도 불구하고 그와의 신뢰가 깨질 것이라고는 생각하지 않는다. 시작이 좋지는 않았지만, 그런 시작이 있었기에 그와 더욱 깊게 마음을 나누었던 건지도 모르겠다.

자신의 진심이 닿았던 그 순간, 저를 바라보던 그의 눈빛이 아직도 가끔 생각난다. 진지하게 제 말을 들어 줬던 남자의 눈빛. 곰곰이 생각해 보면 그에게 빠져들었던 시점은 아마도 그때부터가 아니었을까?

"……는 그렇게 처리하세요."

스르륵, 눈을 뜬 진심의 귀에 낯익은 풍경이 보였다. 이곳이 자신의 침실이라는 것은 어렵지 않게 자각할 수 있었다. 진심은 슬며시 고개를 돌려 소리가 들려오는 곳을 응시했다.

"네. 소장은 내일 아침에 바로 보내도록 하시고요. 윤선아 씨에게는 오후쯤 만나자고 약속 잡아 주십시오."

벽에 걸린 시계는 밤 9시를 가리키고 있었건만, 아직도 전화기를 붙들고 있는 것을 보면 업무가 남은 모양이다.

진심은 하암, 길게 하품을 한 후 몸을 일으켰다. 인터뷰를 하고 돌아오던 와중 깊은 잠이 들었던 게 분명하다. 그도 그럴 것이, 봄에 열릴 결혼식 준비에 정신이 없었으니까.

근래의 일주일은 정록의 어머니인 나 여사와 함께 웨딩숍을 이곳저곳 돌아다녔다. 소박한 결혼식을 하는 대신, 드레스만큼은 그 누구보다 아름다운 것을 입어야 한다던 나 여사의 주장을 거절하지 못했던 것이 그 이유였다.

'변호사님이 업고 오셨을까?'

예상컨대, 혁준이 정록에게 연락을 했거나 진심을 기다리고 있던 정록이 잠이 든 그녀를 발견했을 것이 틀림없다. 피곤에 젖은 자신을 깨우지 않기 위해 조심스레 저를 안아 들었을 정록을 상상해 보며 진심은 웃음을 삼켰다.

"글쎄요. 시간은 한 두 시나, 세 시 정도가 적……!"

— 권 변호사님?

슬금슬금, 등을 돌리고 있던 그에게 다가가 와락 그의 허리를 끌어안 았다. 통화를 하고 있던 정록이 화들짝 놀라 시선을 아래로 내리는 것이 보였다. 저와 눈이 마주치자 미간을 살짝 꿈틀거리던 그가 피식 실소를 터뜨리자 진심은 어깨를 으쓱이며 배시시 입꼬리를 올렸다.

정록이 든 핸드폰에서 진심의 후임으로 온 비서가 낸 낭랑한 음성이 들려왔다.

정록은 고개를 가로저었다.

"아…… 아무것도 아닙니다. 어쨌든 그렇게 처리해 주십시오. 그럼."

진심이 깼다는 것을 알게 된 정록은 더 이상의 통화를 이어 나갈 의지 가 없어 보였다. 그는 짧게 통화를 마무리한 뒤, 핸드폰을 근처 테이블 위 에 내려놓고선 제 허리에 매달려 있는 진심의 이마에 입을 맞추었다.

"언제 깼습니까?"

"방금 전에요."

"많이 피곤했습니까?"

"조금."

"그럼 더 자지."

"괜찮아요. 더 깨어 있을래."

"왜요?"

"오늘 변호사님 얼굴 본 건 처음이란 말이에요. 고작 몇 분 보는 건 싫 어. 적어도 한 시간은 볼 거예요."

더욱 세게 그를 끌어안으며 고개를 파묻던 진심이 투정을 부렸다. 정록은 피식 웃으며 그녀에게 손을 뻗었다.

"엇!"

그에게 대롱대롱 매달려 있던 진심은 부드럽게 저를 안는 정록의 행동에 눈을 동그랗게 떴다. 정록은 공주님을 안듯, 그녀를 침대로 다시 데려간 뒤 조심스레 침대로 뉘었다. 의아해하는 진심을 내려다보던 정록은 물었다.

"정말 안 잘 겁니까?"

진심은 씩 웃으며 고개를 끄덕였다.

"네."

"하아, 어쩔 수 없네요. 오진심 씨가 안 자면 제가 오늘 남은 잔업을 할 수 없으니…… 자게 유도하는 수밖에."

"유도요?"

입을 쭉 내밀며 진심이 그를 바라보자 정록이 씩 웃었다. 그러고는 입고 있던 카디건의 단추를 하나씩 끄르며 중얼거렸다.

"이제부터 아주 피곤해질 겁니다."

강렬한 열기가 다리 사이에서 느껴졌다. 참을 수 없는 숨결이 입술 밖으로 터져 나왔다. 송골송골 맺혔던 땀방울이 이마를 타고 턱 끝에서 툭 떨어졌지만, 정록은 멈추지 않았다.

진심은 몸을 바르르 떨었다.

「봐요.」

「하아.」

「날 봐, 오진심.」

처음은 정중했지만, 시간이 지날수록 거칠어진 그의 목소리가 귀를 두드렸다. 진심은 밀려오는 통증과 뜨거운 감각에 겨우겨우 눈을 뜨고 그를 응시했다. 저를 집어삼킬 듯 내려다보던 정록이 붉은 입술을 이마에, 눈두덩에, 코끝에, 그리고 벌어진 입술 위에 수놓듯 내렸다.

그의 행동 하나하나에 터질 듯 부풀어 오르는 심장의 박동이 느껴졌다. 눈꺼풀을 떨던 진심의 귓가로 정록의 음성이 흘러 들어왔다.

「사랑해요.」

작게 속삭인 말이었지만, 선명하게 뇌리에 각인됐다.

「사랑해, 오진심.」

그가 뱉어 내는 속삭임은 부드럽다가도, 화끈거릴 만큼 달아올랐다. 진심은 그저, 정록의 목을 세게 끌어당기는 것으로 대답을 대신했다. 가빠 오는 숨결과 주체할 수 없는 열기가 두 사람의 밤을 휘감았다.

'응?'

밀려오는 노곤함에 눈을 감고 있던 진심이 눈꺼풀을 올렸다. 뿌옇던 시야가 점점 초점을 되찾았다.

아직 동이 트지 않은 새벽.

짙은 어둠이 깔려 있는 창가에 누군가 서 있는 모습이 보였다. 상의는 진심에 의해 탈의된 채, 하의만 입고 서 있는 남자의 커다란 등이 시야로 들어왔다.

잠에서 깬 걸까, 아님 처음부터 자지 않았던 걸까. 창밖을 응시하고 있던 그를 향해 다가가기 위해 진심은 몸 위를 덮고 있던 이불을 돌돌 말아 바닥에 바로 섰다.

"안 자고 뭐 해요?"

"아. 깼습니까?"

뒤에서 들리는 진심의 음성에 그가 화들짝 놀랐다. 진심은 풋 웃으며 어깨를 으쓱였다. 정록은 제게로 몸을 기대는 그녀를 품속으로 끌어당겼다. 따뜻한 그의 품 안에서 꼼지락거리던 진심이 슬쩍 고개를 들어 정록을 올려다봤다.

"무슨 생각을 그렇게 했어요?"

정록은 눈을 반짝이는 진심을 가만히 내려다보았다. 그러고는 붉은 입술을 달싹였다.

"별건 아니고……."

"아니고?"

"……."

말을 이으려던 정록이 잠시 입을 다물며 대답을 주저했다. 진심의 눈이 더욱 동그래졌다.

"변호사님?"

의아해하는 진심을 바라보던 그의 미간이 꿈틀거렸다. 그는 답지 않게 뚱한 표정을 짓더니 이내 중얼거렸다.

"……호칭."

"네?"

"호칭이 마음에 안 들어서."

평소의 그와는 거리가 멀기에 대체 무슨 고민이 있나 싶었다. 조금 긴

369

장하며 정록의 대답을 기다리던 진심은 그만 하하, 웃음을 터뜨렸다. 나름 고심하던 정록의 눈이 커졌다.

"웃지 마십시오. 나름 진지한 고민이었단 말입니다."

"큭큭. 아니, 변호사님이라는 호칭이 마음에 안 들어서 야밤에 잠도 안 자고 서서 고민 중이었다고요? 이 말을 듣고 어떻게 안 웃어요!"

"오, 오진심 씨!"

"좋아요."

"……!"

등을 그의 가슴에 기대고 있던 진심이 홱 몸을 돌려 그의 허리를 끌어안았다. 정면으로 시선이 마주치자 정록이 몸을 움찔거렸다. 당황했는지 붉게 물든 그의 얼굴이 보였다.

진심은 입꼬리를 올리며 입술을 달싹였다.

"우리 변호사님, 아니, 권정록 씨는 저한테 어떻게 불리고 싶은데요? 제가 어떻게 불러 줘야 만족하겠어요?"

초롱초롱 밝아지는 진심의 맑은 눈동자가 그에게 콕 박혔다. 직설적인 진심의 질문에 입을 삐죽이기만 하던 정록이 짧은 고심 끝에 입술을 열었다.

"그 '변호사님'만 아니라면……."

무엇이든.

"이름을 불러도 되고."

"권정록 씨? 정록 씨?"

"아니면, 다른 연인들끼리 부르는 것처럼 불러도 되고."

"자기? 여보? 허니?"

"그것도 아니라면……."

"아니라면 뭐요? 뭔…… 앗!"

진지하게 말을 늘어놓던 정록이 손을 뻗어 진심을 들어 올렸다. 진심은 갑자기 붕 뜨는 제 몸에 깜짝 놀라 얕은 비명을 내질렀다.

뭐 하는 거냐며 그의 어깨를 두드렸지만, 정록은 이불로 몸을 돌돌 말고 있는 진심을 둘러멘 채 침대로 걸음을 옮기는 행동을 멈추지 않았다.

"누구 아빠도, 좋고."

성큼성큼 움직이던 정록이 살포시 침대 위로 자신을 내려놓자 의아한 눈빛을 쏘아 대던 진심은, 이윽고 들려오는 그의 말에 큭큭 실소를 흘렸다.

"자다 일어나서 무슨 생각을 하나 했더니, 2세 계획이나 세우고."

진심의 몸을 말고 있던 이불을 풀어헤치는 그를 향해 그녀가 중얼거렸다. 정록은 어깨를 으쓱이며 짙은 미소를 그렸다.

"급하잖습니까. 나이도 있는데."

"어머, 저 아직 창창하거든요?"

"누가 오진심 씨 얘기를 했습니까? 내 나이요. 내 나이."

"흐응."

"나 정도 나이대면 아이 두셋은 있어야 정상이라던데."

"읍!"

"오진심 씨가 너무 늦게 내 앞에 나타나는 바람에, 이제야……!"

고개를 숙였던 정록이 뜨거운 혀를 입속으로 밀어 넣으며 말을 잇다 눈을 크게 떴다. 자신의 침범에 인상을 쓰고 있던 진심이 갑자기 그를 밀치더니 손을 뻗어 정록을 침대 위로 눕혔기 때문이다.

두근두근.

진원지를 알 수 없는 심장 박동 소리가 침실 안을 에워쌌다. 진심은 눈을 동그랗게 뜨고 있는 정록의 가슴 위로 손을 얹더니 짓궂게 웃으며 번들거리는 입가를 닦았다.

"변호사님······ 아니, 우리 정록 씨가 무엇을 말하고 싶어 하는지 접수 완료!"

"······!"

"하지만 그러려면, 대표님이랑 했던 약속을 깨야 하는데······ 나, 사고를 너무 많이 쳐서 지금 대표님한테 단단히 찍힌 상태거든요?"

정록이 한쪽 눈을 찡긋거리며 속삭이는 진심의 말에 픽 웃었다.

"하긴. 결혼 발표에 이어 임신 발표가 빨라지면, 연 대표님이 곤란해질 것 같긴 하군요."

제발 속도위반은 하지 말아 달라며 신신당부를 하던 비너스 엔터테인먼트의 연준석 대표의 간절한 목소리가 귓가에 아른거렸다. 진심은 씩 미소 지으며 그의 입술 위로 제 입술을 덮었다.

"그렇지만 우리 예비 신랑이 급하다고 하니, 어쩔 수 없잖아요. 그 소원, 들어줄 수밖에."

진심은 큭큭 웃으며 정록의 입술을 훑더니 제 몸을 그의 몸 위로 겹쳤다. 진한 숨소리가 그들에게서 터져 나왔다. 잠시 소강상태에 들어갔던 열기가 다시 끓어오른다.

길게 깔려 있던 어둠을 지나 또 다른 태양이 뜰 때까지. 두 연인은 서로를 탐하고, 또 탐하며 사랑을 속삭였다.

그리고 그로부터 정확히 6개월 뒤.

대한민국의 연인, 오윤서의 비공개 결혼식이 열렸던 3월의 어느 봄날로부터 몇 달이 더 흐른 신문의 헤드라인에는 다음과 같은 문구가 박혀 있다.

《임신 6개월 오윤서, 아름다운 D라인과 무결점 외모 과시하며 백룡 영화제 참석. 미모는 '여전', 연기력은 '발전'······ 그녀의 성장은 어디까지?》

외전 1
난공불락 오진심

똑똑.

문 두드리는 소리에 정록은 고개를 들었다.

"들어와요."

짧게 말을 하자마자 굳게 닫혀 있던 집무실의 문이 벌컥 열렸다.

"권 변호사님!"

생글생글 웃으며 무언가 잔뜩 들고 들어온 신입 비서가 그를 바라보며
서 있었다. 의아해하던 정록은 뒤늦게 '아' 하고 낮게 탄성을 터뜨렸다.

"아침에 말씀하신 자료들을 들고 왔어요! 내일 있을 홍콩 분사 쪽 원격
회의와 관련된 자료 말이에요. 특히 포스트잇으로 표시해 둔 자료들은 변
호사님께서 꼭 읽으셔야 할 자료들이고, 그중에서도 형광펜으로 하이라
이트를 친 부분은 변호사님 분야와 관련된 거예요! 또 필요하신 것이 있
으면 언제든 말씀해 주세요!"

눈을 반짝반짝 빛내 가며 외치는 여자의 목소리가 집무실 안을 가득

감돈다. 평소처럼, 검은 두 눈으로 그녀에게서 서류를 건네받은 정록은 살짝 고개를 끄덕였다.

"고맙습니다."

"별말씀을요!"

「뭘요!」

"픗."

"권 변호……사님?"

힘차게 답하는 그녀의 모습이 마치 누군가를 연상케 했다. 정록이 작게 웃음을 흘리자 몸을 돌려 나가려던 여자가 눈을 동그랗게 떴다. 뒤늦게 실수를 인지한 정록이 얼른 얼굴에서 미소를 거두어들이며 말했다.

"아무것도 아닙니다. 수고 많았어요."

"네!"

"앞으로도 잘 부탁드립니다, 한예리 씨."

"어머, 편하게 한 비서라 부르시라니까요! 그것도 아니면 그냥 예리 씨도 괜찮고. 그것도 아님, 저보다 한참 오빠시니 그냥 이름을……."

"한예리 씨."

"네?"

"이제 일 보러 가십시오."

"아…… 네에."

칫.

환하게 웃음을 짓던 여자의 입술이 삐죽였다. 정록은 그러든 말든 개의치 않고, 그녀가 건넸던 자료를 넘겼다.

'여전히 딱딱하네.'

이쯤 되면 물러질 만도 한데.

일주일 전, 이곳 로펌 〈올웨이즈〉로 새로 들어오게 된 신입 비서 예리
는 저를 안중에도 없이 취급하는 정록을 흘긋거리다 말고 집무실을 벗어
났다.

「미안하게 됐습니다, 한예리 씨. 원래 한예리 씨는 세 달 뒤 입사시킬 예
정이었는데…… 어쩌다 오류가 생긴 것 같습니다. 예리 씨가 담당하게 될 변
호사가 아직 정식 입사를 하지 않았거든요. 그런데…… 마침 로펌 내에 비서
가 없는 변호사가 한 명 존재하네요? 하하하. 이건 어떻습니까? 예리 씨의
담당 변호사가 정식 입사를 할 때까지 그분의 일을 돕는 건? 아, 물론 당연
히 페이는 지급해야죠! 걱정 마십시오. 아주 두둑하게 지급해 드릴 테니.」

정식 출근을 하기로 한 날, 생각지도 못했던 이야기를 듣고 흔쾌히 수
락을 한 것은 생각보다 제게 지급하겠다는 페이가 셌기 때문이다. 고작
삼 개월.

예리는 어차피 정식으로 담당하게 될 변호사를 만날 때까지 이 일에
대해 적응을 할 필요도 있었으므로, 차라리 좋은 기회라고 생각했다.

「한예리 씨. 이 서류, 총 14부 복사해 오십시오.」
「한예리 씨. 오늘 윤 판사님과 미팅 약속을 잡아 주십시오.」
「한예리 씨. 지난 소송 건 처리는 어떻게 되어 갑니까?」
「한예리 씨. 오늘은 먼저 퇴근하십시오.」

그러나 예리는 입사한 지 이틀 만에, 어째서 로펌 올웨이즈의 대표 변
호사가 제게 페이를 두둑이 쥐여 주겠다는 선언을 했는지 알아차리고야

말았다. 그녀가 '임시'로 맡게 된 변호사는 깐깐해도 너무 깐깐했다.

업계에서 몇 손가락에 꼽을 정도로 알려진 변호사라는 것은 알겠는데, 이 정도 업무량이면 그 정도 페이를 지급하는 것이 정당해 보일 정도였다. 예전의 예리 같았으면 돈만큼이나 과중한 업무를 두고 두 손 두 발을 다 들어 올리며 백기를 들었을지도 모른다.

이렇게 많은 업무는 하지 못하겠다며 문을 박차고 나갔을지도.

그러나 그렇게 하지 않았던 이유는 간단하다.

「고맙습니다.」

서늘하다 싶은 얼굴에 잔잔하게 번지는 옅은 미소. 무심한 척 눈을 잠시 들었다 다시 아래로 내리며 내는 달콤한 목소리.

'아아.'

그렇다. 예리는 검은 눈동자를 지닌 그 변호사에게 첫눈에 반해 버린 것이다.

'권 변호사님, 작게 웃어도 멋졌지.'

공과 사는 구분해야 한다고 배웠지만 그런 남자의 앞에서는 마음을 감출 수가 없는 노릇이다. 조금 전에도 그의 미소에 저절로 입가가 간질거려 하마터면 큰일 날 뻔했다. 예리는 큭큭 웃으며 복도를 걸어갔다.

"예리 씨, 기분 좋아 보이네?"

정록의 미소를 머리에 각인시키며 배시시 웃던 예리가 저를 부르는 목소리에 걸음을 멈췄다.

"어머, 선배님들! 점심 드시고 오시는 길이세요?"

마침 정면에서 손을 흔들고 걸어오는 선배 비서들이 눈에 들어왔다. 그녀들은 로펌 올웨이즈에 속한 또 다른 변호사들을 보좌하는 비서들이었다.

"응. 예리 씨는 밥 먹었어요?"

"그럼요! 저는 한참 전에 먹었죠. 참, 오늘 같이 못 먹어서 죄송해요. 빨리 찾아야 할 자료들이 있어서……."

"그런 건 이해해야죠. 그런데 아까 전엔 왜 그렇게 방실방실 웃고 있었어요? 좋은 일이라도 있었던 거예요?"

정규원 변호사의 비서를 맡고 있는 지영이 은근슬쩍 물음을 던졌다. 예리는 움찔하더니 이내 아무것도 아니라며 고개를 휘휘 저었다.

호오.

발그레 볼까지 붉히는 그녀의 모습을 수상하게 여긴 이준호 변호사의 비서, 태은이 빠른 걸음으로 예리의 코앞까지 다가오더니 그녀의 허리를 쿡쿡 찔렀다.

"뭔데? 뭐야? 무슨 일인데요?"

예리는 순식간에 저를 둘러싼 네 명의 선배 비서들을 발견하고선 깜짝 놀라 눈을 깜빡였다.

두근두근. 작게 뛰는 가슴이 그녀의 놀람을 증명했다. 저들에게도 말해 달라며 졸라 대는 그들의 말을 외면하기도, 그렇다고 솔직히 털어놓기도 부끄러워 망설이던 그녀는 이내 조심스레 입술을 움직였다.

"저기…… 혹시……."

"혹시? 혹시 뭐?"

예리는 흠흠 목소리를 가다듬었다. 그러고는 눈에 힘을 주며 물었다.

"권정록 변호사님 말이에요! 애인…… 있으세요?"

"뭐?"

뭔가 재미난 이야기를 기대했던 건지, 흥미진진한 표정을 짓고 있던 네 명의 비서들이 일제히 얼굴을 일그러뜨렸다.

'왜 저러지?'

예리는 약속이나 한 듯한 그녀들의 반응에 움찔거렸다.

"하아. 또 이러네."

의아해하는 예리를 바라보던 지영이 쯧쯧, 혀를 차며 중얼거렸다.

"그러게 말에요. 이거 진짜 조치가 필요한 거 아니에요? 벌써 몇 번째야."

태은 역시 지영의 말에 동조했다.

"두 번째 정도 되는군요. 지연 씨 이후로 줄곧 이러니. 차라리 지연 씨가 다시 돌아왔으면 좋겠는데."

"곧 돌아온다 하지 않았어요?"

"가장 좋은 방법은 그 사람이 그냥 정식 비서가 되는 거죠."

"말도 안 되는 소리. 그게 어디 쉽겠어요?"

예리는 알아들을 수 없는 이야기를 하기 시작하는 그녀들을 멀뚱히 바라봤다.

"한예리 씨."

"네!"

묵묵히 상황을 지켜보던 최윤혁 변호사의 비서, 은지가 저를 부르자 예리는 차렷 자세로 외쳤다. 은지는 선배 비서들 중에서도 가장 대하기 까다로운 존재였다.

이상하게 긴장하는 스스로를 인지하며 예리는 침을 꼴깍 삼켰다.

"한예리 씨는 권정록 변호사님께 호감이 있나요?"

"……예? 아, 아뇨!"

너무나 노골적으로 정곡을 찔렸기에 무심코 부정하고 말았다. 그러나 얼굴은 숨길 수 없었던 모양이다. 예리의 붉어진 얼굴을 놓치지 않은 은지는 말을 이었다.

"만약 눈곱만큼이라도 호감이 있다면, 당장 버리는 게 좋을 거예요."

"……네?"

왜?

물론 공과 사가 나뉘어야 하는 건 정상이지만, 사람이 같이 일을 하다 보면 눈이 맞을 수도 있는 거 아닌가?

예리는 저도 모르게 뚱한 표정을 지으며 은지를 응시했다. 은지는 그런 그녀의 시선이 익숙한 듯, 서늘하게 예리를 바라보더니 돌연 손목의 시계를 내려다봤다.

"슬슬 올 때가 됐네."

"어머, 오늘이 '그날' 이에요?"

"진짜?"

흘리듯 중얼거린 은지의 말에 귀를 쫑긋거리던 다른 비서들이 물음을 던졌다. 은지는 무심하게 고개를 끄덕였다.

"선배님들. 지금 무슨 소리를 하시는 거예요?"

예리가 상황을 이해하지 못하고 고개를 갸웃거렸지만, 은지는 정확한 설명 대신 의미심장한 말을 뱉어 냈다.

"이런 건 직접 보는 게 낫죠."

"네?"

"백문이 불여일견. 몰라요?"

뭐?

땡.

그때였다.

예리는 모두의 시선이 향하는 엘리베이터 쪽으로 눈을 옮겼다. 그리고 얼마 지나지 않아, 드르륵 열리는 문소리와 함께 나타난 한 여자와 눈이 마주치자 신음을 흘렸다.

"헉!"

저, 저 여자……!

또각또각, 울리는 구두 소리가 엘리베이터를 벗어나 복도로 퍼져 나갔다. 프런트 데스크의 사람들과 인사를 나누기 위해 선글라스를 벗는 한 여자의 모습에 예리는 무의식적으로 입을 크게 벌렸다.

큭큭, 웃는 주변 선배들의 목소리가 느껴지자 예리는 얼른 그들에게 외쳤다. 그녀의 눈은 급격하게 떨리고 있었다.

"서, 선배님들! 저, 저 여자 혹시……."

"어? 못 보던 분이 계시네요?"

"……!"

"반가워요. 새로운 비서신가 보네요?"

예리의 귓가로 미성의 목소리가 흘러 들어왔다. 그녀는 슬며시 고개를 뒤로 돌렸다. 몇 번이고 눈을 감고, 뜨고, 감고 다시 떠보아도 제 앞에 서선 미소 짓는 여자는 누가 봐도 자신이 잘 알고 있는 사람이었다.

'대박……!'

차마 입 밖으로 흘리지 못하는 신음을 삼키며 예리는 눈꺼풀을 부르르 떨었다.

"윤서 씨. 언제 오신 거예요?"

얼마 전까진 예리를 둘러싸고 있던 비서들이 우르르, '그 여자', 오윤서를 빙 둘러싸기 시작했다. 약간 허탈하기도 했고, 또 지금 이 상황이 꿈을 꾸는 것 같기도 해서 예리는 그저 눈만 깜빡였다.

오윤서는 이런 상황이 익숙한지 풋 웃음을 터뜨리며 아무렇지 않게 대답했다.

"조금 전에요."

"화보 촬영 다녀오셨다면서요? 어디 다녀오신 거예요?"

"아아, 네. 아시다시피 진주 때문에 먼 곳은 못 가고, 대만에 다녀왔어요."

"우와, 대만!"

"배도 너무 예쁘게 불렀어요! 윤서 씨 정말 임신한 거 맞기는 한 거예요?"

부러움이 가득한 말들이 쏟아졌다. 왠지 소외되는 느낌이었지만, 예리는 그저 그들을 응시했다. 그런 예리를 발견한 오윤서가 말했다.

"맞다. 조금 이따 제 매니저가 여러분 선물 들고 올 거예요. 새로운 비서님 것도 있으니 너무 걱정 마세요!"

'……내 것도?'

"정말요? 우리가 받아도 되는 거예요?"

"당연하죠. 제게 어떤 분들이신데! 그나저나…… 지금 집무실에 안 계시나요?"

예리는 비서들에게 말하던 윤서의 눈이 집무실이 있는 곳으로 향하는 것을 눈치챘다.

'그러고 보니 오윤서가 얼마 전 변호사랑 결혼했다는 뉴스를 보긴 했는데…….'

드라마 〈리갈 마인드〉의 흥행으로, 잠시 내주었던 대한민국 최고의 여신 자리를 다시금 굳건히 한 오윤서가 갑작스러운 결혼 발표와 동시에 임신을 했다는 일화는 대한민국 사람이라면 모르는 이가 없었다.

'설마. 올웨이즈의 변호사들 중에 그 남편이 있다고?'

예리는 믿을 수 없다는 표정을 지으며 선배 비서들을 응시했다. 그녀들은 알 듯 말 듯한 미소와 함께 잠깐 기다리라는 듯 손을 들어 올렸다. 정확하지는 않지만, 왠지 모를 불길한 예감이 들었다.

그런 예리의 예감은 정확히 몇 초 후.

쾅 소리와 함께 문을 박차고 달려 나온 한 남자에 의해 완벽하게 맞아떨어졌다.

"오진심 씨!"

예리는 있는 힘껏 외치며 오윤서를 향해 달려가는 남자를 발견했다.

'어어?'

어찌나 빠른지, 바람을 가르는 소리가 날 정도다.

헉헉, 숨까지 몰아쉬며 여자를 향해 달려가는 남자의 얼굴이 파리하게 질려 있었다. 놀랍게도 예리는 언제나 냉정을 유지했던 그가 이토록 동요한 모습을, 지난 일주일 동안 함께 일하면서 단 한 번도 본 적이 없었다.

'권 변호사님?!'

말도 안 돼.

'궈, 권 변호사님이…… 오윤서의 남편이라고?'

예리는 그에게 길까지 터주는 비서들을 지나 오윤서의 앞으로 다가가서는 그녀의 몸 구석구석을 살피는 정록의 커다란 등을 보며 입을 쩍 벌렸다.

저 남자, 싱글 아니었어?

무조건 그런 줄로만 알았다.

클라이언트고, 비서들이고, 어느 누구를 대할 때도 워낙 칼같이 대하기에 영락없이.

기겁하며 제 곁에 서 있던 선배들을 바라보자 그녀들이 예리의 눈을 마주하고선 어깨를 으쓱이는 것이 보였다.

'그래서 다들!'

예리는 등 뒤로 주르륵 식은땀이 흘러내리는 것을 느끼며 가쁜 숨을 몰아쉬는 남자를 지켜봤다. 그는 화를 내는 것 같으면서도 어쩐지 애정이 느껴지는 말을, 오윤서를 향해 쏟아 내고 있었다.

"연락도 없이 갑자기 어쩐 일입니까? 여기 오는 데 불편함은 없었어요? 전화했다면 내가 데리러 갔을 텐데! 다리는 어때요? 배는, 배는 아프지 않습니까? 팔은요? 제길. 어째서 조혁준 씨는 언질을 주지 않은 겁니까? 아니, 그것보다 식사는 했어요? 식사는 꼬박꼬박 해야 합니다. 아무리 먹기 힘들어도 홀몸이 아니니 챙겨 먹어야 해요. 당신은 몸매 관리를 하지 않아도 예쁘다고 제가 몇 번을 말했습니까. 오진심 씨. 내 말, 듣고 있습니까?"

변론을 할 때도 이 정도로 말을 하지 않던 정록이었다. 언제나 해야 할 말만 하고, 사담도 늘어놓지 않는 정록이 쉬지 않고 쏟아 낸 말들은 그들 주변에 서 있던 이들로 하여금 웃음을 자아냈다.

"제길. 대체 왜 이렇게 예쁩니까!"

그럼에도 불구하고 그들의 미소 따위는 전혀 신경 쓰지 않던 정록은 그것도 안심이 되지 않는지 결국 다른 이들이 보는 앞에서 그녀를 와락 끌어안기까지 한다.

'......!'

도통 믿을 수 없는 광경에 제 눈을 의심하고 있을 때.

예리는 정록의 품에 안겨 있던 대한민국 최고의 여신이 어깨 너머로 의기양양한 미소와 함께 제게 윙크를 날리는 것을 발견할 수 있었다.

[고마워요, 은지 씨. 제가 다음에 식사 한번 대접할게요.]

진심은 큭큭, 웃으며 전송 버튼을 눌렀다. 몇 분 지나지 않아 문자에 대한 답이 도착했다.

[당연하죠. 대신 엄청 비싼 밥 얻어먹을 겁니다. 권 변호사님 근처를 배회하

는 날파리들 퇴치가 그리 쉬운 일은 아니거든요.]

그거야 뭐, 당연한 일이지.

진심은 '그럼요! 조만간 다시 연락드릴게요!' 라고 문자를 보낸 뒤 씩 입꼬리를 올렸다.

"뭐가 그리 재미있습니까?"

"……!"

소파에 앉아 미소를 그리며 핸드폰을 만지작거리던 진심이 나쁜 짓을 하다 들킨 사람처럼 굳어 버렸다. 슬며시 고개를 들자 마침 욕실에서 나오던 정록이 어리둥절한 표정을 지으며 제게 다가오고 있었다.

진심은 하하, 웃으며 어깨를 으쓱였다.

"벼, 별거 아니에요. 그냥 조금 웃긴 게시글을 봐서."

"게시글? 이번 영화제랑 관련된 이야깁니까?"

"네?"

"웃긴 게시글이라니. 그게 뭔지 저도 좀……."

"그나저나!"

"응?"

"진주 아빠 씨는 왜 그렇게 웃음이 헤퍼요?"

"……네?"

그녀에게 다가오며 눈꼬리를 휘려던 정록이 미간을 좁혔다. 진심은 화제를 돌리기 위해 흥, 하고 콧방귀를 뀌며 그에게 눈을 가늘게 떴다.

"웃음이 그렇게 헤프니 이 여자, 저 여자를 홀리고 다니지."

"무슨…… 소립니까?"

"모르는 척하지 말아요. 오늘, 진주 아빠 씨, 새로운 비서한테 웃어 줬어요, 안 웃어 줬어요?"

정록은 맑은 두 눈을 부라리는 진심을 빤히 응시했다. 정록은 정말로 억울하다는 표정을 짓고 있었다. 잠시 흔들릴 뻔했지만, 워낙 잘난 남편을 두고 있었던 터라 진심의 의심은 지울 수가 없다.

"이봐요, 오진…… 아니, 진주 엄마 씨."

"왜요!"

"우리 상식적으로 생각을 해 봅시다."

상식? 무슨 상식!

진심이 뚱한 표정으로 그를 노려보자 정록이 후우, 한숨을 내쉬며 그녀의 앞에 무릎을 굽혔다.

"제가 남들 앞에서 잘 웃는 성격입니까?"

"갑자기 그런 건 왜 물어봐요!"

"답해 보세요, 진주 엄마 씨."

진심은 취조하듯 묻는 정록의 질문에 잠시 망설이다 기어들어 가는 목소리로 답했다.

"아……뇨."

정록의 입꼬리가 씰룩이는가 싶더니, 다시금 그의 붉은 입술 사이로 목소리가 흘러나왔다.

"그럼, 제가 누구 앞에서 잘 웃습니까?"

진심이 입을 쭉 내밀었다.

대답하기 싫다는 표정이었지만 정록의 검은 눈동자에 결국 백기를 들어 올리며 한숨 섞인 답변을 뱉어 냈다.

"……제 앞에서요."

"그러면, 제가 비서의 앞에서 웃겠습니까, 아니면 진주 엄마 씨 앞에서 웃겠습니까?"

"……흐, 흥! 잠깐만. 이거 너무 유도하는 거 아니에요? 그리고 진주 아빠 씨도 모르게 그 비서에게 무심코 웃어 줄 수도 있는 거죠! 보, 본인이 잘못해서 나까지 거기 가게 만들어 놓고. 발뺌은!"

"오늘 온 게 바로 그 이유 때문입니까?"

헉.

툴툴거리며 고개를 홱 돌리던 진심의 얼굴이 딱딱하게 굳어졌다.

"흐응. 어쩐지. 평소 그렇게 와 달래도 바쁘다며 오지도 않던 곳에 웬
일로 행차하셨나 했더니."

"호, 호호. 진주 아빠 씨이. 그래도 오늘 즐거웠잖아요, 안 그래요?"

"……."

"에이, 진주 아빠 씨이."

진심이 배시시 미소 지으며 그의 양 볼을 잡고 쭈욱 늘어뜨리자 그녀
를 바라보던 정록이 피식, 웃음을 터뜨렸다. 진심은 그런 그를 따라 더욱
크게 웃었다.

"진주 엄마 씨. 아니, 오진심 씨."

한참 동안 웃던 두 사람 중 먼저 정신을 차리고 입을 연 것은 정록이였
다. 그는 소파에 앉아 저를 내려다보고 있는 진심의 손등 위에 제 입술을
맞추고선 그녀를 그윽하게 바라봤다.

진심은 콩콩, 뛰는 심장 소리를 느끼며 검은 눈동자의 그에게 시선을
꽂았다.

"대체 왜 불안해하는 건지는 잘 모르겠지만, 걱정 말아요. 내 눈에는
당신밖에 보이지 않으니까. 오진심 씨 하나도 감당하기 힘든데, 어떻게
다른 여자에게 눈길을 줄 수 있겠습니까?"

누가 변호사 아니랄까 봐 말은 번지르르. 진심은 대답하지 않고 그저
그를 응시했다. 정록은 말했다.

"그리고 따지고 보면 질투가 나는 건 바로 나란 말입니다."

"정록 씨가 왜요?"

"왜요? 그걸 말이라고 합니까?"

"……네?"

"오진심 씨가 성공적으로 컴백한 후 어떻게 됐습니까?"

어떻게 되긴.

"시나리오랑 캐스팅 제의가 쏟아졌죠."

"바로 그겁니다!"

정록의 눈빛이 갑자기 번뜩였다. 진심은 그의 행동에 깜짝 놀라 눈을 깜빡였다. 정록은 이를 갈며 중얼거렸다.

"대한민국 최고의 여신을 아내로 두는 바람에 피곤해도 아주 피곤합니다. 오죽하면 소원하던 연수원 동기들까지 연락을 해서 오진심 씨와 함께 밥을 먹을 수 없겠냐고 제안한단 말입니다."

"어머. 그런 일이 있었어요?"

"그것뿐입니까? 왜 내가, 오진심 씨와 보내도 모자랄 황금 같은 연휴에, 뜻하지도 않던 부부 동반 모임에 나가야 했던 건지."

"호호, 그건요, 정록 씨. 할아버님이 마련한 자리였잖아요. 그 모임에 초대받으신 분들도 평소 정록 씨랑 알고 지내던 분들 아니셨나요?"

"어찌 됐든 말입니다. 당신을 보고 있어도 모자랄 소중한 시간을 방해받았다는 것이 마음에 들지 않는다는 겁니다."

"풋."

"왜 웃습니까? 나는 진지한데."

진심은 입을 삐죽이며 그 후로도 불만을 쏟아 내는 정록을 가만히 지켜봤다.

진심과 얼마 전 화보를 촬영했던 남자 모델이 마음에 들지 않는다는 둥, 출산 후 예정되어 있는 드라마에 함께 출연하는 연하의 남자 배우가 진심의 팬이라는 사실이 걸린다는 둥, 유부녀가 되었음에도 불구하고 진심을 노리는 업계 변호사들을 가만두지 않겠다는 둥.

약간의 사실과 절반의 과장을 섞어 투덜거리고 있는 남자의 얼굴을 빤히 들여다보던 진심은 두 팔로 턱받침을 만들어 그의 앞에 제 얼굴을 가져다 댔다.

"뭡니까."

아직도 끝나지 않은 건지, 그간의 불평과 불만을 쏟아 내던 정록은 생글생글 웃으며 제게 눈을 맞추고 있는 진심에게 말했다.

"정록 씨. 아니, 진주 아빠 씨."

"왜……!"

입을 내밀며 투덜거리려던 정록이 눈을 동그랗게 떴다. 진심이 촉, 입술을 그의 입술 위를 덮었다가 떨어져 나왔기 때문이다. 정록의 검은 눈동자에 비친 제 얼굴이 마음에 든다.

진심은 잠깐 닿았던 입술을 매만지며 씩 웃었다.

"미안. 당신이 너무 사랑스러워서 하지 않을 수가 없……읍!"

큭큭 웃으며 중얼거리던 진심은 갑자기 벌떡 일어나 제 얼굴을 부여잡는 정록이 고개를 아래로 숙이는 모습에 짧은 신음을 터뜨렸다.

하아.

코끝으로 정록의 거친 숨결이 느껴진다. 고개를 든 채 정록의 입술이 제 입술을 덮는 것을 느끼던 진심은 조용히 눈을 감았다.

두근두근.

달콤한 숨이 벌어진 입술 속으로 흘러 들어왔다. 진심은 꽤 오랜 시간 동안 제 입안을 휘젓던 정록이 살며시 뒤로 물러나자 멍한 표정을 지었다.

"오진심."

"네."

"사랑해요."

"아."

"사랑해."

"……!"

진심은 애정을 가득 담은 눈으로 제게 속삭이는 정록의 말에 두 뺨을 발그레 붉혔다. 심장의 박동이 더욱 빨라진다. 처음 만났을 때도, 서서히 알아 갈 때도, 먼저 좋아하기 시작했을 때도, 마음을 나누었을 때도, 떨어져도, 헤어져도, 다시 만나게 되었을 때도.

그와 결혼을 약속하고, 그의 아내가 되고, '진심 주니어'라는 태명을 지닌 진주를 품게 되었을 때도, 눈앞의 남자에 대한 마음은 그대로다. 아니, 이젠 오히려 제가 감당하기 힘들 만큼 커져 버렸달까.

가끔 하는 그의 반말이 듣기 좋다. 강렬한 시선으로 제 이름을 부르고, 특히나 사랑한다는 말을 할 때는 더더욱.

진심은 번들거리는 그의 입술 위로 한 번 더 쪽, 입을 맞추며 씩 웃었다.

"제가 더 사랑해요!"

정록이 그녀의 외침에 눈을 가늘게 떴다.

"그거 승부를 자극하는 말이군요. 지금부터 누가 더 사랑하는지 대결이라도 할 셈입니까?"

"어머. 지금 저한테 덤비시는 거예…… 헉?"

"왜 그래요? 왜 그럽니까!"

진심이 갑자기 큼지막하게 눈을 뜨자 정록 역시 당황하며 얼른 무릎을 굽혔다. 진심은 혹시나 무슨 일이 생겼나 싶어 어쩔 줄 몰라 하는 정록을 향해 콕콕, 제 배 쪽을 가리켰다.

"진주가? 우리 진주가 왜요!"

그의 얼굴이 파리하게 질려 갔다. 진심은 그 어떤 상황에서도 냉정함을 유지했던 정록의 외침에 풋 웃음을 터뜨리고선 그의 손목을 잡았다. 그러고는 볼록한 자신의 배 위로 그의 손을 얹고선 씩 웃었다.

"우리 진주 역시 누가 더 사랑하느냐는 대결에 참전하고 싶은 것 같죠?"

앞으로 네 달만 더 있으면 세상 밖으로 나오게 될 '진심 주니어'가 엄마와 아빠의 말을 들었는지 태동하는 것이 느껴졌다. 그제야 정록은 안도한 듯 한숨을 푹 내쉬면서도 천천히 고개를 아래로 내려 제 귀를 그녀의 배 위로 가져다 댔다.

진심은 사랑스럽기 그지없는 남자와 곧 그 남자를 쏙 빼닮을 주니어의 탄생을 떠올리며 옅은 미소를 그리다 불쑥 말을 던졌다.

"참! 정록 씨. 저, 출산하고 드라마 한 편 더 찍은 후에 변호사에 도전할 거예요. 아, 그러려면 다시 재입학을 해야겠죠? 로스쿨도 가야겠다. 어머, 나 그럼 신입생 되겠네요! 새내기, 오진심!"

빙긋 웃으며 그녀의 배 위로 귀를 대고 있던 정록의 고개가 슬그머니 들렸다.

"예?"

정록이 대체 무슨 말을 들었냐는 듯, 눈을 동그랗게 뜨는 것이 보였지만 진심은 너무도 태연하고 환한 미소와 함께 말을 덧붙였다.

"좋아. 정록 씨의 비서로 활동했던 것처럼 포기하지 않는 정신만 가지고 있으면 뭐, 저에게 불가능은 없죠! 신입생이라. 재입학을 하게 되면 어린애들이랑 어울릴지도 모르겠네요! 호호, 젊어지겠다!"

"어…… 저기……."

"빠른 시일 내에 재입학을 할 수 있는 방법을 알아보도록 해야겠어요! 그리고 난 후에 변호사가 될 수 있는 방법을 구상하고…… 그다음에, 변호사가 되는 거죠!"

"저, 저기……."

"그래서 정록 씨 근처에 돌아다니는 날파리들을 아주 박멸을 시켜 버릴 거라고요! 변호사 마누라가 떡하니 지켜보고 있는데, 다들 딴마음을 품을 리는 없겠죠? 흥! 어디 두고 보라지! 난 한다면 하는 사람이라고!"

왠지 불길한 예감들이 들어 아무 말도 하지 못하는 정록과는 달리, 몹시 흥분한 진심의 이글거리는 눈빛엔 결연한 의미가 감돌고 있었다.

외전 2
외조의 왕 권정록

❀

[권 변호사님. 조혁준입니다. 오늘 변호사님께서 윤서의 촬영장에 들르실 거란 얘기를 들었는데, 무척이나 죄송한 말씀이지만 2시까지 사옥 근처 카페에서 기다려 주실 수 있을까요? 제가 오전에 급히 봐야 할 업무가 생겨 변호사님을 모시러 가지 못할 듯해서요.]

이른 아침부터, 문자가 왔다.

발신인은 그의 연인이자 대한민국에서 최고로 예쁘다고 자부할 수 있는 그 여자 오진심, 아니 오윤서의 매니지먼트를 관리하는 혁준이었다. 정중함을 가득 담아 건넨 혁준의 문자에 정록은 미간을 좁혔다.

'어쩌다 이렇게 된 건지.'

지끈거리는 머리의 두통으로 인해 긴 한숨이 새어 나온다. 결국 오전 근무를 마치자마자 조퇴를 하여 진심의 소속사인 비너스 엔터테인먼트 사옥 근처에 도착한 정록은 자신의 차를 근처에 주차한 뒤, 사옥 앞에 위치한 카페로 발을 내디뎠다.

터덜터덜, 다리를 쭉쭉 뻗던 정록의 눈앞에 현재 그가 이곳에 오게 된 수많은 과정들이 스치기 시작했다.

「변호사님, 저 왔어요!」

그러니까 대망의 어제, 일어난 일이다.

평소보다 업무량이 적어 한 시간 일찍 퇴근을 했던 정록은 편한 차림으로 환복을 한 후, TV를 켜기 위해 리모컨을 찾고 있었다. 곧 있으면 많은 이들이 고대하던 바로 '그 시간'이 시작되는지라 괜히 초조한 마음으로.

그때 딩동, 초인종 소리가 들렸고 의아해하며 밖으로 나간 정록의 눈에 마스크와 모자, 그리고 선글라스를 쓴 채 중무장을 하고 서 있는 한 여자가 보였다.

다름 아닌, 진심이었다.

「첫 방은, 오늘의 저를 있게 해 준 우리 변호사님이랑 같이 보려고 모임에서 나와 버렸어요! 아직 시작 안 했죠? 흐흐, 저 들어갑니다!」

분명 첫 방송은 스태프들과 함께 관람을 할 것이라는 이야기를 들었기에, 약간 섭섭한 마음을 감추던 정록은 깜짝 놀랐다. 배시시 웃으며 정록이 열어 준 현관문으로 쏙 들어온 진심은 그의 집으로 들어오자마자 자연스럽게 쓰고 있던 거추장스러운 것들을 던졌다.

정록은 진심이 유유히 던져 버린 마스크를 움켜쥐며 피식 웃음을 흘려 버렸다.

「으으, 어떡해요, 변호사님. 저 너무 떨려요. 제 심장 소리 들려요?」

「괜찮을 겁니다.」

「하아. 그래도…… 설마, 망하진 않겠죠?」

「왜 그런 재수 없는 소리를 합니까. 잘될 겁니다. 제가 보장해요.」

「변호사님이요?」

「네. 그러니 걱정 말고, 일단 보죠.」

「…….」

「왜 그러십니까?」

「……손.」

「손?」

「변호사님. 우리 손잡고 보면…… 안 돼요?」

오진심이라는 여자가 무려 자신의 '임시 비서' 직까지 수행하면서까지 출연하려고 했던 그녀의 복귀작, 〈리갈 마인드〉가 드디어 처음으로 세상 밖에 모습을 드러냈다. 드라마의 항해에 있어, 첫 방송의 시청률이 중요하다는 것은 방송계에 대해 제대로 잘 알지 못하는 정록도 알고 있는 기본적인 사실.

그 때문인지 언제나 당당하다 못해 뻔뻔하다 싶던 진심의 얼굴이 창백하게 질려 있었던 터라, 정록 역시 덩달아 긴장을 해 버렸다. 겁을 잔뜩 먹은 표정으로 제게 간절하게 부탁하는 연인의 말을 차마 거절할 순 없었다.

못 이기는 척 고개를 끄덕이자 진심이 기다렸다는 듯 그의 손을 움켜쥐는 바람에 심장이 미친 듯이 두근거렸다.

「시, 시작해요!」

제 손을 꼬옥 붙들고 있는 진심으로 인해 온몸의 피가 들끓어 버린 정록은 드라마의 오프닝 곡을 들으며 소리를 지르는 그녀의 외침을 들은 척만 척했다. 그 후 장장 한 시간 오 분은, 정록에게 있어 인내와 역경의 시간이었다.

10시부터 시작되었던 진심의 복귀작 〈리갈 마인드〉의 방영 시간 내내, 정록은 당장이라도 진심을 쓰러뜨리고 싶은 혈기를 억눌러야 했다. 어떻게 한 시간 오 분이 흘렀는지, 지금도 도통 알지 못하겠다.

겨우 손을 꽉 잡고 있을 뿐이건만 그녀의 숨결이 느껴져 다리 사이가 묵직해졌다.

참아야 한다.

참아야 해.

정록은 스스로를 향해 끊임없이 되뇌며, 초인적으로 자신을 제어했다.

「끝……난 거죠?」

그런 그의 마음을 아는지 모르는지, 진심은 몹시도 탐스럽고, 도톰한 입술을 움직이며 정록에게 물음을 던졌다.

「예고편은…… 했나요?」

「아, 아마도.」

사실은 하나도 기억나지 않았다.

그는 진심에게서 느껴지는 달콤한 체취에 벌렁거리는 심장을 가라앉히는 데 집중했던 터라, 예고편을 했는지 안 했는지 기억해 내지 못했다.

대답을 한 것은, 으레 첫 방송 직후의 드라마들이 예고편을 해 주었기에 짐작했을 뿐이었다.

그의 사정을 알 리 없는 진심은 힝, 울먹이며 그에게 초롱초롱 눈을 빛냈다.

「변호사니임…….」

「……예.」

「어, 어쩌죠?」

이윽고 그에게 닥쳐온 두 번째 위기.

「저…… 집에 들어가기 싫어요!」

「오, 오진심 씨!」

「지금 집에 들어가면, 분명히 나한테 전화 올 거란 말이에요! 첫 방 잘 봤다느니, 어쨌다느니! 흑. 심장이 너무 뛰어서 내일 아침 시청률도 차마 못 볼 것 같은데…… 저 그냥 변호사님 집에서 자면 안 돼요?」

당장이라도 소파 위로 그녀를 쓰러뜨리고 싶은 욕구를 억누르고 있던 정록은, 간절히 눈을 빛내며 제게 외치는 진심의 말에 스스로의 귀를 의심해야 했다.

「혹시 제가 덮칠 거라 걱정하시는 거라면, 염려 마세요! 저, 오늘은 얌전히 변호사님 손만 잡고 잘게요! 네? 변호사니임. 네에? 네에에?」

아아, 통재라.

이후 이어진 일은, 그에게 있어 고역이나 다름없었다. 정록은 애절한 진심의 눈빛에 와르르 무너졌고, 결국 '손만' 잡고 그녀와 한 침대에서 잠을 청해야 했다.

가슴이 벌렁거린다며, 아무래도 오늘은 밤을 새워 버릴 것 같다고 울먹이던 진심은 코까지 골면서, 그의 옆에서 꿀잠을 잤다. 덕분에 뜬눈으로 정록이 대한민국 민법 제1조부터 시작하여 제184조까지 하나하나, 속으로 되뇌기 시작한 것은 차마 입 밖으로 털어놓지 못할 이야기였다.

'10.2 퍼센트라.'

천만다행으로, 진심의 기우와는 달리 그녀의 컴백작인 〈리갈 마인드〉는 쾌조의 스타트를 선보였다.

케이블 방송국의 드라마임에도 불구하고 동 시간대 시청률 1위인 10.2%.

물론 공중파 드라마인 2위와의 격차가 고작 0.1% 정도의 접전인지라 순서가 의미가 없기는 했지만, 케이블 드라마의 첫 시청률치고는 제법, 아니 몹시 괜찮은 편이었다. 그래서인지 정록은 첫 방송이 끝났던 다음 날 아침, 수십 통의 전화를 받게 됐다.

진심이 정록의 비서로 일했다는 사실을 알고 있는 클라이언트들부터 시작하여, 로펌 올웨이즈의 동료 변호사들과 비서들, 심지어 어머니인 나 여사와 할아버지인 권 회장까지.

특히나 뉴스나 낚시 프로그램이 아닌 이상, 드라마는 거들떠보지도 않던 권 회장은 TV 화면에 자신이 알고 있는, 그것도 정록의 연인인 진심이 출연한다는 사실 하나만으로 그 늦은 시간 본방 사수를 했다고 나 여사는 전했다.

「그 아이가 나올 때마다 아버님께서 어찌나 칭찬을 하시던지. 내가 다 민망하더라! 흥!」

정록에게 철썩 붙어 떨어지지 않는 진심이 도통 마음에 들지 않는다며 툴툴거리면서도, 진심이 요즘 뭘 하는지, 어떤 옷을 좋아하는지, 어떤 향수나 화장품을 쓰는지, 액세서리는 잘 두르는지 등등에 대해 은근히 캐묻곤 했던 나 여사는 권 회장의 태도에 입술을 씰룩거리며 그에게 불만을 토로했다.

그러면서도 진심에게 부탁해서 사인 몇 장을 해 줄 수 있냐고 물어봐 달라고 하는 나 여사의 말에 정록은 여전히 잠에 빠져 있는 진심을 내려다보며, 헛웃음을 터뜨려야 했다.

「나 대신 네가, 투자자의 자격으로 그 아이의 연기를 보고 와.」

이어진 전화는 권 회장의 것이었다.

정록은 틀림없이 같은 집에 살고 있을 어머니와 할아버지가 일부러 제게 이러한 전화를 거는 것이 아닐까 의심하면서도, 권 회장의 말에 눈을 휘둥그레 떴다.

「예? 제가……요?」

「왜. 투자를 하라고 설득을 할 땐 언제고, 현장에 나가라니 귀찮아진 게냐?」

「할아버지. 하지만 저도 제 일이…….」

「흥! 이 고얀 놈! 이 할아비가, 모임의 친구 녀석들에게 자랑을 하고 싶어 사진 좀 몇 장 부탁하려고 은근히 건넨 말을 그렇게 매정하게 끊어 내려 들다니. 그렇다면 어쩔 수 없지. 내, 홍보팀에 전화를 걸어 지금이라도 투자를 끊어 버리라고…….」

「가겠습니다. 간다고요. 오늘 당장, 가겠습니다.」

권 회장의 말도 안 되는 연극에 말려 버렸다고 확신한 것은 허허 웃는 그의 웃음소리를 핸드폰 너머로 들은 직후의 일이었다.

「좋아요! 마침 오늘 재미있는 신을 찍을 것 같은데, 변호사님도 오셔서 구경하세요!」

아침 일곱 시가 되자 번쩍, 눈을 뜬 진심을 향해 조심스레 권 회장의 명령을 전하자 그녀는 활짝 웃으며 고개를 끄덕였다. 재미있는 신이라는 그녀의 말이 조금 신경 쓰이기는 했지만, 진심이 곧바로 감독에게 전화를 걸어 버리는 바람에 그녀를 말리지 못했다.

'바쁜 것 같은데…….'

올웨이즈로 출근을 하는 그의 뒤를 따라 촬영장으로 향했던 진심을 떠올리며 정록은 미간을 좁혔다.

드라마가 방영되기 시작하게 되면, 아무리 사전 촬영으로 분량을 확보했다 할지라도 시간이 흐를수록 잠을 잘 시간이 부족하다고 하던데.

'방해하는 건 아닌지 모르겠군.'

정록은 혁준이 기다리라 했던 시간이 서서히 다가오고 있음을 느끼며 카페 창가 쪽에 자리를 잡았다.

"어머. 몰랐는데 여기 비너스 엔터 코앞이네?"

"어? 그러게!"

"비너스 엔터 하니 생각났는데…… 어제 오윤서 컴백작 봤어?"

응?

"아아. 그 리갈 마인드인가, 뭔가?"

현재 시각, 1시 45분.

혁준이 말한 시간보다 30분 일찍 도착해 버리는 바람에, 정록은 꽤나 여유를 가지고 커피를 마시고 있었다.

그러한 정록의 귓가로 들려온 것은 그의 옆 테이블에 자리를 잡은 웬 여자들의 목소리였다. 타인에게 크게 관심을 두지 않는 정록이었기에 눈을 내리감으려던 그는, 이어지는 여자들의 대화 속에서 귀 익은 단어가 들려오자 눈꺼풀을 들어 올렸다.

정록의 귀가 쫑긋 움직였다.

"어떻게 될 것 같아?"

"어떻게 되긴. 조금 정신이 없긴 한데, 나름 재미는 있더라."

다행이군.

정록의 입꼬리가 스르륵 올라갔다.

"흐음. 나는 좀 별로던데."

……뭐?

"오윤서 연기에 너무 힘이 들어가지 않았어?"

그럴 리가.

"여기 봐! 여기, 댓글에도 그렇게 적혀 있잖아. 오윤서, 너무 과장된 연기를 하는 것 같다고."

정록은 그 말을 듣기가 무섭게 얼른 재킷 주머니에서 핸드폰을 꺼내 들었다.

'댓글.'

그의 검은 눈동자는 진지하게 일렁였다.

저 여자들이 대체 무슨 기사를 보고 있는 건지 알아내기 위해, 옆 테이블을 곁눈질까지 해 가던 그는 어렵지 않게 그녀들이 보고 있는 기사로 짐작되는 것을 찾아냈다.

《[어젯밤, 뭐 봤니?] 드디어 베일을 벗은, 오윤서의 컴백작 〈리갈 마인드〉》

아마도 이게 틀림없겠지.

정록은 기다란 손가락으로 그 기사를 꾹 눌렀다. 로딩이 되는가 싶더니, 드라마 〈리갈 마인드〉의 첫 방영분에 대한 줄거리를 늘어놓은 기사가 들어왔다. 그리고 그의 눈에 보인 것은 웬 네티즌이 달아 놓은 것이 분명한 댓글이었다. 그것도 베스트 순위 중 제일 첫 자리에 올라가 있는.

《jage**** 베일을 벗겨 보니 여주 원톱 드라마인 것 같은데. 여주 연기가 왜 이래? 오윤서, 뭐 특훈했다더니. 그거 다 뻥 아냐? 201X-12-02 23:10 | 신고

👍 10,292 👎 1,123》

정록은 인상을 썼다. 그러고는 일말의 망설임도 없이 손가락을 아래로 내렸다.

꾸욱.

올라간 엄지손가락 대신, 아래로 내려간 엄지손가락을 눌렀다.

1,123이었던 숫자가 정록의 행동으로 인해 1,124로 늘었다. 그는 빙긋 웃으며 핸드폰을 아래로 내리려다, 멈칫했다.

이번 드라마를 준비하느라 진심이 얼마나 애를 썼는데. 고작 이런 댓글로 그녀의 노력을 폄하하려 들다니.

분이, 풀리지 않는다.

'한 번 더 해야겠어.'

정록은 진지한 표정을 지으며 손가락을 움직였다.

'늦었네.'

등 뒤로 식은땀이 주르륵 흘러내린다. 혁준은 눈앞이 컴컴해지는 것을 느끼며 빠르게 발을 앞으로 내디뎠다.

'화를 내려나?'

하필이면 약속 시간에 늦어 버린 상대가 무려 권정록 변호사다. 한때는 진심의 상사이기도 했고, 지금은 진심의 연인인 껄끄러운 남자.

정록의 까칠한 성격상, 약속했던 두 시보다 10분을 더 넘겨 버린 혁준을 마주하면 단단히 화를 낼 것이 분명했다.

'하지만 어쩔 수 없었는걸.'

혁준은 입술을 삐죽였다. 그에게도 그 나름대로의 사정이 있었다. 오전 일찍부터 정록이 촬영장에 '투자자'의 자격으로 방문할지도 모른다는 이야기를 듣고 홍광호 PD를 비롯한 여러 인물들에게 미리 양해를 구해야 했다.

그가 진심의 '연인'이라는 말은 살짝 지운 채, 미래 그룹의 높은 분이 촬영을 보러 올 거다, 라는 말을 전해야 했으니까.

'후우.'

정록과 만나기로 약속했던 비너스 엔터테인먼트 사옥 앞 카페.

혁준은 닫혀 있는 자동문의 버튼을 누를까 말까 고민하면서 심호흡을 했다. 버튼을 누르기로 마음먹기까지는 약간의 시간이 더 걸렸다.

'응?'

일단은 무조건 늦어서 죄송하다는 말을 건네자. 그리고 변명을 하는 거야, 라 생각하며 힘차게 앞으로 걸어간 혁준의 눈에 브라운색의 캐시미어 코트 차림의 남자가 들어왔다. 코트 속에 네이비색 정장을 받쳐 입은 채, 창가에 앉아 핸드폰의 쥐고 열중을 하고 모습이란.

본격적인 겨울로 들어가는 날씨와도 잘 어울렸고, 굳은 얼굴로 눈을 아래로 내리깔고 있는 그는 화보 촬영을 하고 있는 모델과도 같은 분위기를 풍겼다.

"연예인이겠지?"

"아마도?"

"얼굴은 처음 보는데."

"그러게. 저런 얼굴이면 분명 단번에 떴을 텐데……."

마침 혁준이 멈추어 선 곳의 주변 테이블에서 몇몇 이들이 쑥덕거리는 소리가 들려왔다. 이곳이 하필이면 비너스 엔터테인먼트의 사옥 앞인지라 정록에 대한 루머는 커져 가고 있었다.

'아차.'

멍하니 정록을 바라보던 혁준은 그제야 정신을 차리고선 얼른 그에게로 다가갔다.

'권 변호사님!' 하고 크게 그를 부르려 했으나, 영업적 차원에서 비너스 엔터에 꽤 괜찮은 남자 배우가 있다는 소문이 퍼지는 것이 그리 나쁘지만은 않았기에 아주 조심스럽게 걸음을 옮기기로 했다.

살금살금.

대체 무엇에 그리 열중을 하는 건지는 모르겠지만 꽤나 중요할 일임은 틀림없다. 집중하고 있는 남자를 방해할 생각은 없었다. 클라이언트와 진지한 대화를 나누고 있을 것이라 짐작되었기 때문이다.

정록의 손에 핸드폰이 들려 있음을 확인하고, 그의 뒤편에 서선 무심코 그 핸드폰의 액정을 내려다보던 혁준은 눈을 동그랗게 떴다.

'……어?'

믿을 수 없는 일은, 그때 일어났다. 혁준은 무려 권정록 변호사가 핸드폰의 어떤 한 부분을 집요하게 누르고 있음을 인지했다.

업무를 보고 있으리라 여겨졌던 굳은 얼굴의 변호사는 웬 기사 밑의 댓글의 '싫어요'를 누르기 위해 친히 로그인까지 하여 그것을 클릭하고 있다. 하지만 이상한 것은 그가 '싫어요'의 버튼을 쉬지 않고 누르고 있다는 점이다.

1,123이었던 '싫어요'의 수가 1,124가 되었다가, 다시 그의 손길 한 번에 1,123이 되고, 다시 인상을 쓴 그가 '싫어요' 버튼을 꾹 누르며 1,124로 만드는 것을 반복하는 모습이라니.

"아."

도통 이해가 불가능한 이 광경에 혁준이 뒤편에서 입을 벌리고 있는 사이, 뒤늦게 누군가 다가왔음을 인지한 정록이 고개를 돌려 혁준을 바라봤다. 허공에서 두 남자의 동공이 얽혀 들었다. 제 행동을 들켜 버려 당황한 정록과 그런 정록을 황당하게 응시하고 있던 혁준은 아무 말도 하지 못한 채, 그저 서로만 바라보았다.

고요한 침묵이 두 남자 사이를 감쌌다. 침묵을 깬 것은, 정록이었다.

"권혁준 씨."

변호사의 태연함을 선보이려는 것인지, 정록은 자신을 빤히 내려다보는 혁준의 시선에도 아랑곳 않고 말했다.

"이거, 대체 어떻게 베스트에서 내립니까?"

정록은, 몹시 심각했다.

「아이디를 여러 개 보유하고 있지 않은 이상, 베스트에서 내리기는 쉽지 않습니다.」

진지하게 묻는 정록을 향해 미묘한 웃음을 삼키던 혁준이 대답해 주었다. 어쩐지. 그래서 계속 숫자만 바뀔 뿐, 베스트 자리에 올라 있었던 건가.

혁준이 도착하기까지 예의 댓글을 상위에서 내리기 위해 노력하던 정록의 얼굴은 일그러졌다.

'오진심 씨가 보면 안 될 텐데……'

아쉬운 표정으로 핸드폰을 내려다보던 정록에게 혁준은 슬슬 촬영장으로 향하자는 말을 건넸다. 혁준이 몰고 온 밴을 타고 진심이 촬영을 하고 있다는 파주의 세트장으로 향하는 길 내내 심란했다.

이번 드라마는 진심이 마지막 남은 힘을 짜내어 오랫동안 준비해 온 드라마였다.

그런 드라마에 임하는 진심의 연기력에 혹평을 하는 사람들의 말을 듣고 그녀가 상심하지 않았으면 했다. 아무래도 좋은 댓글이 달리기 전까지는 핸드폰으로 인터넷 기사를 읽는 것을 금지시켜야겠다고 생각하며 정록은 속으로 다짐했다.

"변호사님!"

파주로 향한 지 얼마나 흘렀을까.

정록은 오늘 아침에도 들었지만, 언제나 들어도 반가운 목소리를 듣고선 입꼬리를 들썩였다. 물론 보는 눈이 있었기에 겉으로 내색하지 않으려 노력했지만, 살랑살랑 달콤한 향기를 풍기며 제게 다가오는 진심을 보고 저도 모르게 웃음이 났다.

곧 촬영에 들어갈 예정이었는지 진심은 말끔한 정장 차림의 상태로 검정색 뿔테 안경까지 끼고선 그를 올려다보고 있었다.

"정말 오셨네요!"

"와야죠. 할아버지의 명령도 있었으니까."

"헤헤. 이상하게, 힘난다."

"힘?"

"네! 우리 변호사님을 촬영장에서 보니까…… 왠지 모르게 더 힘이 나요!"

"……."

"거기서 지켜보고 계세요! 저 앞으로 네 컷만 더 찍으면 되거든요!"

반짝반짝 눈을 빛내는 진심은 활기가 넘쳤다.

정록은 다른 사람들이 보지 않는 틈을 타, 제 볼에 입을 촉 맞추고는 그녀를 기다리는 스태프들을 향해 다가가는 진심의 등을 가만히 응시했다.

그래.

이곳이…… 그녀의 '진짜' 일터구나.

인지하고 있기는 했지만 실제로 진심의 촬영 모습을 지켜보는 것은 처음이었다. 그래서인지 대본을 들고 있는 그녀가 낯설었다.

지난 몇 달 동안, 로펌 올웨이즈에서 자신의 비서로 일하는 그녀와 매일같이 얼굴을 마주쳤음에도 불구하고 현재 그의 시선 너머에 있는 진심은 다른 사람 같았다.

형광펜으로 마구 색칠되어 있는 자신의 대본을 들고 감독으로 보이는 남자와 심각하게 대화를 하거나, 머리를 손질하는 헤어 디자이너의 손길을 느끼면서도 대본에 눈을 꽂고 있는 모습이란.

조금 섭섭한 마음이 일기도 하고, 그러면서도 한편으로는 뿌듯해서 입가에 미소가 걸렸다.

진심의 컴백 드라마인 〈리갈 마인드〉의 주된 내용은 이러했다.

잘나가는 로펌의 변호사 비서로 일하고 있던 여자 주인공, 이연서가 자신을 일개 비서라고 무시하는 연인이자 상사의 잦은 구박과 명문대를 나오지 못했다며 무시하는 다른 동료들의 차디찬 눈길을 견디다 못해 회사를 박차고 나가, 변호사가 되어 그들의 앞에 다시 서서 통쾌한 일격을 가한다는 이야기를 담고 있었다.

그러면서도 자신이 로펌 비서로서 해결하지 못했던 클라이언트들의 애환을 신출내기 열혈 변호사가 되어 그것을 극복할 수 있도록 돕기까지 한다는.

그로 인해 훌륭한 법조인으로 성장하는 것이 드라마의 주된 스토리였다.

물론 그 과정에서 그녀를 도와줄 사연 있는 변호사와 티격태격하며 로맨스를 이루어 한때 연인이었던 전 상사에게 복수를 한다는 것은 한국 드라마에서 빠질 수 없는 특성이기도 했다. 특히나 저를 이곳 세트장까지 데려다준 후, 연출자와 소개를 시켜 주고 자리에 안내해 주기까지 했던 혁준의 말로는 오늘 진심이 촬영해야 할 내용은 진심의 '특훈'과도 깊은 연관이 있다고 했다.

그러니까 정확히 오늘 진심이 연기를 해야 할 장면은 주인공 이연서가 상사인 변호사에게 치욕스러운 구박을 받는 모습을 찍을 예정이라고.

"뭐? 그게 무슨 소리야! 민우주 씨가 못 온다니!"

혁준의 배려로 얻게 된 〈리갈 마인드〉 3화의 대본을 내려다보던 정록의 귓가에 날카로운 음성이 들려온 것은 그때였다.

정록은 버럭 소리를 지르는 남자가 자신이 이곳에 도착했을 때, 잠시 인사를 나누었던 총연출자 홍광호 PD라는 것을 깨달았다. 홍 PD는 연신 고개를 꾸벅이고 있는 스태프를 향해 화를 내고 있었는데, 그로 인해 촬영장의 분위기는 심각하게 돌아갔다.

정록은 의아해하며 소란이 일고 있는 곳으로 눈을 옮겼다.

"죄송합니다, 감독님. 세트장으로 오는 길에, 민우주 씨가 탄 차가 뒤에서 달려오던 차에 부딪쳐 사고가 난 모양이에요. 허리를 다친 모양인지, 바로 응급실로 실려 갔다더라고요. 그래서 며칠은 촬영이 힘들 거라며……."

"사, 사고? 얼마나 다쳤대?"

"모르겠어요. 일단 태영이 보내서 상황 알아보라고 지시하긴 했는데, 병원에 도착하면 연락 올 거예요."

"······빌어먹을. 하필 추가 촬영 날 사고라니. 그럼 3화 첫 장면은 어떻게 하라는 거야? 이연서가 윤 변한테 크게 당하는 날이잖아."

"그, 그러게요."

"이 작가한테는 연락해 봤어?"

"네. 해 봤는데······ 이 작가님은 지금 8화 탈고 중이시잖아요. 그래서 길게 통화는 못 했고, 이렇게 말씀하시더라고요."

"뭐라고?"

"윤 변의 앞모습은 안 나와도 되니까, 뒷모습만이라도 촬영을 하는 게 어떻겠냐고."

"뭐?"

"오늘 건 추가 촬영분이긴 하지만, 연서가 변화하기로 마음먹는 장면이라 없어서는 안 된다고 하셨어요. 꼭, 반드시 넣어야 한다고도······. 대역 배우라도 써서 일단 뒷모습을 촬영한 뒤에, 우주 씨 목소리를 입히는 게 좋을 것 같다고 하셨어요."

"젠장. 말은 쉽지. 당장 여기서 민우주 씨같이 키 크고 체격 좋은 남자를 대신할 대역 배우가 어디 있······!"

얼굴을 잔뜩 일그러뜨리며 말하던 홍광호 PD의 눈동자가 마침 자리에 앉아 있던 정록과 허공에서 조우했다.

'······어?'

정록은 자신을 발견하자마자 씩 웃는 홍 PD를 보고 멈칫했다. 뭔가 좋지 않은 일이 일어날 것만 같아 반사적으로 미간이 좁아졌다. 홍광호 PD는 움찔하는 정록을 향해 씨익 미소를 올리더니 그를 향해 다가왔다.

그것이, 시작이었다.

❖

"변호사님, 변호사님! 저기 봐요, 저기요!"

진심이 꺄르르 웃으며 빛이 흘러나오는 TV 화면을 가리켰다.

드라마 〈리갈 마인드〉의 3화의 첫 장면이자 진심이 극중 맡은 배역인 이연서가 연인이자 상사인 윤정협 변호사를 향해 이별과 사직을 통보하는 장면이 마침 방영되고 있었다. 무엇이 그리 좋은지 깔깔 웃어 가며 정록의 옆에 앉아 있던 진심은 그의 팔을 잡으며 소리쳤다.

후우.

정록은 잔뜩 긴장한 얼굴로 눈을 크게 떴다.

두근두근. 첫 방송이 되었던 지난주보다 훨씬 더 떨리는 마음으로 TV 화면을 지켜보게 되는 것은, 그녀의 말캉한 살결이 제 팔에 닿았기 때문일까, 아니면…….

"어어, 저기 나온다! 저기다!"

젠장.

이연서가 들고 있던 서류를 윤정협 변호사의 얼굴에 내던지며 소리치는 모습을 뒤로하고, 윤정협 변호사의 뒷모습으로 짐작되는 장면이 클로즈업되는 것이 시야로 들어왔다.

진심은 '아아, 너무 멋진 등!' 하고 굳어 있는 정록을 향해 외쳐 댔지만 정록은 어째 웃을 수가 없었다.

'약간…… 굽은 것 같은데.'

저때, 살짝 왼쪽으로 치우쳐 있지 않았나?

정록은 인상을 쓰며 어쩐지 일자가 아닌 것 같은 제 등을 뚫어져라 응시했다. 진심은 뭐가 그리 좋은지 호호 웃어대며 정록에게 말했다.

"홍 감독님이 저 장면 찍고 얼마나 만족스러워했는지, 제가 말씀드렸어요?"

"……아."

"지금까지 수많은 남자 배우들의 등을 찍었지만, 우리 변호사님처럼 멋진 등은 처음이었대요! 그렇게 등발이 잘 받는 남자는 여태껏 없었다나?"

"그, 그렇습니까?"

"네! 호호. 우리 변호사님의 등은 유명 PD한테도 인정받았다고요!"

고작 슈트를 입은 커다란 등이 TV 화면에 나왔을 뿐이건만, 그것만으로도 충분히 기쁜지, 진심은 그의 허리를 감싸 안고선 환하게 웃어댔다.

두근두근.

좋아하는 그녀를 보자니, 왠지 미소가 지어지려고 해서 정록은 부드러운 그녀의 머리칼을 손끝으로 쓸었다.

"그런데 변호사님."

"예."

"어떻게 출연을 하실 생각을 다 하셨어요?"

"……네?"

"아니. 제가 아는 우리 변호사님 같으면, 감독님의 부탁이고 뭐고 단칼에 거절했을 것 같은데."

의문을 가득 담아 묻는 진심의 말에 정록은 순간 무어라 대답해야 할지 잠시 망설였다. 그러다 곧 솔직해지기로 했다.

'변호사님?' 하고 커다랗고 맑은 눈을 빛내는 그녀를 향해 부드러운 미소를 지어 보이던 정록은 붉은 입술을 달싹였다.

"오진심 씨의…… 드라마니까."

"네?"

"오진심 씨한테 힘이 되어 주고 싶었어요. 겨우 다시 시작한 일이니까, 그런 사소한 문제로 좌절하지 않도록. 오진심 씨한테 힘을 주고, 도움을 주고, 그래서 당신이 다시 일어날 수 있도록…… 그렇게, 읍!"

심각한 얼굴로 한 자, 한 자 말을 하던 정록의 입술은 갑자기 제 입술을 덮는 누군가의 숨결로 인해 더는 움직이지 못했다. 정록이 그 입술의 주인공이 진심이라는 것을 알아차린 것은 당연했다.

진심은 쪽쪽, 보드라운 살결을 그에게 가져다 대며 간지러운 숨결을 흘리더니 정록의 목에 팔을 걸며 눈꼬리를 휘었다.

"아아, 어떡해. 변호사님!"

"……예?"

갑작스러운 입맞춤으로 정신이 없어진 정록이 요동치는 눈동자로 그녀를 바라봤다. 정록의 허벅지 위로 슬금슬금 올라온 진심이 음흉하게 웃으며 속삭였다.

"잘생기고 멋지고, 든든한 걸로도 모자라, 외조도 잘하는 우리 변호사님! 저, 지금 당장 당신 덮치고 싶어서 미치겠는데……. 그래도, 돼요?"

이제 막 시작된 〈리갈 마인드〉의 3화를 볼 생각 따위 전혀 없는 건지, 그의 위에 올라타선 그윽하게 눈길을 보내는 진심의 야릇한 속삭임에 정록은 한숨을 푹 내쉬었다.

"변호사님?"

진심이 대답 않는 정록을 내려다보며 고개를 갸웃거리자 그는 슬며시 눈을 들어 그녀를 쳐다봤다.

"됩니다."

돼.

된다고!

되지 않을 이유가, 어디 있어?

말을 끝내자마자 정록은 진심이 입고 있던 자신의 맨투맨 티셔츠를 향해 손을 뻗었다. 기다렸다는 듯 커다란 손을 옷 사이로 집어넣는 정록으로 인해, 진심이 기분 좋은 웃음을 터뜨리는 게 들려왔다.

켜져 있는 거실의 TV에서는 이연서에 빙의한 진심의 목소리가 흘러나오고 있었지만, 정록의 위에 올라타 있던 진심에게서는 뜨겁고 거친 신음 소리가 새어 나왔다.

밤은 달아오르는 중이다.

외전 3
유연천리래상회

※

"떴다, 떴어!"

대한민국 최고의 엘리트만 모인다는 대한대학교 법학관 3층 강의실. 고요하던 강의실 안은 벌컥 문을 연 누군가의 외침에 금세 소란스러워졌다.

"그 날이 오늘이야?"

"어? 그러고 보니 오늘이네!"

"대박. 실물이 그렇게 죽여준다던데…… 어디 있어? 어디?"

웅성거리다 못해 대놓고 꺅꺅 소리를 질러 대는 후배들의 목소리가 귀에 닿는다. 곧 있을 사법고시 2차 시험을 앞두고 저리 산만한 모습이라니. 강의실 밖 복도에서 후배들의 모습을 지켜보고 있던 그는 결국 아래로 숙였던 고개를 위로 들어 올릴 수밖에 없었다.

'한심하군.'

연수원을 수료한 이후 그들의 멘토가 되어 주기 위해 모교로 들렀던 자신보다 훨씬 풀어진 그들의 모습에 혀를 차게 된다.

이제 10분 뒤면 시작될 강의에 집중하지 못하고 창 쪽에 붙어 있는 학생들을 흘긋거리던 정록은 미간을 찌푸렸다.

"아닌 척해도 쟤네들이 왜 저러는지 궁금하지?"

장난기 섞인 음성이 들려온 것은 바로 옆에서였다. 복도에서 자신을 부른 교수를 기다리고 있던 정록은 목소리의 진원지 쪽으로 고개를 돌렸다. 그러자 자신과 함께 동행한 여자가 보였다.

"딱히."

"내가 말하지 않았어? 너 연기 되게 못하는 거."

"뭐?"

"아주 궁금해 미칠 것 같다는 표정 짓고 있으면서 '딱히' 는 무슨."

"착각이야. 미안하지만, 전혀 안 궁금…… 인마, 유여름!"

심드렁하게 대답하던 그의 톤이 올라갔다. 방심한 틈을 타 옆구리를 콕 찌르는 여자의 얼굴에 환한 미소가 퍼져 나간다. 그는 황당한 표정을 지으며 그녀를 응시했다. 질기고 질긴 인연을 이어 나가고 있는 친구, 여름은 버럭 소리치는 그의 매서운 외침에도 아랑곳 않으며 자신의 붉은 입술을 그의 귓가에 가져다 댔다.

"꽤나 궁금해하는 것 같으니, 뭐 말해 주지."

안 궁금하다니까.

"그 애가 왔거든."

"그 애?"

"응, 그 애!"

무슨 대단한 저명인사라도 거론할 것처럼 뜸을 들이던 여름의 말에 그는 얼굴을 찌푸렸다.

"그래서. '그 애' 가 누군데?"

"어? 너 그 애 몰라?"

알아야 하나.

"오윤서 말이야, 오윤서!"

오윤서?

"그게 누군데?"

되묻는 그의 무표정한 얼굴이 가히 충격적인지 여름의 입이 쩍 벌어졌다.

"오윤서를 모른다고? 너 진짜 몰라? 오윤서! 오윤서라니까?"

아예 자리에서 벌떡 일어나며 외치는 여름은 입술을 파르르 떨고 있었다.

대수롭지 않게 고개를 끄덕이려던 그는 시끄럽던 강의실 안쪽이 순간 고요해졌다는 것을 알아차렸다. 강의실 밖에서 대화를 나누고 있을 뿐이었건만 그들의 목소리가 컸던 모양이다. 후배들이 자신을 아니꼽게 응시하고 있는 것을 눈치챈 정록은 인상을 썼다.

'……뭐야.'

따가운 시선이 느껴졌다. 결코 부드럽지 않은, 어이없음과 황당함을 가득 담은 그 시선에 괜히 기분이 나빠진다. 결국 정록은 나지막하게 여름에게 물었다.

"알아야 해?"

"모르는 게 이상하지!"

"……."

"뭐야, 권정록. 너 어떻게 오윤서를 모를 수 있어! 요즘 가장 핫한 여자 배우잖아! 데뷔한 지 한 달도 안 돼서 대한민국을 휘어잡은 국민 첫사랑!"

국민…… 첫사랑?

요즘은 아무한테나 다 첫사랑을 붙이나 보다. 그것도 국민이라는 수식 어까지.

정록은 심드렁한 표정으로 여름을 응시했다. 여름은 혀를 찼다.

"내가 아는 남자들 중 걔를 모르는 애가 없던데, 넌 거기 속하지 않는 애였구나? 신기하네. 너 혹시 TV랑 담쌓고 살았…… 아, 그렇지. 담쌓고 살았었지. 맞다. 그, 그랬었지…… 하하."

열변을 토하기 위해 침을 튀겨 가며 소리치던 여름의 얼굴이 허무하게 물들었다.

정록은 허탈한 표정을 지으며 이내 수긍하는 여름을 물끄러미 응시했다.

"유명한 연예인이라도 되나?"

"지금 최고로 핫하다니까? 남자애들, 오윤서하면 아주 껌뻑 죽어."

"……그래?"

"지성이면 지성, 외모면 외모. 뭐 하나 빠지는 게 없다니까? 이제 겨우 스무 살인데 이 정도면, 나중엔 어떻게 되겠어? 장래가 아주 촉망한 애지!"

"……그렇군."

"표정 보아하니 못 믿는 얼굴인데, 좋아. 백문이 불여일견이지. 직접 보여 주는 게 낫겠어. 잠깐만!"

마치 자신을 소개하는 것처럼 눈에 불꽃까지 튀며 말하는 여름이 기다리라는 듯 손을 들어 올렸다.

정록은 느긋하게 핸드폰을 열심히 만지고 있는 여름을 내려다보았다.

"오, 여기 있다! 봐봐, 정록아. 그 애가 어떻게 생겼냐면……."

"아, 선배님들!"

여름이 맑은 눈을 빛내며 제게 핸드폰을 내밀던 순간이었다. 정록은 익숙한 목소리에 고개를 돌렸다. 그러자 하하, 웃으며 머쓱한 표정을 짓던 후배이자, 법학과의 조교가 그들을 향해 다가왔다.

"정말 죄송하지만 오늘 최 교수님이 사정이 생기셔서 자체 휴강을 하신답니다."

"뭐?"

"선배님들 어렵게 방문해 주셨는데, 갑자기 일이 터져서요. 하하. 최 교수님이 대신 오늘 저녁은 쏘시겠다니, 시간 되시면 교정이나 한번 둘러보고 가십시오. 그럼 저는 저 녀석들한테 휴강 공지하러 가야 해서요. 잠깐만 기다리시면 자세한 일에 대해 알려 드리겠습니다! 그럼."

갑자기 다가와 말을 한 뒤, 강의실로 들어가는 조교를 정록과 여름은 붙잡지 못했다.

몇 분 지나지 않아 강의실에서 환호가 터져 나온다. 아마도 '오윤서'가 등교한 것이 관계있을 것이라며 수군거리는 학생부터 얼른 그녀를 보러 가야 한다고 짐을 챙기는 학생들까지. 흥분을 주체하지 못하는 그들을 바라보던 정록은 결심했다.

"이야. 신기한 일이네. 최 교수님, 우리 때는 아픈 일이 있어도 나와서 수업하시지 않으셨어? 그런데 휴강이라니. 우리가 부름받고 이렇게 오기까지 했는데 말이야!"

"……."

"그것보다 이거 좀 봐. 이 애가 바로 오윤…… 야, 권정록! 너 어디 가!"

의아함이 가득한 음성을 흘리며 나지막하게 중얼거리던 여름은 어느새 자신의 옆에서 사라진 정록이 뒷문으로 나가고 있는 것을 발견하곤 소리쳤다.

정록은 그런 여름에게 눈길 한번 주지 않고 등을 돌렸다.

❖

"얘가 대체 어딜 간 거야……."

안 그래도 바쁜 자신을 모교까지 부른 교수의 부름을 외면할 수 없었다. 어쩔 수 없이 짬을 내서 오기는 했는데 돌연 휴강을 선언하다니. 괜스레 기분이 나빠져 몸을 돌려 터벅터벅 걸음을 움직였다.

그러던 정록은 남자 화장실 앞에 위치해 있는 복도를 초조하게 돌아다니는 선글라스의 여자를 발견했다.

법학관과 이어진 중앙도서관으로 가기 위해서는 이 복도를 반드시 지나야 했다.

저보다 훨씬 싹싹한 여름이 예의 교수를 만나고, 제게 다시 연락을 할 때까지 중앙도서관에서 법전이나 읽을 생각이었던 정록은 딱 보기에도 수상한 분위기를 풍겨 대고 있는 여자의 모습에 멈칫했다.

그러나 곧 표정 하나 변하지 않고 제 갈 길을 이어 갔다.

"어휴, 진짜 미치겠네. 이러고 있을 시간이…… 어, 하, 학생!"

"……."

"학생! 거기, 딱딱한 얼굴의 학생!"

저를 부르는 것이 분명했다. 왠지 귀찮아질 것 같아 무시를 하려 했으나 내버려 두었다가는 남자 화장실까지 쫓아올 기세라, 정록은 결국 걸음을 멈출 수밖에 없었다.

"무슨 일이십니까?"

차갑고 서늘한 음성.

엄밀히 따지자면 졸업생이지만, 정록은 확실히 대한대학교 학생이 맞았다. 물론 조만간 군법무관으로 군대에 입대할 예정이기에 검사로 임관될 여름과는 엄연한 차이가 있었다.

캐주얼한 차림을 하고 있음에도 불구하고 어쩐지 학생이라기보다는 사내의 느낌을 물씬 풍기는 정록의 눈빛에 선글라스의 여자가 움찔거렸다.

그녀는 냉랭한 정록의 시선에 하하, 어색하게 웃음을 흘리더니 남자 화장실 쪽을 흘긋거리며 말했다.

"저기, 부탁 하나만 들어줄 수 있을까?"

"부탁?"

"아니. 다름이 아니라…… 저기 저 남자 화장실에서 누굴 좀 찾아 줬으면 해서."

"……."

"아! 나 이, 이상한 사람 아냐. 아주 중요한 사람을 찾고 있는데, 그 사람이 저 화장실에 들어간 것 같아서 말이지."

"……."

"내가 남자 화장실에 들어가면 틀림없이 변태로 취급할 거 아냐? 그, 그래서 학생한테 부탁하는 거야. 그러니까…… 학생!"

정록은 두 손을 모아 가며 제게 말하는 여자를 무심하게 내려다보다 몸을 돌렸다. 쌩, 찬바람을 흘리며 돌아서 버린 정록이 자신의 말을 들어 주지 않을 거라 여긴 것인지 등 뒤로 여자가 '되게 쌀쌀맞네.' 라고 말하는 게 들려왔다.

바로 화장실을 지나칠까 싶었지만, 그래도 곤란해 보이는 여자를 무시할 수는 없었던지라 그는 남자 화장실로 발걸음을 돌렸다.

"어, 어어? 고, 고마워, 학생!"

대체 누구를 찾으려는 건지는 모르겠으나, 저리도 간절하게 부탁하는 것을 보아서는 꽤나 중요한 사람이 아닌가 싶다.

자신을 따라온 어린 아들을 잃기라도 한 건가.

정록은 연신 고맙다는 인사를 하는 여자의 말을 한 귀로 듣고, 다른 한 귀로 흘리며 남자 화장실 안으로 들어왔다.

"……."

퀴퀴한 냄새가 나는 화장실 안에는 인기척 하나 들리지 않는다. 교내의 다른 화장실들보다 비교적 인적이 드물었기에 수상한 점도 많지 않았다. 열려 있는 다른 칸들에 비해 굳게 닫혀 있는 안쪽의 칸 하나를 제외하고는.

저기 있는 건가.

부탁받은 것이 있었기에 정록은 한숨을 푹 내쉬며 닫혀 있는 문 앞에 섰다. 그러고는 문을 똑똑 두드리며 입을 열었다.

"당신을 찾는 사람이 있습니다."

정록의 낮은 목소리가 고요한 화장실 안을 울렸다.

듣지 못한 건가?

정록은 살짝 미간을 좁혔다 펴며 다시 한 번 문을 두드렸다.

"누가 밖에서 당신을 기다려요."

그럼에도 여전히 상대는 대꾸하지 않는다. 정록은 쓴웃음을 흘렸다.

"이봐요."

"내버려 둬요."

"……!

"내버려 두라고요."

이곳이 '남자' 화장실이라는 것을 아는지 모르는지.

놀랍게도 닫혀 있는 화장실 칸 안에서 들려오는 목소리는 남자의 것과는 거리가 멀었다. 맑고, 청명한 음성. 그 목소리를 듣던 정록의 눈썹이 살짝 꿈틀거렸지만 이내 제자리를 되찾았다.

아무래도 정말 귀찮은 일에 얽힌 것이 틀림없다. 정록은 다물었던 입술을 움직였다.

"여기가 남자 화장실이라는 것을 알고 있는 겁니까?"

"……네."

"그런데도 여기 들어와 있는 거예요?"

"그, 그게. 급하다…… 보니."

"화장실 밖에 있던 그 여자를 피해서 들어온 겁니까?"

"그, 그래요! 그런데 당신 대체 누구죠? 제, 제가 여기 있든 말든, 당신이 무슨 상관이에요!"

앙칼진 목소리가 칸 안에서 터져 나왔다.

보통 때의 그였다면 이런 상황에 처하자마자 '알겠습니다.' 하고 돌아섰을 텐데. 그날은 어찌 된 셈인지 계속 말을 하고 싶어졌다.

정록은 '당신이 대체 뭔데 그래…….' 하며 중얼대고 있는 화장실 칸 안의 여자에게 물었다.

"거긴 대체 왜 들어가 있는 겁니까?"

"……!"

"저 여자랑 싸우기라도 했어요?"

"…….'"

"단순히 궁금해서 그럽니다. 말하기 싫다면 뭐, 어쩔 수 없……."

"……워서요."

어째서였을까. 머리는 돌아서서 도서관으로 향하라고 외치고 있었지만 입술은 멋대로 움직였다. 그 여자를 피해 여자 화장실도 아닌 남자 화장실로 숨어들어 온 여자의 사정이 궁금해졌던 건가.

의아해하며 말을 잇던 정록의 목소리가 뚝 끊겼다. 나지막하게 들려온 상대의 대답을 캐치했기 때문이다.

'미워서?'

제대로 듣지는 못했지만, 아마도 그런 말이 틀림없었다.

정록은 울분이 쌓여 있는 상대의 대답에 가만히 서 있다 입술을 열었다.

"뭐가 그리 미운데요?"

돌연, 궁금해졌다. 아무리 미워도 남자 화장실에 콕 박혀 버릴 만큼 저 밖의 여자가 싫었을까.

얼굴도 보지 못한 여자의 행동에 호기심이 일어 정록은 대답을 기다렸다. 아마도 앳된 것이 틀림없는 여자의 낭랑한 음성이 이내 들려왔다.

"자꾸만 내게 이래라저래라 하는 것이 미워요."

"저 여자가 당신의 언니라도 됩니까? 아니면, 엄마?"

"아뇨. 그런 건 아닌데……. 그냥, 같이 일하는 사람이요. 제 스케줄을 관리해 주는……."

"일? 직장인입니까?"

직장인이 대한대까지 오게 되다니. 어쩌다 이곳까지 오게 된 걸까.

'나와는 다른 경우인 것 같은데.'

만약 후배나 선배였다면 정록이 모를 리 없다. 법조계와는 거리가 멀어 보이던 여자를 떠올리며 정록은 다시금 인 의문을 감추었다. 그런 정록의 귀에 '그건 아니지만…….' 하고 대답하는 그녀의 음성을 듣고 픽 웃음을 흘렸다.

"그러니까, 당신은 지금 투정을 부리는 거군요. 상대가 밉다는 이유 하나만으로."

"……네?"

정록의 발언에 화들짝 놀란 여자를 향해 정록은 냉정하게 말을 이었다.

"그렇잖습니까. 지금 저 밖에 있는 여자가 당신의 스케줄을 관리해 주는 사람이라면서요. 직장인은 아니지만 스케줄을 관리해 주는 사람이 있는 직업이라. 그럼 지금 당신은 현실 도피라도 하는 겁니까? 저 밖에 있는 여자는, 지금 당신을 찾아 헤맨다고 안절부절못하고 있는데…… 당신은 그걸 무시하고 이렇게 콕 틀어박혀 있는 걸 보니, 그런 게 맞군."

"……!"

"내 말이 틀렸습니까?"

아니라는 대답은 들려오지 않는다. 큰일이 있나 싶었더니, 실은 아이의 투정과도 같은 일이었다. 정록은 슬슬 이 여자가 밖으로 나오도록 유도해야 한다고 생각했다.

"무엇 때문에 화가 난 건지 모르겠지만 이제 그만 화 풀고, 밖으로 나오도록 하세요. 아까 보니 밖에서 당신을 기다리는 여자의 얼굴이 몹시 창백하게 질려 있더군요."

"……아무것도 모르면서. 당신은, 아무것도 모르잖아요!"

"……."

"예진 언니는 계속 화만 낸단 말이에요."

뭐?

"전 사실 오늘 여기 오기 싫었다고요. 하지만 언니가 자꾸만 강요하는 바람에 어쩔 수 없이 왔단 말이에요."

"……."

"이미 자퇴서를 내고 지금 일에 집중하기로 마음먹었는데, 이미지 관리를 해야 한다고 억지로 끌고 왔다고요. 이도저도 안 되게 되어 버리잖아요. 지금 이 상태에서 학교를 다닌다면. 당신은 그렇게 생각 안 해요?"

"……."

"미워요. 언니도. 당신도! 아무도 보고 싶지 않아. 내 말은 들어 주지 않고, 자기 말만 하는 사람들이야. 그러니까 그냥 여기 박혀 있을 거예요.

그럴 거라고요!"

뺙 소리를 지르는 여자의 목소리는 금방이라도 눈물방울을 떨어뜨릴 만큼 요란하게 흔들렸다.

정록은 후우, 한숨을 내쉬며 입을 열었다.

"그럼 그 말을, 그 '언니'라는 사람에게 한 겁니까?"

"……네?"

"당신이 자퇴를 하려고 마음먹었다는 거. 그 말을 저 밖의 '언니'에게 했냐고요."

상대는 대답하지 않았다. 정록은 쓰게 웃었다.

"그거 압니까? 사람들은 표현하지 않으면 몰라요."

"……!"

"눈빛만 보내고, 알아차려 주기를 바란다면 끝도 없는 평행선을 달리게 되죠."

"……"

"그러니 당신 역시 말을 해야 합니다. 듣자 하니 이곳 학생인 것 같은데…… 지금 하고 있는 일을 놓칠 수 없나 보네요."

"……네."

"그럼 그렇게 자기 의지를 표현해야죠. 지금의 일에 집중하고 싶다고. 학업보다 더 중요한 일이 있다고. 그래서, 그걸 계속하고 싶다고."

"……"

"이미지? 그게 뭐가 그리 중요합니까. 자기가 하고 싶은 것에 집중하는 것이 더 중요하지. 안 그래요?"

되묻는 정록의 말에도 불구하고 상대는 대꾸하지 않는다. 정록은 거칠어지는 여자의 숨결이 칸막이 밖으로 전해 오는 것을 느끼며 피식 웃었다.

대충 상황이 정리된 듯하군.

뜻하지 않게 다른 사람의 일에 관여해 버렸다. 앞으로 누군가를 설득하는 일을 하게 될 그가, 처음으로 싸움을 중재하게 된 것이다. 정록은 하아아, 길게 흘러나오는 칸막이 안에서의 한숨 소리를 듣다가 몸을 돌렸다.

"밖의 언니라는 사람에겐, 당신이 곧 나온다고 말해 두겠습니다."

"자, 잠깐만요!"

그러고는 주저 없이 발을 뻗어 제 갈 길을 가려던 정록은 칸막이 안에서 들려오는 커다란 목소리에 멈추었다.

"이, 이름이 뭐예요?"

얼굴 한 번 보지 못한 그녀가 물었다. 말을 해 줘야 하는 걸까.

정록은 여전히 닫혀 있는 문을 주시하며 말했다.

"상대의 이름을 묻기 전에는, 자신의 이름을 말해야 하는 겁니다. 그럼……."

그리고 정록이 고개를 돌리려 할 때. 내내 닫혀 있던 칸막이 안의 문이, 끼이익 열렸다. 정록은 살짝 열린 문틈 사이로 조심스럽게 고개를 내민 여자를 발견하고선 눈을 크게 떴다.

……!

"으음…… 변호사……니이임……."

번쩍 눈꺼풀을 올렸을 땐, 제 허리를 와락 끌어안고 있는 진심의 체취가 느껴졌다.

정록은 제 가슴을 파고드는 진심의 머리카락이 턱 끝을 간질이고 있음을 확인하고선 옅은 미소를 그렸다.

「저, 저는 오진……!」

입을 오물거리며 그를 불러 대는 가슴속의 여자와 오래전, 어렴풋하게 마주쳤던 누군가의 얼굴이 겹친다.

그녀가 말하려던 차에, 끝내 남자 화장실 안으로 들어와 버린 여자로 인해 다음 말은 듣지 못했다. 하지만 이제 와 생각해 보면, 푹 숙인 머리 사이로 보이던 초롱초롱한 눈동자는 진심의 빛나는 동공과 많이 닮아 있었다.

어쩌면, 그녀였을까.

"하암."

"깼습니까?"

정록은 제 안에서 몸을 뒤척이는 그녀를 내려다보며 부드러운 목소리를 흘렸다. 깜빡깜빡, 눈을 떴다 감기를 반복하던 진심이 슬그머니 고개를 들더니 배시시 웃었다.

"네."

"잘 잤어요?"

"네!"

"기분은요?"

"좋아요. 눈 뜨자마자, 변호사님 얼굴 보니…… 앗!"

히히 미소 짓던 진심이 톡, 이마를 손가락으로 튕기는 정록의 행동에 인상을 썼다. 정록은 진지하게 말했다.

"몇 번을 말해요. 이제 변호사님 말고."

"정록…… 씨."

"더 듣고 싶은 말이 있지만, 그나마 좀 낫네요."

정록은 헤헤 웃는 진심을 더욱 세게 끌어안았다.

"이, 일곱 시예요."

"벌써 그렇게 됐나. 그런데 어쩌죠. 놔주고 싶지 않은데."

"실은…… 저도요."

중얼거리는 그를 향해 '하, 정말 정록 씨 품에 계속 있고 싶다!' 고 외치는 것을 보며 정록은 터져 나오려는 웃음을 억지로 삼켰다.

"오진심 씨."

"네."

"오진심."

"네."

"진심아."

"……네!"

다정한 정록의 부름에 진심의 커다란 눈동자가 크게 일렁였다. 정록은 너무도 사랑스러운 자신의 여자에게 그녀에게만 보여 주는 미소를 그려 보였다.

중국의 고대 철학가, 한비자는 말했다.

有緣千里來相會 無緣對面不相逢
유연천리래상회 무연대면불상봉.

인연이라는 것이 존재한다면 천 리를 떨어져 있어도 만날 것이고, 인연이라는 것이 존재하지 않는다면 얼굴을 마주 보고 있어도 서로 만나지 못한다—는.

이는 즉, 만날 사람은 언젠가는 반드시 만난다는 말이다.

「오진심 씨죠?」

「오윤서인데요.」

「이미 업무 시간 시작된 지 두 시간이 지났습니다. 슬슬 일을 해야 한다는 생각, 들지 않습니까?」

「도와줘요, 변호사님. 제가 다시 시작할 수 있도록. 다시, 무언가를 할 수 있도록…….」

「새로 시작하고 싶다던 오진심 씨의 말이 마음에 들었습니다. 해서 협조해 드리죠, 오진심 씨가 꿈꾸는 그 계획.」

「일도 하고 연애도 하고. 저 둘 다 할 수 있다고요. 꿩 먹고 알도 먹고 싶어 하는 게 잘못된 건 아니잖아요!」

「먹어 보겠다고요. 그 꿩이랑, 알.」

아마도 당신과 나는, 결국엔 만날 운명이 아니었을까?

"사랑합니다."

당신을.

당신만을.

아주, 많이.

내 진심을 다해, 정말로.

"사랑해요, 오진…… 잠깐. 듣고, 있습니까? 오진심 씨! 진심 씨? 지, 진심아! 다시 자지 말고 들어요! 사랑…… 읍!"

당신의 진심은 내게 닿았어.

외전 4
청출어람 오진심

"후우."

서울시 서초구 서초동의 로펌 『올웨이즈』 대표 변호사 사무실.

따사롭게 내리쬐는 햇살을 받으며 창밖을 내려다보던 연준규 대표 변호사가 길게 숨을 골랐다. 심호흡을 마친 그의 얼굴은 결연하다 못해 딱딱하게 굳어 있다. 창문을 향했던 시선을 서서히 옮긴 그는 몇 분 전부터 안절부절못하는 자신의 비서를 향해 그제야 짧게 고개를 끄덕였다. 그러자 안도한 비서가 얼른 대표실 문 쪽으로 달려갔다.

"권 변호사님, 대표님께서 들어오시랍니다!"

낭랑한 비서의 목소리가 울려 퍼지기가 무섭게 뚜벅거리는 소리가 들려온다. 준규를 긴장하게 만드는 발걸음 소리는 현재 그의 부하 직원들 중 무시무시한 위세를 떨치고 있는 권정록 변호사다.

「대표님. 제가 출근길에 권 변호사님이랑 마주쳤는데요.」

「권 프로랑?」

「네. 권 변호사님이 대표님 출근하시면 긴히 뵙고 싶다고 전해 달라셨어요.」

「뭐? 긴히? 권 프로가 긴히 보자고 했다고?」

「예.」

「그 단어 쓴 거 정말 맞아?」

「네?」

「아니, 그러니까. 정록이 그 자식이, 흠 권 프로가 '긴히' 나를 보자고 했냐고.」

「아, 네. 분명히 그러셨어요.」

"안녕하십니까."

문을 열어 주는 비서에게 감사의 인사를 전한 후 천천히, 아주 천천히 우뚝 서 있는 제게 다가오고 있는 권정록 변호사의 몸짓은 정갈하다 못해 절도가 있었다.

준규는 무의식적으로 침을 꼴깍 삼켰다.

권정록.

그가 누구인가.

대학 재학 도중 일찍이 사법고시를 패스하여 졸업 이후 우수한 성적으로 사법연수원까지 수료했던 그와 준규가 처음 마주친 곳은 다름 아닌 군부대였다. 당시 가정 법률 전문 로펌인 『올웨이즈』를 차리기로 결심한 이후, 인재들을 찾아다니던 도중 군법무관으로 활동 중이던 정록을 발견했고, 정록이 제대를 하자마자 주변의 만류까지 뿌리치며 로펌에 들었다. 그리고 거의 10년에 가까운 시간 동안 크고 작은 일을 함께 겪어 가며 일을 하고 있었건만, 여전히 그는 대하기 어려운 후배이자 동료, 그리고 파트너다.

'대체 무슨 꿍꿍이냐.'

특히나 정록이 '긴히' 라는 표현을 사용할 때면 언제나 그의 머리를 지끈거리게 만드는 일이 있었던지라 준규는 긴장할 수밖에 없다. 침착하자, 침착해. 준규는 스스로에게 끊임없이 되뇐 후, 생긋 웃으며 저를 빤히 쳐다보고 있는 정록에게 손짓했다.

"하하, 권 프로. 그래, 왔어?"

"……."

"뭐 해? 그러고 있지 말고 여기 앉지!"

자리를 권하는 제 손이 미세하게 떨리고 있다는 것을 아는지 모르는지. 준규는 일부러 껄껄 웃어 가며 정록에게 말을 걸었다. 그런 그를 말없이 쳐다보다 착석한 정록은 마침 차를 내오는 비서에게 한 번 더 인사를 전했다. 준규는 호로록 정록의 입안으로 들어가는 뜨거운 차를 응시했다.

로펌『올웨이즈』의 간판 변호사나 다름없는 권정록 변호사가 '긴히' 라는 표현까지 사용하여 독대를 청한 적은 지금껏 두어 번 정도.

「대표님. 딱 한 마디만 하겠습니다. 미치셨습니까?」

지금으로부터 5년 전.

준규가 정록에게 특별한 제안을 했었던 바로 그날과,

「대표님. 저, 결혼합니다. 그러니 주례 좀 서 주시죠.」

그로부터 2년 뒤 대뜸 청첩장을 내밀었을 때 외에는 없었다.

'어쩐지 불길한데.'

그래서인지 이번에는 어떤 폭탄이 터질지 조마조마하다. 근래 준규가 이끌고 있는 로펌『올웨이즈』가 가정, 법률 쪽에서 최고의 로펌이라는 평가를 받고 있어 정신이 없는 와중이라 더욱더 그렇다. 준규는 등 뒤로 흐르는 식은땀을 느끼며 정록의 다문 입술을 뚫어져라 바라봤다. 자신이 생글생글 웃고 있기는 한데, 제대로 미소를 그리고 있는 건지 의문이 인다.

"대표님."

그때.

모든 신경을 집중하고 있던 준규의 귀에 정록의 굵은 음성이 들려왔다. 준규는 정신을 차렸다.

"어, 왜?"

"드릴 말씀이 있습니다."

준규는 불과 몇 주 전 정록에게 시니어 파트너 제안을 했고, 정록은 그에 대해 고민을 해 보겠다는 답변을 들려주었다. 오늘 정록이 자신을 찾아온 이유는 그 제안에 답하는 것뿐이라 여긴 준규는 어색하게 눈웃음을 그릴 수밖에 없다.

설마 퇴사하겠다는 이야기는 아니지?

'그럼 곤란한데.'

물론 정록이 독립 선언을 하고 나가면 성공할 것이 분명했다. 정록은 그럴 만한 능력이 되는 변호사였으니까. 그렇기 때문에 시니어 제안까지 했다. 정확하게 말하자면 정록이 시니어가 되는 것은 충분히 예견된 일이었지만, 조급해지는 바람에 그 시기를 앞당겼다고 할까. 어찌 되었든, 개인적인 문제뿐 아니라 회사의 안위가 달려 있는 일이었기에 어깨에 힘까지 주며 정록의 입술만 쳐다보던 준규는 '……합니다.' 라고 소리를 내뱉은 정록의 말 앞부분을 그만 놓치고 말았다.

"권 변."

"네."

"방금 뭐라고 했나?"

워낙 긴장했던 탓에 답지 않게 넋을 놓고 있었다. 뒤늦게 정록이 본론을 꺼냈다는 것을 인지한 준규가 다급하게 되묻자 정록이 못 들었냐는 듯 미간을 좁혔다. 준규는 하하, 머쓱한 표정을 지으며 뒷머리를 긁더니 말한다.

"그러니까 방금 전에……."

"얻었으면 한다고요."

얻어?

"뭘?"

설마 대표 변호사 사무실을 내어 달라고 하는 건 아니겠지?

고개를 갸웃거리며 묻는 준규의 눈동자가 큼지막해졌다. 긴장했다는 것을 느낄 수 있는 모습이었다. 그런 준규를 향해 미묘한 표정을 짓던 정록은 호흡을 골랐다. 그러고는 찬찬히, 이번에는 준규의 귀에도 쏙쏙 들릴 만한 목소리로 입술을 움직였다.

"휴가를 얻었으면 좋겠습니다."

"휴……가?"

"예. 정확히는 휴직이라고 칭하는 것이 옳겠군요. 언제까지 휴가를 낼 수 없으니 차라리 휴직을 하는 편이 좋겠습니다. 그래요. 육아 휴직 정도면 좋겠군요. 휴직하겠습니다."

"뭐? 휴직이라니! 갑자기 왜! 권 프로 너 인마, 지금 무슨 소리를 하는 거야? 휴직을 왜 하려는 건데!"

가만히 정록의 말을 듣던 준규가 깜짝 놀라 일어난 것은 당연했다.

휴직이라니.

아직 시니어 파트너 제안도 승낙받지 않았거늘, 뜬금없이 휴직이라니!

기겁하여 눈을 부라리는 준규에게 쓴웃음을 짓던 정록의 말이 이어졌다.

"제가 MT에 쫓아가야 할 상황이라서 말입니다."

"⋯⋯었어."

눈이 펑펑 쏟아지던 2월의 일이다.

진심이 세 달 뒤 크랭크인 할 영화의 시나리오를 훑어볼 동안, 진주라는 태명을 지닌 딸, 서유와 놀아 주던 정록은 멍한 표정으로 중얼거리는 진심을 의아하게 바라봤다.

"무슨 일입니까, 진주 엄마?"

저를 보며 환하게 미소 짓는 서유의 일거수일투족을 담기 위해 카메라를 들고 있던 정록의 눈에 창백하게 질린 진심의 얼굴이 들어왔다. 그녀는 어디선가 걸려 온 전화를 받고, 막 통화를 종료한 참이었다. 진심의 낯빛에 놀란 정록이 제 목을 끌어안으려는 서유를 떼어 낸 후 그녀에게 다가가 묻자, 진심의 커다란 눈동자에 물방울이 가득 맺혔다.

무슨 일이 있나.

전화를 받을 때와는 다른 그녀의 반응에 내심 걱정이 됐다. 정록이 의문을 담아 묻자, 크흡 눈물을 흩뿌린 진심이 울컥 차오른 감정을 가라앉히며 닫혀 있던 입술을 달싹였다.

"진주⋯⋯ 아빠."

"네. 진주 엄마."

"⋯⋯진주 아빠!"

"진심 씨?"

"……었어요!"

"예?"

"저, 붙었다고요!"

처음 몇 분 동안은 진심이 감격하여 외친 그 말이 무슨 뜻인지 알아차리지 못했다.

그러나 '대학 말이에요! 대학!' 하고 한 번 더 소리친 진심의 말을 듣고서야 이해할 수 있었다.

「진주 아빠 씨. 저, 시험 볼까 해요.」

때는 바야흐로 작년 초.

진심 주니어, 서유의 잠든 모습을 지켜보며 미소 짓던 그녀가 흘리듯 뱉어 낸 말이 모든 일의 시작이었다.

「시험이요?」

「네.」

「무슨 시험……?」

뜬금없는 그녀의 말을 듣고 고개를 갸웃거리던 정록은 배시시 웃는 진심을 발견했다. 이내 그녀가 꺼낸 말은 그를 약간의 충격 속으로 빠트리기 충분했다.

「대학 시험 말이에요!」

「……!」

「복귀 이후 두 번째 드라마도 끝났고 하니 다시 학업을 시작해 볼까 해요. 아! 물론 우리 진주, 아니 서유 문제가 있기는 한데 얼마 전 어머님과 이 이 야기를 한 적이 있었거든요. 그런데 글쎄, 어머님께서 제가 학교에 다닐 동 안 서유를 봐주신다지 뭐예요? 그리고 저희 엄마도 마찬가지셨어요! 서유 신경 쓰지 말고 얼른 다시 입학해서 빨리 졸업하고, 로스쿨까지 진학해서 나 중에 진주 아빠 씨랑 같이 로펌도 차리라는 말씀까지 해 주셨다고요. 호호 호.」

「……네?」

「그래서 혁준 오빠한테 수능 문제집을 가져와 달라고 부탁했어요. 슬슬 올 때가 됐는데 말이죠.」

귀를 의심했다.

대학 입학은 무엇이고, 졸업은 무엇이며, 로스쿨은 또 무엇인가.

워낙 순식간에 뱉어 내고 물 흐르듯 흘러가 버린 그녀의 말에 정록이 멍한 표정을 짓는 사이, 딩동 초인종 소리가 들려왔다. 이윽고 헉헉 거칠 게 숨을 몰아쉰 혁준이 서유에게 줄 장난감과 함께 두 손 가득 두꺼운 문 제집을 들고 나타났다.

「진심 씨. 오늘 밤엔…….」

「아. 정록 씨. 미안해요. 저 지금 공부 중이니까 나중에.」

「…….」

「진주 엄마. 나 내일 휴일이라…….」

「어? 진주 아빠 왔어요? 잠깐만요. 저 이것만 다 읽고 갈게요!」

「…….」

「여기 있어요, 오진…….」

「헉. 잠깐만요, 변호사님. 지금 엄청 중요한 강의 듣고 있거든요? 나중에. 나중에요!」

「…….」

그 이후 장장 1년 동안.

정록은 육아 문제가 아닌 진심의 수험 공부라는 거대한 벽을 맞닥뜨렸다.

배우로서의 일뿐 아니라, 육아, 그리고 수험 공부라는 세 가지 토끼를 모두 잡겠다는 결의를 다진 진심은 조금도 물러나지 않았고 정록도 그녀를 물심양면으로 돕기는 했지만 약간의 섭섭함을 느끼고 있었다.

그리고 지난 11월.

매서운 칼바람을 맞으며 대입 시험을 다시 치렀던 그날 이후, 진심은 그 어떤 말도 꺼내지 않았다. 그런 그녀를 보며 정록은 어쩌면 진심이 원하는 점수를 얻지 못한 것은 아닐까 라고 생각했었고, 굳이 그 일에 대해 언급하지는 않았다.

그래.

그래서 방심했던 건지도 모른다.

사랑스러운 아내가 대학 자퇴 이후 14년 만에 캠퍼스 라이프를 즐기게 될지도 모른다는 사실에 대해.

「그러니까 권 프로. 너 지금…… 윤서 씨 MT를 쫓아가야 하기 때문에, 휴직을 하겠다고 말한…… 거야?」

「예. 그간 육아 문제로 휴가를 많이 썼으니, 아예 휴직을 하는 편이 낫지 않겠냐는 생각에서.」

「아, 아니 스톱. 잠깐만, 잠깐. 내가 이해가 안 가서 그러는데.」

「……?」

「윤서 씨 MT에 네가 왜 따라가?」

「네?」

「아니. 그러니까. 네가 왜 그 MT에 따라가야 하냐고! 너…… 너 설마 의

처…….」

「무슨 소리를 하시는 건지 모르겠습니다, 대표님. 제가 그녀의 MT에 따

라가려는 이유는.」

「이유는?」

「…….」

「권 변?」

"믿어지지 않는군."

쯧, 혀를 차는 소리에 정록은 상념에서 깨어났다. 눈을 옆으로 돌리니

고개를 절레절레 저으며 저를 바라보고 있는 은사가 보였다. 깐깐한 표정

의 은사는 오랜 시간이 지난 뒤에도 학교에 남아 있었고, 정록을 빤히 올

려다보며 혓소리를 내고 있다.

정록은 머쓱한 표정을 지으며 머리를 꾸벅였다.

"교수님."

적잖은 세월이 흘러서인지 정록의 시야로 들어온 교수의 머리는 어느

덧 흰 물결로 가득하다. 정록이 옅은 미소를 그리자 에잉, 하고 소리를 흘

린 그의 은사는 정록을 가늘게 뜬 눈으로 바라보며 중얼거렸다.

"황 교수한테 얘기는 들었지만 정말로 자네가 와 있을 줄이야. 눈을 의

심했네."

"하, 하하."

"자네 정말 매정하구만. 내가 그렇게 부르고 또 불러도 바쁘다는 말만 하며 얼굴 한 번 안 비추더니. 마누라가 MT를 간다는 소식을 듣자마자 졸래졸래 쫓아와?"

"흠흠. 교수님. 말씀이 지나치십니다."

"지나치기는! 권 변 자네의 그 애처증에 대해서는 우리 과에서 모르는 이가 없네! 자네, 정말 내가 알던 그 권정록이 맞는가? 내가 눈을 의심했어, 눈을!"

주름진 눈을 크게 뜨며 외치는 대한대학교 법학과의 조세현 교수의 말은 정록의 가슴을 뜨끔거리게 만든다. 아무리 생각해도 납득이 가지 않는다며 눈까지 비벼 대는 그는 제 눈으로 목격한 사실을 의심하고 있었다.

'그러실 만도 하군.'

저 스스로도 이해가 안 되는데 조 교수가 어떻게 이해를 하겠나. 정록은 침을 튀기는 조 교수를 보며 쓴웃음을 삼켰다.

"그래서. 솔직히 말해 보게."

말없이 웃고 있는 정록을 뚫어져라 응시하던 조 교수가 정록의 허리를 쿡 찌르며 물어 왔다.

"대체 왜 온 겐가?"

"……."

"다른 사람도 아니고, 권 변 자네가 마누라를 따라서 신입생 MT까지 쫓아올 정도면 꽤 신경 쓰이는 일이 있어서일 텐데."

"……."

"뭐가 그리 거슬렸지?"

검은 안경테를 슬쩍 올리며 묻는 조 교수의 눈빛이 예리하게 빛난다. 정록은 멈칫했다.

이유.

그렇다.

틀림없이 이유는 존재했다.

웬만해서는 업무를 소홀히 하지 않는 정록이 무려 휴직이라는 단어까지 언급하며 진심의 MT까지 쫓아온 이유. 첫 MT라며 잔뜩 들뜬 진심을 학교에 데려다준 후, 『올웨이즈』로 향하는 척하면서 대한대 법학과 황 교수를 제 편으로 끌어들여 MT가 열리고 있다는 전주까지 쫓아온 이유.

「정록 씨. 제 동기 중에 지오라는 애가 있는데요.」

「그러니까 우리 지오가 말이에요.」

「어머, 이거 우리 지오가 알려 준 문제인데!」

「어, 지오야! 나야, 나. 오윤서.」

지오.

지오. 지오. 지오!

'그 지오라는 놈이 누구인지 알아야겠습니다.'

정록은 목구멍까지 차오른 말을 꾹꾹 삼키며 대답을 기다리는 조 교수를 향해 빙긋 웃었다. 조 교수는 자신의 유도심문에 걸려들지 않는 정록을 쳐다보다 잇소리를 냈다.

"하여간 권 변 자네는 예나 지금이나, 속을 알기 어렵군."

"그렇습니까."

"여기까지 왔으니 애들 방해하지 말고 조용히 마누라만 만나고 가도록 하게. 괜히 아무것도 모르는 애들 앞에서 무서운 분위기 조성하지 말고."

"무서운 분위기라니요."

"자네는 존재 자체가 무서운 녀석이니."

"……참. 오진…… 오윤서 학생은, 잘 따라가고 있습니까?"

담당 교수는 아니라고 들었지만 그래도 워낙 유명한 학생이니 모를 일은 없다고 생각했다. 정록이 조심스레 묻자 못 말린다는 듯 혀를 끌끌거리던 조 교수가 대꾸했다.

"당연히 잘 따라가고 있네. 솔직하게 말하자면 예전의 자네보다 나아. 그러고 보니 예전 자퇴하겠다며 찾아왔을 때는 참 아까운 인재라 생각했었는데. 이제라도 마음먹고 공부하고 있으니 기특하군."

"다행입니다."

"다행은 무슨. 권 변 자네는 긴장해야 할 걸세."

"예?"

"오윤서 그 녀석이 지금은 그저 이제 막 시작한 법학도일지 몰라도, 몇 년만 지나면 자네의 아성 따위 금세 삼켜 버릴 테니."

"……아."

"지금보다 더 정진하지 않으면, 마누라가 금방 역전할 거라고 말해 주는 걸세. 하긴, 지금도 '변호사 권정록'이 아닌 '오윤서 남편 겸 변호사 권정록'이라고 불리고 있다지? 그럼 염탐, 수고하게."

픽 웃으며 정록을 약 올리는 말을 흘린 조세현 교수는 금세 정록의 시야에서 사라졌다. 마지막까지 손을 휘휘 젓는 그의 뒷모습을 보며 쓰게 미소 짓던 정록은 후우, 숨을 골랐다.

진심의 신입생 환영 MT에서 별일이 일어나지 않을 것은 너무도 잘 알고 있지만, 괜히 신경 쓰이는 것은 어쩔 수가 없다. 근래 진심의 입에서 제 이름보다 더 자주 나오는 이름이 바로 그 '지오'라는 이름이었고, 그게 계속해서 그의 심기를 자극하고 있었으니.

며칠간의 고민 끝에 정록은 진심 몰래 '지오'라는 남자를 볼 생각이었다. 그러나 겨우 낼 수 있는 시간이 하필 진심의 MT 기간이어서, 고심 끝에 MT를 쫓아가기로 했다.

'그나저나 어디 있는 거지.'

그렇게 도착한 곳은 대한대학교 법학과 학생들의 과 MT가 한창 열리고 있는 전주 한옥마을의 한 펜션. 평소 친분이 있던 법학과 교수들로부터 정보를 입수하여 이곳까지 오기는 했는데, 예의 지오라는 놈을 찾기는 쉽지 않다. 이럴 줄 알았으면 미리 사전 조사라도 하고 올걸. 조 교수의 말을 떠올리던 정록은 굳게 닫힌 펜션의 대문 앞을 서성이며 미간을 좁혔다.

MT가 한창 무르익는 중인지 환한 불빛이 쏟아지는 펜션 안에서는 왁자지껄한 소리가 들려오고 있었다. 차라리 조 교수한테 지오라는 놈을 데리고 나와 달라 부탁할 걸 그랬나. 고뇌하던 정록은 목구멍까지 차오른 말을 삼키며 한옥집 대문 앞을 서성였다.

"저기요."

조 교수가 사라진 지 30분.

안으로 들어가지도, 누구를 불러내지도 못하고 서성이고 있을 때였다.

정록은 등 뒤에서 들려오는 소리에 흠칫했다.

스윽 뒤를 돌아보니 저를 의심쩍은 눈으로 바라보고 있는 사람이 보였다.

"누구십니까."

서늘한 눈으로 그를 올려다보고 있는 사람은 여자인지, 남자인지 쉽게 구분이 가지 않는 짧은 쇼트컷의 사람이다. 순간 당황한 정록이 뭐라 말을 잇기 전에 차갑고 냉철한 눈동자가 그를 아래위로 훑었다.

"아까부터 대문 앞을 서성이시던데. 혹시 이곳에 볼일이 있으십니까?"

들려오는 목소리는 가는데, 뱉어 내는 기백이 예사롭지 않다. 정록은 순간 움찔했다.

"아니면 만날 분이라도 계십니까?"

"아."

"누구시죠? 오늘 이 펜션은 저희 과에서 전세를 냈는데."

"……그게."

진심에게는 자신이 왔다는 것도 비밀로 했다. 몇 분 전, [MT 도착했어요! 우리 서유는 잘 있죠?] 라는 진심의 문자에 그렇다고 대답했던 터라 더더욱. '저희 과' 라는 표현을 사용한 것으로 보아 법학과의 일원이자, 자신의 까마득한 후배임은 분명해서 긴장하게 된다. 정록은 의심의 눈을 거두지 않는 존재를 힐끔거리다 몸을 돌렸다.

아직 들켜서는 안 된다.

"미안합니다. 그럼."

"잠깐. 거기 서시죠."

"……!"

일단 한 발자국 물러설 상황이라는 것을 알아차린 정록은 얼른 자리를 뜨려고 했으나, 제 앞을 가로막은 존재는 정록의 얼굴을 뚫어져라 응시하며 미간을 좁히고만 있다.

남자?

아니. 여자…… 같기도 한데.

"이름이 뭡니까."

"……네?"

"정체를 밝히십시오."

"……!"

"펜션 주인아주머니께 들었습니다. 근래, 주변에 변태가 자주 출몰한다고."

뭐?

"지금 그쪽이 행하고 있는 행동은 몹시 수상합니다. 그러니 얼른 정체를 밝혀 주셨으면 좋겠군요. 정체가 뭡니까? 왜 담벼락 너머로 안을 보고 계셨던 거죠? 누구를 만나러 왔습니까? 여기는 어떻게 알고 오셨죠?"

"아, 아니 그게……."

"하나부터 열까지, 납득 가지 않는 설명이라면 당장 경찰에 신고하도록 하겠습니다."

"이봐요. 나는."

"이름."

으.

"지오야!"

쉴 틈 없이 몰아붙이는 상대로 인해 당황한 적은 실로 오랜만이다. 정록은 크게 당황한 얼굴로 뒷걸음질 치려 했다. 그리고 그 순간, 조 교수가 들어간 이후 열리질 않던 한옥집의 문이 끼익 소리를 내며 열렸다. 정록은 그 목소리의 주인을 너무 잘 알고 있었다. 갑작스러운 상황에 도망치려던 정록의 다리가 그대로 얼어붙었다.

"생수 사러 간 애가 왜 이렇게 안 오…… 어? 무슨 일이야?"

아무렇지도 않게 눈앞의 상대를 향해 '지오'라는 이름을 부른 '그녀'가 심상찮은 분위기를 흘리는 정록과 '지오'에게 말을 걸어왔다. 자신과 대화를 나누던 상대가 그렇게 보고자 했던 '지오'라는 것을 알게 된 정록은 크게 당황했다. 그리고.

"윤서 언니."

언……니?

이어진 '지오'의 말에 그의 얼굴은 더욱 창백하게 물든다.

"여기서 뭐 하고 있어? 이분은 누구……."

예사롭지 않은 기운을 느꼈는지, 그녀가 예의 '지오'와 정록의 커다란 등을 번갈아 쳐다보며 중얼거렸다. 쿵쾅쿵쾅, 심장이 덜컹거리는 것을 느끼던 정록은 말없이 침만 삼켰다.

얼른.

이곳을 얼른 빠져나가야 하는데.

"수상한 사람을 만났습니다."

"어? 수상한 사람?"

"예. 어쩌면 아까 주인아주머니가 말씀하신 변태일지도 모릅니다."

"변태? 그 펜션 사람들의 속옷을 훔친다는?"

뭐?

"네. 그러니 얼른 사람들을 부르십시오. 제가 이 사람을 잡고 있는 동안에."

"어? 어어! 그럴…… 잠깐."

"언니?"

일단 이 위기를 극복하기 위해서는 진심이 다시 안으로 들어갈 필요성이 있었다. 지오라는 녀석이 남자가 아닌 여자라는 것을 알게 되었으니, 제 목적은 충분히 이룬 셈이다. 만약 진심이 다시 펜션 안으로 들어간다면 정록은 뒤도 돌아보지 않고 앞으로 내달릴 생각이었다. 하지만.

"이 등, 어딘가 익숙해."

……!

대문을 등지고 있던 정록이 가장 피하고 싶은 말이 뒤쪽에서 들려왔다.

온몸의 털이 오소소 서 버린다.

정록은 멈칫했다.

"윤서 언니?"

"이 커다란 등 말이야. 꼭 내가 알고 있는 등 같거든?"

파랗게 질린 정록을 매섭게 노려보던 '지오'가 흠, 콧소리를 흘리는 진심을 의아하게 바라봤다. 문턱을 넘어오지 않던 진심의 발이 크게 한 발, 앞으로 뻗는 소리가 들렸다. 그리고 그와 동시에 정록의 심장도 아래로 툭 내려앉는다.

"저기요."

"……."

"이봐요."

두근두근.

아마도 자신을 부르는 것이 확실한 진심의 목소리가 들릴 때마다 심장이 몸 밖으로 튀어나올 것처럼 요동쳤다. 정록은 눈을 질끈 감았다.

"여보세요. 잠깐 뒤 좀 돌아보시죠?"

이윽고 제 어깨 위로 툭 손을 얹는 그녀의 손길에 정록은 아무 말도 할 수가 없었다.

"세상에. 세상에. 세상에. 세상에!"

한 번도 아니고 무려 네 번씩이나.

정록을 향하는 것이 분명한 말을 네 번이나 흘려 가며 그녀가 탄식했다. 정록은 고개를 들지 못했다. 얼굴이 화끈거려 입안이 바짝 마른다.

"세상에! 어떻게 이런 일이!"

끝내 다섯 번을 채워 버린 진심이 고개를 절레절레 저어 가며 소리쳤다.

정록은 짧게 숨을 내쉬며 감고 있던 눈꺼풀을 스르륵 들어 올렸다.

그러자 다리를 꼰 채 침대에 앉은 진심이 자신을 빤히 내려다보고 있는 모습이 보였다.

정록은 어색하게 미소를 지으려 했다.

"오진심 씨. 실은."

"'실은'은 무슨! 정록 씨. 제가 얼마나 놀랐는지 알아요? 아니. 서유 보고 있다는 사람을 여기서 볼 거라고 생각도 못 했다고요, 나는!"

버럭 소리를 지르는 진심을 보며 정록의 입가가 파르르 떨렸다. 그녀의 커다래진 눈을 보아하니 어지간히 놀란 모양이다. 그럴 만도 하다. 정록은 쉬이 대꾸하지 못했다.

「어째서…… 당신이 여기 있는 거죠, 진주 아빠 씨?」

턱.

제 어깨 위로 그녀의 손이 닿는 순간 모든 것을 직감해 버렸다.

몰래 그녀를 따라가 진심 곁을 맴도는 이물질에 대해 조사하겠다는 그의 계획은 물거품이 되었다는 사실을.

진심은 '진주 아빠요?' 하고 놀라는 '지오'를 향해 잠깐 나갔다 오겠다는 말을 한 이후 근처 숙박업소로 정록을 데려갔고 문까지 걸어 잠근 뒤 그를 무시무시한 눈으로 내려다보고 있는 중이다. 정록의 등 뒤로 오싹한 땀방울이 흘러내린다.

"후우. 좋아요. 이제 조금 진정됐어요. 그럼 이제 변명이나 한번 들어보죠."

"……?"

"여기까지 쫓아온 이유가 뭐죠?"

"……."

"분명히 정록 씨, 나 보고 MT 잘 다녀오라고 하지 않았어요? 그런데 왜 아까 거기에 서 있었던 거예요? 지오한테 변태 취급은 왜 받고 있었던 거고요? 권정록 씨? 진주 아빠 씨?"

강하게 압박하며 벼랑 끝으로 그를 몰아붙이는 진심의 취조 스킬에 정록의 이마에 송골송골 이슬이 맺힌다.

정록은 목구멍까지 차오른 말을 꺼내기 위해 굳게 다물었던 입을 열려했다.

"그게, 흡!"

하지만 그가 변명하기 전, 입술 위를 뒤덮은 따뜻한 온기에 정록은 짧게 신음을 흘렸다. 부드러운 혀끝이 벌어진 입술 사이를 비집고 들어오자 현기증이 인다. 정록은 작은 손으로 제 얼굴을 감싸고선 쿡쿡 웃는 그녀의 숨결을 느끼며 눈을 깜빡였다. 그의 안을 휘저으며 마지막으로 쪽, 입맞춤을 한 진심이 그에게서 떨어지더니 생긋 웃었다.

"질투한 거죠?"

아.

"지오한테 질투한 거야. 그렇죠?"

정록은 대답하지 못했다. 사실이었으니까. 무릎을 꿇은 채 그녀를 올려다보던 정록은 손을 뻗어 제 넥타이를 잡아당기는 진심에게 끌려갔다. 진심이 눈부신 미소를 지으며 그의 귓가에 입술을 가져다 댔다.

"언제부터예요?"

"뭐가 말입니까."

"언제부터 지오한테 질투한 거예요?"

생글거리는 그녀의 눈웃음이 멈추질 않는다. 순간적으로 망설이던 정록은 입술을 꿈틀거렸다. 그러자 진심의 눈꼬리가 부드럽게 휘어진다.

"여기까지 쫓아온 걸 보니 꽤 된 것 같은데."

"……."

"신입생 환영회 때부터였을까?"

「저, 오늘 학교에서 새로운 친구를 사귀었어요!」

「친구요?」

「응. 지오라는 애인데…….」

어쩌면 그럴지도.

정록은 대꾸하지 않았다.

진심은 그저 입을 쭉 내밀고 있는 정록의 굳은 얼굴을 보며 말했다.

"우리 변호사님, 질투도 하시고. 내가 다시 학교 들어간 거 엄청 신경 쓰였나 보네."

"신경이……."

"응?"

"신경이, 쓰이지 않을 리가 있습니까."

내내 입을 다문 정록이 퉁명스레 말한 것은 그때였다.

갑작스러운 그의 말에 진심이 눈을 동그랗게 뜨자 정록은 투덜거렸다.

"진주 엄마. 아니, 오진심 씨."

"네?"

"상황이 이렇게 되어 말씀드리는 건데, 앞으로는 타인의 이름을 자주 입에 올리는 건 삼가 주십시오."

"그럼 그 타인의 성별이, 여자인 건 상관없나요?"

"……여자도 너무 잦으면 곤란합니다."

"풉."

"뭡니까, 왜 또 웃……!"

딱딱하게 말을 뱉어 내는 정록을 보며 진심이 결국 깔깔 웃자 인상을 쓰던 정록은 돌연 제 가슴 쪽으로 손을 쭉 뻗는 진심의 행동에 멈칫했다.

"좋아요. 이렇게 된 거, 오늘 하루는 우리 변호사님께 확실하게 알려

드리도록 하죠."

쿵.

이윽고 진심은 정록의 가슴을 손끝으로 밀어 뒤로 넘겼다. 정록의 등이 차가운 바닥에 닿는다. 예기치 못한 상황에 당황한 정록이 뭐라 말을 잇기도 전에 진심이 그의 탄탄한 배 위로 올라왔다.

"우리 변호사님이 하나 망각하고 있는 게 있네요."

"무슨……."

진심은 놀란 정록을 내려다보며 짙은 눈웃음을 그리더니, 기다란 손가락으로 그의 가슴을 야릇하게 쓸며 속삭였다.

"당신의 이런 귀여운 질투는, 오진심을 달아오르게 만든다는 사실을 말이에요."

❖

스물아홉.

20대의 마지막에 사랑하는 그를 만나 불보다 화끈한 첫사랑을 시작했고, 약간의 시련을 겪기도 했으며 그 모든 역경을 극복하여 결혼에 골인을 했다. 그러나 그와 자신을 쏙 빼닮은 예쁜 여자아이를 낳아 몇 년째 행복한 생활을 이어 가던 와중, 약간의 불만이 하나 발생했다.

「저기요. 진주 아빠 씨.」

「네?」

「뭔가. 요즘 나한테 너무…….」

「어? 잠깐만. 서유가 깬 것 같습니다.」

「네?」

「중요한 말 아니면, 이따가. 나 금방 다녀올게요.」

「……아.」

사랑을 받고, 또 받아도 부족하다. 그의 모든 신경이 제게 집중되기를 바라고, 원하고, 갈망하게 된다. 제게 사랑이라는 것을 가르쳐 준 정록이라는 스승에게 슬슬 자극이라는 걸 주어야 하는 시점이라고 생각한 진심은 마침 머릿속을 맴도는 계획을 실행하기로 했다.

「언니. 무슨 고민 있으세요?」

「지오야. 그게…….」

"후우."

뜨거운 밤이었다. 여전히 그 열기가 가시지 않을 만큼. 진심은 만족스러운 숨을 내쉬며 옆으로 고개를 돌렸다. 기차를 타고 온 자신과는 달리 내내 차를 몰고 온 정록은 피곤에 지쳐 눈을 감고 있는 중이다. 진심은 그런 정록의 잠든 얼굴을 바라보며 키득키득 웃다, 지이잉 울리는 핸드폰 소리에 상념에서 벗어났다. 소리의 진원지 쪽으로 슬쩍 시선을 던지자 바닥에 떨어져 있던 자신의 핸드폰이 보인다.

[언니. 어떻게 됐어요?]

이번 사건의 조력자 중 한 명인 과 동기 지오가 호기심을 가득 담은 문자를 보내왔다. 협조 고마워. 진심은 생긋 웃으며 손가락 브이 이모티콘을 보내 준 후 다시 침대를 힐끔거렸다.

"안…… 돼요, 진심 씨, 거긴…… 음."

무슨 꿈을 꾸고 있는 건지.

정록이 미간을 좁혔다 펴며 잠꼬대를 했다.

진심은 그런 그의 품을 파고들며 몸을 겹쳤다.

"……."

"어머. 깼어요?"

그런 진심의 뒤척임에 잠에서 깨어난 정록이 스르륵 눈꺼풀을 들며 그녀를 내려다봤다. '으응.' 고개를 끄덕이는 그를 향해 생긋 웃은 진심은 그의 가슴을 어루만지며 말했다.

"조금 더 자요."

피곤할 텐데.

"……음."

"왜요?"

그의 가슴 위로 얼굴을 묻으려 하는 진심을 꽉 끌어안은 정록이 미묘한 표정을 지으며 자신을 내려다보았다. 그윽한 그의 눈길에 진심이 고개를 갸웃거리자 눈썹을 꿈틀거리던 정록이 말없이 아래로 내려갔던 이불을 머리끝까지 잡아끌었다.

"꺅!"

그대로 제 위로 올라오는 정록을 보며 진심이 짧은 비명을 흘렸다.

그러나 곧, 방긋 웃으며 제게 달려드는 정록을 향해 두 팔을 벌렸다.

사랑은.

사랑하는 사람에게 받는 사랑은 받아도, 받아도 한없이 부족하기만 하다.

그래서 나는…….

'쉼 없이 노력하는 수밖에.'

정록과 함께하며 사랑이라는 감정을 알게 된 진심은 사랑을 가르쳐 준 스승이나 다름없는 정록을 뛰어넘기 위해 정진하고 또 정진한다.

　아낌없이, 그를 사랑하기 위해!

『진심이 닿다』 완결